La Tribu

El nacimiento de los Mall Rats

Harry Duffin

CUMULUS PUBLISHING LIMITED

Copyright

Published in 2024 by Cumulus Publishing Limited
Translated from English to Spanish by Pere Bordera

The catalogue record for this book is available from the National Library of New Zealand

First published December 2024 (this Spanish edition). Original English version first publised in 2012.

Muchas gracias a Pere por su traducción, a Eduardo por su contribución con el diseño gráfico, a The Tribe Spain y, por supuesto, a la comunidad de fans españoles de La Tribu por su apoyo y por mantener el sueño vivo.

ISBN: 978-1-0670544-3-4 (paperback)
ISBN: 978-1-0670544-4-1 (Epub)
ISBN: 978-1-0670544-5-8 (Kindle)
ISBN: 978-1-0670544-6-5 (Apple Books)

Visit The Tribe's website at www.tribeworld.com

Contact addresses for Cumulus Publishing Limited and companies within the Cloud 9 Screen Entertainment group can be found at www.entercloud9.com

Dedicatoria

Dedicado a los jóvenes que conformaron
el fabuloso reparto de La Tribu,
a los fenomenales guionistas de la serie
y a Raymond Thompson, por un concepto tan maravilloso
y original, y por su apoyo inspirador.
Os doy las gracias, y os admiro.

PRÓLOGO

Nadie sabe de dónde vino el virus. ¿Llegó del espacio profundo?, ¿fue culpa de una guerra bacteriológica?, ¿o algún país habría hecho un experimento científico que salió terriblemente mal? Solo una investigación exhaustiva podía ser capaz de dar respuesta a ello. Pero no quedaba nadie que pudiese llevar a cabo tal investigación. Ningún adulto, en cualquier caso.

Y los niños, abandonados a su suerte, estaban demasiado ocupados sobreviviendo como para preocuparse por qué los habría hecho pasar de un mundo tecnológico y sofisticado a aquel infierno primitivo de anarquía, confusión, peligro y miedo.

Sin adultos que los guiasen, los protegiesen o pusiesen reglas, los niños

del mundo se habían quedado solos. Su misión: construir un nuevo mundo a su propia imagen. Fuese cual fuese esa imagen.

CAPÍTUNO

Bray contemplaba la ciudad devastada que se dibujaba diez plantas bajo sus pies. Se pasó los dedos por la melena castaña, distraído, sin poder creer lo que veían sus ojos. ¿Cómo podía algo tan pequeño, invisible al ojo humano, haber destruido un mundo millones de veces más grande que él? No tenía la respuesta al acertijo del virus. Pero los hechos estaban allí, por todas partes, inevitables, increíbles.

Las llamas brillantes que lamían los armazones de una docena de edificios ardiendo enviaban con desenfreno un humo punzante de color negro azulado hacia un cielo despejado, tapando el sol matinal. Allí quedaban los restos de la que en otro tiempo fue una orgullosa ciudad: bloques de pisos destruidos, vehículos calcinados, escombros llenos de papel, plástico, cristal y hormigón, productos saqueados y abandonados, y el ocasional cadáver en descomposición, infestado de moscas y mordisqueado por las ratas. Todo allí esparcido, por las calles y callejones más abajo. La ciudad entera parecía salida de un videojuego de guerra apocalíptica, o de una gigantesca exposición de arte creada por un genio bastante lunático y psicópata. Quizás sí fuese así. Quizás alguien tenía la culpa de todo aquel caos. Pero aquella era una pregunta reservada para el futuro. Si es que ese futuro llegaba. Ahora mismo, la pregunta más importante era: "¿Cómo sobrevivir?".

Él era un joven alto, de complexión delgada y muscular, que llevaba con mucho estilo una combinación de ropa de calle con piezas tipo "guerrero ecologista". Una pluma verde colgaba de la alargada trenza a un lado de su rostro, que emulaba a los nativos americanos cuyas tradiciones y estilo de vida tanto respetaba. Una tradición completamente ajena al caos que se extendía hasta donde llegaba su mirada. Su atractivo rostro reflejaba una profunda desesperación, a medida que sus ojos deambulaban por aquel páramo que una vez fue su ciudad. El lugar en el que había nacido, crecido. El lugar en el que fue a la escuela y en el que, si no tenía cuidado, pronto encontraría una muerte temprana y cruel. Sacudió la cabeza como para quitarse el macabro pensamiento. No dejaría que pasase eso. Tenía que sobrevivir. Se lo había prometido a ella.

Mientras observaba, vio una figura solitaria y andrajosa correr a toda velocidad por la avenida llena de basura que tenía mucho más abajo, zigzagueando entre los escombros y mirando hacia atrás, lleno de terror. Entonces, lo oyó: el penetrante silbido de la sirena de un coche de policía que se acercaba. No pudo evitar sonreír ante la ironía. Allí no existían la ley y el orden, ya no. Hora de irse. Fuese una locura o no, tenía una promesa que cumplir.

DOS

Montada sobre patines, Amber avanzaba ágilmente alrededor de la estructura carbonizada de un autobús escolar tumbado de lado al final de la estrecha calle. Era esencial limitarse al laberinto de callejones para evitar ser vistos. Podía haber ojos homicidas escudriñando la ciudad en busca de presa fácil. Su pequeño compañero, Dal, se apresuraba por alcanzarla, casi sin aliento.

—No vayas tan rápido, Amber —le dijo a su hermosa acompañante, quien, aunque eran de edades similares, le sacaba al menos una cabeza—. Mis piernas no son tan largas como las tuyas.

—Tenemos que salir de la ciudad antes de que se haga de noche, Dal. Es demasiado peligroso quedarse por aquí.

Llevaban más de una hora de camino desde sus casas en la que anteriormente era una acogedora zona residencial al este. Se dirigían hacia al frondoso campo al oeste de la azotada ciudad, pero, pese a ir en patines, el avance era lento. Cada esquina escondía posibles peligros: el espectro de un solitario asesino loco, o una violenta banda de jóvenes salvajes que buscasen "divertirse".

Desde la distancia llegó el lamento de una sirena de policía, un sonido familiar que antes los tranquilizaba y, ahora, era motivo de un pavor inmediato.

Dal le echó un vistazo a Amber.

—¿Qué hacen los Locos en este sector?

Amber se encogió de hombros.

—¿El paseo vespertino de los domingos?

Pese al sarcasmo, la expresión bajo sus pinturas de guerra era sombría. Como muchos de los críos que seguían en la ciudad, se había acostumbrado a llevar pinturas como forma de protección. Era una señal que significaba "Peligro, no te acerques". Pero, como mucho, los ojos con sombra negra, las mejillas rojas como el fuego y la línea verde en diagonal a través de su frente no hacían más que enfatizar la belleza y vulnerabilidad de la joven. Aun así, le daban más seguridad. Y, en este mundo, te aferrabas a un clavo ardiendo.

—¿Es domingo?

—Quién sabe.

Dal miró a su amiga. Desde el día que puso los ojos en ella, Amber le había parecido preciosa. Primero, como estudiante de cara recién lavada y llena de vida. Ahora, con su rostro pintado, su abrigo de cuero negro por las rodillas, sus patines y su largo pelo claro con raíces castañas atado en apretados nudos rubios alrededor de su cabeza. Era su amazona callejera. Él la adoraba, pero sabía que estaba lejos de su alcance. Era solamente su pequeño amigo de origen indio al que ella había protegido desde que se conociesen en el instituto.

Al escuchar la sirena que se acercaba, le entraron escalofríos al pensar en qué le pasaría a Amber si caía en manos de los Locos y su aterrador líder, Zoot. Había rumores, historias que lo despertaban en mitad de la noche, entre sudores. Cierto o no, no tenía ganas de quedarse a averiguarlo.

—¡Vámonos, Amber!

Pero ella no lo estaba escuchando. Escondidos en el callejón, sus ojos miraban fijamente a la avenida más adelante. En medio de la carretera desierta y llena de escombros había una niña pequeña que aferraba un osito de peluche contra su pecho, paralizada por el ya casi ensordecedor silbido de la sirena.

—¡La atraparán! —gritó Amber.

Antes de que Dal pudiera detenerla, salió disparada desde el callejón hacia el espacio abierto de la avenida.

—¡Amber!

El grito de Dal se perdió bajo el de la sirena, al tiempo que el coche de policía y sus aterradores ocupantes aparecían tras una esquina.

TRES

Los cuatro adolescentes esperaban nerviosos en el interior del calcinado vagón de tren, en los límites del enorme y desierto depósito de trenes. El líder, Lex, un joven de cara seria y chaqueta de cuero, con largo pelo negro y pintura de guerra al estilo de los guerreros Sioux, colgaba al borde del vagón, escaneando el lugar con impaciencia.

—¿Dónde está? —preguntó Zandra, ansiosa. Era una chica muy mona, que parecía visiblemente fuera de lugar en aquel entorno oscuro. Vestía en una amalgama de pieles y plumas de colores, con el pelo de brillantes tonos azul y rosa a cada lado bien sujetado por horquillas en forma de flor—. Igual te has equivocado. ¿Seguro que debíamos encontrarnos aquí?

—¡Calla! Que estoy pensando —saltó Lex.

—Sí, Zandra, deja pensar al genio —dijo Glen con una mueca de desdén— Si no puede pensar, no se le ocurrirá uno de sus brillantes planes.

Glen se maldecía por haber dejado que Lex los convenciese de acudir a aquella locura de reunión. Les había ido bien solos, encontrando lo que necesitaban por toda la ciudad sin ley. Lex, Ryan y él eran una formidable fuerza de combate. Una guerrilla urbana. Habían intimidado con éxito a los descarriados y vagabundos para que les diesen su comida y habían conseguido evitar a las pandillas más grandes desde que el mundo de los adultos colapsase. Intentar unirse a una de las tribus dominantes era una apuesta complicada. Todas las tribus eran volátiles, dadas a brotes de violencia sin motivo contra desconocidos (e incluso contra los suyos). Debería haberle plantado cara a Lex. Pero eso habría significado pelearse con él, y Lex era duro de pelar. Era duro, en general. Ni le caía bien, ni confiaba en él.

—Este sitio no me gusta —se quejó Zandra—. Estamos demasiado expuestos, podría pasar cualquier cosa.

—¡Cerrad la boca los dos! Zoot mantendrá su palabra —insistió Lex.

—Y ¿dónde está, eh? El legendario líder de los Locos —lo provocó Glen.

—¡Ya habéis oído la sirena!

—¿La sirena? —se burló Glen—. ¡Podría haber sido cualquiera! Los Perros Salvajes, los Gallos. Cualquier otra tribu. ¡Este sector es zona de guerra!

—¡Toda la ciudad es zona de guerra, por si no te habías enterado! —gruñó Lex. Pese a mostrarse confiado, la más pequeña de las dudas comenzaba a crecer en su interior. ¿Le habría llegado su mensaje a Zoot? ¿Les estaban tendiendo una trampa? La tribu de los Locos era la más temida de la ciudad, violenta e impredecible. Dominaban a todos, y Lex quería pertenecer a ellos. Estar en la cima, como se merecía. Si su pequeño grupo seguía solo más tiempo, no tendrían futuro. Pero ¿y si Glen tenía razón? ¿Había guiado a su pequeño grupo de seguidores hacia una emboscada?

CUATRO

Con los filos de los patines chillando sobre el asfalto, Amber se llevó a la pequeña a sus brazos y se escondió junto a ella tras un contenedor de basura en llamas al tiempo que los Locos giraban la esquina.

Desde el callejón, Dal observaba ojiplático, con el corazón saliéndosele por las orejas. Había oído hablar de los Locos. ¿Y quién no? Pero nada lo había preparado para la extraña visión que se acercaba por la calle hacia su escondite, con la penetrante sirena haciendo añicos el silencio de la ciudad en ruinas.

Provenía de un coche de policía azul y blanco, un vehículo antidisturbios, con las luces azules brillando sobre el parabrisas opaco con reja de metal. La palabra "Locos", en pintura de *spray* rojo-sangre, ocultaba la palabra "Policía". Agarrados de las barras traseras y también patinando a los lados, como una manada de chacales a la caza de un animal herido, había criaturas con vestimentas extrañas salidas de una fantasía de guerra espacial: llevaban cascos, máscaras de *hockey*, máscaras de soldador, armadura medieval y estaban armados hasta los dientes. Sobre ellos, sobresaliendo amenazantes por el techo corredizo como gárgolas a las puertas del infierno, estaban Zoot y su temible teniente, Ebony.

Amber notó que la pequeña estaba a punto de ponerse a gritar. Le puso la mano en la boca con firmeza y aguantó su propia respiración mientras aquella cabalgata desfilaba entre gritos.

Cuando la monstruosa procesión hubo girado la esquina, Amber retiró la mano.

—Lo siento —dijo con gentileza—. ¿Te he hecho daño?

La niña negó tímidamente con la cabeza, y luego se quedó mirando atrás, viendo cómo Dal cruzaba apurado la carretera para unirse a ellas.

—Tranquila, es amigo mío —la tranquilizó Amber.

Dal estaba sin aliento.

—¡Amber! ¿Has visto eso? ¿Los has visto?

—Era difícil no verlos, Dal.

—¡Qué locura!

—Bastante normal en los tiempos que corren. Debo decir que me han decepcionado un poco.

Él se la quedó mirando con los ojos abiertos.

—¿Estás de coña?

Amber sonrió. Una sonrisa desalentada.

—Lo sé, Dal. Daban miedo. Mucho miedo.

CINCO

La furgoneta gris-acero con lunas tintadas ascendía por la colina de aquel exclusivo barrio, con el altavoz transmitiendo a todo volumen el mensaje que se repetía por toda la ciudad: "Código Uno, prioridad civil. El aislamiento ya ha empezado. Para evitar el riesgo de contaminación, se ruega permanezcan a cubierto y aguarden nuevas instrucciones".

Al tiempo que la furgoneta avanzaba acompañada de su desalentador mensaje, Trudy se plantó en medio del salón junto a sus ansiosos padres para observar a un solemne presentador de televisión hablar del mismo tema: "Las autoridades están apelando a la calma durante el proceso de evacuación. Todos los niños menores de 18 años deben presentarse en su sector local para que les faciliten el transporte".

Trudy le apretó la mano a su madre.

—¡No me quiero ir! ¡No quiero abandonaros!

—Es tarde para nosotros, Trudy —dijo su padre con tristeza—. Tienes que aceptarlo.

—¡No!

—Debes salvarte. Por amor a tu madre. —sostuvo la cabeza de su hija entre sus brazos, con la voz rota—. Y por amor a mí.

—¡No! ¡No! —gritó ella.

Ante la aterrorizada mirada de Trudy, los rostros de sus padres comenzaron a disolverse, transformando sus rasgos en imágenes horrendas y fantasmales que daban vueltas, acompañando el eco de los gritos de la chica.

Se incorporó de un salto, el cuerpo frío del terror. Estaba sobre una cama improvisada, completamente vestida. Ambos habían decidido que era más seguro dormir en el salón, para no quedarse atrapados en la planta de arriba si llegaba una de las pandillas que merodeaban por allí. Así aumentarían sus posibilidades de escapar. Se dio la vuelta con miedo al escuchar cómo se abría la puerta principal y entraba una figura.

—¡Oh, Bray!

Bray echó su mochila al suelo y se acercó a ella.

—¿Qué ocurre?

—He tenido ese sueño otra vez —dijo entre sollozos—. La pesadilla. Estaban aquí. Mamá y papá, en casa. Como si fuera ayer. Yo no quería irme. No quería dejarlos. Pero no pude hacer nada.

Bray le colocó una mano en la barbilla con ternura y le giró la cara hacia él.

—Trudy, nadie podía hacer nada.

Ella apoyó la cabeza sobre el hombro del chico, enterrando el rostro entre la calidez de su jubón.

—Bray, estoy muy asustada.

Él la rodó con un brazo para tranquilizarla.

—Trudy, tenemos que irnos.

Ella echó una repentina mirada a la distancia.

—¿Qué?

—Las bandas se están acercando. He visto a los Gallos. Podrían llegar en cualquier momento. Aquí no estamos seguros.

Lo miró con lágrimas en los ojos.

—No estamos seguros en ninguna parte.

SEIS

La pequeña estaba temblando, seguía apretando su osito de peluche bien fuerte contra el pecho. La sirena se fue apagando en la distancia, volviendo a dejar la avenida llena de un silencio apabullante. Amber se acuclilló junto a la niña.

—Tranquila —dijo con suavidad—, no vamos a hacerte daño. ¿Cómo te llamas?

La niña se la quedó mirando, cautelosa.

—Yo soy Amber, y este es Dal. Somos amigos. ¿Tú tienes a alguien? —intentó persuadirla Amber—. ¿Familia?, ¿hermanos o hermanas?

Los ojos desconfiados de la pequeña la seguían mirando. Se aferró al peluche aún más fuerte. Ni una palabra.

—No se entera —declaró Dal, algo impaciente—. Anda, vámonos.

—¡Dal! ¡Necesita ayuda!

—¡Todos necesitamos ayuda! Así son las cosas.

Amber se quedó mirando a su amigo, dividida. El mundo se les había vuelto del revés. Lo que hasta hace poco era una buena acción, ahora resultaba incierto. Las reglas habían cambiado. Habían recorrido ya gran parte de la ciudad. Esta era una complicación que no les venía nada bien.

—Perdona, Amber. Pero decidimos que saldríamos de la ciudad antes del anochecer. Tú lo dijiste. ¿Cómo lo conseguiremos cargando con la cría?

Sabía que Dal tenía razón. Montados en patines tenían posibilidades para dejar atrás cualquier peligro que encontrasen y alcanzar la relativa seguridad del campo, fuera de la ciudad. Seguro que sería más fácil sobrevivir allí, donde las pandillas no se molestaban en ir. Suspiró profundamente y miró a Dal con ojos tristes. Girándose de nuevo hacia la pequeña, que aún la miraba con incertidumbre, Amber sonrió y le acarició la cabeza al osito de peluche.

—Apuesto a que sé su nombre. Teddy, ¿verdad?

La niñita asintió con una ligera sonrisa. Amber sonrió también.

—Y ¿cuál es el tuyo?

—Cloe.

—¿Qué haces aquí, Cloe?

—Jugar.

—¿Podemos jugar nosotros?

La niña comenzaba a ganar confianza.

—Si queréis. Patsy y Paul están acaparando los columpios, pero podéis tiraros por el tobogán si os apetece.

Dal miró a Amber muy seriamente. Estaba claro que a la cría se le había ido la olla. No era ninguna sorpresa. A saber los horrores que había visto desde que perdiese la protección del mundo de los adultos. Era una tragedia, pero… Vio la expresión en el rostro de Amber y el corazón le dio un vuelco.

—Lo siento, Dal. Tendrás que irte sin mí.

El chico hizo una mueca de desaprobación.

—Lo lamento. No puedo dejarla, Dal.

Ahora le tocaba a él suspirar profundamente. Tras lo cual, se encogió de hombros:

—No pasa nada. Hemos llegado hasta aquí los dos juntos.

SIETE

La sirena se acercaba cada vez más. Dentro del armazón chamuscado del vagón, la tensión podía palparse entre el pequeño grupo.

—Ya vienen —dijo Glen. Se le había secado la boca.

Lex sonrió:

—¿Qué pasa, Glen? ¿Empiezas a cagarte de miedo?

—Quiero saber qué fue lo que acordaste con Zoot.

—¿Qué quieres decir? —la voz de Zandra sonaba ahora más aguda y asustada. Desde que se juntasen, había estado dividida entre los dos chicos. Lex era todo un "macho alfa": duro, agresivo, asertivo. Tenía cambios de humor y podía ser peligroso. Y, muy a su pesar, a una parte de ella eso le gustaba. Glen tenía la misma constitución esbelta y fuerte de su rival. Pero tenía un lado más gentil y cómico que también la atraía. Por el momento, no se decantaba ni por uno, ni por otro. Pero sabía que, en algún momento, tendría que tomar una decisión. Y, entonces, desataría el infierno. Eso, si los Locos no acababan antes con ellos. Por dentro, estaba temblando.

Glen se giró hacia ella.

—¡No seas ilusa, Zandra! ¿De verdad piensas que nos dejarán unirnos a los Locos así como así? Yo te diré lo que pasará: a nuestro colega Lex aquí presente le saldrá todo bien, puedes jugarte el cuello. Pero nosotros no tendremos tanta suerte.

—Al que no le guste el plan, puede irse. ¡Ahora! —saltó Lex.

—Y ¿hasta dónde llegaría antes de que me vendieses a los Locos, puto traidor?

Lex se abalanzó sobre Glen, y los dos chicos comenzaron a forcejear como fieras dentro del vagón. Una frenética Zandra se giró hacia el grandullón, sentado allí solo, con la cabeza enterrada en la capucha de su sudadera.

—¡Ryan, haz que paren!

El chico levantó la mirada, pero no hizo movimiento alguno. Todo aquello le resultaba demasiado confuso. No sabía a quién ni en qué creer. Era mejor no hacer nada.

La sirena era ya ensordecedora.

—¡Ya están aquí! —dijo Lex al girar la cabeza.

Empujó a Glen a un lado y dio un par de zancadas hasta llegar al final del vagón, al tiempo que el coche de policía y su estrafalario séquito hacían su entrada en el depósito de trenes.

Zandra se quedó mirando la escena, horrorizada. Desde el virus, había intentado bloquear en su mente todas las imágenes extrañas y aterradoras con que se habían encontrado mientras recorrían la ciudad. "Si fingías no darte cuenta de ello, no podía hacerte daño", se decía a sí misma. Sin embargo, no había manera de evitar el abominable espectáculo de Zoot y sus Locos. Su agitación interior ahora le recorría el cuerpo entero. ¿En qué los había metido Lex?

OCHO

Cloe los guio por los callejones repletos de basura del Sector 10, Amber y Dal la seguían de cerca. El chico seguía intentando convencer a su amiga.

—Mira, yo lo único que quiero es encontrar un sitio pequeño que poder llamar mi hogar. Un trocito de tierra donde cultivar mi propia comida, en vez de ir buscando sobras como un animal.

—Es un sueño muy bonito.

—Es más que un sueño. Mira a tu alrededor, Amber —gesticuló para señalar los edificios saqueados y llenos de grafitis que los rodeaban—. Aquí no hay futuro. Las tribus controlan la ciudad. ¡Que sobrevivan ellos a base de comida enlatada!

Amber se detuvo y se giró hacia él.

—Y ¿qué pasa cuando se les acaben las latas? ¿Crees que te dejarán en paz en tu casita del campo? No sé, Dal. Sé que lo decidimos. Pero, en cierto modo, siento como si estuviésemos huyendo. Ya sé que no podemos impedir que las tribus tomen el control. Pero odio ver que se salen con la suya.

Dal dibujó una mueca de decepción. Los dos amigos lo habían debatido largo y tendido antes de emprender el peligroso camino a través de la ciudad. Cuando el territorio de las tribus salvajes comenzó a acercarse a su anteriormente refinado y tranquilo barrio, supieron que debían tomar una decisión. Las montañas rocosas del este garantizaban muchos lugares donde esconderse, pero pronto se morirían de hambre en medio de aquel entorno pedregoso y estéril. Los campos al oeste de la ciudad eran su única esperanza, según insistía Dal. Allí podrían encontrar alimentos silvestres, hasta que pudiesen establecerse en un refugio seguro donde cultivar el suyo propio. Ahora, Amber parecía estar cambiando de opinión.

—Este es el sitio en el que crecí, Dal. Es mi ciudad. Quizás tú seas capaz de abandonarla. Pero ahora que he visto esto, todo esto… —ella también gesticuló para señalar la desolada escena—. No puedo irme sin más. No es tan sencillo… —Entonces se detuvo y miró a su alrededor—. ¡Espera! ¡Oh, no! ¡Ya hemos perdido a Cloe!

—No, no se ha perdido —indicó Dal.

Amber miró en la dirección en que apuntaba el dedo de su amigo, y se quedó contemplando. Como el colorido cuarzo dentro de una roca gigante, entre los edificios grises, demacrados y desiertos, había cobijado un pequeño parque infantil. Retal de una ciudad-guardería para madres y padres trabajadores, desaparecida mucho tiempo atrás.

Dentro del parque de juegos, Cloe trepaba entusiasmada la escalera de un diminuto tobogán. Otra niña, más o menos de su misma edad, jugaba con un enorme labrador dorado. Mientras tanto, sentada en los columpios junto a un niño pequeño, había una adolescente con una melena de un rojo intenso, hablando con el niño como si no tuviesen una preocupación en el mundo.

Amber parpadeó de incredulidad y se quedó mirando a Dal. Él se encogió de hombros y ladeó la cabeza. Era como presenciar un sueño. Una imagen tan extraña que parecía sacada directamente de *Alicia en el país de las maravillas.*

NUEVE

Zandra se quedó mirando el coche de policía horrorizada. Su enorme bandera roja, decorada con una calavera y huesos en forma de equis, ondeaba al viento. Una docena de jóvenes de aspecto amenazante, en uniforme de combate y armas que parecían salidas de una película sobre guerras espaciales, flanqueaban el vehículo. En toda su corta existencia, nunca se había sentido más asustada. Le temblaba la voz al hablar.

—¿No dijiste que vendría él solo?

—Es el comité de bienvenida —bromeó Glen, que trataba de ocultar su propio miedo.

Zandra estaba demasiado asustada como para notar el sarcasmo.

—No parece que vayan a darnos la bienvenida.

—Dejadme hablar a mí —dijo Lex con semblante serio.

—Me vale —contestó Glen.

Lex saltó desde lo alto del vagón y se echó su enorme macuto sobre un hombro. Comenzó a dudar cuando vio a Zoot dar un atlético salto desde el techo corredizo y bajar el capó a zancadas hasta llegar al suelo.

—¿Empiezas a cagarte de miedo, Lex? —se la devolvió Glen.

Con más bravuconería de la que realmente sentía por dentro, Lex se acercó a reunirse con el infame líder de los Locos. El grandullón, Ryan, saltó también al suelo, agarró otra bolsa y se unió a su amigo.

Los tres se detuvieron a la distancia justa para darse un apretón de manos. Sin embargo, a Lex le dio la sensación de que Zoot no era el tipo de persona que saludaba dando la mano. De hecho, sin contar los monstruos de las películas no aptas para menores, era la criatura más extraña e intimidante que había visto jamás. Era más alto que él, y tenía el cuerpo esbelto y muscular cubierto por un apretado mono de motorista de cuero color rojo. Bajo la chaqueta militar negra, engalanada con accesorios de aspecto gótico, llevaba una extrañamente limpia camisa blanca con corbata negra. En su cabeza reposaba una gorra militar negra con visera y borde dorado, sobre la que descansaban unos anteojos militares como los que llevaban los comandantes de tanques nazis. Tenía el delgado rostro garabateado con espirales de color rojo sangre, como cicatrices de batalla de los antiguos celtas. No obstante, fueron sus ojos los que le helaron la sangre a Lex. Enmarcados por dos pozos de pintura de guerra negra que los rodeaban, con las pupilas reducidas hasta parecer el más pequeño de los agujeros, los helados ojos azul cielo de un asesino lo miraban fijamente.

—¡Zoot! —dijo Lex con una levedad que no sentía en absoluto—. Pensaba que ya no venías.

Aquellos ojos asesinos le perforaron el cráneo.

El chico siguió parloteando mientras sentía que el suelo se derretía bajo sus pies.

—Vamos, que la puntualidad no es lo tuyo, ¿no?

La mirada pérfida no se vio interrumpida por un solo parpadeo. Lex trató de dibujar una sonrisa.

—A mí también me la suda ser puntual. El tiempo ya no existe. Es cosa del pasado. Nosotros creamos las reglas ahora, ¿eh?

La voz que le respondió era monótona, siniestra:

—¿Qué hay en la mochila?

Lex dejó caer el macuto al suelo.

—Me alegra que lo preguntes, colega. Ya te digo si me alegra —abrió la parte superior para mostrar un surtido de artículos electrónicos—. Tenemos *walkie-talkies*, pilas, reproductores de música, de todo.

Zoot no parecía muy impresionado.

—¿Comida?

—Sólo tenemos suficiente para…

—Dádnosla.

Uno de los Locos se acercó a ellos con la mano estirada. Lex se movió, incómodo. Ryan lo estaba mirando, esperando su señal. Él asintió. Reticente, Ryan sujetó una bolsa de plástico bien alto, y se la arrebataron de inmediato. Observando desde el vagón de tren, Glen le echó un ojo a Zandra, aterrorizada. No podían oír lo que estaban diciendo, pero las cosas no parecían estar yendo bien.

—¿Por qué queréis ser de los Locos? —preguntó Zoot.

Lex tenía un discursito preparado.

—Hombre, porque sois la mejor de las tribus. Y porque eres el puto amo, Zoot. Tú sí que sabes.

Zoot aguardó, desprovisto de expresión. Las miradas de todos los Locos estaban fijadas sobre Lex, que no sabía cómo seguir. Esperaba que sus halagos fuesen recibidos de forma más positiva. Comenzó a trabarse.

—Sois… super…

La voz parecía más insistente, impaciente.

—¿Cómo dices que somos?

En aquel momento, Lex deseó haber atendido más en el colegio. Se exprimió los sesos en busca de la palabra más larga e impresionante que pudiese recordar.

—Sois… escandalosos.

Durante un instante, Zoot se quedó perplejo.

—Que somos… ¿qué?

Entonces, echó la cabeza atrás y dejó escapar una bramante carcajada. Los demás Locos se unieron a él, aullando como un clan de hienas. El sonido hacía eco por todo el depósito de trenes. Sin embargo, estaba ausente de humor. Era una risa mortal.

—¡Corre! —gritó Lex mientras le tiraba el macuto a Zoot en la cara. Sorprendidos, los Locos tardaron en reaccionar. De un movimiento, Ryan pilló la bolsa y se la arrojó a los Locos, esparciendo el contenido en todas direcciones. Glen se encontraba ya tirando de Zandra hacia el otro lado del vagón de tren. Los otros dos chicos se unieron a ellos y, juntos, corrieron hacia una elevada cerca de madera que rodeaba la zona. Tras saltar sobre una pila de cajas junto a la verja, Ryan impulsó a la chica hacia arriba, la hizo pasar al otro lado como un bruto y la siguió. Lex saltó sobre la última caja, se sentó sobre la verja y, entonces, derribó la pila de cajas de una patada.

—¡Lex! —gritó Glen, que se había quedado abajo—. ¡¿Qué coño haces?!

—¡Es otro de mis brillantes planes! —voceó Lex al tiempo que se giraba hacia el lado opuesto de la valla—. Buena suerte, colega.

Saltó al suelo y siguió a Ryan y Zandra. Al oír cómo los Locos se apiñaban sobre Glen entre gritos al otro lado de la verja, Zandra se giró.

—¡Glen! —gritó.

Lex la agarró por el brazo y la arrastró lejos de allí.

—¡Lo han pillado! ¡No podemos hacer nada! Zandra, tenemos que salvarnos. ¡Es lo que él hubiese querido!

Se llevó a la chica de allí entre sollozos, mientras los gritos de dolor de Glen les perforaban los oídos.

DIEZ

La chica pelirroja sentada a los columpios parecía triste y resignada. Amber entendería el porqué cuando supo su historia más adelante. Lo había pasado mal tratando de cuidar de tres niños que se había encontrado deambulando por las calles, evitando a las tribus e intentando encontrar suficiente comida para mantenerlos con vida, día tras día. Había sido una odisea larga y difícil. Si era una experiencia dura para alguien con experiencia, lo era aún más para una joven inocente. Y había llegado a su límite.

—¿Con qué tribu estáis? —preguntó, la voz queda y vacía.

—No tenemos tribu —respondió Amber—. Yo soy Amber. Él es Dal.

—Salene —contestó la chica.

—¿Sabías que Cloe se había ido sola por ahí?

—No puedo estar pendiente de ellos a todas horas —saltó Salene, a la defensiva—. Y ella no lo entiende. Se va por ahí sola, a "buscar a los adultos".

—Es peligroso. Casi la pillan los Locos.

—Y ¿qué más da?

Amber la miró sorprendida.

Salene siguió, con la voz agotada, a punto de llorar.

—Yo ya no puedo más. Estaba a punto de ir a entregarnos y, entonces, encontré este lugar… Pensé que podrían pasar un rato jugando, una vez más, antes de…

"Antes de…". Aquellas palabras lo decían todo. Amber se quedó mirando a los tres pequeños, que jugaban felices sobre el tobogán, con el perro. Se preguntó qué les pasaría si los atrapaban. Por lo que había oído, todas las tribus parecían igual de anárquicas y brutales. Una maligna oscuridad había descendido sobre el mundo. La humanidad en su versión más desesperada, despiadada y salvaje. Si ellos caían en manos de las tribus, ¿vivirían o morirían? ¿Serían esclavizados, o torturados hasta rogar a gritos que los matasen? Negó con la cabeza para tratar de quitarse la imagen de la cabeza. Haría lo que fuese para que eso no llegase a suceder.

ooo

Lex dirigía a su pequeño grupo sobre los desechos que ocupaban la calle. Tras él, Zandra se tropezó con sus zapatos de marca, más aptos para una pasarela que para una ciudad golpeada por la guerra. Ryan iba en la retaguardia, echando vistazos tras de sí de vez en cuando. A sus espaldas, la calle estaba desierta. Parecía que los Locos habían abandonado la persecución. Probablemente, satisfechos por haber capturado al traicionado y abandonado Glen.

—¿Habéis visto a ese tío? —bramó Lex—. ¿Qué coño le pasa? ¡A los líderes tribales se les sube el poder al coco! ¡Ya le enseñaré yo! Me vengaré de él. ¡Os lo prometo! —grito, para luego agarrar a Zandra del brazo—. Venga, Zan, no te quedes atrás.

—¡No me toques! —dijo ella mientras retiraba el brazo.

—¿Y a ti qué te pasa? —preguntó el chico, que reparó en las lágrimas que comenzaban a manchar el maquillaje de Zandra, tan cuidadosamente aplicado—. Por última vez, Zan: siento lo de Glen. No pude evitarlo…

Zandra aspiró con fuerza.

—¿No será que te molaba?, ¿es eso? —preguntó él.

—¡No!

—¡Pues deja de lloriquear! Él quería ser un Loco. Ha obtenido su deseo… Es más, ¿sabes qué? Me da que se sacrificó a propósito, para salvarnos. Me da cosa solo de pensarlo.

La chica se detuvo, desbordada por las lágrimas. Cuando Lex retrocedió sobre sus pasos para acercarse a ella, Zandra se fundió entre sus brazos, física y emocionalmente agotada.

—¡Ay, Lex!

Él la abrazó, eufórico por dentro. Se había desecho de su rival. Ahora ya era sólo cuestión de tiempo, de encontrar el momento y lugar oportunos. Es decir, en un mundo como aquel, había que encontrar el placer en las pequeñas cosas, ¿no? Y sin pensárselo demasiado. Miró a Ryan, que se había quedado observando su abrazo.

—¿Y tú qué miras? —le bufó.

—Lex. ¡Escucha! —dijo Ryan.

De repente, todos callaron, miraron a su alrededor y escucharon con atención. Podían oír a niños jugando muy cerca de allí.

ONCE

Un atardecer carmesí descendía sobre la ciudad. Desde la distancia, bajo las risas de los críos, el sonido de una refriega salvaje alcanzaba el parque infantil. En otros tiempos, podría haberse atribuido a un grupo de hinchas del fútbol celebrando a vítores la victoria de sus campeones. "Ahora, quién sabe", pensó Amber.

Dal se la quedó mirando y le leyó el pensamiento.

—Iré a echar un vistazo, Amber. A buscar un lugar seguro donde pasar la noche.

—Gracias, Dal. Compartiré nuestra comida con todos —dijo mientras sacaba una bolsa de plástico de su mochila.

—Más te vale, amiguita.

Todos miraron hacia el origen de aquella voz amenazante.

—Más te vale —repitió Lex, entrando a zancadas en el pequeño parque.

Amber se puso en pie de un salto para encarar al joven con pinta de tipo duro. Junto a él había otra chica y otro chico. No eran los Locos, por lo menos.

—Veréis, este sector es mío —continuó Lex—. Y vosotros habéis entrado sin permiso. Pero, mira, os digo una cosa: me siento generoso. Dadme la bolsa y no hay más que hablar.

Se quedó mirando a los niños, que seguían jugando.

—Y que no se os ocurra salir corriendo. Igual vosotros podríais escapar, pero ellos no —se acercó a Cloe, que se aferró a su osito de peluche como para protegerse contra aquel matón. Lex se agachó y le puso la cara delante a Cloe—. ¡Bu!

La niña dio un salto atrás, sobresaltada, y dejó caer su osito al suelo.

Amber sabía que no eran rival para aquel joven, ni para el otro más grande, de pie tras él. Sin embargo, en aquel mundo no podías tirarte al suelo y hacerte el muerto. O lo acabarías estando de verdad.

—¿Quiénes sois? —preguntó con tanta valentía como pudo fingir—. No reconozco vuestra tribu.

—¿No me digas que nunca has oído hablar de nosotros? —el farol de Lex se vio interrumpido cuando Ryan lo agarró del brazo.

—¡Lex!

—¡¿Qué?! —saltó este.

—¡Locos! —señaló Ryan, aterrorizado.

Alrededor de la verja y en la entrada de acceso al parque infantil, las siniestras figuras de los Locos habían aparecido de repente, con Zoot a la cabeza.

—¡A por ellos! —gritó Zoot.

Gracias a su instinto de guerrero callejero, Lex envió de un golpe uno de los columpios directo a la cara del Loco que tenía más cerca. Entonces, tras empujar a Amber, Salene y Dal entre su grupo y los Locos que se les acercaban, se llevó a Zandra de allí apresuradamente, con Ryan siguiéndolos de cerca. La confusión de aquella aglomeración fue suficiente para darles cierta ventaja. Se movieron rápidamente por un callejón mientras Zandra gimoteaba de terror.

—¡Por aquí! —chilló Lex, apresurándose hacia un oscuro túnel bajo una vía férrea, lleno de escombros.

Al girar la esquina, sus pasos resonaron por todo el túnel mientras los rayos del atardecer iluminaban el otro extremo. Lex frenó en seco. La luz cegadora dibujaba unas figuras prolongadas, unas siluetas amenazantes recortadas contra el sol del ocaso.

—¡Perros Salvajes! —gritó.

Se dieron la vuelta justo a tiempo para ver a los Locos llegar por la otra esquina. No había escapatoria. Estaban atrapados.

—¡Lex! —gritó Zandra, aterrorizada.

Tras agarrarla del brazo sin delicadeza, Lex se apresuró a ponerse detrás de una fila de contenedores de basura, y se agacharon. Ryan hizo lo propio y se dejó caer sobre ellos, sin aliento. Sin poder hacer nada, observaron cómo las dos tribus se detenían hasta quedar cara a cara. Lex notaba cómo Zandra temblaba entre sus brazos. La sujetó bien cerca, con casi tanto miedo como ella.

Los Locos y los Perros Salvajes se posicionaron en dos líneas de combate. Los Locos, con la oscuridad del túnel tras ellos. Los Perros Salvajes, bañados desde atrás por la brillante luz carmesí. Lex, Zandra y Ryan contuvieron el aliento.

Entonces, con un grito demoníaco, Zoot marchó contra la línea enemiga, con los Locos pisándole los talones entre aullidos. Los Perros Salvajes respondieron con gritos de guerra y corrieron hacia la embestida con los Locos. Lex y los demás observaron, paralizados. Aquella escena parecía sacada directamente de una batalla medieval, o de un videojuego de guerra. Sin embargo, esta vez era real. Las armas se clavaban en los cuerpos, había brazos y piernas por todas partes, gritos y chillidos de dolor y furia.

—¡Nos piramos! —urgió Lex sobre el escándalo de la pelea.

DOCE

Bray y Trudy avanzaban con cautela en dirección a la esfera ferozmente roja de la puesta de sol. No había sido fácil convencer a Trudy para abandonar su elegante casa a las afueras, el lugar donde se había criado y escenario de los recuerdos que guardaba con mayor cariño. Allí se sentía segura. Regresó a su casa por instinto, tras el fallido intento de evacuación de los menores. Tras la muerte de todos los adultos. No obstante, Bray sabía que irse de allí era de vital importancia.

Mientras volvía de su viaje de exploración a la ciudad, había visto a los infames Gallos rebuscar casa por casa en un vecindario próximo, buscando cosas que saquear y supervivientes escondidos por miedo. "La nuestra será la siguiente", le había dicho. Finalmente, tras muchas lágrimas, cedió y le permitió guiarla lejos de su pasado… y hacia su futuro.

El trayecto hasta la ciudad no era largo, pero llevaban casi todo el día caminando. Ir por la vía más directa siguiendo la carretera principal quedaba descartado. Además de los Gallos, otras pequeñas bandas de jóvenes salvajes merodeaban por las afueras en busca de comida y emociones. Bray y Trudy habían tenido que esconderse en repetidas ocasiones, a veces durante una o dos horas seguidas, hasta que las bandas se marchaban.

Durante esas largas esperas a escondidas, Bray había intentado tranquilizar a la atemorizada Trudy, tratando de asegurarle que todo saldría bien. Era por naturaleza una jovencita muy nerviosa, mimada toda la vida por unos padres permisivos. No estaba en absoluto preparada para el mundo peligroso e impredecible en que ahora vivía. Había sido un viaje agotador para los dos, tanto física como mentalmente. Para Bray, tratar de evitar que Trudy se desmoronase ante él era como aferrarse a la pendiente de un acantilado helado con las puntas de los dedos.

Tras trazar un recorrido que los llevaba de un escondite a otro, Bray había conseguido que llegasen a los límites de la ciudad al comenzar a caer la noche. Ahora, su principal prioridad era encontrar un lugar seguro donde dormir. Aunque, por muy cansado que estuviese, sabía que seguramente no conseguiría echar ojo.

TRECE

Aquel aparcamiento estaba situado en la parte céntrica y comercial de la ciudad, una zona de bancos multinacionales, compañías de seguros y empresas comerciales. Rodeado de elevadas torres de oficinas que no interesaban realmente a ninguna de las pandillas de saqueadores, el Sector 10 (como se lo conocía ahora) no estaba controlado ni ocupado por ninguna de las tribus en guerra.

En tiempos normales, el *parking* solía estar hasta arriba de vehículos de alta gama, símbolo de la riqueza, estatus e importancia de sus propietarios. Ahora no quedaba ni uno. Ni coches, ni dueños. En su lugar, había quedado una especie de túnel de viento, vacío y lúgubre, hasta arriba de toda la porquería que la brisa hubiese arrastrado hasta allí.

—Debía ser un parking —dijo Dal mientras Amber y él guiaban a Salene, a los pequeños y al perro hacia el interior. Entre tanta confusión en el parque infantil, los Locos se habían centrado tanto en atrapar a Lex, que ignoraron a Amber y a los demás, y habían podido escapar, ilesos y muy aliviados.

—Sí, me acuerdo de este sitio —contestó Amber—. Daba a un centro comercial. Con muchos artículos de lujo.

—Seguro que ya no queda ninguno —declaró Dal.

—Pero el centro comercial debería seguir ahí, ¿no?

—Vale la pena probar. Es muy tarde para buscar otro lugar.

Salieron del aparcamiento atravesando una puerta de metal, y se encontraron en un alargado pasillo en forma de L. Al girar la esquina, vieron que terminaba con unas puertas dobles.

—Espero que sea seguro —dijo Salene, a punto de llorar. La carga de cuidar de los pequeños la había llevado a su límite, y sabía que no soportaría otra sorpresa desagradable. Estaba muy agradecida de haber encontrado a Amber y Dal, que parecían líderes naturales. Ahora, estaba satisfecha dejando que otra persona tomase el control y le indicase qué hacer.

—Venga —dijo una decidida Amber—. Vamos a comprobarlo.

Fue la primera en caminar por el pasillo, y abrió las puertas dobles con un indeciso empujón.

—¡Guau! —exclamó asombrada.

Los demás la siguieron hacia el interior y se quedaron mirando el patio interior del centro comercial, que se extendía hasta bien arriba. Tal y como Dal había pronosticado, habían saqueado el centro comercial, pero la estructura seguía intacta. Ningún pirómano le había prendido fuego hasta convertirlo en ceniza, y las paredes y elementos decorativos seguían manteniendo su sello de calidad y elegancia, pese a estar cubiertos de grafitis. Había una ornamentada escalera de gran envergadura, formada por dos tramos de escalera cortos y equidistantes que nacían en la planta baja hasta curvarse y unirse en un pequeño descanso, el cual llevaba al último tramo de escalones, rectos y más anchos, que ascendían hasta la primera planta. En esta, el pasillo que daba al patio interior estaba bordeado por barandillas de balcón de hierro forjado. Elevándose ante ellos, justo en mitad de la planta baja, estaba plantada una gigantesca estatua de bronce que representaba a una distinguida ave a punto de echar a volar. Lo extraño era que estaba iluminada por un sinfín de diminutas bombillas que flotaban sobre su testa. Luces de cuarzo con vida propia que no dependían del suministro eléctrico, ahora extinto.

Aquel centro comercial parecía tranquilo y abandonado.

—Parece que está vacío —dijo Dal—. Iré a echar un vistazo.

—Dal —lo advirtió Amber—, ten cuidado.

—Ni te preocupes —sonrió él.

Al poner un pie sobre el primer peldaño de la escalera, y oculta a la mirada de todos ellos en la planta superior, una mano se posó sobre una palanca, esperando.

CATORCE

Mientras la luz del día se apagaba, Lex y Zandra esperaban en el sombrío e interminable aparcamiento, cansados y alterados. Aquel día que, para Lex, había comenzado con precavido optimismo, terminaba convertido en una auténtica pesadilla.

Milagrosamente, habían escapado de los Locos una segunda vez aquel día, pero la experiencia los había dejado a todos con los nervios crispados. Pese a que tenía experiencia peleando en las calles, nunca había presenciado un combate tan brutal como el acontecido entre los Locos y los Perros Salvajes, que les proporcionó el tiempo justo para escapar. Estaba impresionado, y seguía sintiendo la adrenalina correr por sus venas.

Zandra se había quedado horrorizada y estaba prácticamente histérica, pensando en lo que podría haber sucedido si llegan a capturarlos. En lo que aún podría pasar si no encontraban un refugio seguro donde pasar la noche.

—¿Dónde está? —se lamentó—. ¡Se ha ido hace ya rato!

Ryan se había adentrado en la oscuridad del *parking* para echar un ojo. Con el paso de cada segundo, Zandra sentía más y más temor.

—¡Igual lo han pillado, Lex! ¡Igual habría que largarse! ¡Puede que estuviesen ahí esperándonos!

—Calla, Zan. Ryan puede cuidarse solito.

Esperaron, con las orejas bien abiertas y los ojos deambulando por aquel espacio desolado que una vez fue el centro financiero de la ciudad, de la mitad del mundo civilizado.

De repente, Zandra soltó un suspiro de sorpresa. Desde lo más recóndito de la oscuridad comenzaban a acercarse pasos.

—¡Shhh! —siseó Lex.

Una figura grande emergió de entre las tinieblas.

—¡Ryan! ¡Gracias a Dios! —gritó Zandra.

—¿Algo? —Lex estaba impaciente.

—Nada —dijo Ryan mientras negaba con la cabeza, abatido.

Lex hizo una mueca de disgusto.

—Será mejor que volvamos al Sector 12 mientras siga habiendo algo de luz.

Huir de los Locos los había alejado de la parte de la ciudad que consideraban su hogar. Conocían los mejores escondites de aquel sector, para cuando llegaban las tribus a "hacer la visita".

Mientras los guiaba hacia afuera, Lex se tropezó con un objeto tirado en el suelo. Soltó una palabrota y luego se agachó a recogerlo. Al fijarse en lo que tenía entre manos, una sonrisa malévola se dibujó sobre su rostro. Era un osito de peluche.

QUINCE

Estaban todos ansiosos, apiñados bajo la estatua del ave. Amber se dio cuenta de que era un fénix. Símbolo del renacer, alzándose desde las cenizas. Esperaba que fuese buen augurio. Aquel pequeño grupo de niños abandonados necesitaba toda la buena suerte que pudiesen reunir.

Estaba agotada, y se sentía un poco confusa. Parecía ya una eternidad desde que Dal y ella emprendiesen su camino esa misma mañana. A estas horas debían haber estado ya acampando en el campo, bajo las estrellas. Echó la vista arriba, hacia las brillantes luces que flotaban sobre el fénix, y sonrió. No era exactamente lo que habían planeado.

Mientras esperaban a que Dal regresase de echar un vistazo por el centro comercial, Amber descubrió más cosas de los demás. Patsy y Paul eran hermanos gemelos y tenían unos diez años. El perro, Bob, era la mascota de su familia. Salene los encontró a Cloe y a ellos deambulando por el parque central de la ciudad, y llevaba cuidándolos desde entonces. Amber se quedó impresionada. Debió ser muy duro mantener a salvo a unos niños tan inocentes en aquel violento mundo en que se habían visto sumidos.

Todos miraron con anticipación a Dal cuando esté volvió a bajar por las escaleras.

—¿Has tenido suerte? —preguntó Amber.

Dal negó con la cabeza.

—No. Todavía hay muchas cosas, pero comida no.

—Bueno… —Amber se agachó, abrió su macuto y sacó dos latas de alubias.

Su amigo se encogió de hombros.

—No tenemos demasiado.

—No teníamos pensado celebrar una fiesta —dijo Amber con sarcasmo—. Ah, Dal: estos son Patsy y Paul. Paul parece un poco tímido.

—No es tímido. Es sordo… y muy tonto —dijo Patsy.

—Ah. ¿Sabes leer los labios, Paul? —preguntó Amber.

Paul signó su respuesta.

—Dice que prefiere signar —explicó Patsy.

—Vale. Pues tendremos que aprender, supongo —contestó Amber con una sonrisa.

El niño signó de nuevo, moviendo las manos con urgencia.

Amber frunció el ceño.

—¿Eso qué significa?

Dal se giró hacia donde estaba mirando Paul.

—¡Significa que tenemos un problema!

Los ojos de los demás siguieron la mirada asustada de Dal.

Lex estaba entrando en el centro comercial, con pasos largos y arrogantes, seguido de Zandra y Ryan. Fulminó con la mirada al sobresaltado grupo, con una sonrisa maliciosa que le distorsionaba la cara.

—A ver, ¿por dónde íbamos antes de que nos cortasen el rollo?

DIECISÉIS

Bajo el oscuro cielo nocturno, en el vasto depósito de trenes que Zoot había escogido como su cuartel principal, los Locos se lamían las heridas tras la batalla, a la luz de una docena de hogueras.

En la intimidad de su vagón privado de primera clase, Ebony limpiaba el rostro magullado de Zoot con una toalla fría y húmeda. A ella le habría gustado más vivir en un hotel. Pese a los saqueos y los incendios, todavía quedaban muchos en pie. Sin embargo, Zoot era inflexible. Los hoteles estaban expuestos a asedios e incendios provocados. Podían quedarse atrapados en su interior si las pandillas rivales se aliaban en su contra. Algo más que probable, puesto que los Locos eran la tribu más odiada de la ciudad. Y con razón.

Su líder, Zoot, era el mejor luchador callejero que Ebony había visto jamás. Y eso que, en su corta y sufrida vida, había visto muchas cosas. Cuando todo comenzó, hubo muchas rivales que se disputaron el afecto de Zoot. Pero había podido con todas. Ya fuese a base de fuerza bruta o de engaños, atributos que había tenido que ir aprendiendo a las malas al hacerse mayor. Tras verla riñendo y embaucando para ganárselo,

Zoot había reconocido a su alma gemela en aquella diminuta arpía, con ojos penetrantes que miraban a través de la franja de maquillaje negro que era su seña de identidad y que le recorría los ojos de un lado a otro de la cara. La había escogido para que fuese su teniente y, posteriormente, su amante.

Meterse en su cama le había costado más de lo que ella se esperaba. Zoot era muy reservado, precavido y receloso con todos. Si le añadíamos su inteligencia y astucia naturales, aquel halo de indiferencia le venía bien. Nadie lo engañaba fácilmente. Sin embargo, ella sí lo había conseguido. La desesperada necesidad que ella misma sentía por tener control y poder, por no volver nunca a ser vulnerable, había encontrado finalmente una forma de ganárselo a él.

Su pericia sexual lo había dejado embelesado. Lo había dejado casi en *shock*, al venir de un entorno más conservador que la cloaca donde se había criado la chica. Ahora estaban completos, eran un dúo muy poderoso. Y su misión era conquistar el mundo.

DIECISIETE

En el centro comercial, el pequeño grupo de Amber observaba a Lex, perplejos y asustados. Momentos antes, se habían sentido a salvo del violento mundo del exterior. Ahora, este los atravesaba con la mirada.

—¡Ah, ya! La comida —dijo en tono amenazante—. Ibais a darme toda vuestra comida.

Apenas hubo dado unos pasos hacia adelante cuando un estridente traqueteo metálico hizo eco por todo el espacio. Todos miraron hacia arriba. Unas rejas de metal con barras se desplomaron desde el techo y cerraron el acceso al centro comercial, dejando afuera al grupo de Lex.

Este agarró la reja y la agitó, sorprendido y furioso.

—¡¿Cómo coño habéis hecho eso?! —gruñó—. Entraremos por otro lado. ¡No vais a libraros tan fácil!

Se dio la vuelta para marcharse, y el ruido de aquel traqueteo extremo volvió a sonar por todo el centro comercial. Las rejas cayeron en la parte exterior, atrapando a Lex y su grupo dentro de una jaula de barrotes horizontales y verticales. Dio un par de zancadas hasta volver a la reja interior y le lanzó una mirada asesina a Amber.

Ella se permitió sonreír. No tenía ni idea de qué estaba pasando. Pero, por el momento, la suerte al fin les había sonreído también.

—Parece que sois vosotros quienes no os libraréis.

—¡Abridla! —exigió Lex—. ¡Abridla, u os arrepentiréis!

Los pequeños se quedaron mirando a Amber, como si fuese ella la que acabase de obrar un milagro.

—Voy a contar hasta diez —amenazó Lex—. ¡Uno! ¡Dos! ¡Tres…!

—¡Cuatro! ¡Cinto! —todos se giraron hacia la extraña nueva voz que siguió contando y que reverberaba por la estancia. A la de "diez", vieron a un jovencito con un alocado peinado rojo fuego y pantalones cortos plantado en lo alto de las escaleras, entre la oscuridad.

Sobre la frente reposaba un artilugio extraño, mitad anteojos, mitad microscopio. A Amber le vino inmediatamente a la cabeza un cruce entre un profesor distraído y un friki de la tecnología.

El joven rarito bajó casualmente por las escaleras.

—Y, ahora, ¿qué pasa? —le preguntó a Lex—. Me da que tu amenaza ha sido un pelín inútil. No te lo has planteado demasiado bien, ¿eh? Tú tranquilo.

Amber y los demás se quedaron mirando a su "salvador", sin palabras. Al final de un día tan largo y traumático, ya no tenían fuerzas para asimilar aquella nueva aparición.

—Buenas —le dijo a Amber—. Soy Jack. Digo yo que tendréis una cosita que decirme.

—¿Como qué? —preguntó ella, desconcertada.

El chico sonrió.

—Bueno, en mis tiempos se decía "gracias". Pero supongo que los tiempos están cambiando.

DIECIOCHO

La noche ya había caído para cuando Bray y Trudy encontraron el túnel ferroviario abandonado en el corazón de la ciudad. Era un túnel corto, sellado en uno de sus extremos con una pared de ladrillo y usado para almacenar máquinas que ya no estaban en funcionamiento. Bray ya había comprobado que estaba vacío y decidió que era un lugar tan seguro como cualquier otro donde pasar la noche. Ninguna tribu se aventuraba a salir en la oscuridad. Era demasiado peligroso e innecesario. El día era el mejor momento para "divertirse".

Sacó la sábana de *camping* de su bandolera, la agitó y enrolló a la chica con ella.

—Toma —dijo con delicadeza.

Agotada tanto por dentro como por fuera, Trudy la aferró a ella como en un abrazo y comenzó a llorar en voz baja. Bray se sentó junto a la chica y le rodeó los hombros con un brazo. Ella se apoyó sobre su pecho, gimoteando. Entonces, el chico le acarició el cabello y comenzó a mecerla gentilmente, como haría con un niño pequeño.

Al poco tiempo, notó que el cuerpo de la joven se relajaba contra el suyo. Sus llantos cesaron y se vieron remplazados por un ronquido gentil e irregular. Bray se quedó contemplando la noche. Una media luna teñida de naranja se alzaba sobre los tejados de la ciudad. Una calma mortal había descendido sobre las calles, rota solamente por el ocasional grito de un gato… o de un niño desesperado. No sabría decir.

Había mucha paz. Una ligera brisa nocturna soplaba levemente. Las estrellas tintineaban contra un cielo negro como la tinta. La tierra dormía. La naturaleza no había cambiado. Era difícil creer que viviesen en el propio infierno.

Descansó su cabeza contra la fría pared del túnel y deseo poder estar lejos de allí. Muy lejos de allí, él solo. Podría sobrevivir, eso no lo dudaba. Conocía los bosques, los campos y las montañas. Era un chico de ciudad con el alma de un indígena. Envidiaba a los aborígenes, y su instintiva comunión con la naturaleza. No había nada de natural en la forma de vida que tenía él ahora.

Trudy se meneó entre sus brazos, todavía dormida. El joven sintió una gran presión sobre su corazón. Ahora, ella era su responsabilidad. Había prometido cuidarla, y lo haría. Lo haría. Pese a su deseo de estar bien lejos de allí, él solo.

DIECINUEVE

Jack estaba disfrutando de su sensación de poder.

—Las verjas sólo pueden subirse de nuevo con una manivela especial —le contó a Amber. Luego se giró hacia Lex, que los vigilaba, furioso y frustrado, a través de las barras cruzadas de la reja—. Abriré la de la salida cuando os hayáis tranquilizado, chicos. Podréis volver a la calle.

—¡No! —imploró Zandra—. ¡No quiero volver ahí fuera!

Jack se giró y le sonrió a Amber.

—Venid, voy a enseñaros este sitio.

Los guio hacia arriba por las escaleras como lo hace un señor que enseña sus tierras. Amber y los demás lo siguieron, aliviados e incluso algo entretenidos con los aires de propietario de su anfitrión. De momento, estaban a salvo. Se podían permitir sonreír.

Abajo, Lex agitaba las barras de la verja, impotente.

—¡Eh! —gritó—. ¡¿Adónde vais?!

Le dio una patada a la reja, como un salvaje. Esta ni se movió. Podía retener perfectamente a un elefante.

A la altura del descanso de las escaleras, Amber preguntó:

—¿Por qué lo haces?

—¿Hacer qué?

—Ayudarnos. Hasta donde tú sabes, podríamos ser de los Perros Salvajes.

Ahora, le tocaba sonreír a Jack. Se giró para observarlos a todos.

—¿Vosotros?

Amber dibujó una sonrisa.

—Vale, igual no. Pero pudiste no habernos dejado entrar.

Los gritos coléricos de Lex resonaban a su alrededor, por todo el centro comercial.

—¡Oye! ¡¿Me estáis escuchando?! ¡Os lo advierto!

—Vuestro colega tiene muy malas pulgas.

—No es colega nuestro —dijo Dal.

—Hace semanas que vivo de una caja de alubias en lata —prosiguió Jack—. Y las latas se me están acabando.

—Nosotros tampoco tenemos mucha comida —respondió Amber.

—Pero me podríais ayudar a encontrar más. Es lo menos que podéis hacer después de ayudaros con vuestro problemita de ahí abajo.

—Gracias por tu ayuda —dijo Dal—. Pero tenemos que seguir nuestro camino. A primera hora de la mañana. ¿Verdad, Amber?

Jack se encogió de hombros.

—Vosotros veréis. Pero no encontraréis mejor sitio donde quedaros que este.

Se quedó plantado arriba de las escaleras y alzó los brazos ante sí. Todos miraron a su alrededor, en la penumbra. A través del enorme techo de cristal del patio interior, la luna y las estrellas le otorgaban al centro comercial un brillo tenue. Había tiendas abandonadas por todas partes. Algunas medio saqueadas, otras casi intactas. Era como si los saqueadores hubiesen sido interrumpidos y se hubiesen marchado para nunca volver. Aquel lugar desprendía seguridad.

—Estoy cansada —se quejó Cloe.

—Yo también —se unió Patsy.

Salene miró a Amber.

—¿Qué vamos a hacer?

—Yo tengo una manta —respondió ella—. Que se la queden los niños. Los demás ya nos apañamos.

—No está mal, pero puedo mejorarlo —aportó Jack con una sonrisa.

Los llevó por uno de los pasillos junto a la barandilla que bordeaba el patio interior hasta llegar al otro lado de la primera planta, y volvió a elevar los brazos, como un mago presentando su ilusión favorita.

Amber se detuvo y miró, incrédula.

—No puede ser.

Los niños corrían ya al interior de la tienda de muebles, donde los aguardaban camas de aspecto acogedor. Los demás también se apresuraron a entrar, haciéndose eco de la incredulidad maravillada de Amber.

—¡Son edredones de verdad! —gritó Salene de puro asombro.

—¡Y almohadas! —gritó también Dal—. ¡Hay almohadas!

Patsy, Paul y Cloe estaban dando saltos de una cama a otra, emocionados y chillando de felicidad.

—¡Niños, tranquilidad! —previno Amber—. ¡Que vais a romper las camas!

Las amenazas huecas de Lex, provenientes de la planta baja, se podían oír todavía.

—¡Eh! ¡Que abráis las verjas! ¡Os lo advierto! ¡Os arrepentiréis!

Amber se giró hacia Jack.

—¿Qué vamos a hacer con esos tres?

El chico se encogió de hombros.

—Tú tranquila. Es lo que se hace con las fieras. Encerrarlas en una jaula. No te preocupes, esta noche no se van a ninguna parte.

VEINTE

Un silencio fantasmal había caído por la ciudad en tinieblas. En el túnel, Bray dormía a trompicones, con Trudy roncando entre sus brazos.

Mientras tanto, el perímetro del depósito de trenes estaba lleno de Locos montando guardia, protegiendo a Zoot y Ebony, que dormían abrazados en la comodidad de su vagón de primera clase. Bañados en la suave luz de la luna, el mundo parecía estar en paz.

En el centro comercial, Lex echaba chispas silenciosas, aferrado a las barras de su prisión. Había escuchado las súplicas de Zandra para que dejase de gritar.

—¡Como no pares, te acabarán oyendo los Locos! —se había lamentado ella.

Exhausta pero inquieta, Zandra se había echado sobre un alargado sofá, un resto de los saqueos que los ladrones se habían dejado en la entrada. Sabía que tenía todo el maquillaje corrido y que le vendría bien un buen baño. Sin embargo, ahora mismo le daba igual. Dentro de aquella celda, pasaría otra noche a salvo. Era todo lo que podía pedir, por ahora.

—Este sitio tampoco está tan mal, Lex —dijo Ryan, consciente de la rabia que le hervía a fuego lento a su amigo—. Hemos dormido en sitios peores.

—¡Cállate! —saltó Lex. Se dejó caer sobre el sofá, tirando a Zandra a un lado sin delicadeza.

Ryan se echó en el suelo, acomodando el peluche de Cloe bajo su cabeza para usarlo como cojín.

Zandra se acurrucó con Lex, gimoteando.

—¡Calla tú también! —volvió a exigir—. ¡Te acabarán oyendo los Locos!

En la tienda de muebles, Amber arropaba a los niños en sus nuevas camas, cómodos por primera vez en no sabían ya cuánto tiempo. Patsy se acomodó bajo su edredón, que olía a limpio. Junto a ella, Cloe estaba llorando.

—¿Qué te pasa? —preguntó Amber gentilmente.

—No encuentra su osito.

—¡Quiero mi osito! ¡Quiero irme a casa! —exclamó Cloe entre llantos.

Amber se sentó a su lado y le acarició la mejilla.

—Lo sé. Lo sé, no pasa nada. Esta es tu casa, por ahora.

Calentita y cómoda en su cama, Salene se quedó mirando al techo, casi a oscuras, perdida en sus pensamientos. Por esta noche estaba a salvo. Y estaba muy agradecida por ello. Pero ¿qué horrores traería el mañana?

VEINTIUNO

Bray estaba despierto desde antes del amanecer. No había conseguido dormir realmente, y tenía las extremidades entumecidas de haber estado tumbado sobre el duro suelo del túnel. Se levantó con cuidado de no despertar a Trudy, que seguía durmiendo profundamente, arropada en la manta. Se estiró y se puso de pie en la entrada del túnel, observando cómo las primeras luces del día lamían las cimas de los rascacielos y se adentraban gradualmente en la ciudad.

Las hogueras se habían apagado ya casi todas. Por suerte, sin crear una tormenta de fuego que habría arrasado con los supervivientes. Quizás hubiese sido mejor así, pensó él. ¿Qué futuro les esperaba a todos ellos?

Desde que los últimos adultos muriesen (y, con ellos, el último atisbo de autoridad), la ciudad había caído en la anarquía. Y no veía modo alguno de revertirlo. Con el tiempo, aparecería una tribu dominante. Así funcionaban las cosas. ¿Serían los Locos?, ¿los Perros Salvajes? No importaba demasiado. Ahora, ya no había reglas. Quien consiguiera arrastrarse hasta la cima podría hacer lo que quisiera con los demás. Y Bray sabía suficiente de historia como para entender lo bajo que podían caer los seres humanos cuando perdían el control.

¿Había alguna solución? El suicidio le parecía algo cobarde, era similar a salir corriendo. Y él siempre había afrontado sus problemas. Pero este era demasiado grande como para poder con él. Así que todo se reducía a la supervivencia. Y era un "sálvese quien pueda".

—¿Bray?

Se giró y vio el rostro de la chica arrugarse al discernir su entorno y su situación.

—¡Oh, Bray! —exclamó entre sollozos.

Con un suspiro interno, se arrodilló junto a ella. No se le ocurrían palabras con las que confortarla.

—Lo que nos queda de comida está en la bolsa. Deberías comértelo.

—¿Y tú, qué? —preguntó con lágrimas en los ojos.

—Yo tengo que irme a buscar más. Y a buscar un lugar seguro.

Ella le agarró la manga con temor, las uñas se le clavaron en el brazo.

—¡Bray, no me abandones!

—Trudy, tengo que ir. No podemos quedarnos aquí. Tengo que encontrar un lugar seguro donde poder llevarte, y podré moverme más rápido si voy yo solo.

Trudy rompió a llorar una vez más. Bray luchó con todas sus fuerzas para calmar su fatiga y su irritación.

—Lo siento. Hay algunas cajas y demás al final del túnel donde puedes esconderte. Aquí estarás a salvo. Nadie querría venir por aquí a plena luz del día.

—¿Cuánto tiempo tardarás?

—Lo que haga falta, Trudy —no tenía ningún sentido mentirle.

Ella se llevó la mano a la boca, tratando de calmar sus lágrimas, pues sabía que así no ayudaba al chico.

—Ven —le dijo con gentileza—. Te ayudaré a montar un escondite seguro.

VEINTIDÓS

Pese a la comodidad de su cama en el centro comercial, Amber apenas había dormido tampoco. Había demasiadas cosas que pensar, que decidir. La misión con la que comenzó el día anterior parecía muy sencilla: escapar a la relativa seguridad del campo y empezar una nueva vida. Una vida nómada, seguramente, pues siempre existiría la amenaza de las tribus, sin importar dónde estuviesen. No obstante, muchas generaciones habían tenido ese estilo de vida durante siglos y habían sobrevivido, ¿por qué no iban a poder hacerlo ellos?

El día de hoy era distinto. Y quedarse tumbada en aquella cama tan agradable no la ayudaría en nada. Se quitó el edredón de encima y se levantó. Salene y los niños dormían plácidamente, exhaustos después de todo lo que habían experimentado. Habían dormido mal desde que todo comenzase. Por su parte, Dal y ella habían vivido a salvo en su barrio hasta ayer, durmiendo en sus propias camas, hasta que los saqueadores se quedaron sin sitios que desvalijar en la ciudad y avanzaron hacia las afueras.

Salió al pasillo que rodeaba el patio interior y se apoyó en la barandilla del balcón para mirar hacia abajo, a los tres intrusos tumbados en el interior de su jaula, una planta más abajo.

Los ronquidos de Ryan hacían eco por todo el cavernoso centro comercial. Lex, bien despierto y bien cabreado, le dio un buen porrazo en el hombro.

—¡Vale ya! Estoy intentando pensar.

Zandra se despertó y se incorporó.

—Uh... —se quejó—. ¡Qué mal he dormido!

—Y qué mala cara llevas —bromeó Lex.

Tras sacar un neceser de maquillaje de su bolso, la chica lo abrió y se inspeccionó el rostro en el diminuto espejo. Las partes de su cabello que llevaba teñidas de azul y rosa destacaban por doquier, y tenía el maquillaje corrido por toda la cara.

—¡No es culpa mía! —saltó ella—. ¡Fuiste tú quien nos metió en este lío! ¿Cómo vamos a salir de aquí?

—Eso es lo que intento averiguar, ¡si te callas y me dejas pensar!

Amber les pegó un grito desde el balcón de la primera planta.

—¿Qué estáis diciendo sobre salir de ahí?

Lex dio un salto y se acercó a las rejas.

—¡Ya lo verás! ¡No podéis tenernos aquí encerrados para siempre!

—¿Estás seguro?

—¡Desearéis no haberlo hecho! ¡Pero, para entonces, será demasiado tarde para deseos!

—Qué fácil es hacer amenazas estando entre rejas.

—No es una amenaza —gruñó Lex—, ¡es una promesa!

Amber se enderezó y se alejó de allí. El chico hundió un puño contra los barrotes, impotente.

—¡Te lo advierto!

La joven bajó las escaleras hasta la planta baja y encontró a Jack en la tienda de electricidad que el chico había convertido en su dormitorio, entre piezas de informática y electrónica cuyo uso ella desconocía por completo. Estaba jugueteando con los diales de una radio de onda corta, frustrado.

—Jack —le habló—. Se han despertado las fieras. Tenemos que decidir qué hacer con ellos.

VEINTITRES

La batalla contra los Perros Salvajes del día anterior había acabado en punto muerto. Aparte de algunos huesos rotos, cortes y magulladuras, los Locos habían capturado a dos prisioneros, que se quedarían como esclavos hasta poder adoctrinarlos bien para que formasen parte de su tribu.

Los Locos estaban creciendo en número. Cada día salían partidas de asalto que recogían niños y vagabundos, y los ponían a trabajar junto a los prisioneros de otras tribus que habían capturado. Sin embargo, un ejército más amplio traía también consigo un problema de control. Aparte del miedo a un castigo cruel y severo si alguien lo traicionaba, el principal método de Zoot era la oratoria. Las palabras. Durante siglos, la gente había conseguido obediencia (o habían sido obedientes) por medio de la palabra. Los Locos no eran ninguna excepción.

Zoot era un producto de su época: le encantaba la tecnología, había sido un *gamer* aficionado y temido en internet. Eso sí, también había escuchado los mítines que daba Hitler a los nazis, las emisiones por radio de Churchill con las que animaba a la nación a tener valor "en su hora más oscura". No había registros escritos de grandes líderes como Atila el Huno o

Gengis Kan, pero Zoot tenía claro que también supieron hacer magia con las palabras. Alguien dijo una vez, "La pluma es más poderosa que la espada", y había cierta verdad en ello. Las palabras habían demostrado ser más poderosas que las balas en muchas ocasiones, a lo largo de la historia del mundo. Y eran algo que él también sabía utilizar.

Estaba plantado sobre su vagón de tren, con el sol matutino bañándolo con un brillo dorado. Ebony se mantenía dos pasos a su lado. Su trabajo era responder a su oratoria, animar a los demás con su ejemplo.

El joven alzó los brazos y los Locos allí reunidos hicieron silencio.

—¡Hermanos! ¡Hermanas! ¡¡Locos!! —gritó.

Ebony comenzó el cántico:

—¡Locos! ¡Locos! ¡Locos!

Zoot dejó al resto proseguir el cántico, y luego los detuvo con un gesto. Estaban todos pendientes de cada una de sus palabras.

—¡Los adultos han muerto!

Ebony gritó de júbilo, pero él la interrumpió.

—¡La historia ha muerto! ¡Los métodos corruptos de los adultos han muerto! ¡Las costumbres que destruyeron el mundo han muerto!

Dejó que los vítores iniciados por Ebony se apagasen por sí solos, y luego continuó.

—Sin embargo, nuestro mundo no ha hecho más que comenzar. ¡El mundo de los Locos! ¡El mundo del mañana! ¡Nuestro mundo! ¡Sin pasado, sin adultos! ¡Sin reglas!

Los vítores cobraron vida de nuevo sin ayuda de Ebony. Él alzó los brazos sobre su cabeza, formó un saludo cruzando las muñecas en forma de X y gritó con toda la fuerza que le otorgaba su potente voz:

—¡¡¡Poder y Caos!!!

El grito de réplica de los Locos podía casi escucharse a kilómetros de allí.

VEINTICUATRO

Amber, Jack y Dal estaban apoyados en la barandilla del balcón, mirando a Lex desde arriba, que seguía de pie junto a los barrotes. Junto a Salene, eran los mayores de su pequeño grupo, así que les parecía su responsabilidad tomar una decisión por todos.

—Por última vez, ¡sacadnos de aquí! —dijo un enfurecido Lex.

—Podría ser la última vez —dijo Jack con calma—, si decidimos dejaros ahí para que os muráis de hambre.

Un rugido salió por la boca de Lex.

—¡Tú no podrías hacerle daño a nadie ni aunque tu vida dependiese de ello, friki de mierda!

—¡Lex! —lo reprendió Zandra. Ella también se acercó a los barrotes y miró hacia arriba con un lamento—. ¡No lo dice en serio!

Amber, Jack y Dal se miraron entre sí, se encogieron de hombros y se alejaron de allí.

—¡Mira lo que has hecho! —se lamentó Zandra. Se tiró sobre el sofá, de mal humor.

Lex vio como Ryan lo miraba fijamente, perplejo.

—¡¿Y tú qué miras, imbécil?!

Alejándose hasta un punto donde no pudieran verlos ni oírlos, el otro trío de jóvenes se detuvo. Dal miró a Amber.

—Bueno, entonces, ¿qué hacemos con ellos?

—La primera pregunta es, ¿qué hacemos con nosotros?

—¿Qué? —preguntó Jack con una mueca.

—Ellos no pueden entrar, vale. Pero ¿nosotros podemos salir? —prosiguió Amber.

—Hay otra forma de salir, por el antiguo alcantarillado —informó Jack.

—Venga, Amber. Pues vámonos.

Amber respiró profundamente.

—Dal, necesitamos un sitio donde quedarnos. Creo que debería ser aquí.

Su amigo frunció el ceño.

—Pensaba que nos íbamos al campo. Ese era el plan.

—Ya, pero los planes cambian. Quizás tú y yo podríamos conseguirlo. Pero ¿y los demás? ¿Cómo vamos a sacar a los pequeños sin encontrarnos con los Locos o una de las otras tribus?

Dal se estaba volviendo más infeliz por momentos.

—¿Y por qué tenemos que cuidar nosotros de ellos?

Amber se lo quedó mirando, como sorprendida por aquella pregunta.

—Porque nunca sobrevivirían sin nosotros. ¿O sí?

El chico suspiró y miró al suelo. Estaba perdiendo aquel debate, y no le hacía ninguna gracia. Todo lo que Amber y él habían planeado, todo lo que habían decidido, estaba desapareciendo.

La chica pudo notar la decepción de su amigo.

—Dal, este es el lugar más seguro para todos nosotros, por ahora. Si nos mantenemos unidos.

—¿Quieres decir como… comenzar nuestra propia tribu?

Ella se encogió de hombros.

—Tal vez.

—Pero ¿qué hacemos con ellos? —dijo Dal señalando con la cabeza en dirección a la jaula.

—Muy fácil —intervino Jack—. Abro la verja exterior y punto. Que se las apañen ellos solos en la calle.

—No podemos confiar en ellos —asintió Amber.

—Pero ¿podemos fiarnos de que salgan a la calle? ¿Y si acuden a los Locos y los traen hasta aquí?

La joven se quedó en silencio. Dal había dado con el verdadero dilema.

—Entonces… —empezó a decir Jack—. ¿Los dejamos pasar o los tiramos? ¿Qué hacemos, jefa?

La palabra "jefa" la dejó de piedra. Sin darse cuenta, había tomado la iniciativa. Los demás seguían todos sus movimientos. Y eso la asustaba.

VEINTICINCO

Estuvo montando en monopatín por las calles desiertas de la ciudad, con los ojos en alerta constante ante cualquier peligro. Cuando apareció el virus y comenzó a azotar el país como un incendio descontrolado, las autoridades habían dividido la ciudad en sectores administrativos con números para un fácil control e identificación. Cada sector estaba delimitado con un perímetro y separado del resto para tratar de contener los brotes. Sin embargo, el virus no respetaba las barreras físicas, ni los sistemas de contención de los adultos. Avanzó por toda la ciudad, por todo el país, por todo el mundo… como una oleada de muerte.

Después de la muerte y desaparición de los adultos, los supervivientes se habían acostumbrado ya al sistema de numeración, y las diferentes tribus se habían apropiado los sectores. Tenía bastante claro qué tribu controlaba cada sector, y sabía que ningún forastero haría bien adentrándose en ellos.

Bray aprendió a montar en monopatín a los seis años, pero nunca se había imaginado que lo usaría como su modo de transporte más rápido de adolescente. Dado que las tribus controlaban los pocos suministros de combustible que quedaban, los coches y las motos quedaban descartados. Era una pena, porque tenía en su casa una estantería llena de medallas por hacer *trail* en moto. Inútiles en aquel mundo. Las medallas no eran comestibles.

Había muchas bicicletas por ahí tiradas, pero en la ciudad eran un lastre. No podías pillarlas y salir corriendo si tenías que escapar de las pandillas que merodeaban por doquier. En cambio, un robusto monopatín resultaba un arma formidable en las manos adecuadas. Así que el suyo era tanto su modo de transporte, como su forma de defenderse.

En las primeras semanas tras el colapso de la ciudad y la llegada del caos, las tribus habían saqueado todos los suministros de comida habituales. Pero conseguir comida no suponía un problema tan grande. A Bray le daba la sensación de que, a medida que el mundo fue consciente de su deterioro, comenzaron a acumular más y más reservas de comida energética ligera, cualquier cosa que fuese nutritiva y fácil de transportar. Y, él que había estado tan enganchado a aprender sobre sociedades nativas y sus habilidades para la supervivencia desde que aprendiese a leer, sabía qué plantas silvestres podía comer y cómo extraer y filtrar el agua de la vegetación natural. Quizás la comida resultase un problema en el futuro. De momento, la máxima prioridad era encontrar un lugar seguro.

Pero, en su mundo, ¿qué lugar era seguro?

VEINTISÉIS

En el centro comercial, todo el mundo estaba despierto y hambriento. Amber los había reunido a todos y estaban sentados en la amplia cafetería de la primera planta, que había sido el foco de actividad del lugar en su apogeo, ofreciendo modernos desayunos y comidas a los ajetreados compradores y trabajadores de la ciudad. Sobre las paredes había fotos y pósters de platos coloridos y apetecibles que parecían burlarse del grupo. Salene los miraba con añoranza. No recordaba cuándo fue la última vez que los niños y ella comiesen algo en condiciones.

Amber y Dal dejaron sus macutos sobre una de las mesas y sacaron de ellos las pocas latas de comida y botellas de agua que habían podido llevarse de sus casas. Escaso suministro para tantas bocas.

—Si vamos a seguir juntos, todos debemos compartir lo que tengamos —anunció Amber.

Patsy se sacó un puñado de envoltorios de dulces del bolsillo y se los dio a Amber.

—Gracias, Patsy… ¿Jack?

Jack cambió de postura, incómodo.

—No tengo mucha comida.

—Mejor poco, que nada. Enséñanoslo.

Estaba claro que el chico no tenía muchas ganas de hacerlo, pero se acercó a la cocina, por la parte trasera de la cafetería, y los demás lo siguieron. Tras abrir una despensa situada contra la pared, dejó ver más o menos una docena de latas y botellas de agua mineral.

A Dal se le iluminaron los ojos.

—¡Kétchup! ¡Tienes kétchup!

Jack dibujó una sonrisa forzada. Al principio le había gustado la idea de compartir su hogar a cambio de la compañía. Ahora, ya no estaba tan seguro.

—¡Genial! —exclamó Amber. Sacó una lata de la despensa y se la mostró a los demás—. ¿A quién le apetecen alubias en salsa y carne enlatada con un poco de kétchup?

—¡Y no habrá que comérselo frío! —dijo Jack sacando un hornillo portátil de debajo del fregadero.

De nuevo, a Dal le brilló la cara.

—¡Comida caliente y kétchup! ¡Este tío es un genio!

Jack sonrió con modestia. Amber y los demás también lo hicieron. La chica no recordaba la última vez que había tenido motivos para sonreír. Tal vez fuese un buen augurio.

VEINTISIETE

Eran pocas las veces en su vida que Lex no había tenido respuesta a algo, pero esta situación era una de ellas. Como "macho alfa", ser agresivo le resultaba natural, tanto verbal como físicamente. Crecer como un niño duro en un barrio difícil siempre le había permitido salirse con la suya, en el patio del recreo y en las calles. Se había acostumbrado a ello.

Ahora, se encontraba atrapado en una jaula, indefenso. Y, para empeorar las cosas, tenía a una chavala y a un friki burlándose de él. Era humillante, y no le molaba que lo humillasen. Estaba decidido a vengarse. Pero ¿cómo? Primero tendría que salir de aquella jaula. Y los barrotes que los tenían aprisionados a sus dos amigos y a él estaban diseñados para mantener fuera a las hordas de compradores desenfrenados el primer día de rebajas. Entre los tres no tenían ninguna posibilidad de poder romperlos.

Ryan, sentado en el suelo con semblante serio, de repente olisqueó algo y miró hacia arriba.

—¡Comida! ¡Huele a comida!

Se levantó y se acercó a los barrotes, con impaciencia.

En efecto, Amber se acercaba a ellos sujetando un plato de comida que echaba humo. Se detuvo frente a los barrotes y se los quedó mirando, fingiendo una confianza que no sentía del todo.

—Bueno, tenéis dos opciones. Hemos estado hablando, y creemos que lo mejor es abrir la verja exterior y dejaros salir a la calle.

—¡No, por favor! ¡Eso no! —gritó Zandra. Se giró hacia Lex, que se encontraba fulminando a Amber con la mirada—. ¡Lex, di algo!

Durante un instante, el chico permaneció mirando a su torturadora. Hasta que, al fin, habló:

—-¿Y la otra opción?

—Ah, si sabe escuchar.

Los demás bajaban nerviosos por las escaleras, ansiosos por saber qué estaba pasando.

Lex los miró, fijándose bien en cada uno de ellos por primera vez. No había ni uno que pudiese suponer un problema contra Ryan y él.

—¿Estás a cargo de estos críos?

—Quizás. Por ahora.

—Bueno, ¿y las opciones?

—Podéis arriesgaros ahí fuera con los Locos… o podéis uniros a nosotros. Pero seguiréis nuestras normas. Compartiremos todo lo que tenemos, trabajaremos juntos y, con suerte, podremos mantenernos a salvo. Con suerte.

Jack se la quedó mirando, nervioso.

—Amber, ¿cómo sabemos que podemos confiar en ellos? Podrían haberlos enviado los Locos.

—Si fuese así, estaríamos encantados de volver a la calle, ¿no te parece? —saltó Zandra con desdén—. Para ser un friki, no eres tan listo.

—Ya, bueno, lo suficiente como para atraparos, lela —contratacó él.

—¡Y desearás no haberlo hecho nunca! —gritó Lex, sin poder contener ya su rabia.

—Parece que habéis hecho vuestra elección —sentenció una decidida Amber—. Abre la verja exterior, Jack.

—¡No! ¡Esperad! ¡Yo quiero quedarme! —chilló Zandra, asustada.

Lex se giró hacia ella.

—¡Zandra, a callar! ¡Aquí las decisiones las tomo yo!

De repente, Paul se puso muy agitado y comenzó a mover las manos frente a su hermana.

—Paul dice que os calléis. Ha oído algo.

Por un momento todos se mantuvieron alerta, escuchando, apenas respirando. Dal parecía desconcertado.

—¿Cómo ha podido oír algo? Si es sordo.

—Nota cosas —explicó Patsy—. Vibraciones, a través del suelo.

Salene se dio la vuelta, sobresaltada.

—¿Qué ha sido eso?

Todos podían escucharlo ya. Era el sonido amortiguado de unos pasos. Se giraron en su dirección.

—Viene de las alcantarillas —confirmó Jack.

—¿Podría entrar alguien por ahí? —preguntó Amber.

—Y tanto. No he podido asegurar aún esa entrada.

—Igual son los Locos —se mofó Lex—. ¿Seguís sin querer dejarnos entrar?

VEINTIOCHO

El sol estaba bien arriba, en el cielo. Aquel era un mediodía bien cálido, con una ligera brisa que movía las hojas de los árboles en la ciudad. Sin embargo, en vez de estar llenas de compradores felices, las calles permanecían vacías, sucias y peligrosas. En los viejos tiempos, a Trudy le gustaba ir al centro de la ciudad con su madre para comprar ropa, zapatos y adornos. En casa, tenía los armarios y cajones llenos de cosas que apenas se había puesto. Ahora, ya no tendría oportunidad de ponérselo. No había podido llevarse nada de ello en su viaje a la ciudad con Bray.

Trudy llevaba toda la mañana esperando atemorizada, oculta en el mugriento túnel ferroviario, saltando de terror con cada ruido. Los minutos parecían horas. Las horas, días. El miedo que sentía había distorsionado el tiempo.

Había intentado matar el tiempo durmiendo, pero los sonidos de la ciudad estaban ya por todas partes, haciéndola temer que alguien la descubriría en cualquier momento. Sirenas distantes, llantos y gritos que destacaban todavía más en contraposición con largos momentos de un inquietante silencio. Para aquella jovencita que sufría ansiedad, el silencio que precedía al siguiente sonido resultaba igual de amenazante. Y ese siguiente sonido podía significar que todo se había terminado para ella.

Trató de bloquear su mente, de no imaginarse qué le podría pasar. Pero daba igual lo mucho que lo intentase, aquellos pensamientos siempre regresaban. Una y otra vez. Imágenes horrendas e insoportables que no se atrevía a verbalizar. ¡Ojalá Bray volviese ya! Entonces estaría a salvo. Él la abrazaría, y las imágenes que inundaban su mente cesarían. Sin embargo, tenía otro pensamiento rondándole la cabeza. Una idea que no se le iba.

Bray nunca la abandonaría, eso lo sabía. Desde el principio, había prometido cuidar de ella y había sido fiel a su palabra. No obstante, la ciudad era peligrosa y mortal. Podía pasar de todo, en cualquier momento. Incluso a alguien tan inteligente y capaz como Bray. Rezó para que regresase sano y salvo con ella pronto. Pues sabía que jamás sobreviviría sin él. Pero, sin poder evitarlo, el pensamiento regresó: ¿Y si él no volvía?

VEINTINUEVE

A solas, Amber y Dal permanecieron de pie, escuchando atentamente delante de la pesada puerta de metal que llevaba a las alcantarillas. Amber le había pedido a Jack que llevase a los demás a la cafetería y esperasen. No había manera de saber quién acechaba tras la puerta. El sonido de los pasos se había detenido, pero necesitaban averiguar qué estaba sucediendo bajo su nuevo hogar. Ambos sujetaban unos contundentes bates de críquet que Jack había encontrado en la tienda de deportes, medio saqueada. La chica situó su mano sobre el tirador de la puerta.

—¿Estás segura de que es buena idea, Amber?

—No. Pero vamos a entrar igualmente.

Con mucho cuidado, abrió la puerta. Una completa oscuridad los recibió al otro lado.

—No se ve nada —continuó ella.

—Pues menos mal que me he traído la linterna.

Cauteloso, Dal abrió camino hacia las alcantarillas. La luz de la linterna alumbraba las frías y viscosas paredes del túnel de las cloacas. Sobre el suelo resbaladizo, las ratas se apartaban de la luz a toda velocidad, salpicando a duras penas al brincar dentro del agua negra y hedionda que recorría la zanja central.

Avanzaron lentamente y con precaución por el estrecho sendero que acompañaba a la zanja. Al final del túnel, el camino principal se dividía en varios túneles distintos. Dal los alumbró todos con su linterna.

—Aquí nos podríamos perder fácilmente.

—Uno solo se puede perder si tiene un hogar al que volver.

—Gracias por recordármelo.

—¡Shhh!

Los dos amigos se detuvieron en seco y escucharon, aguantando la respiración. Sobre el sonido del chorro de agua y los chillidos de las ratas, los pasos podían oírse una vez más.

—Por ahí —susurró Amber, apuntando hacia el camino principal. Le pilló la linterna a Dal y le hizo señas para que la siguiera. Encogiéndose con cada ruido involuntario que emitía, la joven prosiguió por el largo y estrecho túnel. Al final del todo, había un giro de noventa grados. Amber echó un vistazo al otro lado.

ooo

Arriba, tras los barrotes de la jaula, Lex observaba cómo Jack guiaba a los demás por las escaleras, hacia la cafetería.

—¿Qué vas a hacer como no vuelvan, friki? —gritó Lex—. ¡Los Locos podrían estar de camino ahora mismo!

Patsy se había rezagado y estaba mirando a Lex, asustada.

—¡Venga, Patsy! —la instó Jack, tratando de que no escuchase al matón.

Pero su voz resonaba por todo el centro comercial.

—¡Una vez vi cómo los Locos capturaban a alguien! ¡Era un renacuajo como tú, Jack! ¡Lo ataron a un árbol y después…!

—¡Cállate! ¡Cállate! —gritó Salene, cubriéndose los oídos con las manos. Patsy soltó un chillido, provocando que Bob, el perro, comenzase a ladrar enfurecido. Aquel ruido resultaba ensordecedor en un entorno tan vacío.

—¡Abridnos! —volvió a exclamar Lex—. ¡Dejadnos entrar! ¡Podemos ayudaros!

Salene se volvió hacia Jack, nerviosa.

—¿Qué vamos a hacer, Jack?

—¡No tienes elección, friki! —prosiguió Lex, incansable—. ¿Piensas enfrentarte a los Locos tú solito?

—¡No me fío de ti! —replicó Jack con incertidumbre.

—¡¿Confianza?! ¡Esto va de sobrevivir! ¡Es vuestra única oportunidad! ¡Abre antes de que lleguen aquí!

La voz de Salene hacía patente su desesperación:

—¡Hazlo, Jack!

El chico dudó, paseando la mirada entre Salene y Lex. Se dirigió a la unidad manual que controlaba la manivela de las rejas, justo al tiempo que Amber y Dal aparecían por la planta baja.

—¿Qué es este jaleo? —quiso saber la chica—. ¿Qué está pasando?

Jack se detuvo, sintiéndose culpable.

—Esto… ¡Pensábamos que no ibais a volver!

Lex llevaba puesta una careta de sinceridad.

—Ofrecimos nuestra ayuda.

—¡Estoy segura! —saltó Amber.

Jack se apartó de la manivela.

—¿Habéis encontrado algo?

Amber miró hacia arriba, al final de las escaleras, donde estaban todos de pie, con aspecto de estar perdidos.

—Salene, lleva a los niños a la cafetería. Todo está bien, de verdad.

La joven esperó a que Salene y los niños se hubiesen ido y luego miró a Jack:

—Había alguien ahí abajo. Hemos oído pasos.

—Hay que poner medidas de seguridad allí, Jack —propuso Dal.

Lex aprovechó su oportunidad:

—¡Demasiado tarde! —graznó—. Ya están aquí. ¡Han entrado! Los habéis oído. ¿Vais a dejarnos entrar de una vez o qué, antes de que os maten a todos?

TREINTA

Se le había ocurrido la idea tras dar su discurso a los Locos aquella mañana. Necesitaba celebrar un evento. Algo simbólico que uniese a todos los Locos. Zoot sabía que los acontecimientos simbólicos eran muy poderosos para estrechar lazos y crear lealtad. Partidos de fútbol, mítines electorales masivos, vulgares concursos de la tele… todo ello funcionaba igual.

Notaba que la pelea contra los Perros Salvajes había dejado tocados a algunos de los Locos. No estaba planificada, fue accidental. Caótica. El caos estaba en el mismo corazón de su rebelión. Pero, paradójicamente, él quería controlarlo. Su meta era el caos controlado. Control para él, caos para los demás. Pues tener control era tener poder. ¡Poder y Caos!

Necesitaba recalcar su mensaje sobre la historia. La historia había muerto. Quería eliminar de la mente de los Locos cualquiera de las viejas ideas que pudiesen contaminar su nueva visión del mundo. Ebony le dio la clave cuando hicieron el amor tras su discurso ante los Locos.

Estaba estirada bocarriba, desnuda, tumbada sobre su pecho. Su diminuto cuerpo de ébano estaba hermosamente formado y tonificado, como el de una atleta olímpica. Él jugaba ociosamente con los jóvenes y firmes pechos de la chica.

—Un gran discurso —dijo ella—. Deberíais escribirlos.

—¿Cómo? ¿Escribir qué?

—Tus discursos.

—¿Por qué? —preguntó él con el ceño fruncido.

—Para tener un registro, crear historia.

—La historia ha muerto.

—Ya, pero...

La apretó firmemente con ambas manos.

—¡Au! ¡Que duele! —chilló la chica, intentando escapar de sus brazos. Él la mantuvo sujeta con un apretón de acero.

—¿Acaso no has aprendido nada de mí? —le habló con tono áspero directamente en la oreja—. La historia ha muerto. El futuro no existe. Solo tenemos el aquí, y el ahora.

Ebony dejó de forcejear. Era inútil. Así que siguió hablando, de mal humor.

—Ya. Pero todos los demás, o sea, todos los antiguos líderes tenían escritos sus discursos y tal, en libros. Para que, años después, incluso cientos de años después, la gente pudiese leer lo que decían.

La empujó sin miramiento a un lado y se incorporó en la cama. Ya tenía bien claro cuál sería el evento.

—¿Conque lo dejaron escrito, eh?

TREINTA Y UNO

Su padre siempre tenía una expresión: "Entre el demonio y el profundo mar azul". O lo que era lo mismo, entre la espada y la pared. Daba igual la manera de expresarlo, era ahí donde se encontraba.

Si dejaba que Lex entrase en el centro comercial, podría vengarse fácilmente por haber estado enjaulado. Amber no aprobaba la violencia, pero no tenía miedo a luchar. Hubo un par de veces en que no tuvo más remedio que recurrir a sus puños en el colegio, pero sabía que no era rival para Lex. Ninguno de ellos lo era. No obstante, si los Locos estaban realmente en las alcantarillas, necesitaría a Lex y al grandullón de su amigo, Ryan, para tener alguna posibilidad contra ellos. Aquella sería su primera gran decisión como líder. Si se equivocaba, no tendría una segunda oportunidad.

Lex notaba la indecisión de Amber y siguió presionando a su favor.

—¿Has oído eso, Ryan? ¡Debe de haber por lo menos una docena ahí abajo!

Amber no había escuchado nada. Pero tenía la cabeza hecha un lío. Se acercó a las rejas.

—¿Aceptáis nuestras condiciones?

—Por ahora, sí —respondió Lex con una sonrisa engreída.

—"Por ahora" no era el trato. ¡Os vais a la calle! ¡Jack!

Jack se puso a subir las escaleras en dirección a la manivela.

Lex levantó las manos.

—¡Vale! ¡Vale! ¡Vosotros ganáis...! Pero dejadnos entrar de una vez.

Amber le asintió a Jack con la cabeza. Él se encogió de hombros, inseguro, pero siguió subiendo.

—¡Amber! —advirtió Dal, intranquilo.

Jack llegó a la manivela y colocó la mano encima.

Observando atentamente desde la jaula, Lex no quería perderse nada.

—¡¿A qué estás esperando, canijo?!

Lentamente, Jack comenzó a darle vueltas a la manivela. Las rejas se alzaron con un chirrido bien engrasado. Triunfante, Lex pasó por debajo de los barrotes antes de que la reja llegase al techo y dio largas zancadas hasta llegar a Amber y pegar su rostro frente al de ella.

La chica podía oler el denso aroma masculino y notar el poder que emanaba de su cuerpo tonificado. Por dentro, estaba temblando. Sin embargo, mantuvo la voz firme.

—Has aceptado nuestras condiciones.

—¿Ah, sí? Igual era mentira —agarró el bate de críquet que Amber seguía sujetando. Ella se echó atrás, temiendo un ataque. Él la fulminó con la mirada—. ¡Tú y yo aún no hemos terminado! —se dio la vuelta y comenzó a correr hacia la entrada de las alcantarillas—. ¡Vamos, Ryan!

Zandra lo llamó a gritos, mosqueada.

—¡¿Y yo?! ¿Vais a dejarme aquí tirada?

—¡Deja de quejarte! —ordenó Lex mirando atrás—. Querías salir, ¡pues ya estás fuera! Haz algo útil. ¡Arréglate el maquillaje!

Ryan se acercó a Amber, tímidamente, sujetando el osito de Cloe.

—Quería devolvérselo.

Amber le regaló una cálida sonrisa. Aquel chico estaba a millones de kilómetros de Lex.

—Gracias. Lo ha echado de menos —dijo antes de pasarle la linterna—. Necesitaréis esto.

Dal le entregó también su bate de críquet.

—Y esto.

Ryan pilló ambas cosas con una sonrisa retraída y siguió a Lex.

Amber miró a su amigo, agitó la cabeza y suspiró profundamente, aliviada. Ganaba la primera ronda por puntos. Pero sentía que su guerra con Lex aún no había terminado.

TREINTA Y DOS

Linterna en mano, Lex marcaba el camino cuidadosamente a través de las alcantarillas. Al llegar al final del primer túnel, alzó la mano. Ryan se detuvo tras él, esforzándose por ver algo entre la débil luz.

—Escucha —susurró Lex. El eco de unos pasos resonaba por el túnel—. ¡Vamos!

Se apresuraron hasta alcanzar la esquina, justo a tiempo de ver un par de botas desaparecer por la corta escalera que llevaba a la salida de las cloacas.

—¡Lo tenemos!

Apresurándose, Lex dio un gran salto para subirse a la escalera, pero se le resbaló la bota sobre el viscoso peldaño de metal y cayó sobre Ryan. Tras decir unos cuantos tacos, trepó de nuevo por la escalera, seguido de su amigo.

Al salir por el agujero hacia el exterior, la luz del sol los golpeó y los hizo pestañear. Sus ojos tardaron unos instantes en ajustarse. Y, entonces, vieron una figura alejándose de allí a toda prisa.

—¡A por él! —ordenó Lex.

El joven les llevaba mucha ventaja, y era rápido. Se dio la vuelta, vio a los otros dos chicos persiguiéndolo, y apresuró el paso. Huía velozmente a través de un terreno vacío, que habían allanado para hacerle hueco a otro bloque de oficinas, planificado antes de que el virus hiciese inútil cualquier proyecto de ese estilo. Subiendo de dos en dos los peldaños de un puente ferroviario, la figura atravesó el pasaje metalizado sobre las vías del tren y bajó por el otro lado.

—¡Va hacia el depósito de trenes! —afirmó Ryan—. ¡Es el sector de los Locos!

—¡Puede que sí sea un Loco! —voceó Lex entre jadeos, casi sin aliento. Lo suyo era luchar, no correr—. ¡Tenemos que atraparlo antes de que informe a los suyos!

—¡Se nos escapa! —gritó Ryan.

Tenía razón. Para cuando llegaron al primero de los vagones calcinados, en los límites del depósito de trenes, su presa había desaparecido.

—Está por aquí, en alguna parte —insistió Lex, ahogado—. ¡Venga!

—¡Cuidado, Lex! —le advirtió Ryan—. ¡Los Locos podrían andar cerca!

El chico miró a su alrededor. No había señales de vida. Le hizo señas a Ryan para que avanzasen. Se aventuraron hacia las profundidades del recinto, más allá de los trenes abandonados, agachándose para mirar debajo de cada uno de los vagones. Sin que ellos pudiesen verlos, la figura se marchó por donde había venido.

Estaban en mitad del depósito de trenes, mirando a su alrededor, cuando escucharon un sonido que por poco les para el corazón:

Ni-no, ni-no, ni-no…

Lo vieron aparecer girando la esquina de uno de los vagones: Zoot se acercaba en su coche de policía personalizado, rodeado de una horda de Locos. Lex miró a su amigo. Estaban atrapados.

TREINTA Y TRES

Amber había subido a la cafetería, tratando de no mostrar ante los demás su preocupación por el hecho de que Lex y Ryan llevasen fuera ya mucho tiempo. No tenía buena pinta, pero debía mantener la calma.

—Salene, lleva a los niños a un lugar seguro. Escóndelos. Y no salgáis, pase lo que pase.

El bonito rostro de la otra jovencita denotaba preocupación.

—De acuerdo.

Zandra daba vueltas por la entrada de la cafetería, con incertidumbre. Tenía el pelo desaliñado y el maquillaje corrido por las mejillas. Sabía que estaba hecha un desastre, pero era la menor de sus preocupaciones en esos momentos. Se sentía como una intrusa allí. Era la chica de Lex, y aún no había hecho amigos en el centro comercial.

—¿Y yo qué? —preguntó tímidamente.

Amber se había olvidado de que estaba allí.

—Ayúdala. Zandra, ¿verdad?

La joven sonrió, agradecida.

—Sí.

Satisfecha, Amber bajó de nuevo por las escaleras, hasta llegar al lugar donde esperaban ansiosos Dal y Jack, junto a la entrada de las alcantarillas. Habían sustituido los bates por cualquier arma que habían podido encontrar: patas de silla, barras de metal, cualquier cosa que pudiese hacer algún daño si los Locos los asaltaban.

Amber observó a aquellos dos chicos delgados observando la puerta, aferrados a sus armas. Por dentro, suspiró. Eran valientes, pero no eran rival para los Locos. Agarró la pesada pata de una silla y se unió a ellos. Tenía el corazón a mil por hora y la boca seca.

ooo

Llevaban esperando lo que parecían horas, pero que pudieron haber sido solamente minutos. Durante aquellas últimas y horrorosas semanas, habían aprendido que el miedo conseguía distorsionar el tiempo.

Jack fue el primero en expresar su ansiedad.

—Llevan mucho tiempo fuera, ¿no?

—Debiste asegurar la entrada, Jack. Ya llevas aquí mucho tiempo. ¿En qué estabas pensando?

—¡Oye, déjame en paz, Dal! ¡Estaba ocupado con otras cosas!

—¡Dejad de discutir! —saltó Amber—. ¡Y escuchad!

Durante un momento, hubo silencio. Entonces, todos lo oyeron: los pasos habían vuelto.

—¿Creéis que son ellos? ¿Lex y Ryan? —preguntó Jack.

Había pillado otra linterna de su taller. Amber se la quitó de la mano.

—Sólo hay una forma de averiguarlo.

Tras encender la linterna, alzó la pata de la silla y lideró el camino hacia el interior de las alcantarillas, seguida de cerca por Dal y Jack. Avanzaron con cautela por el túnel. Ahora, los pasos parecían venir hacia ellos. Se detuvieron alarmados cuando una figura alta giró una esquina. Amber iluminó al intruso con la antorcha. Atrapado en medio de la luz, aquel hermoso rostro dibujó una sonrisa.

—Tranquilos —dijo el chico—. Bajad las armas. Vengo en son de paz.

TREINTA Y CUATRO

En el depósito de trenes, los Locos rodeaban el coche de policía, que había llegado con un remolque lleno hasta arriba de libros. Escondidos tras un vagón e incapaces de marcharse sin ser vistos, Lex y Ryan observaron a los Locos, desconcertados.

Lex miró a su amigo, incrédulo.

—¿Zoot se está montando una biblioteca?

Su pregunta pronto obtuvo respuesta. Zoot saltó de la parte trasera del coche de policía al remolque, situándose encima de los libros. Se agachó para recoger uno de los libros al azar y leyó el título en voz alta, irrisorio.

—¡*Alicia en el país de las maravillas*!

Echó el libro al suelo, por detrás del remolque, y se agachó a pillar otro.

—¡*El gran Gatsby*! —gritó.

Echó ese libro junto al anterior. Siguió recogiendo libros, leyendo los títulos y arrojándolos casualmente a una pila en el suelo, que se iba volviendo cada vez más grande.

—¡*Las obras completas de William Shakespeare*! ¡*El origen de las especies*, de Charles Darwin! ¡*La Odisea*! ¡*Harry Potter*!

Se detuvo y contempló el montón de libros revueltos sobre el suelo. Entonces, se dirigió a los expectantes Locos y alzó los brazos al cielo.

—¡No más clases! ¡No más profesores! ¡No más libros! ¡Que ardan los libros!

De pie junto al remolque, Ebony lideró los cánticos.

—¡Que ardan los libros! ¡Que ardan los libros! ¡Que ardan los libros!

A medida que el resto de Locos se unían a corear, un joven comenzó a echar líquido de un bidón sobre el montón de libros. Le entregaron una antorcha llameante a Zoot.

—¡Poder y Caos! —gritó este—. ¡Que ardan los libros!

Tiró la antorcha llameante sobre la pila, que se prendió fuego con un rugido. El cántico prosiguió, al tiempo que los Locos vaciaban el remolque y echaban el contenido sobre la hoguera.

—¡Que ardan los libros! ¡Que ardan los libros! ¡Que ardan los libros!

Zoot seguía de pie, con los brazos alzados en el saludo de "Poder y Caos", aullando a viva voz como un animal salvaje.

Ryan le echó una sombría mirada a Lex, y un escalofrío le recorrió la espalda.

TREINTA Y CINCO

El atardecer comenzaba a cubrir la ciudad como mortajas sobre un cadáver. El sonido que llenaba el ambiente durante el día se extinguía poco a poco, a medida que la luz se retiraba del cielo. La noche no era un buen momento para deambular por la calle. Hacía ya mucho que habían desaparecido del centro de la ciudad los juerguistas, así como los bares, clubes y discotecas que antiguamente les ofrecían su entretenimiento.

Trudy había sido demasiado joven como para unirse al ajetreo del ocio nocturno de la ciudad. A algunos de sus amigos sí se lo habían permitido (o habían salido a hurtadillas de casa sin que se diesen cuenta sus padres), pero ella nunca se había atrevido a hacer algo así. Sus padres la mantenían bien cerca, en casa, conscientes de los peligros que escondía una ciudad para las chicas jóvenes e inocentes, como su preciada hija. Ahora, nunca tendría la oportunidad de vivir algo así, y pensar en ello la hizo llorar.

Llevaba todo el día esperando el regreso de Bray, dando saltos de miedo con cada sonido. Aquel túnel desierto magnificaba cada ruido que provenía del exterior, y llevaba horas aguantándose las ganas de gritar. Finalmente, agotada por el miedo y la ansiedad, lloró hasta quedarse dormida en su pequeño y acogedor escondite. Cuando despertó, agarrotada y destemplada por el fresco aire nocturno, ya era oscuro. Y seguía sin haber señales de Bray.

Las lágrimas volvieron a aparecer con suavidad, el cuerpo le temblaba por la pena. Si Bray no había regresado ya, sabía que nunca regresaría. Debía haberle sucedido algo terrible. Lo habría capturado alguna de las tribus, o estaría muerto. No soportaba la idea.

Ahora estaba sola. De eso estaba segura. Se había pasado el día entero esperando su regreso, rezando porque volviese. Sin embargo, ahora la esperanza también se había marchado. No sabía qué hacer. Si trataba de regresar a su casa, donde siempre se había sentido a salvo, quizás se encontrase con los Gallos (pues Bray le había comentado que estaban peinando los barrios residenciales, buscando botines y presas fáciles). Los campos al oeste tal vez fuesen el lugar más seguro, pero dudaba tener el valor de atravesar los territorios de todas las tribus hasta alcanzar aquel santuario.

¿Puede que lo mejor fuese no hacer nada? El mundo fuera del túnel era demasiado peligroso. Allí afuera, le podían suceder cosas horribles. Cosas sobre las que ni siquiera soportaba formar palabras en su mente. Allí estaba segura. Se quedaría y trataría de dormir. Era mejor dormir. Se quedaría allí durmiendo, hasta el final.

TREINTA Y SEIS

—¡Otra vez, Bray! ¡Otra vez! —chilló Patsy, encantada.

Estaban todos sentados alrededor de una de las mesas más grandes de la cafetería, iluminada con velas. Bray sonrió y se volvió a poner las dos monedas en la palma de cada mano.

—Vale. Ahora las ves... —dio un manotazo sobre la mesa—...y ahora no las ves.

Levantó las manos. Las monedas habían desaparecido. Estirándose, hizo aparecer una moneda de detrás de la oreja de Patsy. La niña soltó una risotada. Los demás sonrieron, sentados a la mesa. Bray le entregó una moneda a Patsy y otra a Paul.

—Ahí tenéis. No os lo gastéis de una vez.

Amber se quedó mirando a Bray, al otro lado de la mesa. En el túnel le había dado un susto de muerte, pero se había esforzado por compensarlo desde entonces. A la luz de las velas, los ojos de la chica soltaban chispas. Nunca creyó poder sentir lo que estaba sintiendo. Y, ciertamente, mucho menos en aquel nuevo mundo de terror continuo. Se había encaprichado de algún chico que otro antes, claro. Pero aquello era muy diferente.

Bray pasó la mano por detrás de la oreja de Cloe e hizo aparecer otra moneda de la nada. Se la entregó a la niña e hizo una pequeña referencia mientras los allí presentes aplaudían.

—¡Pensé que habíamos quedado en que haríais guardia en las alcantarillas! —exclamó Lex mientras subía por las escaleras a zancadas, seguido de Ryan. Frustrado por tener que esperar a que terminase la ceremonia de quema de los libros y a que se dispersasen los Locos antes de poder escapar, el joven estaba cansado, hambriento y de muy mal humor. Al llegar al final de las escaleras reparó en Bray, y lo reconoció de inmediato.

—¿Quién es este?

Patsy dio un brinco, emocionada.

—¡Es Bray! ¡Sabe hacer trucos de magia!

Lex dio una vuelta alrededor de la mesa y fulminó a Bray con una mirada llena de odio y amenaza.

—Pues a mí no me van los trucos, Bray.

—¡Lex, basta! Tan solo busca refugio.

—¿Es que no puede hablar él solito, Amber? ¿O es que acaso eres tonto, Bray?

El chico se apoyó en la silla, con calma.

—No voy gritando lo primero que se me ocurre. ¿Te parece eso de tontos?

Lex se dirigió a los demás.

—¡Este tío nos ha estado espiando! ¡Ese es su truco…! Preguntadle por qué nos ha espiado.

—Se lo he contado —respondió Bray, tranquilo—. Debía asegurarme de que fuese un lugar seguro.

—¿Seguro, para qué? ¡Para tomarlo a la fuerza con tu tribu!

—No tengo tribu.

—Por desgracia para ti, ¡porque nosotros sí! —dijo Lex, envalentonado.

—¡Lex, es suficiente!

—¡No he hecho más que empezar, Amber!

Amber se puso en pie.

—Cuando os soltamos, os dijimos que debíais aceptar nuestras condiciones.

Lex miró a su alrededor y alzó los brazos, frustrado.

—O sea, que este tío llega, nos espía, ¡y lo recibimos con los brazos abiertos! ¿Qué pasa si está inspeccionando el lugar para los Locos?

—No es así.

—¡¿Quién lo dice?!

Salene se dirigió a Lex:

—¡Lo dice Bray! ¡Y nosotros le creemos!

—No podemos saberlo a ciencia cierta —aclaró Dal.

—No nos ha amenazado, ni ha intentado robarnos, Dal. Al contrario que otros —Amber miró intencionadamente a Lex.

—Mirad —continuó Bray—, no quiero nada de vosotros. Solo un refugio donde pasar la noche. Habréis notado que es peligroso andar por ahí fuera.

—¡Y por eso mismo no podemos acoger a vagabundos!

—¿Significa eso que tus amigos y tú os marcháis también, Lex? —Amber miró a los demás, a su alrededor—. Ahora, todos somos vagabundos.

Lex se cruzó de brazos.

—¡Pues yo digo que se largue!

Inconscientemente, Amber cruzó también sus brazos como respuesta.

—Pues yo digo que eres el único. Ya lo hemos decidido.

—¡Sois unos imbéciles! —masculló Lex, que se fue de allí hecho una furia. Se dio la vuelta para mirarlos, sobre las escaleras—. ¡Ya podéis rezar para que este tío no os estrangule mientras dormís!

TREINTA Y SIETE

Las llamas de las fogatas brillaban con fuerza por todo el perímetro del depósito de trenes, desprendiendo chispas que danzaban en la noche. En el mismo centro del depósito, había una hoguera más grande, llameante. Los libros tardaban mucho en quemarse por completo.

Absorto, Zoot daba rodeos a aquella pila que desprendía un humo punzante, dándole vida con el mango de una pica. No quería que sobreviviese ni una sola página, ni una palabra. Ebony estaba sentada al borde del remolque, observando en silencio. Como sucedía con la realeza, había que esperar a que Zoot fuese el primero en hablar.

Tiró el mango a un lado, se acercó a Ebony se situó las palmas de sus manos sobre los cálidos y torneados muslos de la chica. Estaba caliente, y no solo a causa del fuego. Cuando las cosas le iban bien, Zoot se excitaba. Ella se preparó mentalmente para una larga noche.

El chico se la quedó mirando fijamente.

—Ha ido bien.

—Muy bien.

Lo siguiente que dijo la dejó atónita.

—¿Puedo fiarme de ti, Ebony?

—¡Por supuesto, mi señor!

—Déjate de halagos. ¿Puedo confiar en ti?

—¿Por qué no ibas a poder?

—Eres perversa. Pícara. No eres como yo. Yo digo todo lo que pienso.

—Es el privilegio con el que cuentas.

—Finge que la líder eres tú. Dime lo que piensas. ¿Estás en contra de lo que hemos hecho?, ¿destruir la historia del mundo? Es nuestra herencia. ¿Te molesta ver todo ese conocimiento, toda esa creatividad, en llamas? Dímelo.

Ebony se encogió de hombros.

—Y ¿qué más da? Creerás que sólo digo lo que quieres oír.

Zoot echó la cabeza atrás y se puso a reír. Aquella áspera risa resonó por todo el depósito de trenes y se expandió por la ciudad. La agarró bruscamente entre sus brazos y marchó con ella camino a su vagón.

Los libros se volvían ceniza en la noche.

TREINTA Y OCHO

Amber estaba despierta desde antes del amanecer. Estaba tumbada en la cama, mirando el techo oscuro, inquieta y alterada por las sensaciones que tenía dentro. Sabía que estaba siendo una insensata. En aquel mundo no había lugar para sentimientos, para preocuparse más de la cuenta por los demás. La vida era muy frágil. Podías salir herida. No quería volver a pasarlo mal.

La herida por la pérdida de sus padres seguía bien abierta. Sabía que, pese a su fortaleza interior, aquello la había dejado muy vulnerable. Abierta a recibir gestos amistosos. A una sonrisa hermosa. A una moneda detrás de una oreja. Sonrió al recordarlo. Él parecía un joven muy fuerte, pero muy gentil y cariñoso. A los niños les había encantado, por devolverles la capacidad de divertirse. Durante un breve instante, se los había llevado a todos lejos del duro mundo que alojaba su existencia cada día. Puesto que solamente era eso, "existencia". Aquello no era vida.

Quizás... Quizás, si la vida era así de frágil, de oscura, tenía sentido aprovecharla al máximo. Aprovechar cualquier pequeño placer que pudiese ofrecer, cuando fuese y donde fuese. Ofrecer todos los placeres que pudieses, antes de que fuera demasiado tarde. Antes de que la oportunidad se hubiese esfumado, desaparecido para siempre.

El corazón le daba martillazos en el pecho. Pese al frío aire nocturno, sentía sofoco por todo el cuerpo. Se tocó las mejillas y la frente. Estaban húmedas de haber sudado. En silencio, se levantó de la cama. Había escogido una habitación para ella sola, lejos de Salene, los niños y el perro. Ahora mismo, se alegraba de haberlo hecho.

Salió de puntillas al vestíbulo de la primera planta, aguantando la respiración. Él se había acostado en una de las tiendas al otro lado, arrastrando un colchón desde la tienda de muebles, y ella lo había ayudado. Sus miradas se habían encontrado mientras hacían juntos la cama. ¿Se había imaginado lo que vio en ese momento? Sabía que estaba sensible. Y un poco loca. Pero le daba igual. Nadie podía culparla. En aquel mundo, nadie tenía derecho a culpar a nadie. Estaban pasando cosas mucho peores a su alrededor. Y esto era algo bueno, ¿no? Algo positivo, alentador. ¿Un nuevo comienzo, tal vez? Como prometía el fénix.

Se paró en la entrada de la tienda y se abrazó a sí misma durante un instante, tratando de detener sus temblores. No quería parecerle ingenua e infantil. La tienda había pertenecido a una agencia de viajes y todavía había fotos de sitios románticos colgadas en las paredes. El atardecer en una terraza de la Toscana, una góndola veneciana para dos, París a la luz de la luna… Era el paisaje perfecto. La chica entró. El colchón estaba situado bajo la enorme fotografía de una playa tropical. Y estaba vacío.

ooo

Jack fue directo a la despensa y abrió las puertas.

—¡Faltan cosas!

Los demás se habían levantado todos y deambulaban por allí, adormilados pero agitados. Amber miró en el interior de la despensa, temblando.

—¡Mi comida! ¡Se ha llevado mi comida!

—Era la comida de todos, Amber, ¿recuerdas?

—¡Eso no ayuda, Dal! —saltó.

Algo apartado, Lex estaba de pie en la cafetería, con los brazos cruzados, reclinado contra la pared.

—¡Os lo dije! ¡Sois todos unos flojos! ¡Patético! ¡Os podrían haber asesinado a todos mientras dormíais! ¡Y os lo habríais ganado!

—¡Cierra la boca, Lex! —gritó Amber, furiosa—. ¡Te tocaba hacer guardia, Jack!

—No sirve de nada pagarlo con Jack —dijo Dal—. Nos equivocamos confiando en él. Eso es todo.

—¡Yo no! ¿Verdad que os acordáis? —aclaró Lex, altivo. Todos habían caído rendidos a los pies de aquel Don Juan. Centró su atención en Amber—. ¡Se suponía que estabas tú al mando! ¡Pues se acabó! Nos has puesto a todos en peligro. A partir de ahora, mando yo. ¡Basta ya de hacer el parguela! ¡Y de ir rescatando perros callejeros! En menuda nos has metido, ¿eh, Amber? ¡Todo porque se te cayeron las bragas por ese tío!

Amber se apresuró hacia la otra punta de la cafetería en dirección a Lex, enrabietada, con los puños en alto. Este se escondió detrás de Ryan, fingiendo estar asustado.

—¡Ay, ayúdame, Ryan! ¡Que me va a dar una paliza!

Sintiéndose completamente ridícula y humillada, Amber dejó caer los puños y se hundió en una silla, con la cabeza gacha y aguantando las lágrimas.

Lex se estaba deleitando con aquella nueva situación. Quería restregárselo a todos por la cara.

—No sé cómo habéis aguantado vivos tanto tiempo. ¡Habéis tenido más suerte de la que merecéis! Apuesto a que Don Maravillas volverá, ¡pero, esta vez, traerá compañía!

—miró a su alrededor para verlos a todos allí de pie, silenciosos y sumisos—. Ahora, si queréis que os proteja… haréis lo que yo os diga.

Todos miraron a Amber, que permaneció con la cabeza agachada, callada, apretando los nudillos contra su boca para evitar romper a llorar.

TREINTA Y NUEVE

El olor punzante del papel quemado llenaba el aire por todo el depósito de trenes. Sentado en su vagón a la hora del desayuno, Zoot respiró profundamente.

—¡Huele todo el conocimiento, Ebony! ¿No te dije que los libros olían fatal?

La chica dibujó una exagerada sonrisa y le retiró el papel de periódico a una enorme manzana roja.

—¿Eso qué es? —preguntó Zoot alzando una ceja.

—Una manzana. Aguantan un montón, si las almacenas bien.

—Quiero decir que por qué querrías comerte una manzana.

—Son buenas para ti, Zoot.

El joven relinchó como un caballo.

—¡Buenas para ti! ¡Buenas para ti, dice! —repitió en tono burlón—. ¡Eres una Loco! ¡Los Locos solo comemos comida mala! ¡Toda esa mierda, la comida basura que las empresas vendían a esos pobres diablos ignorantes! ¡Esa porquería llena de aditivos y químicos que dejaba a la gente gorda y enferma! ¡Esa es la comida de los Locos!

Ebony había escuchado ese argumento ya muchas veces. Para Zoot, era un acto irónico adoptar la cultura del consumismo basura que le había destrozado la salud a tanta gente en el viejo mundo. Era como un desafío para él. "¡Venga, venid a por mí, buitres chupasangres! ¡No podéis matarme", solía decir mientras devoraba otro pedazo de basura sin ningún valor nutricional. Ebony se preguntaba cómo es que el chico se mantenía tan sano y en forma. Ella lo achacaba a su voluntad maníaca por sobrevivir y tener éxito.

Un Loco llevaba un tiempo deambulando por delante de la puerta abierta. Por fin, Zoot reparó en él.

—¡Spike, entra!

Y Spike entró. Era un joven alto, de aspecto desagradable, con el rostro alargado y un acné terrible. Ebony pensó que le vendría bien comerse un par de manzanas.

—¿Y bien?

—Eso que quería, señor Zoot…

—¿Sí?

—Está listo, señor.

A Zoot se le iluminaron los ojos.

—¿Y funciona?

—Hemos tardado un poco, señor. Pero, sí. Funciona.

—¿No lo sabe nadie más?

—No se lo hemos dicho a nadie, señor Zoot. Nadie lo sabe.

Zoot asintió a modo de aprobación e hizo un gesto con la mano para despachar a Spike. Cuando estuvieron solos de nuevo, sonrió. Una sonrisa diabólica.

—A ver, los Perros Salvajes se creen los putos amos, ¿cierto? Creen que pueden hacerse con el control de la ciudad. Bueno, pues yo les voy a enseñar quién manda aquí. Poder y Caos.

—Poder y Caos —repitió Ebony.

CUARENTA

Más tarde esa misma mañana, Salene entró en el cuarto de Amber. Había dado unos golpecitos en la entrada, pero no obtuvo respuesta. Amber estaba tirada sobre la cama, con la cara girada hacia la pared.

—¿Amber? —dijo Salene en tono de disculpa, al notar que la chica se sentía mal tras haber quedado como una tonta por culpa de aquel desconocido, Bray. A ella también lo había engañado. Parecía tan auténtico, que... Bueno, pensó que ya no importaba, por desgracia. Él se había ido.

Amber se movió ligeramente, pero no se dio la vuelta.

—Amber, Lex no deja de hacer el mandón... Está sentado en la cafetería, diciéndole a la gente que le lleven el desayuno y dando órdenes.

Seguía sin obtener respuesta.

—Amber...

—¡¿Y yo qué quieres que haga?! —saltó la otra joven, con agresividad, sin dirigirle aún la mirada.

—Perdona, pero es que está asustando a la gente.

—¡Es un tío que da miedo, Salene!

—Tú no le tienes miedo. Todos te ayudaremos, si le plantas cara…

—¡Me da igual, Salene! ¡Me da igual! ¡Déjame en paz!

Salene se dio la vuelta al escuchar un sonido nuevo resonar por el centro comercial. Era el sonido de la puerta de las alcantarillas, que se abría.

—¡Los Locos! —chillo Patsy desde la cafetería.

Salene dejó escapar un grito ahogado, atemorizada. Amber se puso en pie y pasó por delante de ella rápidamente, en dirección a la cafetería.

Un desafiante Lex estaba ya allí de pie, en la parte alta de las escaleras, sosteniendo un bate de críquet con ambas manos, con Ryan a su lado. Los demás estaban reunidos detrás de ellos.

—¡Pues que vengan! —bramó Lex.

Todos observaron entre una oscuridad parcial, escuchando el sonido de los pasos que se acercaban a las escaleras. Los ojos de Amber se agrandaron al ver a Bray, que cargaba con una jovencita blanca como la leche y de aspecto muy frágil. Bray subió por las escaleras y se detuvo, mirando a los demás, agrupados más arriba.

—Chicos, esta es Trudy.

Trudy se dejó caer un escalón más abajo, claramente exhausta. Se le cayó el abrigo, revelando un vientre hinchado.

—¡Yo sé lo que es eso! ¡Es un bebé! —señaló Patsy.

—Así es, Patsy —asintió Bray—. Trudy va a tener un hijo. Y necesitamos un lugar seguro donde quedarnos.

El resto, sujetando armas improvisadas, se miraron unos a otros con sorpresa, esperando a que alguien tomase la iniciativa.

—Trudy necesita un lugar donde tener al bebé —continuó Bray—. Este es el lugar más seguro que he encontrado.

Lex comenzó a bajar las escaleras.

—¡No!

Bray se lo quedó mirando.

—¿Acaso tú hablas en nombre de todos?

Antes de que Lex pudiese responder, Salene intervino.

—No. ¡Por supuesto que puede quedarse! Puede quedarse, ¿verdad, Amber?

—¡He dicho que no! —insistió Lex.

Amber tardó un instante en encontrar las palabras. Aquello había supuesto un shock para ella. Quizás incluso más decepcionante que la simple desaparición de Bray.

—¿Ella quiere quedarse?

A pesar del largo y solitario calvario por el que había pasado mientras esperaba a Bray (o puede que gracias a ello), Trudy había renovado sus fuerzas. Sentía una belicosidad que no era propia de ella.

—¡Tengo un nombre!

—Disculpa. ¿Quieres quedarte, Trudy?

La chica se mordió el labio, a punto de llorar una vez más.

—Sí, por favor.

Le buscaron un asiento en la cafetería. No había duda de lo débil y frágil que estaba. Patsy quería quedarse a escuchar, pero Salene mandó a los niños lejos a jugar, presintiendo que la situación entre Lex y Bray podía ponerse fea. Ya habían visto suficiente violencia en sus cortas vidas. Los demás se quedaron por allí de pie o sentados. Aquella situación era nueva, y ninguno sabía bien cómo proceder.

Amber era muy consciente de su extrema vergüenza al volver a ver a Bray. Recordó estar de pie ante su cuarto, unas pocas horas antes, a punto de entregarse a él. De sólo pensarlo, la piel del cuello se le ponía roja. Ahora, él había aparecido con su novia embarazada. No tenía ni idea de si sentirse contenta de volver a verlo, o destrozada porque su pequeña fantasía se hubiese desvanecido tan rápido como la noche. Trató de disimular su incomodidad tomando una actitud formal.

—¿Os ha visto alguien entrar?

Bray la miró y negó con la cabeza.

—Nadie me ve si yo no quiero.

Lex estaba apoyado en la pared, con los brazos cruzados.

—¡La respuesta sigue siendo "no"!

—¡A ver, un momento! ¿Puedo decir algo? ¡A fin de cuentas, este sitio es mío! —intervino entonces Jack.

—Ya no es tuyo, friki —informó Lex, fulminándolo con los ojos.

Jack apartó la mirada, intimidado. Lex era el típico matón del cole al que siempre había temido. Jack se levantó y se marchó sutilmente de la cafetería, de mal humor.

Salene miró a Lex.

—¡No puedes echarla sin más!

—¿Por qué no!

—¡Está a punto de tener un bebé, Lex! —reafirmó Zandra.

—¡¿Y a ti eso qué más te da?! —le preguntó él.

—Solamente pensaba que…

—¡Menuda novedad!

Abruptamente, Zandra se levantó también y se fue de allí echando chispas.

—¡Ryan! ¡Ven conmigo! —gritó mientras desaparecía.

El grandullón se levantó con resignación y la siguió.

Lex miró a los que allí quedaban.

—¿Estáis todos tontos, o qué pasa? ¡Necesitamos gente útil! Yo soy útil. ¡Ella, no!

—Se te da muy bien hablar mierda —soltó Bray, enfurecido—. ¿Qué otra cosa te hace tan especial?

—¿Quieres que te lo demuestre?

—Tú prueba.

El ambiente del centro comercial estaba cargado de testosterona.

—¡Adelante, chicos! —gritó Amber, furiosa—. Peleaos. Haced un montón de ruido. ¡Que vengan aquí los Locos y nos atrapen a todos!

Salene se giró hacia Trudy.

—Pareces estar a punto de desfallecer. Ven conmigo, te prepararé algo de comer.

Lex levantó una mano.

—¡Aguanta! ¡Aún no hemos dicho que puedan quedarse!

—¡Es sólo una comida, Lex! —saltó Amber—. Id, Salene.

La chica pelirroja miró a Bray con una vergonzosa sonrisa.

—No te preocupes, cuidaré bien de ella.

—Gracias —dijo él devolviéndole la sonrisa.

Mientras Salene dejaba que Trudy se apoyase en ella para acercarse a la cocina, Lex se los quedó mirando a todos con expresión firme.

—¡Una comida! ¡Y luego zanjamos este asunto!

CUARENTA Y UNO

Dal se había marchado de la cafetería sin que nadie se diese cuenta. Las chicas y los bebés no eran lo suyo. No tenía nada en contra de Trudy. De hecho, a pesar de su estado, era bastante bonita. Estaba seguro de que los demás se las apañarían, de una manera u otra, y le harían saber qué había pasado. Si fuese por él, ya estaría muy lejos de allí con Amber, empezando una nueva vida en el campo. Aquello todavía le picaba. El "Centro" no era ningún sustituto.

Podía oír el sonido de interferencias que provenían de la tienda de electrónica de Jack. Intrigado, entró allí. Jack estaba agachado sobre una radio de onda corta, con unos enormes auriculares sobre las orejas. Tras un instante, dejó escapar un gran suspiro, se quitó los auriculares y comenzó a hablar solo.

—¿Y si me la llevo afuera? Al tejado.

—No habría ninguna diferencia —se entrometió Dal.

Jack, que no había oído entrar al otro chico, se dio la vuelta.

—¿Qué?

—La radio no tiene ningún problema —siguió Dal—. El problema lo tiene… todo lo demás.

—¡Muy científico! —saltó Jack, algo molesto porque alguien hubiese entrado a hurtadillas en su guarida sin ser invitado.

—No hay nadie ahí fuera, Jack. Por eso no se oye nada.

—¡No seas imbécil! ¡Esta radio es capaz de captar señales de todo el planeta!

Dal alzó sus manos al aire.

—A eso me refiero. ¿Recuerdas los últimos días? El virus estaba por todas partes. No había ningún lugar seguro. Se esparció demasiado deprisa.

Jack toqueteó los auriculares que reposaban sobre la mesa, poco convencido.

—Piénsalo, Jack. No hay televisión. No hay internet. Si quedase algún adulto ahí fuera, estarían haciendo lo mismo que tú: usar la radio.

El chico torció el rostro en una mueca.

—¡No pueden haber desaparecido, no todos!

—Jack, estamos solos. No hay nadie ahí fuera.

—¡Tiene que haber alguien! ¡No puedo ser el único que haya hecho funcionar una radio!

—Aunque llegases a establecer contacto… ¿Y si no te gusta lo que hay al otro lado?

Jack se lo quedó mirando, estupefacto.

—¿Qué quieres decir?

—Esa señal es como un cartel publicitario de nuestra posición. Ahí fuera solo he visto perturbados y dementes. Pero eso no quiere decir que sean estúpidos. Si captan la señal, la seguirán directamente hasta aquí.

Con un gruñido exasperado, Jack apagó la radio y se puso en pie.

—¿Adónde vas?

—¡A estar tranquilo! —dijo Jack de mala manera—. ¡Nunca debí dejaros entrar aquí!

CUARENTA Y DOS

Salene estaba ocupada, preparando una comida caliente para Trudy, que estaba sentada cerca de allí, en una de las mesas de la cocina, con aspecto cansado y abatido. Se sentía fatal por aquella joven. ¿Cómo debía ser quedarse embarazada y tener un bebé entre tanta locura? Aunque al menos tenía a su novio, Bray. Eso compensaba bastante.

Desde que puso los ojos sobre él, a Salene se le había acelerado el pulso. Había leído sobre el "amor a primera vista", e incluso había escuchado a otras chicas de su instituto decir que les había pasado. Pero creía que eran solo palabrerías románticas de chiquillas. Era así como venían programadas, suponía ella. Pero ella siempre se había sentido más inclinada hacia el papel de madre. Práctica y cariñosa. Hasta que se fijó en Bray.

Les dio la vuelta a los perritos calientes en la sartén. Ya tenía las alubias calentándose en el otro fuego.

—Bueno, y ¿cuándo llegará el bebé?

Trudy respondió en un tono plano, desprovisto de vida.

—No lo sé. Pronto, creo.

Se había puesto muy contenta, casi sin creérselo, cuando Bray regresó al túnel con ella justo antes del amanecer. Sin embargo, esa sensación ya se había esfumado, reemplazada por el miedo a lo que estaba por llegar. Algo que no podría evitar. Volvía a estar asustada.

—¿Qué te gustaría tener, un chico o una chica? —preguntó Salene en tono jovial.

—Un chico. Definitivamente.

Salene se giró hacia ella y sonrió.

—Como su papá.

La chica embarazada apartó la mirada, en silencio.

—Es muy majo. Y muy atractivo, ¿eh? —Salene tenía intención de mantener sus sentimientos en secreto, pero no podía evitar que se le escapasen aquellos comentarios.

—Sí.

—Y te cuida muy bien. Es muy bonito verlo. No hay muchos chicos así.

"¡Cállate ya, Salene!", se dijo a sí misma. La pobre chica ya tiene suficientes problemas sin que tú intentes robarle al padre de su bebé.

—¿Hace mucho que vivís aquí? —preguntó Trudy.

Salene notó que la joven no tenía ganas de hablar de Bray. ¿Quizás se había dado cuenta de su interés? Las chicas tenían un instinto natural para esas cosas.

—Un par de días nada más. Menos Jack. Él ya estaba aquí cuando llegamos —volvió a sonreír—. Se piensa que este sitio es suyo.

Dejó el plato sobre la mesa, frente a Trudy, quien se quedó mirándolo con asco.

—¡Lo siento, no puedo comérmelo!

—¿Por qué no? Es comida buena.

—Soy vegetariana. No como carne.

Salene no pudo quitarle el tono jocoso a su voz:

—¿No te gusta ponerte las cosas fáciles, eh? Yo como lo que se me presenta.

Trudy rompió a llorar. La otra joven le situó un brazo alrededor de los hombros temblorosos.

—Lo siento. No pretendía…

—¡Tengo mucho miedo! —sollozó Trudy—. ¡No sé qué hacer! ¡Nunca he tenido un bebé!

—No te preocupes. Te ayudaré. Todos te ayudaremos.

Trudy siguió llorando.

—¡Pensé que quizás encontraríamos un médico en alguna parte! ¡O un enfermero, o algo! ¡Pero no hay nadie! ¡Solo hay críos!

Salene le acarició los hombros.

—Todo saldrá bien. Los bebés llevan naciendo desde hace muchísimo tiempo.

Trudy se la quedó mirando, con los ojos llenos de lágrimas.

—No en este mundo.

CUARENTA Y TRES

Uno de los Perros Salvajes que los Locos habían tomado como prisioneros tras la escaramuza en el túnel ferroviario se encontraba demasiado mal por sus heridas como para ser interrogado. Lo dejarían ir, y que se las arreglase él solo. Vivir o morir, era cosa suya. Ese era el espíritu de los Locos. La supervivencia del más fuerte.

Al otro lo tenían atado al poste central del vagón de interrogatorios. Era un joven alto y en buena forma. Anteriormente un Perro Salvaje orgulloso, ahora no era más que un adolescente con miedo en los ojos. Y con razón.

En el viejo mundo de los adultos, la tortura era algo común en algunos países. E incluso las sociedades más civilizadas a menudo hacían la vista gorda si les beneficiaba en algo. Sin embargo, en aquel nuevo mundo no había hipocresía en torno a la tortura. No había organizaciones humanas que protestasen en contra. No había barreras. Ni reglas. El límite se situaba donde terminase la imaginación del interrogador. Y Zoot tenía mucha imaginación.

El núcleo duro de los Locos, los líderes de grupo, estaban obligados a asistir. La mayoría lo hacían con gusto. Pero, en secreto, Ebony odiaba aquellas sesiones de "interrogación". Le revolvían el estómago. No es que estuviese en contra de la violencia física. Se deleitaba con el combate mano a mano de las peleas callejeras. Había algo casi erótico en ese contacto cuerpo a cuerpo. No obstante, infligir dolor sobre una víctima indefensa no era su rollo.

—Lo hacemos por el bien común —había tratado de convencerla Zoot—. Si tu bebé estuviese secuestrado y en peligro, ¿no harías todo lo posible para salvarlo?

Ella no tenía ningún bebé. Ni quería tenerlo. Entendía la explicación de Zoot, pero eso no impedía que se sintiese asqueada.

—¡Otra vez! —ordenó Zoot.

La víctima dejó escapar otro grito de agonía. Su largo y terrible llanto parecía ser transportado a kilómetros de allí, por toda la ciudad.

Hubo cierta conmoción cuando uno de los Locos que observaban la escena vomitó sobre uno de sus compañeros, como un proyectil.

—¡Sacadlo de aquí! —rugió Zoot.

Mientras se llevaban al sujeto en cuestión de allí abruptamente, Zoot se acercó al chico indefenso, colgado sin energías del poste. Acercó la boca al oído de su víctima y susurró. Tras un instante, situó su propia oreja cerca de la boca del chico, evitando mancharse con la saliva que caía por la barbilla de su víctima. Escuchó mientras los labios del joven se movían.

Zoot se enderezó y le regaló una sonrisa a Ebony.

—Deshaceos de él.

CUARENTA Y CUATRO

Salene se había llevado a Trudy para que ésta se echase una siesta. Lex había protestado al principio, pero la pobre chica estaba exhausta, e incluso él podía ver que no había manera de echarla a la calle mientras no fuese capaz ni de caminar. Esperaba impaciente junto a Amber y Bray en la cafetería, fulminando al otro joven con la mirada, aguardando el momento oportuno.

Amber seguía teniendo un batiburrillo de pensamientos y sensaciones en su interior, pero debía ser práctica. Se fijó en Bray, quien, pese a su actitud desenfadada, debía estar hecho un manojo de nervios.

—¿Estás seguro de que Trudy no estaría mejor en alguna otra parte? —preguntó amablemente.

—Un brindis por la propuesta —intervino Lex con una sonrisa.

—Si hubiese un lugar mejor, lo habría encontrado. Toda la ciudad está controlada por tribus.

La chica insistió.

—Bueno, algunas están bien organizadas. Tienen sus propias tiendas de comida, medicinas… ¿No sería una apuesta mejor?

—Ya te digo. ¡Toda la razón, Amber!

—¡Calla, Lex! —saltó ella.

Bray suspiró, cansado.

—Ahora mismo se libran batallas por el control. No se puede confiar en nadie. Y una zona de guerra no es lugar para un bebé. Vosotros parecíais diferentes.

—¿Por eso nos has estado vigilando?

—Sí. Este sitio es más seguro. El resto de la ciudad es demencial. Locos y Perros Salvajes. Nos usarían como práctica de tiro.

De repente, Lex se puso de pie y se lo quedó mirando.

—¡Pues sigue buscando! —gritó con arrogancia, para después abandonar la cafetería, con las botas resonando sobre el suelo.

Bray observó a Amber. Ella se giró hacia otro lado, sintiendo que le ardían las mejillas.

—Estamos intentando que esto funcione —explicó.

—¿"Estamos"? —indagó el chico—. A mí me parece que estás tú sola.

—No es tan fácil.

—Ya me doy cuenta… —su voz era suave y dulce—. Yo podría ayudar.

Amber se giró para mirarlo, luchando por contener su rabia y su decepción.

—¿Tú?, ¿con un bebé al que cuidar? Estás a punto de ser padre… ¿No sería mejor que fueses a ver cómo está Trudy?

Bray la miró como si fuese a decir algo, pero cambió de opinión. Se levantó, entristecido, y se marchó de allí.

Amber se llevó la mano a la boca para encerrar sus sentimientos.

CUARENTA Y CINCO

Mirando tras de sí furtivamente, Jack se introdujo en el almacén que antiguamente usaba el personal de limpieza del centro comercial. Estaba bien apartado, en la parte trasera del Centro. Era una estancia vacía y poco acogedora en la que nadie querría pasar demasiado tiempo. Era el lugar perfecto.

Seguía irritado por la negatividad de Dal respecto a la radio, y por la repentina e inoportuna complicación de Trudy y el bebé. Aquel sitio era suyo, y sentía que lo habían invadido. Tras sacarse una pequeña llave del bolsillo, abrió la cerradura de un enorme armario metálico que se extendía del suelo al techo. Abrió las puertas dobles y resopló, feliz, mientras observaba su tesoro.

—¿Qué toca ahora? —habló entre dientes—. ¿Qué me merezco hoy? ¡Melocotones! Eso es. ¡Melocotones!

Pilló una lata de uno de los estantes, tiró de la anilla y abrió la tapa. Se sacó una cuchara del bolsillo y comenzó a devorar aquella dulce fruta con entusiasmo, sin importarle que el sirope le resbalase por la barbilla. Aquello formaba parte de la diversión. No había nadie que le obligase a "comer en condiciones".

—No lo toleraré —refunfuñó con la boca llena—. Este sitio es mío. ¡O se adaptan a mis normas, o los echo!

Oyó un chillido en el exterior. Era la tonta de la cría esa, Patsy. Otro problema inoportuno: niños.

—¡Ya vale! ¡Ya vale! —chillaba Patsy. De repente, la puerta se abrió de par en par y ella se apresuró hacia adentro seguida de Paul, que la perseguía con una máscara de monstruo.

La niña se quedó parada y observó, sorprendida. Jack estaba de pie, inmóvil, con la cuchara en una mano y la lata abierta en la otra. Sin embargo, no era eso lo que Patsy miraba fijamente. Tenía los ojos clavados en la despensa que tenía Jack a sus espaldas, cuyas lejas estaban todas hasta arriba de comida. Latas, paquetes, barritas de chocolate… y dulces. ¡Chucherías!

Paul se quitó la máscara y se puso a signarle a su hermana, emocionado. Jack estaba frenético, tratando de inventarse una excusa. Intentó ganar tiempo.

—Esto… ¿qué dice?

La que no podía escuchar ahora era Patsy.

—¡Es fantástico! ¡Cuánta comida! ¡Ha estado aquí todo este tiempo! ¡Podemos montar una fiesta! ¡Vamos, Paul!

—¿Adónde vais? —preguntó Jack con un grito ahogado.

—¡A contárselo a Salene y a Amber!

—¡Eh, eh! ¡De eso nada! ¡Esto es mío!

—¿Tuyo? —preguntó Patsy, desconcertada.

—Sí. Mío.

—Pero hay que compartir, lo dijo Amber.

—Bueno, Amber puede compartir sus cosas si le da la gana —replicó Jack con determinación—. Pero todo esto es mío, ¿entendido?

Los gemelos se lo quedaron mirando de modo acusador.

—¡Escuchad! ¡Podría aguantar meses viviendo de esto! ¡Si lo comparto, no nos durará ni cinco minutos! —suplicó Jack.

Paul se puso de nuevo a signar.

—¿Ahora qué dice?

—L-E-X —explicó Patsy—. Lex.

—¡No! —Jack había entrado en pánico—. ¡No quiero que se acerque aquí! —fingiendo una sonrisa cursi, adoptó un tono persuasivo—. ¿No pensaréis contarles esto a los demás, verdad? No tienen por qué saberlo. Este podría ser nuestro pequeño secreto, ¿no os parece?

Paul dejó la palma de la mano en el aire, y su hermana hizo lo mismo. Jack hizo una mueca. ¡Tendría que haber cerrado con llave! Les pasó la lata que había abierto.

—¿Melocotones?

Los hermanos siguieron observando, impasibles, con las manos extendidas.

—¿Macarrones con queso? —preguntó tras agarrar otra lata.

No obtuvo respuesta. Se quedó mirando hacia donde apuntaban fijamente los ojos de los críos y suspiró.

—Chuches.

Asintieron, felices.

CUARENTA Y SEIS

Amber estaba sentada en la cafetería, sola con sus pensamientos. Desde primera hora de la mañana, sus emociones la estaban haciendo sentir como en una montaña rusa. Todo había sucedido muy deprisa. Bray, que llegó como salido de un sueño; la pasión instantánea que sintió por él; la demoledora decepción tras la desaparición del chico; y la igualmente decepcionante revelación de que tenía una novia que estaba a punto de dar a luz a su hijo.

Escuchó pasos y alzó la vista. Era Lex. La última persona a la que le apetecía ver.

El joven se sentó y puso los pies sobre la mesa.

—¿Y el Casanova?

—Ha ido a ver cómo está Trudy—respondió, malhumorada.

—¿Qué pena que ya esté pillado, eh? —dijo él mientras se limpiaba los dientes con la lengua.

—¿Qué quieres decir? —preguntó Amber, con tono culpable.

—Se te caen las bragas por él, ¿a que sí?

—¡No seas imbécil!

—Por eso tienes tantas ganas de que se quede.

Amber apartó la mirada. Se preguntaba si realmente sería tan obvio. Si Lex se había dado cuenta, seguramente los demás también. O quizás lo había adivinado por casualidad. Por querer meter mierda, como de costumbre. Decidió contratacar.

—¡Lex, esto no trata de si se quedan o se van! Se trata de cómo tomamos las decisiones aquí. No pienso dejar que nos mangonees ni nos chantajees para salirte con la tuya. Mientras yo esté aquí, esto será una democracia.

—¿Y lo que tú dices va a misa, eh? ¡Menuda democracia!

Amber se puso en pie, abruptamente. Quería estar en cualquier sitio en el que no estuviese Lex. Él también se levantó y le cortó el paso, impidiendo que se marchase de la cafetería.

—Deja que me vaya, Lex.

El chico dibujó una sonrisa de incomprendido.

—No te estoy atacando, Amber. Creo que tú y yo podríamos trabajar juntos —dijo antes de colocarle una mano sobre el brazo—. De hecho, creo que tú y yo podríamos llevarnos muy bien, si sabes a qué me refiero.

Ella le apartó la mano.

—¡Quita de en medio!

Él se encogió de hombros.

—Tú te lo pierdes… Yo solo intento defender lo que es nuestro, Amber. No sabes nada sobre ellos. Aparecen de la nada y les sacas la alfombra roja.

—Aún no se ha tomado ninguna decisión.

A Lex le cambió el humor. Su rostro era perverso.

—¡Sí que te gusta! ¡Y eso te está nublando el juicio!

Amber había tenido suficiente.

—¡Pues que vengan los demás! ¡Solucionemos esto de una vez!

CUARENTA Y SIETE

El almacén situado en el depósito de trenes estaba bien custodiado. Zoot se había asegurado de ello. Cada uno de los guardias, que vigilaban las veinticuatro horas del día, habían jurado guardar el secreto bajo pena de muerte. Incluso Ebony desconocía cuál era el secreto. Y eso la ponía furiosa.

Se había dado cuenta de que estaba pasando algo en el interior del almacén unas semanas atrás. Sin embargo, Zoot no le contó nada, e ignoró todo atisbo de pregunta que ella le quiso hacer. Estaba intrigada y frustrada, pero mantuvo la boca cerrada. Era la favorita de Zoot, por el momento. Pero su líder era errático, impredecible, con cambios de humor constantes. Había aprendido cómo debía tratarlo, hasta cierto punto. Eso sí, sabía que nunca debía desafiar sus acciones o sus opiniones.

El camino hasta el almacén era muy corto, pero Zoot nunca caminaba a ningún lado. Los líderes debían estar por encima de los meros mortales. Fuesen adonde fuesen, iban sobre ruedas.

Él no le había contado todavía el secreto que le reveló finalmente el prisionero torturado. Fuera lo que fuera, estaba convencida de que debía estar relacionado con lo que hubiese escondido en el almacén. No obstante, estaba relajada. Ebony era su teniente, y él confiaba en ella gracias a su disciplina de hierro y sus habilidades para la organización. Sabía que ya se lo enseñaría todo llegado su momento. Y ese momento había llegado.

Durante el corto camino en coche hasta el almacén, Zoot había permanecido en silencio, con cierto aire de anticipación. El conductor detuvo del coche de policía ante las enormes puertas dobles, y se bajaron de él.

Había dos guardias esperando a las puertas. Zoot dio un capirotazo con la mano, la señal para que se abrieran las puertas. A medida que los guardias deslizaron las pesadas puertas de metal para retirarlas, la luz se introdujo hasta lo más profundo del almacén. Ebony soltó una bocanada de aire.

Era hermoso. Hermoso y mortal.

CUARENTA Y OCHO

Habían decidido celebrar la reunión en el amplio espacio de la tienda de muebles. Estaba más oscuro que en la cafetería, pero era más cómodo, con grandes y extensos sofás y sillas que, de algún modo, se habían salvado de los vándalos. Zandra había estado rediseñando el lugar con ayuda de Ryan, para convertirlo en una zona común, y estaba muy orgullosa de todos sus esfuerzos. Quizás podría convertirse en diseñadora de interiores una vez el mundo volviese a la normalidad, pensó. Eso, o esteticien. Se le daban bien ambas cosas.

Movió un brazo con grandes gestos para recibir a los demás en la estancia. Ryan y ella estaban sentados en el más grande de los sofás, reclinados sobre un lecho de cojines desperdigados.

—¡Bienvenidos a nuestra humilde morada! Sentíos como en casa. Les hemos dicho a los sirvientes que descansen esta noche. De lo contrario, nos habríamos tomado unos cócteles en el invernadero.

—Bueno. ¿Ya estamos todos?

—Falta Cloe, Amber. No la he visto en toda la mañana.

—Vale, Patsy. Tendremos que empezar sin ella.

Al parecer, Cloe tenía la costumbre de irse por allí ella sola. Y, sin duda, ya volvería cuando le apeteciese.

Ryan se levantó de un salto.

—¡Ya sé lo que falta!

Amber lo llamó a gritos mientras el chico salía de allí corriendo.

—¡Ryan!, ¡que estamos a punto de votar!

—¡Deja que se pire!

—¡Él también vota, Lex!

—Él vota lo mismo que yo —respondió, altanero.

Bray apareció por la puerta de la tienda, con Trudy del brazo. Ella parecía algo más despejada después de su siesta. Lex los señaló.

—¡Ellos sí que no votan!

Amber suspiró. Aquella sería una reunión intensa.

—Tienen derecho a estar aquí, Lex. Nuestro voto afecta a sus vidas.

—¡Que no votan!

La discusión fue interrumpida por Ryan, que se apresuró cargado de un objeto enorme que depositó en medio de la mesita de café, frente al sofá. Se sentó de nuevo con una sonrisa de satisfacción.

—¡Ahora sí! ¡Eso está mejor!

Zandra lo fulminó con la mirada.

—¡Ryan, es una tele de cartón!

—Hombre, ya, todas las de verdad estaban rotas.

Jack agitó la cabeza.

—Ryan, no hay electricidad. Aunque no estuviesen rotas, no habrían funcionado.

—Lo sé, lo sé. No soy imbécil —contestó el chico, un poco a la defensiva—. Pero me siento mejor con una tele aquí, eso es todo.

—¿Podemos seguir?

Ryan se volvió a acomodar entre los cojines.

—Claro, claro. ¡Adelante, Amber!

La joven esperó hasta que Bray hubo ayudado a Trudy a sentarse en un sillón, para luego situarse junto a ella sobre el reposabrazos, protector. Entonces, comenzó a hablar.

—El problema es el siguiente: no tenemos suficiente para comer. Cuantas más bocas haya, más bocas habrá que alimentar. Y, si dejamos que Trudy se quede, ya son dos bocas más.

—Tres. ¡No nos olvidemos del crío!

Trudy miró a Lex con desdén, quien le devolvió una mueca antipática.

—Todavía quedan latas de comida en la cafetería —intervino Salene, claramente de parte de Bray y Trudy.

—¡Paul y yo tenemos chuches! —quiso aportar Patsy. Jack le envió una mirada de advertencia. Ella le sonrió de vuelta, burlona.

—Ah, ¡qué bien! Con eso tenemos ya para un aperitivo matutino. Mirad, ¡si no comemos, nos moriremos! —Lex estaba contento de que Amber hubiese comenzado por el problema de la comida, y no con milongas sobre la responsabilidad y sobre cuidar unos de otros.

—Ahí fuera aún hay comida —señaló Dal.

Lex le regaló una mirada sarcástica.

—Claro, comida hay un montón. Otra cosa es que podamos ir al supermercado y meterla en el carrito de la compra, capullo.

Dal hizo una mueca y agachó los ojos, intimidado.

—Además, que no sólo es por la comida —Lex comenzaba a entrar en calor—. Está el bebé. Llorando todo el rato. ¡No hay forma de hacerlos parar! ¡Nos pondría en peligro a todos!

—¡Qué chorrada! ¡No sabes nada de bebés! —replicó Salene.

Lex la miró con dureza.

—¿Ah, sí? Bueno, ¡pues no me vengáis llorando cuando aparezcan los Locos!

Amber notó que la reunión comenzaba a írseles de las manos.

—Todos conocemos los argumentos. Son sencillos. Tenemos que votar. Lo haremos levantando la mano. Un voto por persona.

—¿Cómo? ¿Los niños también votan? —preguntó Lex, atónito.

—Viven aquí, Lex.

—¿Y el perro?, ¿quieres que le demos un voto también a él?

Bray le lanzó una mirada asesina.

—Si te dejan votar a ti…

—Un momento —Lex señaló a Bray y a Trudy—. ¡Ellos no votan!

—Estoy de acuerdo.

—¿Por qué no? —Bray se quedó mirando a Amber, sorprendido.

—Trudy y tú aún no formáis parte de la tribu —respondió, insatisfecha.

—Igual no sois del todo objetivos —añadió Lex.

—¡¿Y tú sí?! —estalló Bray.

—¡A ver! —Amber quería que fuese rápido, antes de que llegasen a la violencia—. ¿Todos aquellos a favor de que Trudy y Bray se queden?

Salene, Patsy y Paul levantaron las manos de inmediato. Poco a poco, Zandra levantó también la suya.

—Zandra, pero ¿qué haces? ¡Baja la mano!

—¡No, Lex! De eso nada. Esto es una democracia. ¡Tengo mis derechos! ¡Y me gustan los bebés!

—¿Dal? —imploró Salene—. ¡Tú estás de nuestro lado!

Dal la miró, como pidiendo perdón.

—Lo siento, pero me parece demasiado arriesgado. Cuantos más seamos aquí, más posibilidades de que nos encuentren.

—Vale, cuatro —dijo Amber—. ¿Quién está en contra?

Lex levantó la mano rápidamente, seguido de Ryan, Jack y Dal.

Zandra parecía asqueada.

—¡Vaya, qué casualidad! ¡Todos los chicos!

—Empate a cuatro —comentó Jack.

—Un momento —Salene miró a Amber—. Amber, tú no has votado.

—Lo sé —respondió, con la mirada fija en el suelo. Los demás esperaron con expectación. Finalmente, alzó la vista y levantó la mano—. Estoy… en contra.

CUARENTA Y NUEVE

Mientras Paul perseguía a Patsy por todo el centro comercial, Cloe había abierto la puerta de metal que daba a las alcantarillas para esconderse detrás. Ya no quería jugar a los monstruos. Los monstruos daban miedo, y ella ya había pasado mucho miedo. Los chicos eran muy tontos. Hacían ruido y no tenían cuidado.

Eso sí, el túnel de las cloacas estaba oscuro y también daba miedo. Estaba a punto de volver a entrar en el Centro, cuando oyó un ruido. Se quedó escuchando atentamente. El ruido volvió, y resonó por todo el túnel. Debía venir del exterior. Cloe sonrió. Sabía lo que era.

Se apresuró a entrar de nuevo en el Centro y se fue directa al cuarto de Jack. Había una linterna tirada sobre la cama. La agarró, volvió corriendo a la entrada de las alcantarillas casi sin aliento, y entró. La linterna iluminó las pegajosas paredes de ladrillo. Escuchó el goteo del agua y las patitas que se apresuraban a escapar de la luz. Debían ser ratas. Las ratas no le daban miedo, eran sólo animales pequeñitos. Los animales no eran tan malos como podían serlo las personas.

Aquel sonido volvió a hacerse eco por todo el túnel. Con cuidado, fue avanzando por el estrecho pasillo. El túnel hacía un giro al final y, en la distancia, podía ver una tenue luz que brillaba desde arriba, sobre una escalera de metal que guiaba hacia fuera.

Subió la escalerilla con prisas. Había demasiada distancia entre los peldaños para sus piernecitas, pero se fue impulsando desde arriba, jadeando por el esfuerzo. La cubierta redonda de la entrada que tenía sobre su cabeza era muy pesada. Apoyó bien los pies en la escalera y empujó la cubierta con la espalda con todas sus fuerzas. La gruesa pieza de metal se movió ligeramente. Tras respirar profundamente, volvió a empujar. La tapa se movió lo suficiente para que pudiese apretujarse para salir y tomar aire fresco.

Se puso en pie y miró a su alrededor, pestañeando para acostumbrar los ojos a la claridad de la luz diurna. Y ahí estaba, no muy lejos de allí. Cloe sonrió y la llamó.

—¡Ven aquí! ¡Ven aquí!

Sorprendida por aquel grito repentino, la vaquita blanca y negra se alejó dando brincos.

—¡No! ¡No te vayas! —chilló Cloe—. ¡No te vayas! ¡No te haré daño!

Pero la ternera siguió corriendo. La niña comenzó a perseguirla, emocionada. En dirección a las mortíferas calles de la ciudad.

CINCUENTA

Por un instante, después de que Amber comunicase su voto, hubo un silencio estupefacto en la sala. Entonces, Salene y Zandra hablaron a la vez.

—¡Amber! —imploró Salene.

—¡No me lo puedo creer!

Una amplia sonrisa se extendió por el rostro de Lex.

—Yo tampoco.

Bray y Trudy se quedaron mirando a Amber, completamente en *shock*. Se le pusieron las mejillas coloradas. Como líder, sabía que debía justificar su elección. Pero ¿por qué había votado a favor de que se fuesen? ¿Era por sentido común?, ¿una decisión práctica por el bien de la tribu? ¿O era puramente por celos, por no poder soportar la idea de vivir en el mismo espacio que Bray y su bebé?, ¿de verlo junto a Trudy cada día? En esos momentos, no tenía ni idea. Se trabó mientras comenzaba a hablar, incómoda.

—Escuchad, estamos hablando de un bebé. ¡No es una muñeca, Zandra! ¡Nosotros no somos más que unos críos! ¡Los bebés necesitan muchos cuidados! Hay que darles de comer. ¡Ni siquiera sabemos si podremos alimentarnos nosotros mismos!

—trató de mirar a Bray, pero le fue imposible—. Debe haber otro lugar, Bray. Un lugar mejor… Lo siento, Trudy.

Trudy se había quedado mirando al suelo, hecha polvo.

Bray se puso en pie, dirigiendo su indignación hacia Amber.

—¡Ahórrate la compasión! ¡Y ya sabes por dónde puedes meterte tu democracia! —se giró para enfrentar a los demás—. ¿Qué clase de gentuza rechaza a una chica embarazada? ¿Qué tipo de mundo queréis crear?, ¿uno en el que no haya bebés? Entonces no duraréis mucho, ¿no creéis? ¡Me ponéis enfermo! ¡No sois mejores que los Locos! ¡Al menos ellos no fingen ser algo que no son!

Se agachó para tomar a Trudy del brazo, con delicadeza.

—Vámonos, Trudy.

Los demás miraron en silencio, avergonzados, mientras el chico la guiaba hacia el exterior de la estancia. La joven embarazada parecía frágil e indefensa, pero refrenaba las lágrimas con valentía. No les daría el gusto de que la viesen llorar.

Una vez llegaron a la puerta, Bray se giró, con el rostro distorsionado por la rabia.

—¡Y quedaos con vuestra comida! ¡Ojalá se os atragante!

Mientras la pareja se marchaba, Lex se dejó caer sobre el sofá, se colocó un cojín detrás de la cabeza y se acomodó, con aires chulescos. Ninguno de los demás era capaz de mirar a otra persona en aquel cuarto. Escucharon los pasos de Bray y Trudy al bajar por las escaleras. El tiempo pareció detenerse. A excepción de Lex, todos querían que se acelerase, que todo aquello acabase de una vez. Que pasase aquel momento tan horrible para que pudiesen volver a sus vidas y que su vergüenza compartida desapareciese.

Amber estuvo a punto de gritar, de decir que había cambiado de opinión. Que había cometido un grave error. Pero las palabras se le atragantaban en la garganta.

Entonces, un chillido partió el silencio, resonando hasta lo más alto del centro comercial, haciendo que todos sintiesen escalofríos. Un llanto de dolor prolongado.

—¡Aaahhh!

Amber fue la primera en salir de la habitación, seguida de Salene y Dal. A mitad de las escaleras, Trudy se había desplomado, agarrándose el estómago, en agonía.

—¡Bray! —consiguió decir—. ¡Ya viene! ¡El bebé ya viene!

CINCUENTA Y UNO

Cloe estaba afligida. Miró a su alrededor, perdida. La vaquilla se había esfumado entre los callejones desiertos de la ciudad y, de repente, la niña fue consciente de que no debería estar ahí fuera ella sola. Mientras corría tras la ternera, había perdido toda sensación de peligro. Pero ahora que estaba sola, el miedo había aparecido. Sabía que debía tratar de encontrar el camino de vuelta al Centro, pero no quería dejar al pobre animal allí fuera, solo. Era peligroso. Había tribus malas deambulando por la ciudad. Si la encontraban, la matarían y se la comerían. Solamente era un bebé. Debía encontrarla antes de que lo hiciesen otros.

Reparó en unos extraños sonidos que venían desde la distancia. No estaba segura de qué era, o desde qué dirección procedían, pero sonaban duros y amenazantes. Pese a la cálida luz del día que bañaba sus hombros, sentía frío.

—¡Oye, por favor! ¡Vuelve, por favor! —su llanto lastimero casi se perdía entre los imponentes e inquietantes edificios—. ¡No te haré daño! ¡Quiero ayudarte! ¡Te ayudaré a encontrar a tu mamá!

Al oír un ruido, se dio media vuelta. La vaca estaba plantada en un callejón, mirándola con unos tristes ojos marrones. Era diminuta. Apenas debía tener unos días, según parecía.

Moviéndose lentamente, a pequeños pasitos, la niña avanzó hacia ella, llamándola suavemente.

—Buena chica. No te haré daño. Te lo prometo. Quiero ayudarte.

La vaquita se quedó allí parada, mirándola con incertidumbre. Ya estaba más cerca, pero en cualquier momento podía salir corriendo. Tenía una fina cuerda atada al cuello. Si tan solo pudiese alcanzarla...

La niña se arrodilló y estiró la mano.

—Vamos. ¡Por favor!

La ternera dio un paso hacia ella, y Cloe trató de contener su emoción.

—Eso es. Ven aquí. Qué buena chica.

Muy lentamente, la vaca se acercó a ella. Se paró justo antes de que pudiese tocarla. Si se abalanzaba sobre la cuerda y no conseguía agarrarla, sabía que nunca tendría otra oportunidad. La vaquilla se iría para siempre. Así que esperó, aguantando la respiración.

De repente, la vaca alzó la vista, sobresaltada. Estaba tan ensimismada tratando de hacerse con ella que se había olvidado del extraño y amenazante sonido que había oído en la distancia. Pero ahora lo tenían encima. Era ensordecedor y daba mucho miedo. El suelo comenzó a temblar bajo sus pies.

Cloe dio un salto adelante, agarró la cuerda y se aferró a ella, atemorizada, mientras la vaquilla se alejaba a zancadas. Mientras dejaba que la arrastrase para girar la esquina, pudo verlo por el rabillo del ojo. Un monstruo avanzando por la calle, entre estruendos.

CINCUENTA Y DOS

Estaban todos plantados en la cima de las escaleras, mirando cómo Trudy gritaba de dolor y miedo.

—¡Ya viene! —chilló entre lágrimas—. ¡El bebé ya viene!

Lex llegó adonde estaban todos, con hartazgo.

—¡¿Y ahora qué pasa?!

Salene se giró hacia él:

—Trudy se ha puesto de parto. ¡Ya llega el bebé!

—¡Es un truco! —saltó Lex.

Mientras Bray ayudaba a Trudy a ponerse en pie y a subir de nuevo las escaleras, Lex dio un paso al frente.

—¿Adónde os creéis que vais?

Bray lo fulminó con la mirada, sombrío.

—¡Trudy no se va a ninguna parte! ¡Ahora mismo, no!

—¡Hemos votado que os larguéis! ¡No lo consentiré!

—¡Pues no te queda otra!

Los dos jóvenes habían comenzado una batalla de miradas.

Salene se dirigió a Amber, en una súplica.

—¡Amber, no podemos echarla ahora!

—Supongo que es verdad, Lex.

—¡Tú no te metas, Zandra! ¡No me lo trago!

Trudy estaba aferrada al pasamanos, rugiendo por el dolor. Salene se acercó a ella.

—¡Trudy! ¿Estás segura?

—¡Fíjate en lo que dicen! —se quejó Lex—. ¡Es todo una farsa!, ¡lo han planeado juntos!

De repente, Bray se abalanzó sobre Lex y lo agarró de la garganta. Lex lo pilló por los brazos y comenzaron a forcejear salvajemente, sobre las escaleras. Amber se interpuso entre los dos rápidamente.

—¡Dejadlo estar los dos! ¡Pelearse no resolverá nada!

Trudy volvió a emitir un quejido.

—¡Acabo de romper aguas!

Salene se fijó en los escalones. Estaba todo mojado.

—¡Pues sí que viene ya!

Amber sujetó a Trudy del brazo.

—Ayúdame, Salene.

—¡¿Vais a dejarlos volver?!

—¡No es momento de echarla, Lex! —respondió Amber, decidida.

Mientras ayudaba a Trudy a subir las escaleras, sintió una repentina sensación de alivio. Había querido cambiar su voto, pero no tuvo el valor. Una líder debía ser decisiva. Confiar en sí misma. Mostrar confianza ante los demás. Habría parecido débil si hubiese cambiado de opinión tan rápidamente... Aquella situación le había dado la oportunidad de enmendar su error. Tan sólo esperaba que pudiese usar mejor su liderazgo de ahora en adelante.

CINCUENTA Y TRES

Sin saber cómo, después de deambular por aquel laberinto de callejones y calles desconocidas, Cloe había encontrado el camino de vuelta al centro comercial. Puede que fuese cosa de la ternera, que regresaba por instinto al único terreno con hierba de la zona, anteriormente lleno hasta arriba de trabajadores de la ciudad que preferían tomarse allí su descanso para comer bajo la luz del sol. Cloe acariciaba a la vaquita mientras esta pastaba con satisfacción.

—Eso es. Tú come, Campanilla. Buena chica.

Le había puesto el nombre de una vaca que salía en un cuento que había leído. Esa historia le gustaba mucho, se la leía su padre para irse a dormir. Desearía seguir teniendo ese libro.

Sabía que llevaba demasiado tiempo fuera, y se preguntó si los demás estarían preocupados por ella. Seguramente lo estuviesen, y quizás habían enviado un grupo de búsqueda para dar con ella. Debería volver antes de que la encontrasen con su nueva mascota.

—Vamos, Campanilla. No puedes quedarte aquí. Es demasiado peligroso. Conozco un lugar donde puedes quedarte. No puedo llevarte al Centro. Lex se te querría comer. Pero, no te preocupes. Yo cuidaré de ti hasta que podamos encontrar a tu mamá.

Con delicadeza, convenció a la vaquilla para que se apartase de la hierba y se adentrase con ella en el aparcamiento abandonado que había junto al centro comercial. Allí no había nada de valor para nadie. No la encontrarían.

Mientras la ataba a una barandilla alejada que no se veía desde la calle, recordó el monstruo que había visto y se puso a temblar. Debía advertir a los demás.

CINCUENTA Y CUATRO

Lex estaba que echaba chispas, él solo en la cafetería, convencido de que era todo un truco. Mientras tanto, los demás se habían ido con Trudy, a la que habían llevado a una de las tiendas abandonadas, en la que le habían preparado una cama. Cuando estuvo todo dispuesto, Trudy se tumbó en la cama, agradecida. Bray se sentó junto a ella, mientras los demás miraban.

Amber sintió que, antes de que la situación los abrumase, debían tomar el control.

—Muy bien, gente. Se acabó el espectáculo. ¡Todos fuera! Haced algo útil. Necesitamos toallas y agua caliente.

Los demás siguieron sus órdenes como un escuadrón, dejando a Amber con Salene y Zandra.

—Tú también, Bray.

—¡No, Amber! —la voz de Trudy reflejaba pánico—. ¡No te vayas, Bray!

Él le dio golpecitos sobre la mano.

—Tranquila, Trudy. Estoy justo aquí.

Amber y las otras dos chicas intercambiaron miradas.

—¿Alguien tiene idea de cómo asistir en un parto? ¿Salene?

—La verdad es que no, Amber.

—¿Zandra?

—¿Yo? ¡Estás de coña!

Trudy se recostó en la cama, mientras Bray le agarraba la mano para tranquilizarla.

—¿Cuánto hace que sientes contracciones, Trudy?

—Parece que haga horas.

Bray miró a las chicas.

—Quizás no quede mucho tiempo. Deberíamos prepararnos.

Amber se atrevió a mirarlo por primera vez desde que hubiese votado por que se fueran de allí. Parecía tranquilo y confiado, con todo bajo control. A pesar de la situación y de aquel embrollo, se alegraba de que él siguiese allí.

—¿Qué hacemos?

Estaba muy sereno.

—Necesitamos tijeras y bandas elásticas, para atar el cordón. Toallitas, y jabón.

Amber frunció el ceño, perpleja.

—¿Es que piensas quedarte?

—¿Alguna objeción? —preguntó, mirándola fijamente.

—¿Pero… alguna vez has…?

Bray sonrió.

—No soy ginecólogo, si es eso a lo que te refieres.

La chica se encogió de hombros.

—Ya lo habéis oído —dijo con determinación—. ¿Alguien tiene jabón?

—Zandra, tú tienes un montón.

—¡Es mi jabón especial, Salene!

Amber suspiró.

—¡Zandra, ve a por el jabón!

Con un suspiro exasperado, Zandra salió de allí entre contoneos. Amber volvió a mirar a Bray. Él sonrió. Ella le devolvió una tímida sonrisa, aún muy avergonzada por haber votado a favor de echarlos. Sería complicado si al final se quedasen, pero supuso que debía aprender a vivir con ello.

CINCUENTA Y CINCO

La catedral llevaba allí cientos de años. En el pasado, su elegante chapitel medieval había dominado el paisaje a su alrededor. Pero hacía tiempo que había empequeñecido y que se había visto rodeada por los altísimos edificios que la rodeaban.

A lo largo del tiempo, había recibido a muchas congregaciones. Sin embargo, nunca había presenciado una reunión con tanta gente en su nave como aquella tarde. Una multitud de jóvenes que iban desde los ocho a los dieciocho años, con el raro y extravagante vestuario de sus tribus, hablando animadamente entre ellos. Habían llegado de todas partes de la ciudad a petición de los Perros Salvajes.

Aquella era una reunión sin precedentes. Se mantuvo su localización en secreto hasta el último momento. La única tribu que brillaba por su ausencia eran los Locos. A los que no habían invitado. Puesto que el propósito de la reunión era averiguar cómo derrocarlos.

Poco a poco, la multitud guardó silencio cuando el líder de los Perros Salvajes, Diablo de Plata, se puso en pie frente al altar y alzó las manos. Un rayo de luz brilló desde el magnífico ventanal del este, cuyas vidrieras transformaban el rostro plateado del chico y su uniforme en una infinidad de colores tenues. Dado que no tenía los dotes de Zoot como orador, fue directo al grano.

—¡Tribus hermanas! ¡Os doy la bienvenida! Todos me conocéis. ¡Todos sabéis por qué estamos hoy aquí! ¡Zoot y sus Locos se están volviendo demasiado poderosos!

Su discurso fue recibido con vítores entusiastas. Todos conocían las ambiciones de Zoot por controlar toda la ciudad. Todos habían sufrido asaltos de los Locos a sus almacenes de comida y suministros. Habían tomado prisioneros a algunos de sus compañeros de tribu, secuestrados por grupos que llevaban el distintivo símbolo de los Locos. Todos estaban de acuerdo en que había llegado el momento de poner punto y final a la megalomanía de Zoot.

Diablo de Plata permaneció de pie, con las manos en alto. Entonces, cuando la nave de la catedral quedó en silencio, todos lo oyeron. Un profundo temblor que comenzó a agitar el terreno bajo sus pies. Gritos alarmados se hicieron eco por aquel gran espacio. ¿Era un terremoto?

El estruendo se volvió más fuerte. El pánico comenzó a apoderarse de los allí reunidos, a medida que el edificio se ponía a temblar. Diablo de Plata se dio media vuelta, justo a tiempo para ver cómo la vidriera se rompía en mil pedazos al explotar hacia dentro la pared este de la catedral, enviando al interior piedras, yeso y losas de mampostería entre las tribus, que comenzaron a dispersarse. El ruido se multiplicó por mil cuando, a través del agujero recién hecho, apareció un enorme tanque que pasó por encima de los escombros, aplastando a Diablo de Plata bajo sus ruedas.

Lejos de ir camuflado, el tanque estaba pintado de un llamativo rojo y cubierto de grafitis de los Locos. Había ojos atemorizantes a cada lado de la torreta de disparo, y bajo el imponente caño había pintada una gigantesca boca con dientes amenazantes como los de un tiburón.

CINCUENTA Y SEIS

Los gritos de dolor de Trudy resonaban por todo el centro comercial. Ryan, Jack y los niños estaban sentados arriba del todo de las escaleras. No querían esperar en la cafetería porque allí estaba Lex, pagándolas con todo el que se le acercase.

—Dos a uno a que es una niña —dijo Ryan—. Venga, es una buena apuesta.

—¿Qué podemos usar como dinero? —preguntó Jack.

Amber emergió del cuarto de Trudy, con actitud urgente.

—¿Ryan, conseguiste las gomas elásticas?

—No he encontrado ninguna, Amber.

—Bueno, pues busca un hilo o algo. No te quedes ahí sentado. Improvisa.

Ryan frunció el ceño ante aquella palabra desconocida, pero se levantó igualmente a "improvisar".

Dal llegó sujetando un bol.

—Traigo el agua caliente, Amber.

—Gracias, Dal —contestó, agradecida—. Llévala dentro. Patsy, Paul, si podéis encontrar algún paño, sábanas, cualquier cosa que esté limpia… ¿Dónde has estado, Cloe?

La niña estaba subiendo sigilosamente por las escaleras.

—En ningún lado —contestó, con cara de culpa.

—El que hace preguntas estúpidas… —comentó Jack.

Al volver a salir Dal del cuarto, Amber le dio un trozo de papel.

—Dal, ¿podrías buscar todo esto? Son cosas para el bebé.

Su amigo leyó la lista.

—Me tocará salir a la calle.

—¿Te parece bien? —preguntó Amber.

—Supongo —respondió Dal, encogiéndose de hombros.

Amber le puso la mano sobre su brazo.

—Bueno, pero ten cuidado.

Dal sonrió y comenzó a alejarse de allí. Amber se lo quedó mirando, preocupada. Los gritos de Trudy volvieron a ocupar el espacio. Se apresuró a volver dentro del cuarto.

En la cafetería, sentado a solas, Lex esperaba impaciente, pensativo, aguardando su momento.

CINCUENTA Y SIETE

El caos se había apoderado de la catedral. Hubo gritos y chillidos que hacían eco entre las elevadas columnas de piedra y emergían hacia el exterior, bañado por el sol, mientras los jóvenes allí reunidos trataban de escapar a la muerte y a la destrucción que estaba teniendo lugar en el interior.

Haciendo crujir los escombros desparramados por la nave central, el estrafalario tanque escupía llamas. El enorme ventanal del oeste, de fama internacional por su singular belleza, explotó en una fuente de diminutos fragmentos coloreados que llovieron como joyas sobre los críos que corrían hacia fuera.

Al tiempo que el tanque atravesaba la entrada frontal de la vieja catedral, el muro oeste se vino abajo tras él, haciendo caer gárgolas de piedra venidas del infierno sobre el tumulto de más abajo. Niños aterrorizados corrían en todas direcciones, sólo para toparse con Locos que aparecían desde sus escondites, liderados por Ebony, empuñando bates y armas improvisadas.

La batalla duró poco. Profundamente sorprendidos y confusos, la mayor parte de las tribus recularon y se marcharon corriendo tan rápido como pudieron. Tras el *shock* por el ataque, no tenían estómago para luchar.

El tanque se detuvo en la plaza situada frente a la catedral, ahora destrozada. La escotilla superior se abrió y Zoot emergió del interior, triunfante. Se situó sobre el tanque y alzó los brazos en un saludo.

—¡Poder y Caos!

Los Locos repitieron el saludo, su grito de guerra.

Por el rabillo del ojo, Ebony pudo ver un movimiento muy veloz. Gritó una advertencia.

—¡Zoot!

Un Perro Salvaje apareció de la nada en solitario y se subió al tanque de un salto, sujetando un cóctel molotov. Zoot se dio media vuelta para enfrentarlo, pero el atacante introdujo la botella llameante por la escotilla abierta. El interior del tanque explotó en un vívido destello de llamas naranjas que lanzó a Zoot y al Perro Salvaje por los aires y los hizo desplomarse sobre el suelo.

Ebony se apresuró hasta llegar a Zoot. Estaba tirado en el suelo, torcido y quieto.

CINCUENTA Y OCHO

Aburrido de estar sentado él solo en la cafetería, Lex estaba ahora dándole patadas a un balón contra una pared de la planta baja. Estaba furioso. Trudy seguía gritando y quejándose arriba. Vale, no era un truco. Era real, pero eso no lo hacía estar menos molesto.

No quería otro chico en el centro comercial. No alguien como Bray, que no les tuviese miedo a los matones. Se había encontrado gente así en el instituto. Ese crío grande y bonachón al que no podías mandar y con el que no querías meterte por si te acababa dando una paliza. Si te daban una paliza, tu reputación caía a cero.

Cabreado, lanzó la pelota con fuerza contra la estatua esa del estúpido pájaro enorme. Rebotó directamente sobre Zandra, que bajaba por las escaleras.

—¡Oye!

—¡Perdona, Zan!

—¡Fíjate bien en lo que haces!

—Prefiero fijarme bien en ti… —respondió con una sonrisa—. ¿Vienes a hacerme compañía?

—He bajado a por una aspirina. Tú tenías unas cuantas, ¿te quedan?

—No necesitas aspirinas. Te daré un masaje en el cuello. Eso siempre funciona, te quita la tensión.

Zandra suspiró, exasperada. Con Lex todo se reducía siempre al mismo tema.

—Es para Trudy.

La sonrisa lasciva regresó una vez más.

—Y ¿qué me darás a cambio?

—¡Lex!

El chico alzó los brazos.

—¡Me estoy desesperando, Zan! ¡Hasta Ryan comienza a parecerme sexi!

Ahora, le tocaba a ella sonreír.

—Pues yo de ti me lanzaría.

Lex puso cara de corderito degollado. Solía funcionarle.

—¿Qué pasa?, ¿es que ya no te gusto?

—Eso va aparte, Lex —respondió, enigmática—. Conozco a los tíos como tú. Después de conseguir lo que quieren, desaparecen.

—Yo no, Zan. Siempre me has gustado. Nunca lo he dicho porque pensaba que te molaba Glen, pero…

—Yo sé dónde he estado, Lex. No puedo decir lo mismo de ti.

Él volvió a alzar los brazos.

—Estoy limpio. Como los chorros del oro. Más te vale echarme el gancho antes de que lo haga otra, nena.

Se metió la mano en el bolsillo y le tiró un paquete de aspirinas.

—¿Ves? Soy todo corazón.

—Lo que tú digas. Gracias.

Lex admiró a Zandra mientras la chica corría de vuelta a la planta de arriba. Un nuevo grito de Trudy atravesó el vestíbulo.

Su mirada de admiración se transformó en un desagradable ceño fruncido.

CINCUENTA Y NUEVE

Zoot estaba tumbado sobre su cama, en el vagón-dormitorio, mientras Ebony le apretaba un paño húmedo contra la frente. Lo habían transportado en el coche de policía desde el escenario de la devastación en la catedral, y hacía solo unos minutos que había recuperado la consciencia.

—Me tenías preocupada. Creía que la palmabas.

Sus ojos se fijaron en la chica. Le dolía demasiado el cuello como para moverse.

—¿Eso te habría molestado?

Ebony se echó atrás y se lo quedó mirando, sorprendida.

—¡Por supuesto! ¿Por qué dices eso? ¡Claro que estaba preocupada por ti!

La sonrisa de Zoot destilaba cierto sarcasmo.

—Si yo la palmo, te habría despejado el camino, ¿eh?

Ebony se puso a reír.

—¿A mí? ¡Yo no quiero ser la líder, Zoot! No sabría qué hacer. Ni hablar.

Volvió a mojar el paño y se lo colocó sobre el entrecejo. Él la agarró por la muñeca y la miró profundamente. Ella hizo lo mismo. Apartar la mirada la habría hecho parecer culpable, como si tuviese algo que esconder.

Él se mantuvo así un rato. La chica notaba la tensión aumentando en el cuerpo de Zoot. Éste sonrió.

—El miedo es erótico, ¿no crees?

—No tengo miedo.

La chica fue bajando la mano por su cuerpo, sorprendida por sus poderes de recuperación y su apetito sexual. Quizás la sensación de poder que Zoot poseía era en sí mismo un afrodisíaco.

Se oyó un ruido al otro lado de la puerta. Alguien carraspeó. Ebony apartó la mano y ambos alzaron la vista. Spike estaba allí, con rostro descontento. El portador de malas noticias.

Zoot apartó a Ebony de un empujón.

—¿Y bien?

Spike se encogió de hombros.

—Lo siento, Señor Zoot. Siniestro total. El interior está hecho polvo. No podríamos repararlo ni aun teniendo las piezas.

Una oscura mirada de furia se apoderó del rostro de Zoot. Agarró de un manotazo el bol que Ebony estaba usando y lo lanzó hacia la entrada del vagón. Spike pudo esquivarlo, y fue a parar al armazón de metal, haciéndose añicos.

—¡Me las pagarán! —prometió Zoot—. ¡Me las pagarán!

Ebony apartó la mirada. Se guardó sus pensamientos para ella.

SESENTA

Trudy estaba agotada, no dejaba de llorar. Llevaba de parto lo que parecían horas, y en esos momentos no le importaba ya si vivía o moría. Cualquier cosa con tal de detener aquella angustia.

—¡No puedo hacerlo! —le dijo a Bray, que estaba sentado junto a ella, agarrándole la mano.

Bray le retiró el sudor de la frente.

—Lo estás haciendo bien, Trudy. Tómate un respiro y relájate.

El chico sonrió, escondiendo la gran preocupación que sentía dentro. No tenía claro cuánto más podría soportar Trudy. Hasta ese momento, no se había dado realmente cuenta de lo dificultoso que era dar a luz. Normal que lo llamasen "parto", te partía literalmente.

Amber y Salene observaban, fuera del alcance de sus oídos. Ninguna había presenciado antes un alumbramiento. Habían visto bebés nacer en televisión, pero nunca habían sido testigos de un parto real, tan de cerca. Las dos chicas se preguntaron en secreto si algún día querrían pasar por aquel infierno.

Salene miró a Amber, preocupada.

—¿No creerás que algo va mal, verdad?

La otra chica no tenía ni idea, pero no tenía sentido preocuparse de un problema que aún no había llegado.

—Solamente está agotada.

Patsy y Paul entraron a toda prisa, sujetando un material colorido en la mano. Patsy se lo entregó a Amber, animada.

—¡Podríais hacerlo pedazos y usarlo!

Amber lo sujetó. Era un vestido de diseño.

—¡Menudos diablillos! ¡Esto es de Zandra! ¿Es lo único que había?

Patsy sonrió y asintió, dándole palmaditas a Bob el perro.

Bray alzó la mirada y frunció el ceño.

—¡Sacad a ese perro de aquí!

—Perdón —Patsy y Paul salieron corriendo.

—¿Y las tijeras? —preguntó Bray—. Hay que esterilizarlas.

—Me pongo con ello —dijo Amber—. ¿Cómo le va…?

El chico la miró, sin expresión. Era una pregunta innecesaria. Las cosas no pintaban bien, pero no podían hacer otra cosa que esperar. Esperar, y mantener la esperanza.

SESENTA Y UNO

Aquella era una tarea inútil. Habían destripado cada farmacia y cada tienda con productos infantiles. Dal entendía que se llevasen los medicamentos, pero ¿por qué llevarse cosas para bebés? Aunque, claro, así como a los niños de más edad, el virus también había perdonado la vida a los bebés. Y alguien debía cuidar de ellos, ¿no?

Dal no se atrevía a aventurarse demasiado lejos. Los sectores adyacentes de la ciudad estaban mucho más poblados que el Sector 10, y eran zonas demasiado anárquicas y peligrosas como para arriesgarse a deambular por allí buscando pañales. Decidió que era mejor regresar al centro comercial con malas noticias.

Al girar por una esquina, los vio. Una manada de Locos patinando por la calle, hacia él. Dal había oído hablar de sus partidas de cacería. Grupos pequeños pero rápidos que se abalanzaban sobre un pobre vagabundo y lo perseguían hasta darle caza, para luego llevárselo como esclavo.

Entonces, uno de ellos reparó en el chico y lo señaló:

—¡A por él!

Dando media vuelta sobre sus patines, Dal se puso en marcha, con los Locos tras él, aullando como lobos.

No conocía bien aquella zona. Lo único que sabía era cómo volver al centro comercial. Pero no quería ir allí y guiar a los Locos directamente hacia sus amigos. Si al final lo atrapaban, prefería estar tan lejos del centro comercial como le fuese posible.

Los Locos le ganaban terreno. Eran más altos y rápidos. Sabía que no tenía oportunidad de dejarlos atrás. Su única oportunidad era esconderse. Miró a su alrededor en busca de una vía de escape y se apresuró por un callejón estrecho, rezando porque no fuese uno sin salida.

El callejón daba a un gran patio lleno de humo, que se dividía en varias callecitas cortas. Durante un instante, quedó fuera de la vista de sus perseguidores. ¿Qué callejón debía elegir?

Al final del patio había un enorme contenedor industrial de metal, lleno a rebosar de basura humeante que llenaba el lugar de una fina neblina azulada. Los laterales del contenedor eran más altos que él, y de nuevo se maldijo a sí mismo por ser tan bajito. El contenedor era demasiado grande para él, pero era su única oportunidad. Patinando hacia él a toda velocidad, calculó bien el momento de saltar y se echó a volar, agitando los brazos como los atletas de salto de longitud cuando tratan de ganar altura. Su cuerpo se estrelló contra el borde del contenedor. No obstante, con una fuerza sobrehumana pudo de algún modo arrastrarse hasta el interior de un empujón, yendo a parar contra los escombros ardientes de más abajo. Se quedó tumbado, jadeando y agotado. Esperó, intentando contener la respiración.

Si se les ocurría mirar dentro, sería su fin. Contaba con que se hubiesen fijado en lo pequeño que era y que no lo creyesen capaz de meterse allí dentro. La apuesta era de las grandes, pero debía funcionar.

Escuchó el siseo de los patines cuando los Locos accedieron al patio. El ruido se detuvo durante un segundo y, entonces, oyó la orden:

—¡Separaos!

Se quedó escuchando cómo los patines se alejaban por sendos callejones.

SESENTA Y DOS

—Vale, Trudy, ¿lista para intentarlo de nuevo? —Bray trataba de mantener una voz calmada que la tranquilizase, pero estaba cada vez más y más preocupado.

Había oído que el hecho de que un parto durase muchísimas horas era normal, pero su situación era diferente. Ninguno era médico o enfermero con formación, no tenían respiración asistida ni ninguno de los modernos métodos de asistencia médica que ayudaban a las madres durante la experiencia. Y Trudy había sufrido semanas de estrés y ansiedad, preocupada por su propia seguridad. El chico sabía que, muchos años atrás, era común que las mujeres muriesen en el parto. Seguramente, Trudy fuese la candidata ideal para ello.

—No puedo —suplicó la chica—. ¡Ya no puedo empujar más!

Bray sabía que debía ser duro.

—¡Sí que puedes, Trudy! Tú puedes. Vamos allá. Un empujón de los grandes. ¿Lista?

Trudy respiró profundamente y se preparó, mientras le caían lágrimas por las mejillas.

—¡Empuja!

Con un prolongado y angustioso grito de dolor, la chica volvió a empujar. El llanto se sostuvo en el tiempo, reverberando por todo el Centro. Jack y Ryan, que esperaban fuera con los pequeños, se taparon los oídos, sobresaltados.

—Una vez vi nacer a unos gatitos —mencionó Cloe—. ¡Fue algo mágico!

—¡A mí no me suena muy mágico! —replicó Patsy con una mueca.

En el cuarto, Zandra se llevó la mano a la boca.

—¡No soporto verlo! —dijo con un grito ahogado, y se marchó rápidamente de allí.

Amber miraba fijamente una visión espectacular:

—¡Ya se le ve la cabeza! ¡Ya viene la cabeza!

Trudy le acercó una mano a Amber, con el rostro retorcido por el dolor. Ésta se la agarró con firmeza y sonrió para darle ánimos, aunque el apretón de Trudy por poco le aplastaba los dedos.

—¡Empuja, Trudy! ¡Empuja!

Decidido, Bray tiró de aquella cabeza ensangrentada y resbaladiza y, de repente, había terminado. La pequeña salió directa hacia las manos de Bray, que la esperaban.

ooo

Había sido un largo día para todos. Para Bray, para Amber y para los demás. Y había sido el día más largo de todos para Trudy. Pero, ahora, ya había pasado todo.

Estaba tumbada en la cama, agotada pero relajada, sosteniendo a la bebé, que dormía en sus brazos. Bray estaba sentado junto a ella sonriente, satisfecho porque Trudy nunca llegaría a saber lo preocupado que había estado por ella.

Amber entró, con indecisión.

—Bueno, Trudy, ¿lista para recibir a tus *fans*?

Trudy miró a Bray y luego sonrió y asintió.

Sacando la cabeza por el marco de la puerta, Amber dijo:

—Vale, ya podéis pasar. Pero con tranquilidad.

Los demás entraron al montón, ansiosos pero vergonzosos, con Cloe en cabeza. La niña sostenía un móvil hecho con cuerda y cachivaches que había encontrado por allí tirados.

—Es un móvil para la bebé. Les gusta mirarlos.

Trudy sonrió, agradecida.

—Gracias, Cloe. Es muy bonito.

—Sabía que iba a ser niña —dijo Ryan, colocando el silbato que le había ganado a Jack sobre la cama.

Luego le tocó a Patsy, que colocó una pequeña pila de dulces sobre el edredón, junto al silbato.

—¿Puedo pillarla en brazos? —pidió Zandra, entusiasmada.

Trudy sonrió y dejó que Zandra tomase a la pequeña de entre sus brazos.

Jack entró con un peso para bebés.

—Este es mi regaló —dijo Salene—. Gracias, Jack.

Patsy se quedó mirando, extrañada.

—¿Para qué hace falta un peso?

—Para ver si está engordando o no —explicó Zandra, pomposa.

—¿Y qué comerá? —preguntó Cloe.

—De momento, leche —dijo Salene.

Patsy tenía los ojos como platos.

—O sea, ¿que le dará el pecho?

La niña signó algo a Paul, y los gemelos se pusieron a reír.

Salene continuó:

—Después de unos meses, ya pasan a comer alimentos sólidos.

—¡Espero que le gusten las alubias! —afirmó Ryan con una sonrisa.

Mientras todos reían, apareció Dal.

—¿Cuál es el chiste? —preguntó.

—¡La bebé ya ha nacido! —exclamó Patsy, emocionada—. ¡Mira!

—¡Qué maravilla! —dijo con una amplia sonrisa—. Bien hecho, Trudy.

El chico llevaba una enorme cesta de mimbre.

—He pensado que podría servir de cuna.

Zandra no parecía entusiasmada.

—Pero si hay un montón de cunas en la tienda de bebés. Los saqueadores no se las llevaron.

—Ya, pero pensé…

—Es un detalle muy bonito, Dal —se lo agradeció Trudy.

—¿La has hecho tú, Dal?

—Claro, Patsy, acabo de terminar de trenzarla…

—¿De dónde la has sacado? —quiso saber Jack.

—Estaba tirada en un contenedor —explicó casualmente. Dirigió la mirada hacia su mejor amiga—. Lo siento, Amber. No he podido encontrar las cosas que querías para el bebé.

—No te preocupes, Dal —lo tranquilizó ella con una sonrisa—. Nos las apañaremos. Lo principal es que has vuelto sano y salvo.

Bray colocó una mantita dentro de la cesta. Salene tomó a la pequeña y la dejó reposando en su interior. Todos se quedaron mirando cómo dormía la niña, como venerándola. A todos les pareció un momento muy especial. El primer bebé nacido en su nueva tribu. Un verdadero símbolo de esperanza.

SESENTA Y TRES

La noche caía ya por toda la ciudad. Los sonidos del día, llantos de risa o desesperación, se habían apagado. No había tráfico. Ni siquiera se oía la sirena del coche de policía de Zoot. Ahora ya no quedaba apenas combustible, desperdiciado en una bacanal de carreras de coches en las primeras semanas tras la muerte del mundo adulto. Algo predecible. En esos momentos, todos los jóvenes pensaban que ellos serían los siguientes, así que se pusieron a vivir tan intensamente como pudieron. Vive ahora, págalo después.

Bray salió discretamente a la calle, ciñéndose a avanzar por la oscuridad. No había apenas gente por la ciudad de noche, pero la luz de la luna era intensa y no quería arriesgarse sin necesidad.

Estar solo tras aquellos últimos días intensos de discusiones y drama en el Centro le parecía todo un regalo. Como flotar sobre aguas tranquilas. A la luz de la luna, tan quieta, era casi como si el virus nunca hubiese sucedido.

Tras el extenso y horroroso calvario de ayudar a que llegase la bebé, estaba cansado pero muy aliviado, y feliz de poder estar en el exterior, disfrutando de aquella noche fresca. Respiró profundamente. Contrastaba mucho con el aire viciado y claustrofóbico del Centro. No se lo podía creer, pero aun estando en aquel mundo demente y jodido, se sentía feliz. Había ayudado en el parto de la pequeña. Y cumplió su promesa, tal como dijo que haría. Había encontrado un lugar seguro para Trudy y su bebé. De repente, sintió que le quitaban una pesada carga de los hombros. Se sintió libre.

SESENTA Y CUATRO

Lex estaba hincándole el diente a un plato de comida que estaba hasta arriba, mientras Zandra le hablaba emocionada, sentada junto a él.

—Ha sido increíble, Lex. Y la niña…

—¡Que no me interesa! —trató de gritarle, algo complicado con la boca llena.

—Ya tiene pelo y todo —comentó Dal.

—¡Y ha nacido con buen peso! —añadió Jack, orgulloso, tras encontrar el peso escondido en la tienda para bebés.

Lex se lo quedó mirando, lleno de sarcasmo.

—Eso significa que tendrá un buen apetito.

Amber se fijó en el plato del chico.

—Parece que no es la única. Ahí hay comida suficiente para una semana, Lex.

El joven volvió a llenarse el tenedor de comida y llevárselo a la boca, ignorándola.

—Esto no puede seguir así. Hay que crear un sistema para racionar la comida.

Ryan la miró, preocupado.

—¿Racionar? La comida es lo único que importa últimamente. Es una prioridad. Hay que asegurarse de comer lo suficiente.

—Sí, Ryan. No podemos permitirnos desperdiciar nada.

Lex vio que Patsy le estaba dando una galletita a Bob, el perro.

—Pues dejad de darle comer a esa cosa, para empezar. A menos que lo estemos engordando para comérnoslo.

Patsy le dio golpecitos en la cabeza.

—No te preocupes, Bob, no lo dice en serio.

—¿Qué te juegas?

Zandra le dio un golpetazo en el hombro.

—¡Ya vale, Lex!

—¡Lo digo en serio! ¿Qué va primero, humanos o animales? No podemos permitirnos dar de comer a animales a menos que vayamos a comérnoslos después.

—¡No! ¡Basta! ¡Eres horrible! —gritó Patsy.

—¿Podemos volver a lo de racionar la comida, por favor? —suspiró Amber.

—Es lo más sensato —la apoyó Dal.

—Especialmente ahora que hay una madre y una bebé a las que alimentar —añadió Amber.

Lex la observó, con el tenedor medio metido en la boca.

—¿Cómo?

—¡Ya empieza otra vez! —se lamentó Zandra.

—¡Votamos que los echaríamos antes de que naciese la mocosa!

—¡Lex! —Zandra estaba sorprendida—. ¡No podemos echar a una bebé indefensa a la calle!

—Le acabamos de dar regalos y todo —les recordó Ryan, incómodo.

—Te guste o no, Lex, la llegada de la pequeña lo cambia todo.

—Has cambiado de opinión —Lex fulminó a Amber con la mirada.

—¿Qué clase de persona echa a una cría indefensa?

—¡No es nuestra responsabilidad!

Amber estaba encendida y comenzaba a alzar la voz.

—¡Es responsabilidad de todos, Lex! Bray tiene razón. ¿Qué clase de mundo queremos crear si estamos dispuestos a echar a una recién nacida y a su madre a los lobos que hay ahí fuera?

Lex frunció el ceño.

—Pues que se las apañe Bray. Es su problema.

—A todo esto, ¿dónde está? —preguntó Jack, mirando a su alrededor.

—Estará con Trudy —supuso Zandra.

—No, allí no está —respondió Amber.

—Y, entonces, ¿dónde está? —preguntó Zandra, confusa.

—Ya hace rato que no lo veo —dijo Jack, encogiéndose de hombros.

—Yo tampoco —reafirmó Dal—. He estado comprobando el perímetro para pasar la noche seguros, y no lo he visto.

La risa de Lex hizo eco por toda la cafetería. Dejó el tenedor y miró a su alrededor, sonriendo.

—¿Y tú de qué te ríes? —dijo Zandra, mirándolo.

—¿Todavía no os habéis dado cuenta?

—¿De qué?

—¡Se ha dado a la fuga, idiota! —se jactó Lex—. ¡Ha dejado tiradas a su novia y a la mocosa con nosotros, y se ha pirado!

ooo

Amber envió a Salene para que comprobase todas las tiendas de las dos primeras plantas, mientras Dal y ella subían por las escaleras hacia las plantas superiores.

—Sobre todo, no le digas nada a Trudy —advirtió a Salene—. Seguro que está por alguna parte, pero no queremos que se preocupe.

Salene asintió, solemnemente.

—Lex se equivoca. Bray no se marcharía ni dejaría solas a Trudy y a su hija. Él no es así.

—Esperemos.

Salene frunció el ceño.

—¿Amber?

La chica se encogió de hombros.

—A mí me da la sensación de que Bray hace lo que le da la gana. Todavía no acabo de pillar de qué palo va.

—Como Lex tenga razón, puede que nunca lo sepas —añadió Dal, en tono agorero.

—¡No tiene razón, Dal! —Salene estaba convencida—. ¡Lex sólo quiere meter mierda!

—Bueno, quedarnos aquí discutiendo no solucionará nada —declaró Amber—. Vamos, Dal.

ooo

Un tiempo atrás, antes de que Jack y los demás llegasen, hubo un incendio en la parte superior del centro comercial. Por suerte, se apagó antes de que pudiese llegar a las plantas inferiores. Las tiendas de más arriba estaban todas gravemente dañadas, y seguían oliendo a humo. Era improbable que alguien escogiese dormir allí, pero aun así buscaron por todas partes.

Salene estaba plantada en el balcón de la primera planta cuando los otros dos regresaron.

—¿Ha habido suerte? —preguntó con más esperanza que expectativas.

Amber negó con la cabeza, sin ganas. Estaba agotada. Quería dormir. Pero sabía que no sería capaz. Desde que lo conoció, Bray nunca había abandonado su mente. ¿Realmente hacía sólo dos días? Parecía toda una vida. Había reprimido sus sentimientos y decepción cuando llegó Trudy embarazada, y los había ocultado mientras lo observaba asistir en el parto tan entero y calmado. Sin embargo, la verdad era que Bray era otra complicación más en su vida.

Fue Dal quien proporcionó la pregunta clave.

—¿Quién se lo va a decir a Trudy?

SESENTA Y CINCO

Como en la mayoría de ciudades, la mayor parte de los almacenes se situaban cerca del puerto. Mientras se acercaba a ellos a la luz de la luna, parecían enormes y grises, como pendientes verticales que se alzasen ante él. Mientras buscaba un lugar seguro para Trudy, Bray había visto a los Perros Salvajes dirigirse allí, con carritos y barriles llenos de suministros. Debían tener su despensa por allí, en alguna parte.

Sabía que el cuartel general de los Perros Salvajes estaba a tres manzanas de allí, en un edificio de apartamentos, y esperaba que hubiese solamente un par de guardias vigilando el almacén. De ser así, estaba bastante convencido de que podría con ellos. Era un atleta natural y fuerte, y había mejorado su entrenamiento básico aprendiendo artes marciales. Ahora, estaba contento de haberlo hecho.

Cuando se fue, Trudy dormía plácidamente. Estaba completamente agotada y seguramente seguiría durmiendo durante horas. Con suerte, habría vuelto antes de que la chica se diese cuenta. Eso esperaba. Después de todo por lo que había pasado, tenía los nervios a flor de piel, y no quería empeorarlo.

No tuvo problemas para encontrar la tienda entre el resto de almacenes. Convenientemente, alguien había pintado con spray el logo de los Perros Salvajes por todo el lateral del edificio. Debían estar muy seguros de sí mismos como para anunciárselo a bombo y platillo al resto de la ciudad. Aunque, claro, aquel era su territorio. El sector de los Perros Salvajes. Había que estar muy chiflado como para entrar sin permiso. Sonrió para sí mismo. Mira por dónde, sí que estaba chiflado.

SESENTA Y SEIS

Jack dormía profundamente. Y menos mal, porque se habría puesto furioso de haber visto a Lex pasar el rato jugando a un juego con su Game Boy en la cafetería. El chico había intentado recalcarles bien a todos que las pilas eran muy valiosas. Una vez se acabasen, se acabó. No había forma de hacer más. Y malgastarlas jugando era algo criminal.

—¡No me lo puedo creer! —exclamó Zandra para nadie en particular.

Ryan estaba ocupado con una gran cena, antes de que comenzase el racionamiento de Amber, y no había escuchado a Zandra. Comer era un tema muy serio.

—Yo tampoco —dijo Lex, asqueado—. Se han terminado las pilas —añadió, tirando la consola sobre la mesa.

—¡Me refiero a Bray! No puedo creer que haya abandonado a Trudy y a su hija, ¡así como así!

—¡No seas inocente, Zandra! Nos ha engañado desde el principio. Os lo dije, pero ¿a que no me escuchasteis? "Ay, es que Bray es maravilloso. ¡Tan guapo y tan listo!".

Zandra alzó la vista al ver llegar a Amber, Salene y Dal.

—¿Hay señales de él?

Amber negó con la cabeza, desganada.

—Hemos mirado en todas partes —dijo Dal.

—Se ha ido del todo —declaró Lex, engreído.

—¡Menuda rata! —Zandra estaba encendida.

Salene se sentó a la mesa, alicaída.

—¡Pobre Trudy!

—¡Pobres de nosotros! —la corrigió Lex—. ¡Nos deja encima a la novia y a la cría! No me extrañaría que se hubiese ido a por los Locos, ¡para que vengan a acabar con nosotros!

—Lex, si no eres capaz de decir nada sensato, mejor cierra el pico —Amber estaba furiosa. Furiosa con todo y todos, en esos momentos.

—¡Tú sólo lo defiendes porque te gustaba! —exclamó Lex con mala cara. Aquella afirmación espabiló a Zandra.

—¿Es verdad, Amber?

—¡Claro que no! ¡No hagas caso a ese imbécil!

—A ver, no te lo reprocharía.

Lex la fulminó con la mirada.

—¿Qué?

Ryan alzó la vista del plato. El ruido llevaba ya un rato sonando, pero nadie se había dado cuenta.

—¿Qué es ese ruido?

Salene se puso en pie, preparada para irse.

—Es la bebé llorando.

—¿Qué le pasa? —preguntó Ryan con una mueca—. Parece como si la estuvieran matando.

—Debe tener hambre.

—¿Y por qué no la atiende Trudy? —Zandra sonaba irritada.

Amber se levantó y se unió a Salene.

—Vayamos a ver.

La chica marcó el camino, seguida de Salene y Dal.

Lex estaba mirando a Zandra con muy mala cara.

—¿Así que a ti también te mola Bray?

Zandra sonrió, coqueta.

—Una no va revelando esas cosas.

No estaba de mal hacer que Lex no bajase la guardia. Como él, la chica también estaba esperando a que fuese el momento adecuado. Claro que era la chica para Lex. O lo sería, algún día.

SESENTA Y SIETE

Bray no podía creerse la suerte que había tenido. El almacén estaba abierto y sin vigilancia. Debía estar pasando algo raro con los Perros Salvajes, pensó. Pero, fuese lo que fuese, a él le había venido muy bien.

Una vez dentro, encendió la linterna. Aquel almacén era grandísimo. Estantes y estantes llenos hasta arriba de productos que abarcaban hasta donde alcanzaba la vista. Esperaba encontrar rápidamente lo que necesitaba. Aquel tesoro sin candado y sin vigilancia comenzaba a darle mala espina. Como la mayoría de cosas en la vida, si algo parecía demasiado bueno para ser verdad, es que así era.

Supuso que lo que buscaba estaría bien al fondo del almacén. Los Perros Salvajes no debían utilizarlo muy a menudo. Subido a su monopatín, pasó por el largo pasillo hasta el final y comenzó a rebuscar rápida pero sistemáticamente, fila por fila, alumbrando con su linterna por las estanterías, arriba y abajo. "Que no entre el pánico", se dijo a sí mismo. Entrar en pánico lo haría ir más despacio.

Lo encontró todo en la tercera fila. Todo lo que necesitaba, en un mismo sitio. Tras sacar su cuchillo, lo usó para abrir las cajas de cartón y comenzó a llenar la mochila, metiendo dentro tantas cosas como podía. Sabía que era una tontería, pero aquel vacío tan vasto en el almacén comenzaba a darle miedo. No quería tener que volver allí nunca más.

Con la mochila llena, le dio la vuelta al monopatín sobre el suelo y se dispuso a apresurarse de vuelta por el largo pasillo cuando los oyó fuera.

Los Perros Salvajes estaban llegando, en masa.

SESENTA Y OCHO

Encontraron a Trudy tumbada en la cama, sin fuerzas, empapada de sudor. Dal se había marchado rápidamente a por su termómetro, mientras Salene cuidaba de la pequeña, que seguía llorando.

—Voy a llevármela. Le daré un poco de la crema que usamos para el café —le dijo a Amber.

—No creo que sea buena idea, Salene.

—Bueno, ¿y qué voy a darle si no? ¡Escúchala! ¡Está muerta de hambre, la pobre!

Dal volvió allí con Zandra, que deseaba saber lo que sucedía.

—¿Dónde está Bray? —quiso saber una débil Trudy.

Amber le retiró el sudor del entrecejo.

—No hables, Trudy. Deja que Dal te tome la temperatura.

Zandra observó a Dal ponerle el termómetro bajo la lengua, intrigada.

—¿De dónde has sacado eso?

—Por ahí. Pensé que podría sernos útil —afirmó Dal, alzando la vista.

La chica estaba impresionada.

—Mira, como los de verdad. El doctor Dal. Seguro que veías todas las series de hospitales, ¿a que sí? Cómo echo de menos la tele. Esto es muy aburrido.

Amber se la quedó mirando, con los ojos como platos por la sorpresa.

—¿Aburrido? ¿Tú en qué planeta vives, Zandra?

—¿Qué quieres decir? —preguntó la chica, extrañada.

—Se podría decir que da miedo, o que es duro o peligroso, pero "aburrido" no es la palabra que usaría yo.

—Bueno, pues la echo de menos —suspiró Zandra—. Podría hablarte de los personajes de todas las telenovelas.

—Fascinante.

Zandra no captó el sarcasmo de Amber.

—De verdad. Y ahora ya no están ahí. No sé lo que estarán haciendo.

Los ojos de Amber se abrieron todavía más.

—¡No están haciendo nada, Zandra! ¡No son reales! —negó con la cabeza y se giró hacia Dal, que leía el termómetro—. ¿Y bien?

—Muy alta.

—¿Qué hacemos?

—Darle aspirinas. Mojarle la cabeza con agua fría.

—¿Te has tragado un libro de medicina o algo?

Dal se quedó mirando a Zandra, y una mirada triste nubló su rostro.

—Mi padre era médico. Mi madre también. ¿Contenta?

Se metió el termómetro en el bolsillo, se levantó de la cama y se marchó de allí. Zandra lo miró, sintiéndose culpable.

—¡A veces me gustaría poder sacarme la lengua!

Trudy comenzó a agitar la cabeza, frenética.

—¡Bray! ¿Dónde está Bray?

"Exacto", pensó Amber, ansiosa. "¿Dónde estás, Bray?". Como no regresase, le daba la sensación de que Trudy nunca lo superaría. Y que serían ellos quienes tendrían que lidiar con las consecuencias.

SESENTA Y NUEVE

Los Perros Salvajes estaban borrachos. Habían llegado conmocionados y furiosos. Y ahora se estaban bebiendo todo el alcohol que tenían guardado en el almacén. Eran unos veinte. Y estaban desperdigados por toda la entrada. O lo que, para Bray, era la salida.

No le había dado tiempo a escapar antes de que llegasen. Ahora estaba escondido en un extremo del almacén, muy preocupado. No había formado de que lograse salir sin que lo viesen y le diesen una paliza de muerte. Estaban de un humor amargo, muy cabreados. Le había pasado algo a su líder, Diablo de Plata, y los Perros estaban ahogando las penas y honrando su memoria, alternando entre gritos de amenaza y maldiciones.

Los Perros eran rivales de los Locos por el control de la ciudad, como sabía Bray. Por lo que pudo entender de los fragmentos de conversación que le llegaban, Zoot había tenido algo que ver con la muerte de Diablo de Plata, y los Perros Salvajes buscaban venganza. Mencionaron la idea de formar un escuadrón suicida que se encargase de eliminar a Zoot. Varios de los jóvenes se ofrecieron voluntarios. Después de haber rendido homenaje a su líder caído, llegaría el momento de atacar.

Al ir avanzando la noche, Bray asimiló que le tocaría esperar. No tenía pinta de que los Perros Salvajes se fuesen a ningún sitio. Así que debería esperar a que la bebida hiciese efecto y estuviesen todos dormidos. Podía ser una noche muy larga.

SETENTA

El amanecer comenzaba a colarse en el centro comercial por el techo de cristal del vestíbulo. Más abajo, en su cuarto, Trudy estaba tumbada muy quieta, llena de sudor, con los ojos cerrados y respirando con dificultad.

Amber y Dal estaban sentados a ambos lados de su cama. Trudy llevaba así ya varias horas. Dal miró a Amber, muy preocupado.

—Es por la fiebre, Amber. Creo que está a punto de entrar en coma.

Habían hecho turnos para cuidar de Trudy durante la noche. Salene se había llevado a la pequeña a dormir con ella, y Zandra se había ido a acostarse. Amber prometió despertarlas si había cualquier cambio.

El mundo exterior era muy peligroso. No obstante, sin doctores ni hospitales a los que acudir, una enfermedad era tan aterradora como cualquier otra cosa.

—¿Qué podemos hacer, Dal?

—Tenemos que darle antibióticos.

—Pero tú mismo has dicho que no queda nada en las farmacias.

Vaciló antes de seguir hablando.

—Conozco un lugar donde podría haber.

Amber lo miró fijamente, al otro lado de la cama. Estaba claro que se encontraba sopesando algo en su cabeza.

—Mi padre tenía un despacho en el hospital. Siempre guardaba fármacos allí.

—Los Locos controlan ese sector, Dal.

—Lo sé. Pero, si salgo ahora, podría ir y volver antes de que se despierten.

—Iré contigo —dijo decidida.

—¿Y dejar el Centro en manos de Lex? Para cuando volvamos ya habrá echado a Trudy y a la pequeña.

—Pues llévate a Lex contigo, por protección.

—¡Ni hablar! —exclamó Dal—. No descarto que me acabase pegando él mismo.

Amber hizo una mueca y negó con la cabeza.

—No me gusta la idea, Dal. Es demasiado peligroso.

—No tan peligroso como la situación de Trudy, si no le conseguimos antibióticos. Podría morirse, Amber.

—Ya lo sé. Pero es que… Lo sé.

—Será mejor que me vaya ya —dijo él, sombrío. Lo había sugerido él mismo, pero se estaba acordando de que, la última vez que se había aventurado al exterior, había escapado por los pelos. Deseó que no se le terminase la suerte esta vez.

—¡Dal! —Amber lo rodeó con un brazo—. Ten cuidado —se agachó y le dio un beso en la mejilla.

Él sonrió, avergonzado. Valía la pena correr el riesgo sólo por eso.

SETENTA Y UNO

Bray había menospreciado la capacidad de los Perros Salvajes para consumir alcohol. ¿Quizás fuese la rabia lo que los mantenía despiertos? Por lo que le había pasado a su líder. Fuese como fuese, la mayoría de ellos habían permanecido despiertos, bebiendo durante toda la noche, desperdigados por la salida (su única vía de escape). Estaba que se subía por las paredes, preocupado porque Trudy supiese de su desaparición y dejase que el pánico se apoderase de ella.

Amanecía ya cuando los Perros Salvajes comenzaron a ponerse en pie. El más alto de ellos, que claramente había asumido el rol de nuevo líder, dio instrucciones a dos de los jóvenes para que se quedasen allí. Guio al resto lejos de allí, con un caminar sorprendentemente hábil todavía, aunque algo vacilante. Bray supuso que no se disponían a llevar a cabo el intento de asesinato contra Zoot de inmediato.

Para consternación suya, los dos Perros que permanecieron allí cerraron las puertas desde el exterior al irse los demás. Subido en su monopatín, llegó al final del pasillo para acercarse a la puerta, y oyó cómo le ponían un pesado candado a una cadena que recorría la puerta exterior. Estaba encerrado, sin otra forma de salir.

Pero no podía quedarse allí. Debía escapar. Esperó un tiempo prudencial hasta asegurarse de que los demás Perros Salvajes estuviesen lejos y comenzó a golpear la puerta, gritando bien fuerte.

—¡Ayuda! ¡Dejadme salir!

Escuchó los gritos de sorpresa de los dos jóvenes, y luego se subió bien arriba de la estantería más cercana y se escondió.

Oyó cómo retiraban la cadena y vio cómo la luz inundaba el interior mientras los Perros abrían las puertas. Desde su escondite, vio cómo entraban y se ponían a buscar, con las armas preparadas. Los dos eran tan altos como él, con una improvisada armadura y cascos de bici decorados con la insignia de los Perros Salvajes. Era mejor esperar a que entrasen más adentro, pensó. Así, podría usar el factor sorpresa y su velocidad para escapar. Intentar enfrentarse a ellos, tan protegidos y armados como iban, era un riesgo.

Los dos jóvenes seguían en la entrada, mirando por todas partes. Uno grito, y su voz hizo eco alrededor del enorme complejo.

—¡Sal de una vez! ¡Seas quien seas!

Esperaron, y escucharon. Bray aguantó la respiración, esperando su momento. Entonces, vio que el otro se giró hacia su compañero.

—Da igual. No puede salir.

Su compañero asintió, y volvieron a salir, dispuestos a cerrar las puertas de nuevo. Era ahora o nunca. No tendría otra oportunidad. Bray bajó de su escondite de un salto, aminorando su caída sobre el primero de los chicos, con los pies por delante. El joven se fue al suelo de cabeza y quedó inconsciente.

Poniéndose en pie de un salto, Bray tuvo el tiempo justo para esquivar el arma del segundo Perro, que éste había dirigido violentamente contra su cabeza. Agarrando el monopatín por atrás, Bray le hundió la pesada tabla de madera con todas sus fuerzas. Escuchó romperse el casco y vio cómo la sangre comenzaba a llenar el visor.

Tras volver a dejar la tabla en el suelo, Bray se subió a ella y salió disparado, zigzagueando hábilmente para girar por la esquina del almacén, en dirección a la calle.

Sabía que debía regresar al Centro lo antes posible, pero primero tenía otro recado que hacer.

SETENTA Y DOS

Mientras esperaba ansiosamente el regreso de Dal al Centro, Amber trataba de borrar de su cabeza la peligrosa misión de su amigo organizando el sistema de racionamiento. Había enlistado a Jack para que la ayudase, y estaba haciendo una lista a medida que el chico repasaba la despensa, leja a leja.

Jack cerró la puerta del armario.

—Pues ya está todo, jefa.

Amber miró la lista y frunció el ceño.

—No es mucho, pero si la gente come con cabeza…

Jack arqueó las cejas. Ese "pero" era muy grande.

—Organizaré las raciones diarias —dijo Amber.

—Hay que intentar que sea nutritivo y equilibrado.

La chica lo miró llena de sarcasmo.

—Como si tuviese de dónde elegir, Jack.

En casa siempre habían comido productos frescos. Verduras y carne orgánica. Huevos de gallinas sin enjaular. Crujiente pan integral. Ahora era todo procesado, de latas y paquetes. Suspiró para sí misma. Bienvenida al mundo postapocalíptico.

Lex entró en la cocina despreocupadamente, pasó por delante de ellos y abrió la puerta de la despensa.

—¡A desayunar!

—Espérate, Lex. Estoy preparando la lista de raciones.

—Nadie decide lo que como, Amber. No soy un crío.

La chica bajó la libreta, exasperada.

—¡Lex, ya hemos hablado de esto! ¡Tenemos que racionar la comida!

—Y el agua —añadió Jack—. Especialmente el agua.

—¿Qué hay de las pilas? —Lex arrojó un par de pilas AA sobre la mesa—. Estas se han acabado.

Jack se puso a la defensiva.

—Pues no hay más —mintió.

—Seguro.

—Todos recibiremos la misma porción de comida cada día —continuó Amber—. No crece en los árboles, Lex.

Ryan había seguido a Lex a la cocina y los había oído hablar.

—Eso no es justo. Yo necesito comer más que los niños. Soy grande.

—Lo siento, Ryan. Pero necesitan comer tanto como tú. Están creciendo.

—Y no podemos seguir dejando que la gente pille agua del grifo.

Ryan miró a Jack, con el ceño fruncido.

—¿Por qué no?

—El agua viene de un tanque en el tejado. No es ilimitada.

—¿Puedes cortar el suministro, Jack? —preguntó Amber—. Para poder racionarla.

El chico asintió.

—Iré a ver cuánto queda en el depósito. Pero no podemos pasarnos hasta encontrar agua en otra parte.

Lex agarró a Jack del brazo cuando este se disponía a marcharse.

—Iremos contigo.

—No pasa nada, puedo yo solo —contestó, incómodo.

—Tranqui, te acompañamos, Jack. No es que no nos fiemos de ti. Es por asegurarnos de que no te caigas dentro y te ahogues —Lex sonrió—. Podría contaminar el agua, ¿eh, Ryan?

ooo

Las calles estaban desiertas, a medida que Dal avanzaba en patines por ellas, nervioso. A esas horas de la mañana, la ciudad estaba sumida en un silencio mortal, y el único sonido que se escuchaba era el de las cuchillas de los patines sobre el asfalto. Deseaba que fuesen más silenciosos, pero sabía que no era probable encontrarse con una partida de caza de los Locos tan temprano. No estaba nervioso por eso realmente.

No había estado en el despacho de su padre desde la llegada del virus. Sin embargo, sí había estado allí muchas veces antes. Dal había planeado convertirse en médico cuando se hiciese mayor. Quería ayudar a la gente, hacer el bien en el mundo, como lo habían hecho sus padres.

Formaron una familia muy cercana. Dal era su único hijo, y sus padres lo consentían mucho, pero sin llegar a malcriarlo. Pasaban gran parte de su tiempo libre jugando con su hijo, formándolo en muchas cosas, desde críquet hasta cálculo. Las vacaciones familiares siempre eran muy divertidas, explorando muchas partes del mundo y experimentando la cultura e historia de las distintas personas y etnias que llegaban a conocer. Estaba muy orgulloso de sus padres, y adoraba pasar tiempo con ellos. Había sido un chico con mucha suerte.

Llegó al hospital sin incidentes, y atravesó patinando aquellos pasillos tan conocidos hasta el despacho de su padre. La puerta estaba abierta. Dal respiró hondo y la abrió. Habían saqueado la habitación por encima, pero sabía dónde guardaba su padre su provisión de fármacos, bien asegurada. Encontró el cerrojo bajo el escritorio y abrió el cajón secreto.

En el interior, las cajas de pastillas seguían intactas, íntegras. Con delicadeza, las fue introduciendo en su mochila. Echó un vistazo por la ventana. Ya estaba saliendo el sol, así que debía regresar.

Cuando se disponía a irse, un rayo de sol se posó sobre una fotografía enmarcada, que seguía de pie sobre el escritorio. El cristal lanzó un destello contra sus ojos. Dal sujetó la fotografía y contempló las tres figuras sonrientes, congeladas en el tiempo dentro de aquel marco.

Dudó por un instante, pero volvió a dejar el marco donde estaba y salió patinando hacia el pasillo. No necesitaba llevarse una fotografía para recordarlos. Los llevaba en su corazón.

SETENTA Y TRES

Salene estaba cuidando de Trudy, que seguía semiconsciente, murmurando y dando cabezazos febriles. Le retiró el sudor de la frente, muy preocupada. No tenía mucha experiencia cuidando de enfermos, pero Trudy parecía estar en muy mal estado.

—¡Vamos, Trudy! ¡Tú puedes lograrlo! ¡Tienes que vivir, por tu bebé!

Amber entró, bostezando. Había intentado echarse la siesta durante el turno de Salene, pero no pudo dormir.

—¿Cómo está?

—Empapada de sudor. Confundida. Habla sobre morir.

—¡Qué desastre! Pobrecita.

—Todo se arreglará cuando mejore.

—¿Tú crees? —Amber parecía escéptica.

Había una nota de nostalgia en la respuesta de Salene:

—Tiene a Bray, ¿no es así?

—¿Sí? ¿Y dónde está?

Salene miró a Amber, que se había puesto a la defensiva.

—No lo sé. ¡Pero sé que volverá!

Amber la observó, pero la chica no pudo mirarla a los ojos. Ella suspiró para sí misma. ¡Otra complicación más! Su voz denotaba cierta advertencia:

—Salene, tiene una hija, y tiene a Trudy, ya lo sabes.

—¡Lo sé! —contestó, ahora era ella la que estaba a la defensiva—. Tan sólo desearía que estuviese aquí, eso es todo.

—Quizás lo mejor sería que no volviese.

—¡No digas eso!

Amber suavizó el tono. No debería haber dicho eso. Había bajado la guardia, había mostrado sus celos hacia la relación de Bray y Trudy.

—¿Quieres que siga yo?

—No. Estoy bien. Esperaré aquí a Bray.

"Eso es justo lo que me preocupa", pensó Amber.

ooo

El depósito de agua estaba en la zona plana del tejado del centro comercial, a varias plantas sobre la ciudad. Era un enorme tanque sellado con una escalerilla que llevaba a una pequeña escotilla de inspección en la parte superior. En la parte inferior del depósito había un grifo, y un grueso tubo de plástico blanco que salía del tanque y se introducía en el edificio.

Jack estaba en el último peldaño de la escalera, usando un palo largo para medir la profundidad del agua en el depósito. Lex y Ryan estaban a los pies de la escalera, disfrutando del sol y del aire fresco.

—Podríamos hacernos una buena terraza aquí arriba, Ryan. Un par de tumbonas, una barbacoa, cervezas…

—No tenemos ni carne ni bebida, Lex.

—Siempre tienes que fastidiarlo, ¿eh? —se giró hacia Jack—. ¿Cómo va la cosa?

—Ha bajado bastante desde la última vez que lo miré.

Lex hizo una mueca.

—Es esa Trudy, usándola para su bebé —se protegió los ojos del sol al mirar hacia arriba—. ¿A cuánto salimos, Jack?

Jack comenzó a bajar los peldaños de la escalerilla.

—Bueno, dividimos el volumen por la cantidad de…

Lex agarró la pantorrilla de Jack de un buen apretón, parándolo a mitad de bajada.

—No estás escuchando, Jack. ¿A cuánto salimos?

—¡Suéltame! Te lo estoy explicando —se quejó con una mueca.

—Ya te lo explico yo, cerebrito. A Ryan y a mí nos corresponde el doble.

—¿El doble? ¿Por qué?

—Porque lo digo yo. ¿A que sí, Ryan?

—Sí, Lex.

—¡Desde este momento! —indicó Lex, pasándole un cubo de plástico a Jack.

SETENTA Y CUATRO

Zoot se sentía mucho mejor, y ya estaba planeando su venganza. Los Perros Salvajes habían destrozado su preciada arma. Su hermoso tanque, que habían liberado del museo militar de la ciudad y que con tanto esfuerzo habían conseguido devolver a la vida.

Con la caída de la civilización, una de las últimas órdenes que dieron las autoridades de la ciudad fue la destrucción de todas las armas. O, al menos, volverlas inservibles. Hacía tiempo que sabían con certeza que solamente quedarían niños y un oficial al que le importaba la situación a largo plazo se había dado cuenta de la carnicería que podía tener lugar si les dejaban a los críos aquel arsenal de armamentos que los adultos habían ido recolectando. Quizás no hacía falta ser un visionario. Los jóvenes estaban obsesionados con los videojuegos de guerra.

Bajo órdenes de Zoot, Spike y su equipo habían restaurado con mucho cariño el anticuado tanque, que no requería sofisticados ordenadores para funcionar. Les daría a los Locos ventaja sobre todas las otras tribus. Con aquel arma a su disposición, la ciudad caería ante Zoot en un abrir y cerrar de ojos. Ahora, había desaparecido. Un trozo de basura inservible, como todas las demás.

Hizo llamar a su consejo de guerra: Ebony, Spike, y otros dos generales. Juntos, trazarían su siguiente plan. "Caos" formaba parte de su eslogan, pero Zoot sabía que nunca obtenías el "Poder" sin un poco de planificación.

—Los Perros han perdido a su líder. Podéis apostar a que habrá un hiato durante un tiempo.

—¿Un qué, señor Zoot?

Zoot miró a Spike con escarnio.

—Una pausa. Un parón.

Spike se lo quedó mirando, sin comprender.

—Tardarán un tiempo en reagruparse, en encontrar un nuevo líder.

Spike asintió, algo avergonzado.

—Así que hay que golpearles mientras siguen desorganizados.

Alguien llamó a la puerta del vagón. Había un Loco en la entrada, sujetando un sobre. Zoot le indicó que pasase adentro.

—¿Sí?

El joven sujetó el sobre.

—He encontrado esto, señor Zoot. Ha venido un tío en monopatín y lo ha dejado aquí. Es para ti.

—¿Un "tío"?

—Sí, señor Zoot.

—¿Qué aspecto tenía?

—No lo he podido ver bien. Se esfumó tan pronto como había llegado. Un tipo alto. Con melena castaña.

Zoot tomó el sobre y se alejó del grupo. Lo abrió y leyó la breve nota que contenía. Entonces, tras sacarse un mechero del bolsillo, agarró la nota por una esquina y le prendió fuego, sujetándola hasta que quedó arrugada y negra. La dejó caer.

Ebony contempló cómo el papel chamuscado caía al suelo, intrigada.

SETENTA Y CINCO

Salene seguía esperando junto a la cama de Trudy. Se decía a sí misma que era por su preocupación para con la chica inconsciente, pero en realidad estaba anhelando el regreso de Bray. Le había reiterado a Amber que volvería, estaba segura de ello. Lo conocía desde hacía apenas un par de días, pero sentía que tenían un lazo especial. Quizás Trudy tuviese una hija con él, pero Salene había notado que no todo andaba bien entre Bray y ella.

Trudy soltó un quejido. Mientras Salene le volvía a retirar el sudor de la frente, escuchó un ruido tras ella. Al girarse, vio a Bray de pie en la entrada. Ella se puso en pie de un brinco y fue directa hacia sus brazos.

—¡Bray! ¡Has vuelto!

Al notar su sorpresa por su abrazo repentino y apasionado, la chica se apartó, avergonzada.

—Perdona. ¡Es que no sabíamos lo que te había pasado! ¡Estábamos muy preocupados!

—¿Qué le pasa a Trudy? —preguntó él, acercándose a la cama.

—No lo sabemos. Está muy enferma, Bray.

El chico le tocó la frente.

—Está helada.

—Va pasando de estar ardiendo a estar congelada. Lleva así toda la noche.

—No lo sabía… —comenzó, con culpabilidad—. Me fui a por cosas para la niña.

Comenzó a vaciar la mochila, sacando pañales desechables, crema y latas de fórmula para bebés.

Salene se lo quedó mirando, encantada de que hubiese vuelto, satisfecha de haber tenido la razón.

—Sabía que no te habías ido.

Bray alzó la vista y la miró, perplejo.

—¿Irme?

—Bueno, algunos pensaron que… —de repente, se había incomodado.

—¿Qué había abandonado a Trudy?

—¡Yo sabía que no era así! Tú no eres así.

Lo miró fijamente, con adoración. Él mantuvo la mirada un instante, y la apartó cuando Amber entró en la estancia.

La voz de la chica estaba hecha de hielo.

—¡¿Dónde has estado?!

Salene se apresuró a defenderlo.

—¡Ha encontrado cosas para la bebé! ¡Mira!

Amber miró aquellos objetos con desprecio.

—¿Conseguiste los antibióticos, Amber? —preguntó Salene, tratando de romper la repentina tensión en el cuarto.

—No —saltó Amber—. Dal ha ido al despacho de su padre, en el Sector 15.

Bray la miró, sorprendido.

—¡¿El Sector 15?! ¿Por qué no se lo has impedido? ¡Es un suicidio!

Amber lo fulminó con la mirada, con ojos de fuego.

—¡¿Y tú dónde estabas, Bray?! ¡Ella es tu responsabilidad!

—¿A qué viene tanto grito? —Dal estaba plantado en la entrada.

Su amiga se acercó a él y lo rodeó con los brazos.

—¡Dal! ¡Has vuelto!

El chico sonrió.

ooo

Dal había conseguido que Trudy, inconsciente, se tragase los antibióticos. Ahora, todo lo que podían hacer era esperar. Amber había seguido cuidándola mientras Salene se tomaba un descanso, tras llevar muchas horas con Trudy.

La chica entró en la cafetería, donde estaban comiendo algunos miembros de la tribu.

Lex estaba encorvado sobre un bol de cereales, de mala gana, descontento con el regreso de Bray al Centro.

—¡Cereales sin leche! ¡Es asqueroso, como comida para pájaros!

—Mis disculpas, su alteza —dijo Dal de forma animada.

Se había convertido en todo un héroe al conseguir los antibióticos, y estaba disfrutando de aquella sensación—. No tuve tiempo de buscar lácteos frescos mientras salía a por las medicinas de Trudy.

Salene miró a su alrededor.

—¿Habéis visto a Bray?

—No, ni ganas que tenemos —sentenció Lex.

—No lo encuentro por ningún lado.

—¿Cómo está Trudy? —Zandra se sentía culpable por no haber hecho su turno junto a la cama de Trudy, pero no podía con los enfermos. La hacían sentirse muy… "puaj".

—Delira. Dice cosas muy raras. Está sudando hasta las sábanas, toda mojada.

—¿Te importa? —Lex dejó caer su cuchara de un golpe—. ¡Ya es difícil comerse esta porquería de por sí!

Salene parecía preocupada.

—Lo he buscado por todas partes. No lo entiendo. Si acaba de volver.

De repente, Lex se animó.

—¡Se ha vuelto a pirar! Esta vez para no volver, fijo. ¡Se larga y nos deja con todo el cagado!

—¡No seas tan malo! ¡Si ha salido, estoy segura de que tiene sus motivos!

—¡Y el único motivo de que tú lo defiendas es que te pone loquísima! —sentenció Lex con una mueca.

Salene notó que se ponía roja.

—¡No es eso! Es que me parece injusto juzgar a alguien sin conocer todos los hechos.

Ryan tenía un semblante filosófico.

—Si mi novia estuviera enferma, yo me quedaría a su lado.

—¡Eso la pondría aún más enferma!

Ryan fulminó a Lex con la mirada, pero no respondió.

—A las chicas les gustan los hombres cariñosos y considerados, Lex.

—¿Es un hecho, Zandra?

—Lo cierto es que sí.

—Aceptémoslo —dijo Lex, que ahora se sentía mucho mejor—. Bray no ha podido soportarlo. Volvió, vio que su churri se moría, ¡y no ha tenido cojones para quedarse!

SETENTA Y SEIS

Tras salir a hurtadillas del Centro, Cloe le había llevado a la vaquilla agua mezclada con leche para el café. Era lo más parecido que tenía a leche de vaca. La ternera comenzó a dar lengüetazos para beber, pero Cloe estaba muy preocupada por si no sobreviviese sin su madre.

Los demás no la creyeron cuando les habló del monstruo que había visto. Se habían reído de ella, lo que la hizo sentir tonta y, después, molesta. Pero podía hablarle a la vaca. Campanilla no se reía de ella.

Sabía que necesitaba hierba, así que la desató y comenzó a guiarla hacia el exterior del *parking* cuando vio a Bray alejándose en monopatín del centro comercial. Él no la había visto. Cloe se quedó extrañada. El chico acababa de volver, y Trudy estaba muy enferma. ¿Por qué volvía a irse tan pronto?

—Venga, Campanilla. Vamos a ver.

Bray avanzaba mucho más rápido que ella, pero logró ver en qué dirección se dirigía. Se puso a correr, con la ternera brincando junto a ella.

Pronto, se encontró en una zona de la ciudad que parecía estar hecha añicos. Un área de antiguos almacenes y edificios en desuso que llevaban así mucho tiempo, antes de que los golpease el virus. Pero no veía a Bray por ninguna parte. Lo había perdido.

Al girarse para emprender el camino de vuelta al Centro, escuchó voces. En el aire quedo de la ciudad desierta, el sonido de las voces llegaba muy lejos. Se apresuró a esconderse tras una esquina, sacó la cabeza para mirar e, inmediatamente, dio un salto hacia atrás, en *shock*. Al no poder creer lo que había visto, volvió a mirar de nuevo por la esquina.

Era verdad. Bray estaba de pie en la parte trasera de un camión abandonado y calcinado, hablando animadamente con otro joven. Cloe había visto antes al otro chico, el día que Amber la rescató. Lo había visto de pie en el coche de policía que pasó por delante del lugar donde se habían escondido Amber y ella. Se trataba de Zoot.

SETENTA Y SIETE

En el Centro, pronto se esparció el rumor de que Bray había vuelto a desaparecer. Había un ambiente general de sorpresa e incredulidad. ¿En qué andaba metido esta vez? Lex no dejaba de jactarse en la cafetería, y Amber había vuelto a su cuarto, frustrada y furiosa.

A Salene le sorprendía que el chico se hubiese ido así de rápido, considerando lo enferma que estaba Trudy. Sin embargo, estaba convencida de que tenía un buen motivo. Sabía que volvería y, cuando lo hiciese, quería demostrarle lo bien que estaba cuidando de su bebé. Quería demostrarle lo mucho que le importaba.

La chica había dejado a Dal cuidando de Trudy y se había ido a pedirles ayuda a los demás. Jack estaba trasteando con su radio cuando ella entró en su tienda de electrónica, su guarida. Él alzó la vista brevemente.

—¿Jack? ¿Te molesto?

El chico gruñó, evasivo.

—¿Haces esto todos los días, verdad?

Jack asintió y siguió dándole vueltas a los sintonizadores del aparato.

—Nunca se sabe cuándo puede haber un golpe de suerte.

—¿De verdad crees que hay alguien ahí fuera?, ¿algún adulto?

Estaba empeñado.

—¡Tiene que haber alguno! ¡El virus no puede haberlos matado a todos!

—Supongo que es como estar en una isla desierta. Poner un mensaje en una botella y enviarlo al mar.

—Sí —él sólo le seguía la corriente, impaciente—. Algo así.

La chica por fin dijo lo que quería:

—Me gustaría bañar a la niña. Empieza a oler mal.

Jack alzó la vista, con el ceño fruncido.

—¿Y yo qué tengo que ver?

—Pues que necesitaré bastante agua, más de una ración. Y, como somos un grupo y lo compartimos todo, pensé que sería mejor preguntaros primero a todos.

Él se la quedó mirando, indignado.

—¡Ni pienses en malgastar mi ración con eso!

—¡Necesita que la limpien, Jack!

—¡Y yo necesito no morirme de sed!

—¡No seas tan dramático!

—¡De dramático nada, soy pragmático! Tú misma. Pregúntaselo a los demás. ¡Igual son tan tontos de darte su agua!

Salene suspiró y salió. Jack volvió a sacar la lata de melocotones abierta que había escondido bajo su escritorio y siguió comiendo, mosqueado. Total, si Lex seguía robándoles agua, pronto no les quedaría nada. Y ahí empezarían los verdaderos problemas. Antes del virus, leyó que en la siguiente guerra mundial se lucharía por el agua. ¡Bañar bebés era una buena forma de empezarla!

SETENTA Y OCHO

Cloe estaba muy confundida. ¿Qué hacía Bray hablando con un hombre malo como Zoot? Parecían estar teniendo una conversión amistosa, no una discusión. En cierto momento, hasta se habían puesto a reír.

Sabía que debía volver y contárselo a los demás. Puede que estuviesen en peligro. Pero ¿la creerían? No la creyeron cuando les contó lo del monstruo. En ese momento, Zoot le dio un puñetazo amistoso a Bray sobre el hombro y se marchó de allí trotando.

Campanilla, aburrida de estar parada junto a ella, se puso a mugir. Bray se giró hacia el origen de aquel sonido. La niña volvió a esconderse tras la esquina. ¿La habría visto? El corazón se le puso a mil cuando escuchó que la llamaba.

—¿Cloe?

Se dio la vuelta y comenzó a correr, arrastrando a Campanilla tras ella. Al oír el monopatín de Bray acercándose, giró por una pequeña calle secundaria. No obstante, sabía que era inútil. Con sus piernecillas, no había forma de dejar atrás a Bray.

Al avanzar por la calle, vio la puerta de un edificio abandonado abierta de par en par. Se apresuró adentro, buscando frenéticamente un lugar donde pudieran esconderse. Al ver un viejo armario empotrado bajo unas escaleras chamuscadas, abrió la puerta y se metió dentro. Había el espacio justo para que Campanilla cupiese junto a ella. Cerró la puerta y esperó, asustada.

Oyó los pasos de Bray hacer eco en el edificio abandonado. Aguantando la respiración, colocó una mano sobre la boca de Campanilla, rezando porque el animal no las delatase. Momentos después, la puerta de aquella alacena se abrió. Bray se agachó y sonrió.

—Hola, Cloe. ¿Quién es tu amiga?

SETENTA Y NUEVE

Lex se subió al tejado, cargado con un enorme cubo rojo. Ryan lo seguía de cerca, con una expresión desconcertada. Dando largos pasos en dirección al depósito de agua, Lex le pasó el cubo a su amigo.

—Toma, Ryan.

—Lex, no entiendo por qué hacemos esto. ¿Es por lo que ha dicho Salene, lo de que el bebé huele?

—Lo has pillado a la primera, Ryan. Debe ser un récord para ti.

El chico ignoró el insulto.

—¡Pero si a ti no te gustan los bebés!

Lex sonrió de forma engreída.

—Es política, Ryan. Sé que esa palabra te queda grande, pero confía en mí. A nadie le viene mal ser popular. Si puedo quedar como un héroe delante de Zandra, lo haré.

—¿Por Zandra? Pensaba que lo hacías por Salene.

—Ya oíste lo que dijo Zandra en la cafetería, Ryan. Le gustan los hombres "cariñosos y sensibles". Pues yo soy así.

Ryan no seguía la lógica de Lex.

—Y, entonces, ¿qué hacemos aquí arriba?

—Pillar agua del depósito para bañar a la niña —Lex miró a Ryan, exasperado. A veces, hablar con él era tan doloroso como arrancarse un diente.

—¿Del depósito? Pero esa agua es de todos, Lex.

—¿Y? ¿Quién va a notar la diferencia? El agua no lleva escrita el nombre de nadie.

A Ryan se le iluminó la cara.

—¡Ah! O sea, vas a decirle a Zandra que el agua para el bebé es de tu ración.

—Cuidado, Ryan, no vayas a cansarte de pensar tanto. Y tú me cubres las espaldas, ¿eh? Les dirás a todos que soy como un camello.

—¿Como un camello, Lex?

—Pueden pasar días y días sin beber —Lex señaló el cubo asintiendo con la cabeza—. ¡Así que adelante, Ryan, conviérteme en un héroe!

OCHENTA

Bray le había dicho a Cloe que no tenía por qué tener miedo. Pero sí lo tenía. Estaba asustada y confundida. Él las ayudó a salir a ella y a la vaquilla del armario y, después, acarició con delicadeza la cabeza del animal, sin dejar de regalarle una sonrisa a Cloe.

—¿Tiene nombre? —tenía la voz calmada y parecía amable, pero ella sabía que era un truco.

—Campanilla —respondió la niña, reticente.

—Campanilla. Qué nombre tan guay. Un nombre molón para una vaca muy molona.

La niña empezó a entrar en pánico.

—¡Quiero irme! ¡Deja que me vaya!

Él no dejaba de sonreír.

—No tengas miedo, Cloe. No voy a hacerte daño. Soy tu amigo, ¿recuerdas? —le ofreció la mano—. Venga, volvamos al Centro. Aquí no estamos a salvo.

Ella no aceptó su gesto. Seguía perpleja.

—¡¿Qué hacías con ese Zoot?! ¡Es un hombre malo!

La sonrisa de Bray desapareció. De repente, tenía un semblante muy serio.

—Bueno, Cloe, eso es un secreto. Nuestro secreto.

Tras agarrar la cuerda alrededor del cuello de la vaquilla, comenzó a guiarla hacia el exterior del edificio. Cloe los siguió, inquieta.

—Pero ¡es muy malo! ¡Si es amigo tuyo, tengo que decírselo a Amber!

Bray se detuvo en la entrada y la miró.

—Créeme, Cloe. No es amigo mío.

—¡Pero estabais hablando y riéndoos!

El chico se agachó para mirarla de frente.

—Escucha, Cloe. Si tú guardas mi secreto, yo no les diré nada a los demás sobre Campanilla. Si la encuentran, ¿sabes lo que querrán hacer con ella?

Cloe negó con la cabeza, dubitativa.

—Querrán comérsela. Querrán matarla para cocinarla y comérsela.

—¡No! —gritó la niña.

Bray se encogió de hombros.

—Es tu elección. Si tú no dices nada sobre Zoot, yo no diré nada sobre Campanilla… ¿Hay trato?

Cloe dudó, indecisa. Sentía que no era lo correcto. Sabía que debía avisar a los demás, pero no quería que Campanilla muriese.

—¿Será nuestro secreto? —repitió Bray.

La niña asintió.

OCHENTA Y UNO

Paul perseguía a Patsy alrededor de la estatua del pájaro, mientras Bob daba saltos y les ladraba con energía. La niña gritaba con todas sus fuerzas, y el sonido rebotaba por todo el centro comercial vacío.

Amber salió del cuarto de Trudy y comenzó a pegar voces desde arriba.

—¡¿Podéis iros a jugar tranquilamente a otra parte?! ¡Estoy cuidando de Trudy y todo ese ruido me está volviendo loca!

—Perdona, Amber. Vámonos, Bob —Patsy dirigió a Paul y al perro lejos de allí.

La joven regresó al cuarto de Trudy y volvió a sentarse junto a su cama. Dal le había dado otra dosis de antibióticos, pero no parecían surtir efecto.

—Vamos, Trudy —dijo Amber con suavidad—. Puedes superar esto. Piensa en todos los motivos que tienes para vivir. Como tu pequeña. No querrás perderte ver cómo crece. Y luego está Bray… Tienes mucho por lo que vivir —su expresión era cada vez más triste, al pensar en su propia vida. ¿Qué motivos tenía ella para vivir? En general, trataba de no pensar demasiado en ello. Era mejor así—. ¿Dónde estás, Bray? —dijo en voz alta—. ¿Dónde estás ahora que ella te necesita?

Alzó la vista con esperanza al oír un sonido en la entrada. Era Zandra.

—¿Cómo está Trudy?

—No mejora.

La otra chica suspiró profundamente.

—No acabo de pillarle el punto a Bray. O sea, ¿la quiere o no la quiere? Porque, a ver, ¿dónde está? Me pareció supersimpático al principio, ¿a ti no?

Amber esperó sonar casual:

—No me fijé.

—Eres de las calladas, ¿eh? O sea, hablas mucho, pero te guardas cosas.

—¿Como qué? —Amber la miró, perpleja.

—A ver si tenía razón Lex con lo de que te gustaba.

—¿Que me gustaba Lex?

Zandra chasqueó la lengua.

—¡No! ¡Bray! Ya sabes a lo que me refiero.

—¡Zandra! ¡Es el novio de Trudy, por el amor de Dios!

—Para mí no sería un impedimento.

Amber notó que Zandra la estudiaba atentamente con la mirada. Así que cambió de tema abruptamente.

—¿Has visto a Cloe? No está con Patsy y Paul.

La chica negó con la cabeza.

—No la he visto en todo el día.

Amber dejó escapar un grito ahogado, irritada.

—¡Genial! Estamos intentando organizar algo coherente y nunca hay nadie por aquí. ¡La gente no hace más que desaparecer! ¿Qué sentido tiene todo entonces?

Zandra sonrió.

—O sea, que sí que te gusta.

ooo

Lex y Ryan estaban rebuscando por las pilas de cacharros electrónicos que Jack había acumulado en su taller. Cada superficie, estante, hasta la cama y el suelo estaban hasta arriba de cosas de las que no sabían ni el nombre.

En los últimos días antes del colapso del mundo que había conocido, Jack había rebuscado en todas las tiendas que pudo en busca de pilas, cables, cualquier elemento eléctrico que pudiese serle útil en el nuevo mundo al que se iban a ver abocados.

Desde que fuera descubierta y aprovechada en el siglo XVIII, la electricidad había cambiado el mundo. La potencia que generaba hacía girar el mundo, hasta ahora. Siendo un apasionado de la ciencia, a Jack le fascinaba el poder de la naturaleza. Y, sobre todo, de la electricidad. Su taller era como un altar para esa poderosa e invisible fuerza de la naturaleza.

Ryan agarró un objeto y le dio la vuelta con la mano.

—¿Qué aspecto tienen?

—¡Pilas, Ryan! ¡Tienen aspecto de pilas! Sé que Jack las tiene escondidas en algún lado.

—¿Cómo lo sabes?

—Porque dijo que no quedaban más, ¡y es un canijo mentiroso!

Lex se sentó sobre la cama e, inmediatamente, se volvió a poner de pie de un salto. Al retirar la sábana, dejó a la vista un pequeño montón de pilas. Estaba triunfante.

—¡Ah! ¿Qué te había dicho?

Tras pillar dos pilas, las metió en su consola, que se había sacado del bolsillo. Encendió el aparato.

—Bueno, ¿por dónde iba?

Mientras Lex se volvía a sentar en la cama para jugar a un violento videojuego de guerra urbana, un aburrido Ryan comenzó a toquetear los controles de la radio de onda corta.

—¿Qué estás haciendo? ¡Deja de tocar eso! —Jack había entrado, horrorizado porque alguien hubiese invadido su rincón especial y estuviese jugando con su preciada radio.

Ryan dio un salto atrás.

—Perdón. Iba con cuidado.

—¡Pues no vuelvas a tocarlo nunca!

—Déjalo en paz. Es un trozo de chatarra inservible.

Jack lo fulminó con la mirada.

—¡¿Chatarra?! ¡Esa radio podría ser nuestra única comunicación con el mundo exterior!

—¿Qué crees que vas a captar? —Lex lo miró con desprecio—. ¿Las noticias? "Buenas noches, estas son las noticias del día. El día de hoy ha sido una mierda, ¡igualito que el de ayer!".

—Y ¿quién te ha dado permiso para que uses mis pilas para ese estúpido juego?

—No es sólo un juego. Es entrenamiento. Estoy puliendo mis habilidades en combate, mis reflejos.

—¡Eso no te da derecho a malgastar nuestros recursos vitales! —se indignó Jack.

Lex apagó la consola y se puso en pie.

—Total, ya me estaba aburriendo.

—¿Adónde vas? ¡Dame las pilas!

El joven moreno se dispuso a salir, ignorándolo.

—¡Les diré a todos lo del agua! —se le ocurrió decir a Jack, e inmediatamente se arrepintió.

Lex se dio media vuelta, con el rostro horrendo por la mueca. Tras agarrar a Jack por la muñeca, le giró el brazo contra la espalda, sin miramiento.

—Ni lo intentes, friki. ¡Ahora no tienes a ningún profe que te pueda proteger! —volvió a girarle el brazo al chico.

—¡Au! ¡Eso duele! —chilló Jack.

—¡Bienvenido al mundo real! —dijo Lex con una sonrisa malévola.

OCHENTA Y DOS

Antes de que Bray y Cloe accedieran al Centro desde las alcantarillas, él se detuvo y se arrodilló ante ella.

—No lo olvides.

—Nada de Zoot, nada de Campanilla —repitió ella, descontenta.

Él sonrió.

—Buena chica.

Emergiendo desde su cuarto al balcón de la primera planta, Amber los vio y les gritó, enfadada.

—¡¿Dónde habéis estado?!

Bray se dispuso a subir las escaleras tranquilamente, junto a Cloe.

—Por toda la ciudad, buscando medicinas.

El tono de la chica seguía siendo acusador.

—¿Has encontrado algo?

Él negó con la cabeza.

—No queda nada de nada. Me he encontrado a Cloe por la calle y la he traído de vuelta.

Amber estaba plantada ante él cuando llegó al último escalón.

—Tengo curiosidad, Bray. ¿Dónde has estado exactamente?

—Ya te lo he dicho —respondió con una sonrisa.

—¿Y por qué debería creerte? Dices que has estado por toda la ciudad, pero resulta que vuelves con las manos completamente vacías.

—No quedaba nada —su sonrisa desapareció.

—¿Nada? Ni una tirita, ni un tubo de pasta de dientes. Ni un palillo —añadió, con sarcasmo.

—Sólo me interesaba lo que necesitase Trudy —aquello empezaba a mosquearlo—. No había tiempo para nada más.

El tono de Amber se estaba tornando más y más agresivo.

—¿No has tenido ni una centésima de segundo para traer algo que pudiésemos necesitar?, ¿algo útil?

Atraída por los gritos, Zandra llegó desde la cafetería, con la bebé en brazos.

—No lo agobies, Amber —le pidió Zandra—. Estaba intentando ayudar a Trudy.

—¡Como Dal!

—Y se lo agradezco mucho —dijo Bray con sinceridad.

—¿Sólo a él? —los sentimientos reprimidos de Amber comenzaban a desbordarse—. Vienes aquí buscando nuestra ayuda, nuestro cobijo, te comes nuestra comida… ¡pero actúas como si no nos debieses nada a cambio! ¿De qué vas, Bray? ¡Tantas idas y venidas! ¡Ese aire de misterio! ¿Es todo una pose o es de verdad? ¡Venga, Bray! ¿Cuál es el gran secreto?

Bray la fulminó con los ojos, y sus miradas se cruzaron, furiosas.

—¡No es asunto vuestro!

Se fue echo una furia hacia el cuarto de Trudy.

Lex había salido de la cafetería y había oído el intercambio. Observó a Bray marcharse.

—Bueno, pues tendremos que hacerlo asunto nuestro, ¿no?

OCHENTA Y TRES

Ebony observaba a Zoot de cerca. Desde el incidente con la nota, había estado extrañamente callado y pensativo. No emanaba su habitual energía y carisma. Ella sentía mucha curiosidad. ¿Qué ponía en la nota? ¿Quién era el joven misterioso que se la había enviado? Conocía a una persona que encajaba con la descripción, pero dudaba que fuese él. No lo había visto desde… Era mejor no pensar en aquellos días. Seguía doliéndole.

Zoot no le había hecho comentario alguno acerca de la nota. Ni siquiera cuando ella intentó abordar el tema en la cama.

—Debía ser muy importante, ¿no? O muy trivial.

Él sonrió, para luego darle un pellizco en el brazo. Con fuerza. Ella lo retiró.

—¡Au! ¿A qué ha venido eso?

—Lo sabes bien.

Sí lo sabía. El acuerdo era no hacer preguntas y obedecer todas sus órdenes sin cuestionarlas. Todo lo que Zoot decía, era ley. Y él estaba por encima de la ley. No tenía que responder preguntas, ni responder por sus acciones. Aquello la molestaba. Esperaba que, con el tiempo, él se suavizase, se volviese más abierto con ella y una persona con la que fuese más fácil convivir. Pero, por el momento, la situación de la chica era mejor que la de la mayoría. Tenía comida en el estómago, un techo seguro sobre su cabeza y una posición de gran importancia en su tribu. ¿Qué más podría pedir dentro de aquel nuevo orden mundial?

No obstante, tenía claro que eso podía cambiar en cualquier momento. Zoot era voluble e impulsivo. Y tenía el control total sobre el mundo que habitaba. Podía tener todo lo que él quisiera. Cualquier pareja que quisiera. Nada le garantizaba que ella continuase siendo su favorita. Así que mantenía la boca cerrada… y los ojos bien abiertos.

OCHENTA Y CUATRO

—¿A quién crees que se parece, a Bray o a Trudy? —Zandra deambulaba por la cafetería, sujetando a la pequeña con firmeza. Trudy seguía sin responder a los antibióticos, así que Zandra y Salene estaban haciendo turnos para "hacer de madres".

Lex levantó la mirada de su plato.

—Me da pena la cría si se parece a Bray.

—Para mí, los bebés no se parecen a nadie —aportó Ryan—. Son simplemente… bebés.

En la cocina, Salene dejó un trapo cerca del fregadero, que parecía a punto de quejarse, hasta arriba de cazos y sartenes.

—¡Se acabó! —dijo en alto—. ¡Estoy en huelga! ¡Me toca de niñera!

Salió de la cocina y caminó hacia Zandra con los brazos en alto. La chica se apartó.

—¡De eso nada! La acabo de dormir, no vayas a despertarla.

—Los bebés duermen como si nada. Venga, Zandra, dámela.

Estiró los brazos de nuevo para pillar a la niña. La otra chica se dio la vuelta.

—¡Tú la has tenido antes! Ahora me toca a mí.

Ryan parecía preocupado.

—Tened cuidado. No es un juguete que ir pasándoos.

—¡Bien dicho, Ryan! Zandra, déjale la niña a Salene. Pórtate como una buena chica —añadió Lex, condescendiente.

Zandra se sentó junto a Ryan, colocándose entre Salene y el chico.

—¡Sólo la quiere para que me toque a mí fregar los platos!

Ryan hizo una mueca y se quedó mirando a la niña.

—¡Ugh! ¿A qué huele?

La jovencita se puso en pie de un salto, sujetando a la pequeña a distancia.

—¡Puaj! —chilló—. ¡Estoy toda mojada!

Lex y Ryan estallaron en una ruidosa carcajada.

Zandra entró en pánico, y sujetó a la niña para pasársela a Salene.

—¡Toma! ¿No la querías? ¡Pues píllala tú!

—No me atrevería, Zandra —respondió Salene, altanera—. ¡No vaya a ser que la despierte!

Salene se marchó de la cafetería, dejando a Zandra con la niña, mientras los dos chicos se retorcían de la risa.

ooo

Bray estaba sentado junto a Trudy, reflexionando sobre su reunión con Zoot. Era mala suerte que Cloe los hubiera visto. Esperaba que la niña le guardase el secreto. Ya era bastante impopular de por sí, como para añadir eso a la ecuación.

Escuchó a Trudy moverse y se giró hacia ella. Tenía los ojos abiertos. La chica pestañeó, desorientada.

—¿Bray?

Sintió que le pasaba por encima una oleada de alivio.

—¡Trudy! ¡Has vuelto!

Ella lo miró, perpleja.

—¿Adónde me he ido?

—A un lugar muy lejano. Todos temíamos que no volvieses.

Trudy trató de incorporarse. Él la ayudó, colocándole un cojín a la espalda.

—Déjate de acertijos, Bray. ¿Qué me ha pasado?

—Has estado muy enferma, con fiebre.

Trudy parecía sorprendida.

—¿Y pensasteis que me iba a morir?

Él asintió, con solemnidad.

—¿Cuánto tiempo llevas aquí?

—No me he movido —mintió. Aún no podía decirle la verdad.

Ella sonrió, agradecida.

—Gracias por cuidar tan bien de mí.

—Lo único que he hecho ha sido sujetarte la mano.

Trudy se estiró, le pilló la mano entre las suyas con ternura y lo miró a los ojos.

—No me sueltes nunca, Bray.

El chico sonrió, algo incómodo, y apartó la mirada. Ahora no era el momento. Estaba demasiado frágil. Tendría que esperar. Pero no podía esperar demasiado tiempo.

OCHENTA Y CINCO

Desafiante, Salene estaba plantada frente a la despensa de la cocina, cerrada con llave, enfrentándose a Lex, Ryan y Zandra. Se cruzó de brazos, aferrándose a las llaves de manera protectora.

—Lo siento, Lex. Si no laváis los platos, ¡no hay comida!

Lex soltó una risotada burlona.

—¡Déjate de tonterías, Salene! ¡Danos las llaves!

—¡Todos tenemos que poner de nuestra parte! —insistió—. ¡No podéis dejárselo todo a las chicas!

—¡Venga ya, Sal! —fingió rogar Lex—. ¡Estoy en edad de crecer!

—No. ¿Cómo si no voy a convenceros de que este es un trabajo para hacer entre todos?

El chico se encogió de hombros.

—¿Qué problema hay? ¡Pillas un plato, lo limpias y comes!

Salene señaló la pila de platos sucios amontonados en el fregadero y sobre la encimera.

—¡No podemos seguir acumulando porquería, atraeremos a las ratas! Ahora vivimos con un bebé. ¡Tenemos que mantener este lugar limpio, por su bien!

Ryan la miró como suplicando:

—¿Podemos hablar de eso en otro momento, Salene? ¡Me muero de hambre!

—¡Si hacemos eso, ignoraréis el problema hasta la próxima vez!

La chica sentía que estaba luchando una batalla perdida, ella sola. Ahora que Trudy se estaba recuperando, Bray estaba con ella a todas horas, y a Amber no había quien la aguantase. ¿Quién podía ayudarla a ella?

Lex se estaba cabreando.

—¿No has captado el mensaje? ¡No pensamos lavar los platos!

Salene temía la furia de Lex, pero se mantuvo en su posición, con bravura.

—¡Todos tenemos que limpiar por igual! ¡No podemos seguir así!

—¡Mira! —Lex parecía serio—. ¡He tenido suficiente! ¡Dame las llaves!

—¡No! —gritó Salene.

Lex dio un paso hacia la chica.

—¡Lex! —Zandra se situó delante de él—. Deja que me ocupe yo.

De repente, levantó ambas manos y comenzó a hacerle cosquillas a Salene por la cintura. La chica comenzó a retorcerse.

—¡Para! ¡Ya vale!

Mientras trataba de librarse de las manos de Zandra, Salene dejó caer las llaves. Lex se apresuró a hacerse con ellas.

—¡Bien hecho, Zandra! —dijo él, sujetando las llaves bien alto.

Salene soltó un grito, frustrada.

—¿Por qué nadie me hace caso?

Estalló en un llanto y se marchó corriendo de la cafetería.

ooo

Bray estaba cambiando a la bebé mientras Trudy observaba desde su cama. No había mostrado demasiado interés en su pequeña desde que se recuperase de la fiebre, pero Bray lo achacó a que seguía necesitando descansar. Había estado muy grave.

—¿Ya vas mejor? —Lex estaba de pie en la entrada. Les regaló una sonrisa—. La puerta estaba abierta, así que he pensado entrar a ver cómo estabais.

Ambos lo miraron con recelo. Él prosiguió, manteniendo la sonrisa cursi.

—¿Le sentó bien el baño? —preguntó, señalando a la pequeña con la cabeza.

Trudy lo miró, extrañada.

—¿Cómo?

—¿Salene no te lo dijo? Le ofrecí mi ración de agua para bañar a la enana.

—No… Ah, pues gracias.

—No hay de qué.

Bray lo miraba con frialdad.

—¿Qué quieres, Lex?

El chico se encogió de hombros.

—Como digo, sólo quería ver cómo estaba nuestra enfermita.

—Me siento mucho mejor, gracias.

—Qué bien.

—Y qué bien que te alegres —Bray seguía sin tragarse la imagen cariñosa de Lex.

El otro chico notó el sarcasmo en su tono.

—Oye, no se me ocurriría tirar a una madre y a su recién nacida a la calle. ¿Por quién me tomas?

—Vale. Siempre que todos tengamos eso claro —Bray estaba deseando que se fuera ya—. ¿Querías alguna otra cosa?

—Era solo una visita amistosa. Dejaré que os acurruquéis en paz, tortolitos.

Entonces se fue, no sin antes regalarles otra sonrisita cursi.

Trudy se estremeció.

—No me fío ni un pelo de él. ¡Me da muy mal rollo!

Bray aprovechó la oportunidad. Necesitaba dejar atrás el otro asunto, por el bien de todos.

—Hablando de nuestras personas favoritas…

Trudy lo miró con cautela.

—¿Es necesario?

—Quiere verte.

La chica parecía sorprendida.

—¿Lo has visto?

—Ayer —asintió Bray.

—¿No dijiste que habías estado conmigo todo el rato? —preguntó Trudy frunciendo el ceño.

—Lo siento, te mentí. No pensé que fuese buen momento… ¿Entonces?

—Ni hablar. No puedo, Bray —sus ojos desprendían pavor.

—Le dije que dirías eso.

—Bien —contestó, aliviada.

—Así que me pidió que te lo pidiese por segunda vez —continuó él.

—La respuesta es la misma.

Bray sostuvo a la pequeña en sus brazos, meciéndola con cuidado.

—¿Puedes pensártelo al menos, Trudy?

La chica suspiró, de mala gana. Justo cuando comenzaba a sentirse mejor, y feliz de estar con Bray y su hija, una nube negra se había vuelto a cruzar en sus vidas.

—Muy bien. Pero no significa que vaya a cambiar de opinión.

OCHENTA Y SEIS

Amber estaba turbada por su arrebato contra Bray. Todos se habían quedado sorprendidos al verla escupir veneno. Aunque, siendo justos, sentía que tenía la razón. Como líder, necesitaba saber lo que estaba pasando, y Bray había estado actuando de un modo muy extraño, entrando y saliendo como le daba la gana sin dar explicación a nadie. Sin embargo, había dejado ver sus sentimientos personales respecto al chico y Trudy. Había mostrado una debilidad que no podía permitirse.

Sabía que debía controlar sus sentimientos y volver a actuar como una líder de nuevo. Hacer cosas prácticas la ayudaría a no pensar en Bray y Trudy. Y había muchas cosas prácticas por hacer. No habían hecho más que comenzar a organizar su nueva vida.

Dal y Jack estaban codo con codo, devorando un libro sobre sistemas eléctricos, cuando la chica entró en el taller de Jack.

—Ah. Me alegra pillaros a los dos juntos.

—¿Qué podemos hacer por ti, Amber? —preguntó Jack.

—He estado pensando en las alcantarillas. Bray y Cloe salen y entran como les apetece. No son seguras. Es decir, si ellos pueden ir y venir cuando les da la gana, ¿qué evita que entren los Locos?

—Exacto —coincidió Dal.

—Así que he pensado que igual se os ocurre algún sistema de seguridad a vosotros dos que tenéis más cerebro.

Jack sonrió.

—¿Como un sistema de alarmas, quieres decir?

—Eso es. Necesitamos poder entrar y salir, pero también saber en qué momento entra alguien.

—¿Algo como esto? —preguntó Jack mientras sostenía el libro en alto.

La chica le echó un vistazo. Estaba abierto en una página que mostraba un diagrama de cables que le sonaban a chino.

—Estamos en ello, jefa —añadió Dal con una sonrisa.

Ahora, fue Amber la que les regaló una sonrisa.

—Genial. Sabía que podía confiar en vosotros.

ooo

Bray se había llevado a la bebé a la cantina para darle de comer, dejando descansar a Trudy. Le había hablado de su peliagudo encuentro con los Perros Salvajes en el almacén del puerto, cuando fue a por pañales y comida para bebés. Ella se sintió muy asustada por él, pero también agradecida porque ahora tuviesen comida en condiciones para la pequeña. No soportaba la idea de darle el pecho, ni aunque pudiese producir suficiente leche.

La chica se encontraba leyendo una revista antigua, mirando la última moda femenina antes de la llegada del virus. Si algún diseñador siguiese vivo, se quedaría sorprendido al ver la ropa que llevaban ahora los críos. Muchas de las chicas se lo pasaron pipa arrasando con las *boutiques* y tiendas de moda. Hoy en día, el lema era "cuanto más raro, mejor". Zandra era el mejor ejemplo, con su *top* verde lima, sus pantalones cortos con estampado de cebra y sus botas a juego.

Trudy alzó la vista al notar que entraba alguien. Se quedó helada: era Lex. Esta vez, no sonreía. Se apoyó casualmente contra el marco de la puerta.

—Bueno, ¿qué planes tienes? —preguntó.

—¿A qué te refieres?

—Ahora ya no necesitas que te hagamos recados. ¿Qué vas a hacer?

Trudy dejó la revista a un lado.

—Sigo sin entenderte. Lo mismo que los demás.

Lex negó con la cabeza, entró más en el cuarto y se sentó en la cama.

—Me parece que no.

La chica se apartó por instinto, alterada por su presencia y su tono de voz.

—¿Sabes algo que yo no sepa?

—Sí, que no eres bienvenida.

—¡Has cambiado de idea!

Lex la miró con desprecio.

—Ah, eso. Eran sólo palabras bonitas delante del novio. Te quiero fuera de aquí. A ti, y a tu mocosa.

Trudy estaba preocupada. Deseaba que Bray se diese prisa y volviese allí.

—¿Cuándo, exactamente?

—En cuanto te puedas poner de pie.

Intentando descubrir su farol y tratando de sonar dura, la chica estalló contra él.

—¡¿Estás seguro de que no quieres que me vaya ahora mismo?! ¡Cuando apenas puedo arrastrarme para salir de la cama!

—No soy tan mezquino.

Sin poder evitarlo, los ojos se le volvieron llorosos.

—¿Qué te he hecho yo, Lex?

—No es nada personal, tía. Votamos que te fueras, y te irás.

—¡Bray me invitó a quedarme!

—¿Y quién es él para hacerlo? Algunos tampoco lo queremos a él aquí.

—¿Tengo elección?

El chico se levantó y se acercó a ella. Trudy se encogió, retirándose.

—Sí. Puedes irte mañana, o pasado mañana.

—Vaya, ¡gracias!

—De nada —se acercó todavía más, amenazante—. Y "nada" es justo lo que le dirás a tu amorcito. No te gustaría ver su carita bonita toda magullada, ¿verdad?

Trudy se estaba encogiendo de miedo en la cama. Lex se puso erguido al escuchar un sonido y dio un paso atrás.

Bray entró, con el cejo fruncido.

—¿Qué está pasando?

—Hablando del rey de Roma. Te echábamos de menos, ¿verdad, Trudy?

El otro chico se quedó parado ante la entrada abierta.

—¿Puedo invitarte a que te vayas ya, Lex?

—Con gusto.

Mientras salía, chocó su hombro contra el de Bray. El otro joven estuvo a punto de reaccionar, pero Trudy lo detuvo.

—¡Bray, no!

Se relajó y se acercó a la cama.

—¿Te ha estado molestando?

—Nada de lo que no pueda ocuparme sola —dijo para quitarle importancia.

—Porque, si lo ha hecho…

Ella le agarró la mano.

—Te digo que no es nada. De verdad… Pero he tenido oportunidad de pensar.

—¿Y?

—Lo veré.

—Bien —dijo Bray, aliviado.

—Pero dentro del Centro. No pienso poner un pie fuera. Dile que esas son mis condiciones. Las toma, o las deja.

OCHENTA Y SIETE

Los días eran cada vez más cortos, pero Amber no sabía qué fecha era. Habría sido fácil estar atenta al calendario, pero no le valía la pena. De hecho, seguramente fuese mejor no hacerlo. El mundo que todos conocían había terminado. Y acordarse de los días especiales, como cumpleaños, Navidad o Año Nuevo sólo conseguiría ponerlos tristes. Trayendo consigo el recuerdo de tiempos más felices con sus seres queridos, a los que nunca más volverían a ver.

Como líder, Amber había decidido darse una vuelta por el Centro todas las noches, mientras la gente se relajaba antes de acostarse. Era su manera de acabar el día, para marcar como "completado" otro día más de supervivencia. Se preguntó si siempre sería así, si llegaría un tiempo en que pudiesen dormir tranquilamente en sus camas, sintiéndose seguros y a salvo del mundo exterior. Despertarse y poder salir a la calle, sentir la luz del sol, correr por el campo, nadar en el mar. Volver a sentirse normales. Parecía que aún faltaba mucho para ello.

Salene ya estaba arropada en su cama, con la cara contra la pared, cuando Amber entró en el cuarto que la otra chica compartía con los pequeños. Aunque el número de tiendas disponibles era más que suficiente para que todos durmiesen por separado, Salene había preferido dormir con Patsy, Cloe y Paul. De vez en cuando seguían despertándose con pesadillas en mitad de la noche, asustados y alterados por alguna de las malas experiencias que habían sufrido en sus cortas vidas. Así que Salene quería estar cerca para poder consolarlos.

En voz baja, los pequeños seguían jugando a un juego de mesa de temática espacial, a la luz de las velas.

—Teníamos este juego en DVD. ¿A que sí, Paul? —comentó Patsy—. Teníamos una casa bonita. La echo de menos.

—Yo echo de menos a mí mamá y a mí papá —se lamentó Cloe antes de ponerse a llorar.

—Oye —dijo Amber—. ¿Qué pasa, cielo?

—Echa de menos a sus papás —Patsy también comenzaba a estar llorosa—. Y yo. ¿Por qué tuvieron que morirse, Amber?

La joven suspiró.

—Me temo que no lo sé, cariño. Ojalá lo supiese… Bueno, ya es hora de que os acostéis. Venga, a la cama todo el mundo.

Observó a los niños meterse en sus camas, les dio un beso de buenas noches y luego siguió con su ronda por el oscuro centro comercial.

Bray esperó hasta que Amber hubo pasado por delante para salir discretamente hacia las alcantarillas.

OCHENTA Y OCHO

Sabía que Ebony lo había estado vigilando como un halcón. Pero no había forma de explicarle la situación. Se habría sentido amenazada y vulnerable. Y quién sabe cómo habría reaccionado. Ebony era como una gata salvaje, una bola de fuego a punto de estallar. No quería encender esa mecha hasta tenerlo todo bajo control.

Se la quedó mirando. Su hermosa y peligrosa teniente. Estaba roncando, profundamente dormida. Los polvos que había introducido en su bebida habían funcionado rápidamente. Esperaba no haberse pasado. Seguramente se despertaría con dolor de cabeza, pero no era nada comparado con el dolor de cabeza que le regalaría él por la mañana. Tendría que dar explicaciones, pero estaba seguro de poder encajar todas las piezas y mantener contento a todo el mundo. Era el líder de los Locos. Podía hacer lo que le diese la gana. Y, si a Ebony no le gustaba, pues sería una pena… pero tendría que despedirse de ella.

ooo

No había luna esa noche, pero las estrellas eran visibles y sus ojos se habían acostumbrado a la oscuridad. Vio a Bray esperando en el punto de encuentro acordado, y juntos emprendieron camino a través de aquella noche silenciosa, mientras la ciudad dormía, nerviosa.

Entre las sombras, avanzaron rápidamente hasta llegar al sector comercial, punto en el que Bray descendió por una entrada camuflada en la parte trasera de un enorme centro comercial. Al tiempo que Bray encendía la linterna para iluminar la escalerilla, él lo siguió, con las botas resonando contra los peldaños de metal.

Cuando terminó de bajar la escalerilla, en el interior de las alcantarillas, tuvo un momento de duda.

—¿Dónde está Trudy? ¡Como sea una trampa…!

—¡No es una trampa! —dijo Bray con sinceridad, tratando de tranquilizarlo—. Iré a por ella. Tú espera aquí.

Vio cómo Bray desaparecía por una puerta al final del túnel, que cerró tras de sí. De repente, se había quedado completamente a oscuras. Caminó lentamente por el estrecho camino a un costado del túnel, usando las manos a lo largo de la pared resbaladiza para ver por dónde iba, hasta que alcanzó la pesada puerta de metal y la abrió con cuidado.

Con cautela, Zoot se adentró en el silencioso centro comercial.

OCHENTA Y NUEVE

Aunque todos los demás dormían, Trudy era incapaz de hacerlo. Estaba recostada en la cama, con la bebé dormida en sus brazos, esperando ansiosamente. Después de lo que le pareció una eternidad, escuchó unos silenciosos pasos, y Bray apareció en el cuarto. El chico se llevó un dedo a los labios y le hizo un gesto. Ella lo siguió, sintiendo un miedo repentino. Pero ya era demasiado tarde para cambiar de opinión.

Zoot los esperaba en la parte baja de las escaleras.

—¡Te he dicho que esperases en las alcantarillas! —susurró Bray.

—Ni hablar. No quiero sorpresas desagradables.

Bray sonrió con tristeza.

—Bueno, aquí tienes una sorpresa buena. Saluda a tu hija.

Durante un largo rato, Zoot se quedó mirando a Trudy, con la niña en brazos.

—¿Cómo sé que es mía?

—Tú eres el único. No he estado con nadie más.

Bray lo miró.

—Es tu hija. Sabes que lo es.

Zoot se recuperó rápidamente de la sorpresa.

—¿Por eso me has traído aquí?

—Es responsabilidad tuya —dijo Bray.

—Tú te la llevaste, tú te la quedas —respondió Zoot, de mal humor.

—Yo no me la llevé —insistió Bray—. Ella huyó de ti y de los Locos, porque tenía miedo. La encontré y cuidé de ella, eso es todo.

Zoot estaba pensando con rapidez. Miró a Trudy, bajo la tenue luz. Estaba más pálida y delgada de como él la recordaba, pero en cierto modo aquello la hacía parecer más atractiva.

—¿Es así, nena? Entonces, ¿vas a volver conmigo?

Siempre había querido estar con Trudy. Ella era su debilidad. Y, ahora, con la pequeña…

Los grandes líderes siempre dejaban una dinastía detrás, alguien que mantuviese su nombre.

Trudy estaba en silencio, aferrando a la bebé contra ella.

—La niña y tú estaréis más seguros conmigo y con los Locos que con un puñado de perdedores.

—No somos perdedores, Zoot —dijo Bray, con firmeza—. Somos supervivientes.

—¡Déjate de cuentos, tío! ¡Has visto cómo son las calles! ¡Las únicas personas que sobrevivirán son los fuertes, como mis guerreros y yo!

ooo

En la planta de arriba, Patsy se puso a agitar a Lex hasta despertarlo.

—¿Qué pasa? —se quejó él.

—¡Paul ha oído a alguien entrando al Centro!

—¡Si está sordo! —replicó, molesto—. Vuelve a la cama.

—¡Puede notar cosas, vibraciones!

De repente, Bob comenzó a ladrar. Un ladrido insistente, de advertencia. Lex saltó de la cama y despertó a Ryan, que también dormía.

—¡Ryan! ¡Ve a por un arma!

ooo

Zoot se estaba impacientando. Ese perro iba a despertar a todo el vecindario. No quería seguir allí mucho tiempo.

—¡Eres mi chica, Trud! ¡Venga, vámonos!

—¡No puedo!

—¡Es mi hija! ¡Vámonos!

—¡Si la quieres, quédate aquí conmigo! —gritó Trudy.

Estaban hablando a voces, y el chico se dio cuenta de que estaban despertando a más gente por todo el centro comercial.

—¡No puedo hacer eso!

—¡Sí que puedes! —Bray le agarró un brazo a Zoot.

Éste se lo retiró.

—¡Vete a la mierda! ¡Poder y Caos! ¡Es el único camino!

Bray estaba ya desesperado. Se oían voces preocupadas en la planta de arriba. No tenía mucho tiempo.

—¿No crees que ya ha habido suficiente muerte y destrucción? ¡Tenemos que empezar a arreglar las cosas!

—¿Por qué?

Bray tomó a la bebé de brazos de Trudy y la colocó en brazos de Zoot.

—¡Por ella! Ella es el motivo.

—¡Pero qué imagen tan bonita! —exclamó Lex al tiempo que aparecía por las escaleras blandiendo un bate de béisbol. Ryan lo seguía de cerca. Al ver que Zoot estaba sólo, Lex le lanzó un grito a su amigo.

—¡Ryan, vigila las alcantarillas!

El grandullón dio un saltó sobre la barandilla de las escaleras y se apresuró hacia la entrada de las cloacas, para protegerla de cualquier Loco que intentase entrar. Ahora que habían eliminado la vía de escape de Zoot, Lex fue bajando las escaleras hacia él, con el bate levantado.

—¡Está solo, Lex! —informó Bray—. ¡Y desarmado!

Pero siguió avanzando, sombrío.

—Vaya, ahora no pareces tan duro, ¿eh? ¡El gran Zoot! ¡Tenemos un asunto pendiente!

Bray acudió a su encuentro en la parte baja de las escaleras y le impidió el paso.

—¡Escúchame!

Lex trató de pasar a la fuerza para llegar hasta Zoot, pero Bray le agarró el brazo y lo retuvo.

—¡Trudy! —gritó Zoot. Tras poner rápidamente a la pequeña en brazos de su madre, dio un salto sobre el pasamanos y ascendió por las escaleras, en busca de otra vía de escape.

—¡A por él! —le gritó Lex a Ryan.

Se deshizo de Bray y corrió por las escaleras, mientras Amber y los demás aparecían en el balcón, confusos, adormilados y asustados.

—¡¿Qué está pasando?! —gritó Amber.

—¡Los Locos! —contestó Ryan.

Los niños comenzaron a chillar. El perro se les unió, ladrando frenéticamente. Lex consiguió que su voz se oyese sobre todo aquel jaleo.

—¡No pasa nada! ¡Sólo es uno!

Salene estaba muy agitada, mirando por todas partes.

—¿Dónde está?

—Escondido. No puede salir. ¡Dejádnoslo a Ryan y a mí!

Bray también subió corriendo las escaleras.

—¡Un momento, por favor! ¡No lo entendéis!

—Lo entiendo perfectamente —saltó Lex—. ¡Es un traidor! ¡Atrápalo, Ryan!

Antes de que el chico pudiese reaccionar, Ryan le agarró los brazos desde atrás.

—¡Traidor! —proclamó Lex mientras le hundía el bate de béisbol a Bray en el estómago. Éste se doblegó con un terrible grito de dolor. Lex volvió a alzar el bate, dispuesto a golpear la cabeza desprotegida de Bray.

—¡No! —gritó Amber.

—¡Déjalo en paz! —de repente, Zoot había aparecido en el balcón—. ¡Si quieres luchar contra alguien, que sea contra mí!

Lex se giró para enfrentarlo, con el bate levantado. Al ver que Zoot corría ferozmente hacia él, Lex se hizo a un lado con destreza. En el último segundo. Zoot corría demasiado rápido para detenerse. Cayó de cabeza sobre la barandilla del balcón, desplomándose hacia el suelo de la planta inferior con un grito. Luego, quedó inmóvil.

NOVENTA

Se despertó con un punzante dolor de cabeza, algo muy inusual en ella. Se tomó tres aspirinas y se quedó tumbada, con los ojos cerrados, esperando a que hiciesen efecto. Trató de concentrarse pese al dolor palpitante en el cráneo. Era temprano. Y Zoot no estaba. Él no solía madrugar, así que algo debía ir muy mal.

Tenía algo que ver con la nota, estaba segura de ello. La nota que Zoot había quemado. No había soltado prenda acerca del contenido de la misma, pero de vez en cuando lo había visto pensativo y preocupado, cosa rara en él. Odiaba no estar al tanto de las cosas. La información era la forma de ir por delante en este juego. El conocimiento era poder. Sin él, solo había caos.

Diez minutos después, el dolor había disminuido y era sólo una pequeña molestia, así que se levantó. Se puso un kimono con ricos bordados, se colocó las sandalias de cuña alta y salió al exterior. Deambuló por todo el depósito de trenes, buscándolo, pero sin querer alertar a nadie más. Si Zoot había desaparecido, necesitaba tiempo para pensar. Consiguió hacerles algunas preguntas a los Locos que habían estado vigilando el perímetro la noche anterior sin revelar demasiado, o eso esperaba. Nadie había visto irse a Zoot. Pero ella sabía que él ya no estaba por allí.

En la parte central del depósito de trenes, Spike estaba entrenando a los novatos en artes marciales. Normalmente, ella se habría unido. Le entusiasmaba el combate cuerpo a cuerpo. Disfrutaba mostrando sus habilidades para pelear, por detrás solamente de Zoot y, tal vez, de Spike. Aunque, a decir verdad, nunca había peleado contra Spike. Esperaba no tener que hacerlo nunca. Si tuviesen que enfrentarse, sería porque Zoot ya no estaba entre ellos. Y, esa mañana, no estaba.

NOVENTA Y UNO

Zoot estaba muerto. Se había roto el cuello al impactar contra el suelo. Todos se habían reunido alrededor del cuerpo, en *shock* y en silencio, mientras Bray comprobaba su pulso. Se puso en pie, con la tez pálida, y se acercó a Trudy, que sollozaba descontrolada. La tomó en sus brazos, mirando el cuerpo sombríamente.

Lex estaba triunfante.

—¡Le he dado su merecido! ¡Nadie se mete con Lex!

—¡Cállate! —saltó Amber, que no estaba de ánimos para las animadas fanfarronadas de Lex. Daba igual quién fuese, la muerte no era motivo de celebración. Le pidió a Salene que se llevase a los pequeños a la cafetería. Una vez se hubieron marchado, se giró hacia Bray.

—Creo que nos debes una explicación.

—No iba a hacerle daño a nadie —comenzó Bray, entristecido.

—¿Sí? —Lex no estaba convencido —. ¿Y a qué había venido entonces?

—Vino a verme a mí —explicó Trudy—. Y a su hija.

Todos se la quedaron mirando, asombrados.

—¿Su hija? —repitió Amber—. Todos pensamos que Bray era…

No pudo terminar la frase. Aquella noticia fue toda una sorpresa.

—Bray me encontró después de que yo escapase de los Locos —aclaró Trudy—. Él cuidó de mí, eso es todo.

Sin estar convencido de que Zoot había venido solo, Lex se llevó a Ryan y Jack a comprobar las alcantarillas. Mientras se marchaban, Amber fue a por una gran sábana blanca y cubrió el cuerpo de Zoot. Miró a Bray de modo inquisidor. Él seguía observando la figura amortajada, absorto. El chico le devolvió la mirada, pero claramente no estaba de humor para dar explicaciones.

Bray guio a una llorosa Trudy por las escaleras, hacia la cafetería. Amber los siguió, confundida. Esperaron entre un silencio lúgubre, hasta que Lex y los otros dos regresaron e informaron de que no habían encontrado nada.

—Por una vez, Bray decía la verdad —se mofó Lex.

Amber se dirigió a Bray:

—Debemos decidir qué hacer con el cuerpo. No puede quedarse aquí.

El chico estaba alterado, metido en sí mismo. Asintió.

—Lo sé —dijo en voz baja.

—¡No hay problema! —proclamó Lex—. ¡Lo dejaremos tirado en la calle, como hacemos con la basura!

—¡No! —gritó Trudy.

Bray alzó la vista, recobrando la compostura. Su voz sonaba feroz.

—¡No vas a tirarlo a ningún sitio! ¡Vamos a darle un entierro en condiciones, Lex! —sentenció mientras lo fulminaba con la mirada. Si las miradas matasen, Lex también habría caído muerto en ese mismo instante.

El chico cambió de postura, incómodo por la atenta mirada asesina de Bray.

—Haced lo que queráis con él. No me importa —respondió, de mal humor.

—Pues debería —Trudy también le regaló una mirada rabiosa—. ¡Tú lo has matado!

—¡Yo no lo he matado! ¡Ha sido un accidente! Nos he salvado la vida a todos, ¡y así es como me lo agradecéis! —se quejó, para luego irse hecho una furia, a zancadas.

Amber miró a Bray. Había una pieza muy extraña que no acababa de encajar.

—Todas las tumbas están llenas, Bray.

Por fin, el chico habló.

—Estaba pensando en otra cosa. Algo que a él le habría gustado.

La chica lo observó con curiosidad. ¿Cómo de bien conocía Bray a Zoot?, ¿desde cuándo lo conocía?

NOVENTA Y DOS

La muerte era algo normal y corriente en su mundo. Al final, moría tanta gente que se excavaron fosas comunes en los parques y por las afueras de la ciudad. Enormes excavadoras de fauces abiertas retiraban lechos de flores y campos de fútbol, y carros llenos hasta arriba de cadáveres llenaba los cavernosos agujeros.

En los últimos días del viejo mundo, abandonaron el ritual del funeral. Sin embargo, a excepción de Lex (y Ryan, que estaba de acuerdo con todo lo que decía su amigo), a todos les parecía que aquella situación era especial. Todos habían presenciado la muerte de Zoot, y honrarlo de un modo adecuado les parecía lo correcto. Como se hacía antes.

La partida funeraria seguía los pasos de Bray y Trudy. Ya no lucían la alocada mezcla de ropa colorida y pinturas tribales. En su lugar, iban de un negro sombrío, con sombreros hechos de plumas de cuervos, heraldos de la muerte.

Mientras Zandra y Salene se quedaban en el Centro para cuidar de la bebé y de los demás niños, Bray guio a Trudy, Amber, Jack y Dal por las alcantarillas, con el cuerpo de Zoot envuelto en una sábana blanca. Una vez fuera, dejaron reposar el cuerpo en el interior de un carrito de compra abandonado y emprendieron camino hacia el mar. Así sería más seguro, pues las tribus estaban concentradas en la ciudad. Aunque no era ese el motivo de que Bray hubiese elegido aquel destino.

Tras una media hora, alcanzaron la costa. Bray escudriñó la playa vacía con la mirada. Donde una vez hubo barcos anclados cerca de tierra, o recostados sobre los guijarros, ahora no quedaba ni uno. Los últimos adultos se los habían llevado todos cuando trataron de escapar al virus. Ellos, o jóvenes que se habrían echado a la mar para escapar de la violencia de la ciudad. Inspeccionaron las dunas más allá de la playa y encontraron, casi cubierto del todo por la arena, un viejo bote de remos, tan decrépito que nadie se atrevía a navegar con él.

—Esto nos servirá —dijo Bray.

Arrastró el barco hasta la orilla mientras los demás rebuscaban madera por toda la playa, cualquier cosa que ardiese. Dal encontró una garrafa de combustible para motor fueraborda en una deteriorada choza de pesca y fue corriendo por la playa, agitándola con emoción.

—Me temo que no tenemos motor —le dijo a Bray.

—No pasa nada, la corriente va hacia adentro.

Siguiendo sus instrucciones, llenaron el bote de madera, sobre los que Dal vertió lo que quedaba de la garrafa. Bray agarró el cuerpo tapado y, con delicadeza, lo posó sobre la madera, para luego arrodillarse junto al bote. Tras destapar el rostro de Zoot, pilló el collar tachonado de cuero del cuello del chico fallecido, mientras comenzaban a correr lágrimas por sus mejillas.

—Buenas noches, Martin. Ten un buen viaje hacia el otro lado. Todos te están esperando.

De pie cerca de allí, Amber, Jack y Dal intercambiaron miradas de confusión.

Bray cubrió su rostro de nuevo con la sábana y se levantó. Encendió una cerilla y llevó su llama hasta la madera. Entonces, mientras la madera prendía y las llamas comenzaban a lamer el cadáver, Bray se introdujo en el agua y empujó el bote mar adentro. Todos observaron cómo la marea se llevaba el barco llameante, meciéndose con olas gentiles.

—Un auténtico funeral vikingo —comentó Jack—. Como el de los guerreros jefe.

Trudy se quedó plantada, mirando el barco, con los ojos llenos de lágrimas.

Amber estaba junto a Bray.

—¿Martin? —preguntó.

—Sí —Bray asintió—. Ese era su nombre real… Era mi hermano. Mi hermano pequeño.

Como si se tratase del espíritu de Zoot que se marchaba, una enorme gaviota blanca planeó sobre las olas y ascendió hasta los cielos. Su lamento solitario reverberó hasta el horizonte.

NOVENTA Y TRES

Ebony estaba terriblemente preocupada. Zoot había desaparecido durante la noche y, a mediodía, todavía no había vuelto. Era imposible que lo hubiesen secuestrado estando dentro del depósito de trenes. Había demasiados guardias por allí. Debió haber salido de forma voluntaria. No obstante, era posible que ahora sí estuviese retenido en contra de su voluntad. Pero ¿por quién?

Había rumores de que los Perros Salvajes pensaban enviar escuadrones suicidas. Represalias por el ataque durante la reunión en la catedral. Sin embargo, Zoot se había marchado por voluntad propia, por sus propios motivos, y sería demasiada coincidencia que se hubiese encontrado con uno de esos escuadrones. Especialmente de noche, cuando nadie se aventuraba a salir afuera. Así que ¿dónde estaba?

No tenía forma de que su desaparición siguiera siendo un secreto para el resto de los Locos. Desaparecido su líder, debería asumir el control y esperar a que los Locos aceptasen su liderazgo sin cuestionarlo. Sabía que habría gente como Spike esperando la oportunidad para hacerse con el poder. Y que Zoot la hubiese escogido como su teniente no quería decir que los Locos siguiesen estando de acuerdo ahora que él no estaba allí. Debía actuar rápidamente, y de forma decidida. Tras reunir a todos los miembros de la tribu, se plantó sobre el capó del coche de policía y se dirigió a ellos:

—¡Zoot ha desaparecido!

Comenzaron los cuchicheos entre la multitud, que ella detuvo con un movimiento de su mano.

—¡Buscaremos por toda la ciudad hasta dar con él! ¡Removed cielo y tierra! ¡Tomad prisioneros de otras tribus y traedlos aquí para interrogarlos! ¡Encontrad a Zoot!

Alzó los brazos para realizar el gesto de batalla familiar con las muñecas cruzadas.

—¡Poder y Caos!

Los Locos allí reunidos repitieron el mantra.

—¡Poder y Caos!

Ebony se metió de un salto en el asiento del copiloto y dio la orden. El coche salió despedido, con la sirena retumbando.

NOVENTA Y CUATRO

Había sido un día muy largo. El centro comercial estaba en silencio, sumido en la oscuridad. Esa noche no había luna ni estrellas. A Bray, que estaba sentado a solas en las escaleras, le parecía lo correcto.

Apoyado en la barandilla desde la que Zoot había caído hacia su muerte, comenzó a darle vueltas al collar de cuero de su hermano entre los dedos. Era el collar que él mismo le había comprado años atrás a Martin, cuando su hermano estaba pasando por su fase *hippie*.

Estaba recordando momentos anteriores al virus. Los tiempos felices, en los que el futuro parecía muy brillante. Dos jóvenes chicos inteligentes con toda la vida por delante. Ahora, uno de ellos había muerto. ¿Y el otro?, ¿qué futuro le quedaba a él?

Al escuchar pasos que se acercaban tras él se dispuso a meterse el collar en el bolsillo, pero no se dio la vuelta.

—¿Bray?

—¿Salene? ¿Qué haces levantada?

—No podía dormir.

La chica había notado que llevaba todo el día melancólico y triste. Desde que había vuelto del funeral. Ella no pretendía entrometerse, pero quería estar cerca de él, acompañarlo en su extraña tristeza. Ahora que la verdad sobre el padre de la bebé había salido a la luz, no veía motivos para esconder sus sentimientos hacia él.

—¿Te importa si te hago compañía?

Bray negó con la cabeza, todavía con la mirada fija en un punto del suelo.

—Amber me contó lo de Zoot. Sé que era malo y demás…

Bray se acercó a ella.

—Era mi hermano, Salene.

Aquello la tomó desprevenida. Amber le había contado lo del funeral vikingo, pero no le había mencionado eso otro.

—¿Tu hermano?

—Mi hermano pequeño, Martin.

—Pero ¿cómo? ¿Cómo acabó…?

—¿…convertido en Zoot? —respiró profundamente—. Martin era el pequeño de la familia. Mis padres estaban locos por él. Iban juntos a todas partes. Siempre jugando y riendo juntos. Los tres eran inseparables… Y, entonces, cuando llegó el virus y ellos murieron… —no quiso seguir.

—¿Cambió?

—Estaba muy furioso. Resentido. No lo creerías, pero Martin era un chico muy sensible. Tuve que protegerlo muchas veces, cuando comenzó en el colegio. Había niños que se metían con él… —se la quedó mirando, con el rostro roto por la tristeza—. Anoche no lo protegí, ¿no?

—Bray, no fue culpa tuya.

Siguió hablando con un tono amargo:

—Yo lo traje aquí. De no haberlo hecho, él seguiría vivo.

—Pero querías que Trudy y él estuviesen juntos, que cuidase de su pequeña. No fue tu culpa, Bray. Tú sólo intentabas ayudar.

—A lo mejor la gente debería dejar las cosas como están y no tratar de interceder.

—Lo siento, Bray. Lo lamento mucho —dijo mientras levantaba la mano y acariciaba el hombro del chico—. Estás helado. Iré a prepararte una bebida caliente, ¿vale?

—Gracias.

Ella le apretó el hombro cariñosamente y se marchó. Mientras subía por las escaleras, notó que se le aceleraba el corazón. Bray no le había abierto su corazón a Trudy, se lo había abierto a ella. Quizás fuese hora de actuar. Su momento.

NOVENTA Y CINCO

¿Intentarían aprovecharse de la situación, creyendo a los Locos debilitados por esa pérdida? Y él, ¿estaría perdido, o se habría escondido de forma voluntaria, por algún motivo que solamente él conociese? Eran demasiadas preguntas y muy pocas respuestas.

Pero la chica sabía cuál era la pregunta para la que debía encontrar una respuesta en esos momentos: ¿Quién tomaría el control de los Locos en ausencia de Zoot?, ¿quién sería el nuevo líder, temporalmente o no?

Aquella mañana, los Locos obedecieron sus instrucciones de buscar a Zoot, sin rechistar. Tratar de encontrarlo era el paso más lógico. Ahora que estaba claro que no podrían lograrlo, ¿seguirían haciéndole caso a ella? ¿Cuál debía ser su siguiente movimiento?

Sabía que Spike era un posible rival. Le parecía bastante tonto, pero era alto, fuerte, e inspiraba respeto entre la mayoría de Locos. ¿Cómo debía actuar en las horas y días venideros?, ¿qué momento elegiría Spike para desafiar su liderazgo?

Pues sabía que ese momento podía llegar cualquier día.

Se levantó. No tenía sentido intentar dormir. Debía preparar un plan de acción para sobrevivir.

NOVENTA Y SEIS

Todo el centro comercial se despertó con los chillidos de Salene. Trudy fue la primera en llegar a la cafetería. Se apresuró hasta allí y se paró en seco al ver a Salene envuelta en brazos de Bray.

—¿Bray, qué está pasando? —quiso saber.

—¡Ratas! —chilló Salene—. ¡Por toda la cafetería!

Bray se desenredó del abrazo de Salene a medida que los demás iban llegando, adormilados.

—Salene vino a por algo caliente —explicó Bray—. Estaban sobre las mesas, comiendo de los platos.

Lex bostezó y se rascó el pecho.

—¿Eso es todo? Pensaba que estaban matando a alguien.

—¡Las ratas no son ninguna broma, Lex! —saltó Amber—. Propagan enfermedades. Puede que hasta el virus, por lo que sabemos.

Patsy puso los ojos como platos, asustada.

—¿Tienen el virus?

Amber se mordió la lengua.

—No, Patsy. No quería decir eso —lo último que quería era asustar a los pequeños.

—Pero pueden ser peligrosas —comentó Dal—. Si se sienten acorraladas, te atacan.

—O traen a sus amigos Locos para que te maten mientras duermes —dijo Lex mientras fulminaba a Bray con la mirada.

El chico avanzó hacia Lex con los puños cerrados. Salene le agarró el brazo.

—¡No, Bray! —miró a los demás desafiante, protegiendo a su hombre—. Zoot era su hermano.

Ryan abrió los ojos, sorprendido.

—¿Su hermano?

—¡Ah! —exclamó Zandra—. Ahora todo tiene sentido.

Aquella información no impidió que Lex siguiera.

—¿Y qué diferencia hay? ¡Sigue siendo un traidor! ¡Deberíamos echarlos a la calle, a él y a esa bruja!

Bray se apartó de Salene y se enfrentó a Lex cara a cara.

—¡Tú mataste al padre de su hija! ¡No se va a ninguna parte!

Los llantos de la pequeña resonaban ahora por todo el Centro.

—¡Callad a esa mocosa! —bufó Lex mientras salía echando humo de la cafetería.

Amber miró a su alrededor.

—Muy bien, gente. Creo que ya ha sido suficiente por hoy. Pero, en cuanto nos levantemos, ¡hay que limpiar esta pocilga!

Todos se marcharon de allí, diligentes y cansados. Salene se quedó, mirando a Bray con anhelo. Notó que Trudy la fulminaba con la mirada mientras esta avanzaba por el balcón hasta llegar a su cuarto. Con actitud decidida, Salene la siguió.

ooo

Bray entró en el cuarto y tomó en brazos a la bebé, que lloraba en la cuna. Trudy lo seguía de cerca.

—¿Quieres pillarla tú?

—No. ¡Quédatela! —Trudy parecía mosqueada. Hizo aspavientos hacia la cama y se tumbó. Bray suspiró para sus adentros, notando que la chica tenía uno de sus berrinches.

Salene también apareció en el cuarto, enérgica.

—¿Os ayudo?

—¡No! —saltó Trudy—. ¡Vete!

—Hay que darle de comer, Salene. ¿Te importa?

Trudy le lanzó dagas imaginarias al chico por no respaldarla.

La otra chica sonrió.

—Claro que no.

Le ofreció los brazos para tomar a la pequeña.

—Venga, niñita sin nombre. Vamos a dejarte arreglada —le regaló una amplia sonrisa a Bray y se marchó.

—¡Tendrá cara, la muy cerda! —soltó una incrédula Trudy cuando ya se había marchado.

—¡Trudy!

—¡"Niñita sin nombre"! ¿A qué ha venido eso?

—Es la verdad —Bray se encogió de hombros—. Aún no le has puesto un nombre.

Trudy seguía obstinadamente indignada.

—¿Y a ella qué más le da?

El chico trató de ser conciliador. Se sentó en la cama, adoptando un tono calmado.

—Oye, Trudy. Sé que estás molesta. Pero no la tomes con Salene, ella sólo intenta ayudar.

—¡Ja! ¡Sé muy bien lo que intenta! Y ¿qué hacías tú ahí fuera con ella?

—No estaba "con ella". Estaba solo, pensando en Martin.

—Ese ya no era Martin, ¡era Zoot!

Bray la miró con el ceño fruncido.

—Pensaba que te gustaba.

—Me gustaba… antes.

El tono del chico se volvió helado.

—Bueno, ¿y si habías cambiado de opinión, por qué me dejaste traerlo aquí?

Trudy lo miró con culpabilidad.

—Quería ver… cómo me sentía —se incorporó, mirándolo a los ojos—. ¿No lo ves, Bray?, ¿no te das cuenta?

Él apartó la mirada. Aquello lo había enfadado, y no quería escuchar lo que fuese a decir a continuación.

—Trudy…

—¡Te amo!

—Oh, Trudy —se quejó con un pequeño gruñido.

—¡No! ¡Es cierto, Bray! —la chica le colocó una mano en el hombro, apresurándose, ansiosa por hacerle saber sus sentimientos. Cosas que se había guardado durante mucho tiempo—. ¡Quiero que estemos juntos!, ¡que criemos juntos a la niña! Por eso no le he puesto nombre aún. ¡Quiero que lo escojamos juntos!

De repente, Bray se sintió agotado.

—Trudy, nos han pasado muchas cosas a todos. Estamos heridos, confundidos… Yo no sé lo que siento. Sólo sé que Martin ha muerto… —se levantó—. Necesito tiempo. Dame tiempo, Trudy. ¡Por favor!

Salió de la habitación. La chica se volvió a recostar en la cama, sintiéndose miserable y confusa, con la imagen de Salene en brazos de Bray grabada a fuego en su mente.

NOVENTA Y SIETE

Zandra agarró su edredón y caminó en silencio hacia el balcón. Vio a Salene arriba de las escaleras con la bebé en brazos, dándole el biberón. Sin reparar en ella, perdida en su propio mundo, Salene estaba hablándole a la pequeña.

—Vamos, bébetelo, tienes que convertirte en una niña muy fuerte para tu tío Bray, ¿a que sí?

Zandra sonrió para sí misma y avanzó hacia el cuarto de Lex y Ryan. El grandullón estaba tumbado boca arriba, roncando. Podía dormir incluso colgado de un tendedero. Lex estaba recostado en su cama, mirando en la distancia, de mal humor. Se quedó mirando cómo la chica dejaba su edredón en el suelo, en una esquina de la habitación.

—Zan, ¿qué hay? ¿No puedes dormir?

—¡Es por las ratas! ¡Estoy segura de que una se me ha metido en el cuarto!

Lex sonrió con compasión fingida.

—¿No me digas? —dio golpecitos sobre la cama, junto a él—. Bueno, ven a tumbarte conmigo, nena. Yo te protegeré.

—No, gracias. No me hace falta el tipo de protección que me ofreces —dijo mientras se recostaba sobre el edredón.

—Tengo protección, de hecho.

Zandra dejó escapar un gruñido, asqueada.

—Típico. ¡Siempre pensando en lo mismo!

—No querría que mi chica acabase como la bruja de Trudy, ¿eh? Trayendo a una mocosa a este mundo. Ni hablar. Soy un chico cuidadoso y sensible.

—¿Sí? —preguntó ella llena de sarcasmo.

—Le ofrecí mi ración de agua a Salene para que bañase a la niña, ¿no?

—¿Y todo eso sin segundas intenciones, supongo?

—Zan, ¿qué tengo que hacer? —Lex parecía herido.

Ella se dio la vuelta sobre el edredón, dispuesta a dormir.

—Ya te lo haré saber.

Lex se recostó sobre su almohada.

—Cuando quieras, nena. Puedo esperar —afirmó con un tono generoso que no reflejaba cómo se sentía realmente.

Zandra era una chica muy rara. Estaba seguro de que a ella le molaba. Siempre estaba cerca de él. Al mismo tiempo, parecía contenerse. Probaría lo de ser generoso durante un tiempo, para ver si podía ganársela. Pero era como ir a contracorriente. La generosidad no era su punto fuerte. La paciencia, tampoco.

NOVENTA Y OCHO

Ebony por fin había conseguido pegar ojo, pero se despertó mucho antes del alba. Al igual que el resto de tribus, los Locos dormían hasta tarde. En los tiempos anteriores al virus, sus padres los habrían molestado para que se levantasen y fuesen al instituto o la universidad. Ahora, podían hacer lo que les diese la gana. Zoot nunca había puesto pegas.

Sin embargo, Ebony sentía que debía actuar rápido, antes de que aceptasen el hecho de que su líder estaba desaparecido por segundo día consecutivo. Debía dar un paso antes de que tuviesen tiempo de plantearse quién debería ser su nuevo líder. Ella era la teniente escogida por Zoot, pero era una chica. En aquel nuevo mundo predominantemente masculino, era algo que jugaba en su contra.

"Poder y Caos" era el grito de guerra de su tribu. Los Locos lo vitoreaban como si fuese un cántico futbolístico del pasado. Ella sabía que "Poder y Caos" no era más que una cortina de humo. Zoot era un joven astuto y muy inteligente, tenía claro que la organización era vital. Pero, claro, "Poder y Organización" no era tan pegadizo ni carismático.

Había preparado un plan de batalla. Dibujó un mapa de la ciudad con los sectores controlados por cada tribu marcados en diferentes colores. Lo hizo sobre una pizarra blanca, para así poder modificar los colores en función de la suerte que corriese cada tribu. Los Locos controlaban la mayor parte de la ciudad. Pero los Perros Salvajes les pisaban los talones.

La primera luz del día perforaba ya el cielo nocturno cuando reunió a todos los líderes de grupo en el vagón que hacía las veces de cuartel general. Todos permanecieron ante ella pestañeando y adormilados, incluido Spike.

—No pediré disculpas por haceros llamar tan temprano —comenzó con determinación—. Tenemos un grave problema. Todas las tribus saben que nuestro gran líder Zoot ha desaparecido. Creerán que eso nos vuelve débiles. Los Perros Salvajes quieren hacerse con nuestro sector y, antes de que termine el día, atacarán. Sin Zoot, se pensarán que somos presa fácil. Vamos a demostrarles que no es así. El ataque es nuestra mejor defensa. Atacaremos al amanecer… ¡Poder y Caos!

NOVENTA Y NUEVE

Al otro lado de la ciudad, otra chica reunía a sus tropas. Amber comenzó a golpear una cacerola de metal con un cucharón de madera, como si fuera un gong. Aquel sonido ensordecedor resonó por todo el Centro. Dejó la cacerola sobre una mesa y espero con una mirada de determinación.

Uno a uno, los demás fueron saliendo a rastras de sus respectivos cuartos y se reunieron en la cafetería, donde los esperaba Amber. El ruido había provocado que la bebé comenzase a llorar.

—Vaya, bien hecho —gruñó Lex—. ¡Has despertado a la mocosa!

—Sobrevivirá. Pero nosotros no, a menos que nos pongamos las pilas. No tiene sentido sobrevivir al virus para acabar muriendo por intoxicación alimentaria —usó la cuchara para apuntar a un cartel con una tabla que había pegado a la pared—. Así que he preparado esto.

Zandra se frotó los ojos para despejar el sueño.

—¿Qué es?

—Turnos de trabajo. He dividido las tareas entre todos, para que todos ayudemos en todo.

Ryan buscó su nombre en la tabla.

—¿Barrer el suelo?

—Dentro del Centro —clarificó Amber—. Y cada uno será responsable de su dormitorio.

Jack frunció el ceño.

—¿Limpiar las ventanas?, ¿fregar los platos?

—¿Dónde está Bray? —quiso saber Lex, mirando a su alrededor.

—Ahí, junto a Dal. Búsqueda de comida. Necesitamos fruta fresca y verduras. No podemos vivir de esta porquería procesada para siempre.

Lex se cruzó de brazos, chulesco.

—No, que dónde está. No lo veo por ninguna parte.

Todos echaron un vistazo a su alrededor. Bray no estaba entre ellos.

—Ay, por Dios —exclamó Zandra—, ¡otra vez no!

—¡Qué típico! —dijo Dal, arqueando las cejas.

—No pasa nada, Dal. Yo iré contigo.

El chico se estremeció ante la oferta de Lex.

—Bien —Amber los miró—. ¿Alguna pregunta?

—¿Cuándo empezamos, Amber? —intervino Patsy, animada.

—¡Ahora que todavía podemos ver entre la basura! Leed la tabla y poneos con vuestros quehaceres.

La chica se quedó mirando a los demás, mientras se acercaban a la tabla descontentos, farfullando y gruñendo entre ellos. O sea, que Bray había vuelto a desaparecer. Era un caso perdido. Una irritación constante.

La noticia de que Bray no era el padre la había dejado completamente en *shock*. Al igual que todos, estaba convencida de que la pequeña era suya. Claramente, Salene se había tomado aquello como una señal de luz verde, y Amber estaba convencida de que habría problemas entre Salene y Trudy en cualquier momento. Problemas que más les valía evitar si querían tener un futuro como tribu.

Era lo único que parecía traerles Bray: problemas. Primero con Trudy y la niña. Ahora, con Zoot. Parte de ella deseaba que se las llevase a las dos y se buscasen otro sitio donde vivir. Que encontrase a otra persona a la que poner de los nervios. Otra parte de ella... Bueno, debía mantener esa parte bien oculta.

CIEN

Era temprano, pero la ciudad estaba inusualmente bulliciosa. A esas horas de la mañana, la gente solía seguir durmiendo. En un mundo tan duro y oscuro, era difícil seguir siendo positivos. Había pocos motivos o incentivos para madrugar. ¿Por qué molestarse cuando cada día era igual que el anterior? Pensar en cómo conseguir comida, en cómo sobrevivir a las otras tribus…

Bray seguía de luto por su hermano pequeño, Martin. Se culpaba por su muerte, pero también sentía resentimiento hacia Trudy. Si ya no amaba a su hermano, debería haberlo dicho. No entendía por qué la chica había aceptado reunirse con Zoot en el centro comercial. Si hubiese sido sincera, él seguiría vivo. Pero aquello era historia. Darle vueltas no traería a Martin de vuelta.

Quería averiguar quién había tomado el control de los Locos ahora que estaban sin liderazgo. En aquel mundo anárquico e impredecible, salía rentable ir un paso por delante. El conocimiento era poder. Y la información que desconocías, podía acabar matándote.

Había salido del Centro antes de que se levantasen los demás. Siempre era más seguro desplazarse por la ciudad a primera hora del día. Sin embargo, hoy era distinto. Vio una cortina de humo negro alzándose a lo lejos. Debía estar sucediendo algo en el sector controlado por los Perros Salvajes. Con cuidado, Bray avanzó con su monopatín en dirección al ruido y el humo. Se movía como un animal, con ojos y oídos alerta ante cualquier peligro.

Entonces lo escuchó, el familiar canto de la sirena. Se resguardó tras una improvisada barricada, que habían dejado allí tirada tras alguna batalla tribal. Por la calle se acercaba una cabalgata. El coche de policías estaba rodeado por un grupo guerrillero de los Locos, sobre patines.

De pie en la parte delantera del coche, como si se tratase de un dignatario de visita, estaba una orgullosa figura que reconoció de inmediato. No había forma de confundir la actitud arrogante, la mirada despiadada y triunfante de aquellos ojos felinos. Bray se quedó estupefacto. Zoot había sido sucedido por Ebony.

Él la conocía. La conocía demasiado bien. De hecho, tenían un pasado juntos. Un mal pasado.

CIENTO UNO

Por primera vez, casi todos estaban ocupados en el centro comercial. La repartición de tareas de Amber parecía estar funcionando. A excepción de Trudy, que estaba tumbada en la cama, de mal humor. Algo de esperar dada la desaparición de Bray, y por el hecho de que Salene no hiciese más que echarse encima del chico cuando se dignaba a aparecer por allí.

Zandra se encontró con Salene en el balcón, meciendo a la pequeña en un cochecito.

—¿Qué trabajo tan cómodo tienes, no?

—La niña estaba aburrida —respondió Salene—. Estaba quejándose. Les gusta el movimiento.

La otra chica miró dentro del carrito.

—¡Hola, bonita! ¡Yo me llamo Zandra! ¿Te han puesto nombre ya?

—No.

—¿De qué va Trudy? ¡No podemos seguir llamándola "bebé"!

—Siendo sincera, creo que le da igual. Hay gente que no merece tener hijos.

—Bueno, no creo que quisiese quedarse embarazada a propósito, ¿no? —supuso Zandra—. Al menos, no de Zoot.

—Me da que ella preferiría que fuese de Bray.

—Ajá —coincidió Zandra—. ¿Crees que se quedará por aquí?, ¿con ella?

Salene se encogió de hombros.

—¿Quién sabe? Parece que a la señorita le va bien de momento. Todo el día ahí tirada y haciéndose la reina del drama.

—Apuesto a que es depresión posparto. Leí sobre el tema. Iré a animarla.

Más abajo, en la planta baja, Ryan barría desganado con una escoba, aburrido. Preferiría estar en el exterior, buscando comida con Lex. Pero no era lo que ponía en la lista de tareas de Amber y, al contrario que su amigo, Ryan prefería obedecer las normas.

Los gemelos Patsy y Paul pasaron por delante paseando al perro con una correa. Ryan frunció el ceño.

—¿Qué hacéis vosotros dos?, ¿por qué no estáis trabajando?

Patsy habló por ambos, mientras Paul signaba.

—Sí que trabajamos, ayudamos a que Bob haga ejercicio.

—¿Llamáis a eso trabajar? —Ryan parecía mosqueado.

—Sí. Amber nos ha dicho que después podemos ir a jugar.

—¿Jugar?, ¿a qué?

—Ni idea—Patsy se encogió de hombros—. ¿Te sabes algún juego chulo?

De repente, al chico le vino una idea a la cabeza. Le pareció muy buena idea.

—¿Habéis jugado al póker alguna vez?

—¿A las cartas?, ¿Cómo al *snap*?

—Algo así —dijo Ryan con una sonrisa.

CIENTO DOS

Lex y Dal se habían adentrado en lo que antaño fue el corazón comercial de la ciudad, a menos de un kilómetro del Centro. Las inmaculadas avenidas, antiguamente llenas hasta reventar de gente, estaban ahora desiertas, cubiertas de desperdicios y basura allí tirada.

Lex envió una lata unos metros más allá de una patada.

—¡Mira este sitio! ¡Qué vergüenza! Tendré que quejarme al ayuntamiento —bromeó.

Dal estaba muy inquieto.

—Aquí no encontraremos nada de lo que buscamos, Lex. Deberíamos haber ido en dirección al bosque. Aquí no hay comida fresca.

—¡Relájate! ¿Qué problema tienes? Tenemos tiempo de sobra. ¿Lo has traído?

—Sí —Dal parecía descontento.

—Pues a verlo.

Reticente, Dal sacó un guante y una pelota de béisbol de la mochila. Lex le quitó la pelota de la mano.

—¡Ven por aquí! —indicó—. Tú la pillas.

—¡Lex, se supone que estamos buscando comida!

El otro chico tiró la pelota al aire de forma casual y la atrapó.

—Dal, mira a tu alrededor. ¿Qué es lo que ves?

Dal observó las calles vacías.

—¿A qué te refieres?

—¿Ves a algún Perro Salvaje?, ¿algún Loco?

—No —dijo negando con la cabeza.

—¡Pues, vamos a divertirnos un poco!

Entonces le lanzó la pelota, y Dal la esquivó.

—¡*Strike* uno! —gritó Lex—. ¡Venga, ve a por la pelota, *empanado*!

Dal suspiró y fue corriendo tras la pelota. Odiaba decepcionar a Amber, pero tenía miedo. Lex era un matón despiadado. No tenía sentido sobrevivir a los Locos para que te acabase dando una paliza uno de los tuyos.

CIENTO TRES

Había un montón de cerillas en medio de la mesa, además de sus propios montoncitos delante de cada uno de ellos. De lejos, el montón más grande era el de Patsy y Paul. Estaban pasándoselo genial jugando a ese juego nuevo llamado póker. El póker estaba chupado.

Ryan contempló las cartas que sujetaba en la mano y suspiró. Parecía preocupado. Paul le signó algo a Patsy con urgencia.

—Sí vamos —dijo la niña con seguridad.

Reticente, Ryan dejó sus cartas boca abajo sobre la mesa. Con una gran sonrisa, Paul arrastró las cerillas hacia su montón.

—¡Hemos vuelto a ganar! —alardeó Patsy, encantada.

Ryan asintió, muy serio.

—Sí. Le habéis pillado el tranquillo enseguida, ¿eh?

Paul signó algo a su hermana.

—¿Otra partida? —preguntó Patsy.

El chico fingió pensárselo, para luego decir:

—Vale. Pero, ¿qué tal si lo hacemos más interesante?

—¿Cómo? —quiso saber Patsy, muy confusa.

—Juguémonos algo real.

La niña miró a su hermano, y éste volvió a signar algo.

—Vale —aceptó ella, animada.

Ryan se rascó la barbilla, como si estuviera pensando.

—El caso es… ¿qué podríamos jugarnos?

ooo

Salene estaba sentada en la cafetería, dándole el biberón a la bebé con satisfacción, cuando Amber entró a toda prisa con una escoba y una expresión adusta en el rostro.

—¿Dónde están todos?

—¿Quiénes? —preguntó Salene alzando la vista.

—Pues Ryan, para empezar —dijo mientras levantaba la escoba—. He encontrado su escoba, ¡pero ni rastro de él! Y ¿dónde está Cloe? Debería estar limpiando.

—Ni idea.

—¿Y Zandra?, ¿por dónde anda?

Esta vez, Salene sí conocía la respuesta.

—Se ha ido a animar a Trudy.

Amber dejó escapar un suspiro exasperado.

—¡Debería estar lavando los platos!

La chica observó cómo Amber se marchaba echando humo, para luego volver a mirar a la pequeña, llena de felicidad.

ooo

Patsy y Paul parecían abatidos. Tenían su mano de cartas boca arriba sobre la mesa, ante ellos. Ryan enseñó sus cartas y sonrió, dichoso. Había vuelto a ganarles. Se puso a consultar algo en un trozo de papel.

—Entonces, os toca barrer hoy, lavar los platos mañana, limpiar puertas y ventanas pasado mañana y volver a barrer al día siguiente… ¿Jugamos otra ronda?

Los gemelos negaron con la cabeza, descontentos.

—Vale. Pues volved al trabajo —sentenció con energía—. Ya termino yo de pasear al perro por vosotros.

CIENTO CUATRO

Trudy estaba tumbada en la cama, desganada y leyendo una vieja revista por tercera vez. Suspiró y la tiró boca abajo, fatigada y ansiosa. Salene entró alegremente en el cuarto empujando el carrito.

—Ya estamos aquí. ¡Se ha portado como un angelito!

Trudy la miró malhumorada.

—Pensaba que te ibas a fugar con ella.

—¿Acaso te importaría si lo hiciese? —contraatacó Salene—. Si no querías tener un bebé, ¿entonces por qué...? ¡Encima, con Zoot!

—¡Tú no sabes nada sobre él!

—¡Sé que era un matón despiadado!

—¡No siempre fue así!

Salene se la quedó mirando con curiosidad.

—¿Desde cuándo lo conocías?

—No es asunto tuyo —saltó Trudy.

—Entonces también conocías a Bray, siendo Zoot su hermano.

Al oír el nombre de Bray, Trudy la fulminó con la mirada.

—¿Y qué?

—Tan sólo me preguntaba…

—¡Pues deja ya de preguntarte, y también de intentar ponerle las manos encima!

La expresión de la chica cambió abruptamente al entrar Bray por la puerta.

—¡Oh, Bray! ¿Dónde has estado? ¡Estaba muy preocupada!

Él se quedó mirando a las dos chicas. Había oído los gritos, pero no quería involucrarse.

—He estado tratando de averiguar qué se proponen los Locos ahora que no tienen un líder.

—¿Los has encontrado? —preguntó Salene.

Bray asintió, pero no dijo nada más. Entonces, Trudy adoptó una voz lastimera.

—Ojalá no salieses fuera, Bray. ¡Lo paso muy mal cada vez que te vas! —se giró hacia Salene, desdeñosamente—. Gracias, Salene. Ya cuidamos nosotros de la pequeña. Vamos a elegir un nombre para ella.

Salene miró con tristeza a Bray y luego salió, abatida.

El chico se sentó en la cama.

—¿Qué ha pasado?

—Está malmetiendo, como siempre.

—¿Sobre qué?

—No quiero hablar de ello… —su expresión cambió. Dibujó una amplia sonrisa y se puso a hablar efusivamente—. Bueno, ¿cómo la llamamos? ¿Se te ha ocurrido algún nombre? ¿Tienes alguno que te guste especialmente?

El rostro de Bray se nubló.

—¡Trudy, mi hermano murió ayer! ¡El padre de tu hija! ¿Te da igual?, ¿es que no tienes sentimientos?

Ella lo miró con desesperación.

—¡Claro que los tengo! ¡Te lo dije! ¡Te quiero, siempre te he querido!

—Quieres decir… ¿incluso cuando estabas con Martin?

—Por supuesto.

Los ojos de Bray se empequeñecieron.

—Entonces, saliste con mi hermano, ¿por qué? ¿Por rencor?, ¿por celos?

Trudy lo miro con genuina confusión.

—¡No lo sé! Creí que me gustaba. Al principio era simpático. ¡Siento que haya muerto, de verdad que sí! —la chica lo rodeó con sus brazos, tratando de mantenerlo cerca—. ¡Oh, Bray, seré muy buena contigo! ¡Estaremos muy bien los tres juntos! ¡Podemos cuidar juntos del bebé de Martin! Podemos llamarla así, ¿no crees? Martina, en su honor.

Bray se retiró y se levantó, sombrío.

—¿Qué tal "Zootina"?

Mientras se marchaba, Trudy lo llamó a gritos, alterada.

—¡Bray! ¡Lo siento! ¡Siento haber hecho que lo trajeras aquí!

El chico se detuvo en la puerta y suspiró profundamente.

—Ya, bueno. Ahora ya es tarde.

—¿Y si los Locos descubren lo que le pasó?

—Nuestro futuro no pinta demasiado bien, Trudy. Parece que los Locos han elegido a Ebony como su nueva líder.

La sangre abandonó el rostro de Trudy.

—¿Qué?

—Reza para que nunca sepa que la niña existe —concluyó, adusto.

CIENTO CINCO

Amber tenía ganas de llorar. Ya estaba harta. Había comenzado el día con esperanzas, de forma positiva, algo que actualmente ya era muy difícil de conseguir. Pero había decidido liderar con el ejemplo. Se pasó casi toda la noche despierta, dibujando el calendario de tareas, sintiendo que por fin comenzaba a manejarse en el Centro. Crear un sistema que volviese a poner un poco de orden en las vidas de todos era un comienzo. Sin embargo, todos lo habían ignorado.

Bray se había ido por ahí, como de costumbre. Ryan había engañado a Patsy y Paul para que hiciesen sus tareas. Zandra había pasado completamente de las suyas con la excusa de cuidar de Trudy. Jack se había pasado el día entero jugueteando con su estúpida radio. Y Dal y Lex habían regresado con las manos vacías, afirmando haber sido perseguidos por los Locos. Una excusa creíble si no fuese por el guante de béisbol sudado que se le cayó a Dal de la mochila.

Tenía dos opciones: lágrimas o represalias. Y llorar no era su estilo. No servía de nada en aquel mundo.

Todos los culpables estaban sentados en la cafetería, con las mesas llenas de ollas y sartenes sin fregar. Dal estaba leyendo la lista de tareas.

—Lo pone aquí en blanco y negro: "Cocinar, Amber y Salene, 17:30".

Lex echó un vistazo a su reloj.

—Bueno, ¿y dónde están?

Amber llegó con una mirada de determinación.

—¡Aquí!

—¿Y Salene? —preguntó Zandra.

—Le he dado la tarde libre.

—¿Y dónde está la comilona?

—Perdona, Lex, ¿has dicho algo?

—Se supone que nos tenéis que preparar la cena. Lo pone ahí —Jack señaló el tablero sobre la pared.

—Ah, ¿en serio? —Amber se acercó a la lista y empezó a leer en voz alta—. "Ryan, barrer. Zandra, lavar los platos. Jack, limpiar las ventanas…". ¿Queréis que siga?

—O sea, que… —Dal frunció el ceño.

—Si vosotros no hacéis vuestro trabajo, ¿por qué debería hacerlo yo? Si no trabajáis, no hay comida.

—Porque tú lo digas —Lex se echó hacia atrás y cruzó los brazos—. ¿Quién te ha nombrado líder?

—¡Bueno, alguien tiene que encargarse de ordenar este caos!

Zandra se puso de parte de Lex con agresividad.

—¡No necesitamos que nos manden! ¡Ya tuvimos suficiente con los adultos! ¡Ahora podemos hacer lo que nos dé la gana!

De repente, Amber se sintió muy agotada.

—¿Eso crees realmente, Zandra?

—¡Sí! —continuó la chica—¡¿Tú quién eres para decirnos lo que tenemos que hacer?!

—Vale. Lo que queráis —Amber echó las llaves de la despensa sobre una mesa—. ¡Comed hasta explotar! ¡Vivid como cerdos! ¡Yo ya he tenido suficiente!

Lex pilló las llaves mientras Amber se marchaba.

—¡Venga, jamón con alubias! —extendió la mano para pasarle las llaves a Zandra—. ¿Zan?

La chica le regaló una mirada fulminante.

—¡En tus sueños!

CIENTO SEIS

Al contrario que Amber, Ebony se sentía muy satisfecha. Su día había transcurrido muy bien. Había tomado el control con decisión, sin darles la oportunidad a ninguno de sus posibles rivales de dar ni un solo paso. Hasta Spike había seguido su plan sin rechistar. Sin embargo, no sabía cuánto tiempo duraría aquello.

El asalto matutino al almacén de los Perros Salvajes había salido perfecto. Pillaron completamente desprevenidos a los pocos guardias adormilados que había allí. Los Locos se habían llevado todo lo que habían querido y, después, habían incendiado lo demás, antes de que los Perros Salvajes, que se encontraban en su cuartel general a unas manzanas de allí, se diesen cuenta de lo que estaba pasando.

La otra tribu querría vengarse, eso lo sabía. Pero estarían preparados. Tras el ataque en la catedral, habían tenido a los Perros pisándoles los talones. Eran sus principales rivales y, una vez los doblegasen, se dispondría a tomar control de la ciudad de una forma más organizada y sensata.

Ebony era una luchadora callejera. Era así como la habían criado. Pero, a fin de cuentas, la violencia no era la forma de conseguir el verdadero poder. Sabía suficiente de historia como para saber que, al final, todos los regímenes violentos terminaban fracasando. La gente siempre terminaba alzándose contra ellos. La violencia traía consigo más violencia. Ella no caería en esa trampa. Eso sí, por el momento, era un mal necesario, y debía admitir que pelear le resultaba emocionante. Tan sólo esperaba poder mantener esas ansias bajo control.

Había dejado a los Locos celebrándolo. Estaban apiñados, haciendo ruido junto a hogueras, comiendo y bebiendo parte del botín del asalto de aquella mañana, bajo las estrellas. Pero no podía estar con ellos. Era la líder, y los líderes debían mantenerse distantes. Por primera vez desde que se uniese a los Locos, se sentía sola. No obstante, la soledad era parte del trabajo. Echaba muchísimo de menos a Zoot, pero esta era su oportunidad, y no dejaría que se le escapase.

CIENTO SIETE

El centro comercial se despertaba lenta y perezosamente, como era habitual. Las voces comenzaban a resonar por el balcón. Era el comienzo de otro día donde todos harían lo que les daba la gana, sin pensar en el mañana. El mañana nunca llega.

En su cuarto limpio e inmaculado, Zandra se encontraba haciendo la cama cuando Lex entró.

—¡Ey, Zan! ¿Es cómoda?

—¿Y qué si lo es?

El chico se recostó contra el marco de la puerta.

—Pensé que podría arroparte en ella una noche de estas.

Zandra lo contempló con una de sus clásicas miradas de jovencita agraviada.

—¡Piérdete, Lex!

—He estado pensando… Tienes el cuarto muy bonito. Deberíamos asentarnos, tener un sitio para los dos.

Se tumbó sobre la cama recién hecha.

—¿Desde cuándo te interesa tener "un sitio para los dos"? Sólo te apetece para tener a alguien que limpie por ti. ¡Ah, y para tener otras cositas de paso, claro!

—¡No digas más! —exclamó Lex con una sonrisa—. Le diré a Ryan que se pire.

—¡No pienso acercarme a tus cosas! —le pasó un plumero por la cara—. ¡Puedes limpiar tú solito!

—¡Cariño, eso es cosa de mujeres! Los grandes guerreros no hacemos labores del hogar.

—Los grandes guerreros no se pasan el día sentados sin mover el culo.

Entonces, Bray entró allí, con cara seria. Le tiró el calendario de tareas de Amber a Lex en la cara. En la parte trasera del cartel había unas palabras escritas con rotulador que decían, "Se vusca mama en kondiciones".

—¿Es un chiste de los tuyos?

—La idea del calendario de tareas fue de Amber, Bray.

—¡Sabes a qué me refiero!

—La verdad es que no —afirmó Lex, muy tranquilo.

Bray arrugó el papel y se lo tiró encima.

—¡"Se busca mamá en condiciones"!

—No lo he escrito yo —el chico se encogió de hombros.

—¡No, supongo que no sabes cómo hacerlo!

Lex se puso en pie de un salto, herido.

—¿Qué pasa? ¿No aguantas ni una broma? ¿Hechas mucho de menos a tu mamá, eh?

Bray lo agarró del cuello de la camiseta, Lex se retiró y los dos jóvenes cayeron sobre la cama, forcejeando.

—¡No me deshagáis la cama! —gritó Zandra.

Lex rodó para apartarse y se puso de pie, con los puños preparados. Bray se las arregló para ponerse también en pie mientras Amber entraba apresuradamente. Agarró a Bray por los brazos.

—¡Bray!

—¡Debí acabar también contigo cuando maté a tu hermano! —gruñó Lex.

—¿Por qué no lo intentas?

Zandra se interpuso entre Lex y Bray.

—¡Ni se os ocurra desordenarme el cuarto!

Lex le dio una patada al calendario arrugado.

—¡De todas formas, parece que nadie le está haciendo caso a eso!

—¡¿Se te ocurre algo mejor?! —dijo Amber a la defensiva.

—¡Un poco de disciplina, para empezar! —afirmó Lex—. ¡Y un líder fuerte que la aplique!

Amber le regaló una mirada sarcástica.

—¿Se te ocurre alguien?

—Aquí sólo hay un hombre que pueda hacer ese trabajo —dijo un arrogante Lex.

La chica miró a Bray, esperando que respondiese. Éste apartó la mirada, desinteresado. Ella volvió a mirar a Lex.

—¿No deberíamos poder elegir? Es lo justo.

—Vale, pues lucharemos por el puesto. ¿Te parece bien?

Bray se puso a un palmo del rostro de Lex.

—¡Dedícale tus jueguecitos mentales a otra persona, Lex! ¡A mí no me interesan!

Se dio media vuelta de forma abrupta y salió del cuarto.

Amber fue detrás de él y lo alcanzó en el balcón, yendo en dirección al cuarto de Trudy.

—¡No pienso pasarme la vida corriendo detrás de ti!

Bray se detuvo y se giró hacia ella.

—¡Pues no lo hagas!

—¿Piensas alejarte de todo esto sin más?

—¿De qué?, ¿de los jueguecitos de Lex?

—¡Llámalo como quieras, Bray, pero tenemos que jugar para ganar!

—¡Yo no quiero ganar nada! Si Lex quiere ser el líder, que lo sea. Por mí perfecto —afirmó antes de volver a girarse.

Amber le escupió todas sus palabras.

—¡Adelante, pues! ¡Sal corriendo, como haces siempre! ¡Abandónanos a todos!

El chico se paró una vez más y volvió caminando hacia ella.

—¿Abandonar a quién?, ¿de quién hablas, Amber? ¿"Todos"? ¡No somos nada!

—¡Sí que lo somos! —contraatacó Amber—. ¡Pero no quieres verlo! ¡Eso te obligaría a no pensar sólo en ti! ¡Ni siquiera te importa la niña!

Eso le dolió.

—¡No me vengas con esas!

—¡Pues es lo que parece! ¿Qué clase de futuro tendrá ella?

—Uno bueno. Para eso la he traído aquí.

—Y ahora que está aquí, tu trabajo está hecho, ¿verdad? Y si Lex se convierte en líder, por ti estupendo. ¡Tú encantado de dejar el futuro de tu sobrina en sus manos!

—No especialmente, no.

—¡Pues entonces haz algo al respecto! —estaba exasperada, desesperada por conseguir que lo comprendiese, que reaccionase.

Él la sorprendió cuando le agarró ambas manos entre las suyas. El contacto hizo que todo su cuerpo se estremeciese. El chico la miró fijamente a los ojos.

—No, Amber. Párate tú a pensar durante un instante. ¿Quién sería la mejor persona para todos?

Ella mantuvo la mirada, viendo su reflejo en los ojos de él.

—¡Tú podrías serlo! —sugirió con un nudo en la garganta.

Ahora la voz del chico sonaba delicada, sin rastro de enfado.

—Amber, ¿hace falta que te lo diga más claro? ¡Deberías ser tú! Tú eres lo que ellos necesitan. Eres una líder natural. Celebrad elecciones, un voto justo. Tú contra Lex, que decidan ellos.

Se la quedó mirando un momento más y luego le soltó las manos, se giró y se marchó. Ella lo observó mientras se alejaba, con las emociones revueltas y confusas.

CIENTO OCHO

Por la mañana, Spike seguía borracho. Casi todos los demás se habían ido a dormir la mona, pero él había seguido bebiendo. Estaba resentido y tenía un plan. Y necesitaba un poco de valor para llevarlo a cabo.

Como de costumbre, Ebony se había levantado temprano. Su rutina siempre era la misma, un riguroso entrenamiento de artes marciales antes del desayuno. A Zoot le gustaba presenciarlo. Tumbado en la cama, admiraba su pequeño pero extremadamente contorneado cuerpo realizando los movimientos de ese antiguo arte oriental. A ella le gustaba que él la observase. Ahora no tenía a nadie que la mirase, pero, como nueva líder, tenía aún más motivos para mantener el hábito.

Aquella mañana, se dio cuenta de que un par de ojos distintos la estaban observando. Spike estaba de pie en la puerta del vagón vacío que era su gimnasio y espacio de entrenamiento. Ella agarró una toalla y se secó el sudor del cuello y los hombros.

Spike se recostó contra el marco y aplaudió.

—Muy bien. Muy bonito.

Ella lo miró fijamente.

—¿Querías algo, Spike?

El chico sonrió con lascivia y la miró de arriba abajo.

—Un par de cosas, en realidad.

—¡Ni en sueños!

Él se abalanzó desde el marco de la puerta y se colocó ante ella, imponente. Ebony podía oler la cerveza rancia en su aliento mientras él la miraba con malicia.

—Si no te portas bien conmigo, podría convertirme en tu peor pesadilla.

Ebony no se achantó. Él era mucho más alto y grande que ella, y era un guerrero experto en lucha callejera. Pero estaba borracho. Eso le daba ventaja a ella. Cómo de borracho, no lo sabía. Pero suponía que no tardaría en averiguarlo.

—Los Locos necesitan que los lidere un hombre. No una niña pequeña. No queremos que se rían de nosotros.

—¿Desafías mi liderazgo, Spike?

El chico sonrió. No era una sonrisa amistosa.

—Y tanto.

Trató de agarrarle la garganta de forma muy torpe. Ebony se alejó dando un giro, le agarró el brazo y lo tiró al suelo con un movimiento. Mientras trataba de levantarse, ella le dio un pisotón entre las piernas con tanta fuerza como pudo. Los ojos de Spike parecían estar a punto de salírsele, y la boca se abrió en un prolongado grito silencioso. Agarrándose sus partes con ambas manos, se giró hacia un lado con mucho dolor.

—¡Ya puedes irte! —dijo Ebony con la voz helada—. Antes de que me hagas enfadar.

Gimoteando por el dolor, Spike se arrastró hasta la entrada y se dejó caer hacia fuera. La chica escuchó sus arcadas sobre el suelo del exterior. Había ganado la primera ronda. Pero ahora tenía un molesto enemigo. Si trataba de echarlo, sabía que la mitad de los Locos se irían con él. Debería mantener a Spike en la tribu, y vigilarlo muy de cerca. ¿Cómo era aquella expresión china que le gustaba tanto a Zoot? "Mantén a tus amigos cerca, y a tus enemigos aún más cerca".

CIENTO NUEVE

Amber había pensado largo y tendido sobre Bray y el desafío que éste había puesto ante ella. Porque eso es lo que le parecía. Pudo ver en su expresión, mientras le sujetaba las manos, que Bray realmente creía en ella. Eso fue una sorpresa en sí mismo, y todo un halago. Pero ¿creía lo suficiente en sí misma como para enfrentarse a Lex? Decidió que debía intentarlo.

Tras tomar la decisión, fue directa al cuarto de Lex y le contó que Bray no estaba interesado en ser su oponente, también que una elección democrática era el mejor camino a seguir. Él contra ella. Lex se encogió de hombros y, sorprendentemente, aceptó la idea sin rechistar, algo que la puso un poco nerviosa.

ooo

La noticia de las próximas elecciones fue recibida de distintas maneras en el centro comercial. Todos sabían lo que eran unas elecciones porque lo habían estudiado en el colegio, las elecciones para presidentes, delegados y demás eran algo común. Pero esto era diferente. Aquí, iban a decidir cómo dirigirían sus vidas, día a día, las veinticuatro horas al día, siete días a la semana.

Las dos opciones no podían presentar un contraste mayor: había que elegir entre Lex, el matón intolerante, y Amber, la jefa empática. La decisión parecía fácil. Sin embargo, como pasaba en las elecciones celebradas en tiempos de los adultos, las cosas nunca eran tan sencillas en aquel nuevo mundo.

—Todos votaremos en secreto, ¿verdad? —quiso saber Dal.

—¿Por qué no levantamos las manos y ya está? —dijo Jack.

Dal lo miró inquisitivamente.

—¿Piensas levantar la mano en público y votar en contra de Lex?

Jack asintió.

—Vale, ya. Tienes razón.

—¿Y votaremos por Amber, verdad? —Dal estaba emocionado por las elecciones y por un resultado prácticamente garantizado—. No hay color.

—Sí. Pero sin que se entere Lex —añadió Jack con énfasis.

—Es fácil. Podemos meter todos un trocito de papel en una urna de votación. Marcamos a nuestro candidato con una X.

Jack levantó el dedo índice.

—¿Y si escribimos cada uno el nombre en un trozo de papel?

—¿Escribir el nombre de quién en un papel? —Lex había entrado en el cuarto sin que se diesen cuenta.

—Los candidatos, en la votación de esta noche —explicó Jack, un tanto nervioso.

—¿Qué hay de malo en levantar la mano?

Jack miró a Dal para que le echase un cable.

—No es democrático —afirmó Dal.

—¿Qué?

—Todos sabrán a quién ha votado cada uno.

—¿Y qué más da? —preguntó Lex encogiéndose de hombros.

Esta vez, fue Dal quien miró a Jack.

—Hombre, a ver…

—Da igual —prosiguió Lex—, pero lo de escribir no es buena idea. Ryan no sabe. Y no querréis avergonzarlo, ¿no? Ni que se enfade —Lex juntó las manos abruptamente en un aplauso que hizo saltar a los dos chicos—. ¡Bueno, vosotros votadme a mí hoy y os aseguro que nunca más tendréis que volver a votar!

—¿Por qué no? —preguntó Dal, perplejo.

Lex sonrió.

—¡Porque yo tomaré todas las decisiones por vosotros! —se marchó pavoneándose, alzando un puño al cielo—. ¡"Vota por Lex, el voto para acabar con todos los votos"!

—¡Menuda democracia! —exclamó Dal, intercambiando una mirada preocupada con Jack.

CIENTO DIEZ

Bray se había ido a la playa, al lugar donde había empujado hasta el mar el bote que llevaba a su hermano pequeño para que diese su último viaje. Le seguía costando asimilar que Martin estaba muerto, y que él era el mayor responsable de ello. Tenía la esperanza sincera de que, con la ayuda de Trudy y la pequeña, quizás pudiese recuperar a su hermano. Conseguir que dejase aquel camino destructivo por el que lo había llevado la rabia tras la muerte de sus padres.

Contemplando las olas plateadas, retorció entre sus dedos el collar de cuero que había tomado del cuello de su hermano e hizo una promesa. La "niñita sin nombre", como la había llamado Salene, era ahora responsabilidad suya. Y trataría de darle la vida que el verdadero Martin, no Zoot, habría querido para ella.

ooo

Cuando el chico regresó, encontró a Trudy sentada en la cama, mirando a la nada.

—Hola —saludó amablemente—. ¿Has oído lo de la votación?

Trudy emitió un gruñido como respuesta, aquello preocupó al chico.

—¿Te encuentras bien?

—¡Ah, claro, perfectamente! —saltó Trudy.

—¿Qué pasa? —miró a su alrededor. La cuna estaba vacía—. ¿Y la niña?

—Yo qué sé —otra vez el tono mustio que lo ponía de los nervios.

—¡Trud!

—¡La tiene Salene!

—Vale. De no ser por ella... —no quiso continuar. Sabía que ya había hablado demasiado.

Trudy alzó la vista para mirarlo de forma acusadora.

—¿Qué? ¿De no ser por ella, qué?

—Nada.

—¡Venga, dilo! ¡Ella es mucho mejor que yo!

—No digas tonterías, Trudy. ¡No es una competición!

—¿No? ¡Ella es la madre perfecta! Un angelito ideal, ¡¿no es así?!

Bray se sentó y suspiró para sus adentros. Trató de mantener la voz calmada y neutral.

—Trudy, no la pagues con ella. Gracias a ella, la pequeña está bien cuidada. Sólo la está atendiendo hasta que tú te encuentres mejor. Creo que se merece un poco de respeto, ¿no te parece?

El tono tranquilo no surtió efecto. Trudy estrechó los ojos y su rostro se retorció como si fuese una máscara horrenda.

—¡Ah, perdona por meterme con tu queridísima Salene! ¿Por qué no vas tú a agradecérselo? ¡Seguro que lo disfrutaría! ¡Y si quiere a la niña, se la puede quedar!

—¡No lo dirás en serio!

Ahora, comenzaban a correr lágrimas por el rostro de la chica.

—¡Ese es el único motivo por el que dices todo esto!

—No es un objeto, Trudy. Es un bebé.

—¡Deja de jugar a ser papá y vete de una vez, Bray!

—Estoy preocupado por las dos —trató de tomarle la mano, pero ella se la retiró.

—¡Tú no te preocupas por mí! ¡Te preocupas por tu sobrina, eso es todo! ¡Y por Salene, claro!

El chico se levantó, exasperado, tratando de controlar su rabia.

—Escucha. Van a votar para elegir a un líder oficial. Vota por Amber. Al menos, por el bien de la niña, ¡por su futuro!

—¡¿Qué futuro?!

—¡Tú vota por Amber!

—¡Ah, claro! ¿A la que tú quieres realmente es a ella, verdad?

Quizás fue oír la verdad en voz alta lo que lo llevó a estallar.

—Ya es suficiente, ¡cállate de una vez!

Mientras salía hecho una furia, Trudy lo despidió a gritos.

—¡¿Qué haces aquí perdiendo el tiempo conmigo?! ¡Corre, ve a verla!

ooo

—¿Por qué grita Trudy? —Patsy estaba sentada a la mesa de póker en el almacén, con Ryan y Paul. Después de su primera partida de póker, los gemelos se habían enganchado por completo, aunque Ryan les siguiese ganando.

El grandullón se encogió de hombros.

—Nunca parece estar contenta.

—Debería estarlo, tiene a una niñita supermona.

Ryan y Paul intercambiaron una mueca, confirmación de su conexión masculina en contra de "temas de bebés".

—Subo una de alubias —Ryan colocó una lata en mitad de la mesa—. Estoy harto de alubias.

Como respuesta, Paul puso sobre la mesa una bolsita de red, que repiqueteó. Ryan parecía dudoso.

—¿Canicas? No, ¿qué haría con ellas? Lo siento, no lo acepto.

Paul miró a Patsy y le mostró sus cartas en secreto. Ella lo miró y se encogió de hombros.

—Si no tenéis más comida que jugaros, tendréis que pasar —explicó Ryan.

Paul le signó algo a Patsy, claramente alterado. Por fin tenían una mano ganadora. La niña se giró hacia Ryan.

—Espera un momento. Tenemos un almacén secreto.

—¿Un almacén secreto? —a Ryan se le iluminaron los ojos.

Patsy ya se estaba yendo a toda prisa y por poco se choca con Lex, que entraba.

—¡Cuidado! —gritó él.

—¡Perdona! —chilló Patsy mientras se alejaba corriendo.

Lex miró el montón de comida y chucherías sobre la mesa.

—Vaya, vaya… Esto pinta interesante.

—Esto, sí, Lex —dijo Ryan distraído, observando cómo Patsy giraba la esquina—. ¿Me las podrías vigilar? —preguntó mientras le pasaba sus cartas, antes de seguir a Patsy.

Lex se sentó en el asiento vacío de Ryan y examinó las cartas que llevaba en la mano. Luego, miró a Paul.

—¿Qué tienes, sordito?

Intimidado por la mirada de Lex, Paul le mostró su mano. Lex inspiró abruptamente.

—Buena mano, pero no tan buena como esta —le mostró a Paul la mano ganadora de Ryan. El niño se quedó hecho polvo—. Lo que tenemos que hacer es animar un poco tu mano.

Se puso a mirar entre la baraja restante y sacó tres jotas, enseñándoselas a Paul.

—Te interesan estas cartas. Pero ¿qué puedes hacer tú por mí?

Dejó las tres tentadoras jotas sobre la mesa.

—¿Qué tal si votas por mí esta noche?

ooo

Patsy encontró a Jack en su cuarto, trasteando la radio de onda corta, con los auriculares colgando de una oreja. Casi sin aliento, le comunicó la gran mano de póker que tenía Paul.

—¿Y? —preguntó Jack, escuchándola sólo a medias.

—Necesitamos más comida para subir la apuesta.

—Olvídalo.

—¡Pero Paul tiene una mano ganadora!

—He dicho que lo olvides.

Patsy se puso más cabezota.

—Lo contaré.

Jack dejó los auriculares sobre la mesa de trabajo con un golpe.

—¡Esto ha ido demasiado lejos!

Dal apareció por la entrada.

—¿Qué ha ido demasiado lejos?

Jack alzó la vista, sobresaltado.

—Nada.

—¡Jack tiene un secreto! —sonrió Patsy con picardía.

—¡Vamos! —Jack agarró a la niña del brazo y la sacó de su cuarto. Dal los observó con mucha curiosidad.

ooo

Lex estaba reclinado en su silla, con las botas sobre la mesa. Paul lo observaba cautelosamente desde el otro lado.

—Cuando sea líder —explicó Lex con grandes alardes—, te llevaré a un casino de verdad. ¿Qué te parece? Hay uno en el Sector 2, lo dirige la Tribu del Circo. Es un ambiente bastante chungo. Pero, bueno, tienes a Lex para protegerte. Tienen chicas, bebida… Es una locura. ¿Has jugado a la ruleta alguna vez?

Ryan entró corriendo y emocionado, sujetando una lata.

—¡Lex, mira esto! ¡Arroz con leche! ¡Hace siglos que no como arroz con leche!

—¿De dónde lo has sacado, Ryan?

—¡Es de Jack! ¡Tiene un supermercado entero!

—¿En serio? —preguntó mientras se incorporaba.

Jack y Patsy entraron corriendo detrás de Ryan. Al ver a Lex, Jack se detuvo en seco y se quedó congelado. El matón se puso en pie, retiró su silla de un empujón y se acercó a Jack. Agarrándolo del cuello, lo empujó contra la pared.

—¿De qué va todo esto, Jack? Ryan me dice que tienes una despensa privada. Te vas a meter en un buen lío cuando todos se enteren —miró a los demás—. Supongo que podría mantener callados a estos mequetrefes hasta que decidamos qué hacer al respecto. Y, para demostrar tu agradecimiento, votarás por mí esta noche, ¿te parece?

Jack asintió, con los ojos como platos. Lex lo liberó y caminó de vuelta a la mesa casualmente.

—Ahora, tenemos una partida por terminar. ¿Quién iguala la apuesta?

CIENTO ONCE

Dal estaba deseando que llegase la noche, y la votación. Se había pasado el día paseándose por el Centro y pidiéndole a todo el que se encontraba que votase por Amber. Excepto al grupito de Lex, claro. No tenía sentido hablar con Ryan y Zandra, pero suponía que, incluso sin ellos, Amber tendría una victoria fácil.

Estaba segurísimo de que ella era la persona correcta para ese trabajo. Desde que se hicieran amigos y ella lo protegiese el primer día de colegio, él supo que la chica era una líder nata. Una persona que lucharía por que hubiese justicia e igualdad para todos, sin importar su color o su credo. El mundo que habían heredado era duro y brutal, pero la única manera de avanzar era junto a personas que pensasen y creyesen como lo hacía Amber. Debían crear algo positivo, no destruir lo poco que quedaba, como hacían los Locos y los Perros.

Amber lo encontró repasando un viejo libro sobre sistemas eléctricos que Zandra había encontrado en la tienda de antigüedades. La chica había visto la imagen de un secador y quería que Dal adaptase el suyo para que funcionase sin pilas.

El chico miró a Amber, que parecía muy seria.

—¿Todo bien?

Ella asintió, pensativa.

—Estas elecciones, Dal…

—¿Sí?

—Tenemos que votar a Lex.

Dal se la quedó mirando, consternado.

—¿A Lex?

—Necesitamos que gane.

Notó que ella iba totalmente en serio, pero la cabeza le daba vueltas.

—¡Estás tomándome el pelo!

Ella negó con la cabeza.

—No. Creo que es lo mejor. De verdad.

Dal levantó los brazos, muy confundido.

—¡Pero si es insufrible, Amber! ¡Nos mangoneará a todos!

—Ya, lo sé. Pero no creo que la gente lo soporte demasiado tiempo. Una cosa es mangonear a la gente. Otra muy distinta es tener que hacerlo día tras día, tomar decisiones, incluso las malas… Creo que lo probará y, al final, lo terminará odiando.

—¡Amber, hoy puedes ganar muy fácilmente!

La chica se dio cuenta de que necesitaba algo más para convencerlo.

—Dal, si yo gano, nunca me quitaré a Lex de encima. Le encanta ese papel. Ser negativo, ser un matón. Meterse con la gente. Me hará la vida imposible. Pero, si gana él, cuando no la gente no deje de pedirle que tome decisiones cada día, apuesto a que perderá el interés enseguida.

Dal negó con la cabeza y se pasó los dedos por el pelo.

—Es una apuesta muy arriesgada, Amber.

Ella le puso una mano sobre el hombro y sonrió.

—Confía en mí, colega.

—Pero ¿por qué no te retiras y ya está, si quieres que gane Lex?

—Es mejor si cree que ha ganado de forma justa. Así no pensará que lo estoy intentando engañar.

El chico se encogió de hombros y dejó escapar un suspiro con los labios apretados.

—Tú eres la jefa.

—Genial —dijo antes de mirar el libro, abierto en una página con un diagrama eléctrico—. ¿Eso qué es?

—Un secador de pelo.

—¿Un secador de pelo? —preguntó, escéptica.

—Más o menos.

La chica sonrió.

—Empiezo a preocuparme por ti, Dal.

No la mitad de lo que estaba él por votar a Lex, pensó Dal. Tan sólo esperaba que el plan de Amber no acabase explotándoles en la cara.

CIENTO DOCE

Fue justo como Ebony predijo. Los Perros Salvajes no iban a quedarse sentados después del asalto a su almacén. Dale una patada a un perro dormido y, a menudo, verás que muerde. Eso ya lo había tenido ella en cuenta.

Zoot seguía desaparecido, así que necesitaba mantener a los Locos ocupados. No quería darle tiempo a Spike para que empezase a meter mierda sobre su liderazgo. Había conseguido aplacarlo físicamente por el momento, y sabía que él mantendría esa humillación en secreto. Pero estaría maquinando, buscando una debilidad en la chica. El aura que le aportaba haber sido la teniente de Zoot no duraría para siempre. Tarde o temprano tendría desafíos que enfrentar. Y debería demostrar su valía ante los demás.

Sus exploradores informaron acerca de los movimientos de los Perros tras el asalto al almacén. Estaba claro que preparaban un ataque vengativo. Ebony reunió a sus comandantes y los informó sobre las nuevas tácticas para la inevitable batalla.

Zoot había sido un obseso y ávido adepto a juegos de guerra antes de que las consecuencias del virus dejasen al mundo sin internet, así como todas las demás formas de comunicación mundial. Había sido un temido e increíble cazador y asesino en el ciberespacio, un jugador sin par en batallas que iban de la antigua Roma a conflictos galácticos en mundos alienígenas. Su obsesión por lo bélico lo llevó a volverse un estudioso de la historia militar, y Ebony había aprendido mucho de él. Le gustaba en particular la técnica de las legiones romanas para el combate cuerpo a cuerpo, y le encantaba ponerlo en práctica en las calles de la ciudad.

—Tenemos que ir a por ellos de frente —dijo a los jóvenes de aspecto feroz—. Sabemos que atacarán. Eso no hay forma de pararlo. Pero podemos escoger el lugar donde luchar, ahí ya tenemos la mitad de la batalla.

Tras reunir a sus guerreros, Ebony los guio montada en el coche de policía, como una orgullosa reina guerrera de pie sobre su cuadriga. Por el momento, no harían sonar la estridente sirena.

Con sus walkie-talkies a pilas, el grupo de avanzadilla podía mantener informada a Ebony sobre la posición exacta de los Perros Salvajes, que habían empezado su marcha. Una voz chisporroteó por el altavoz del coche patrulla. En mitad de la amplia avenida, a medio camino hacia el cuartel general de los Perros, alzó una mano para detener la columna de Locos bien armados. Con una señal silenciosa, comenzaron a formar un anillo humano de dos filas alrededor del coche de policía. El anillo exterior sujetaba escudos antidisturbios e improvisados bates cortos, el anillo interior empuñaba armas más largas, como lanzas.

Ebony suspiró profundamente, levantó los brazos en forma de X por las muñecas y gritó a viva voz:

—¡Poder y Caos!

Mientras los Locos repetían el cántico, la sirena de policía comenzó a emitir su lamento amenazante. Una llamada a la batalla que recordaba a las gaitas escocesas de tiempos ancestrales.

Apareciendo por la esquina y respondiendo al desafío, llegaron los Perros Salvajes. Sin detenerse a evaluar la nueva formación de batalla que los confrontaba, se abalanzaron hacia el coche en una marabunta desorganizada de cuerpos. Fueron recibidos con un muro de escudos y con armas que daban giros y puñaladas.

Acostumbrados sólo a las caóticas luchas callejeras donde era un "sálvese quien pueda", pudieron detener brutalmente la primera carga de los Perros. Estos se retiraron para volver a cargar a ciegas una vez más. Los dos anillos de armas daban vueltas y atacaban sin piedad desde detrás del muro defensivo de escudos.

La batalla fue corta. A medida que el ataque de los Perros flaqueaba contra una defensa bien organizada, los Locos avanzaron hacia afuera, ampliando su formación, infligiendo un castigo severo sobre los rezagados que intentaban huir.

Ebony se quedó sonriendo con arrogancia desde el coche de policía, con los brazos en alto, triunfante.

CIENTO TRECE

La fiebre por las elecciones había contagiado a los habitantes del Centro. Daba la sensación de que este era un evento importante y la mayoría se había tomado la molestia de vestir para la ocasión. Principalmente, Lex y Zandra. Ella insistió en que el chico llevase un conjunto propio de un posible líder tribal y había escogido para él una camiseta de nailon toda negra que resaltase su torneado físico y pantalones capri negros y ajustados. Todo quedaba rematado por una vistosa corbata con el vívido patrón de una mancha de sangre.

La propia Zandra se había vestido con ropas finas y plumas multicolor que creyó aptas para una primera dama. En cierto sentido, sabía que Amber podía ser una buena líder. Probablemente mejor que Lex, con su forma poco sutil de abordar los problemas. Sin embargo, Zandra era tradicional. La habían educado para ver a los hombres como líderes, y era así como ella creía que debía ser. Además, estaba deseando poder actuar con superioridad ante el resto en su nuevo papel como consorte de Lex.

Se reunieron en la cafetería, alrededor de la enorme mesa comunal. Todos se sentían importantes al formar parte de una reunión que podría cambiar sus vidas. Durante un corto rato, se olvidaron de los terrores del mundo exterior y se concentraron sólo en su pequeño mundo, su hogar en el interior del centro comercial.

Como residente original del Centro, habían elegido a Jack para que oficiase el proceso, con Dal como ayudante. Cuando todos hubieron llegado, Jack se levantó y se dirigió a ellos, aclarándose la garganta con importancia.

—¡Ejem! Buenas noches. Nos hemos reunido aquí hoy para tomar parte…

—¡Ya sabemos a qué hemos venido! —gruñó Lex, impaciente—. ¡Tú explícalo y ya!

Jack prosiguió, aturullado.

—Vale, pues tenemos canicas en esta bolsa. Hay canicas blancas y negras. Amber ha escogido las blancas, así que Lex tendrá las negras. Pasaremos la bolsa y todo el mundo tomará una.

—¡Ve al grano, friki!

Dal le tomó la palabra a Jack, que claramente se había puesto nervioso por las interrupciones de Lex.

—Cada votante escogerá una canica del color de la persona a la que quieren votar. Entonces, a la señal, todos lanzaremos las canicas en este recuadro al mismo tiempo —dijo mientras señalaba una caja grande situada en mitad de la mesa—. Así, nadie sabrá qué color habéis elegido. ¿Alguna pregunta?

Zandra alzó la mano con aires regios.

—¿Y si se sale del cuadro?

—¿Quién va a salir de un cuadro? —preguntó Cloe, confusa.

Bray miró a Lex, recostado contra la pared.

—Unos salen, y otros van hechos un cuadro.

Aquella mención chistosa al atuendo del candidato fue recibida con algunas risillas nerviosas.

—Venga —continuó Dal—. Vamos allá.

Se pasaron la bolsa de manera solemne alrededor de la mesa, en silencio. Cada persona echó un vistazo al interior y tomó su decisión. Cuando todos habían pillado ya una canica, Dal puso su mano en alto.

—¿Preparados? ¡Lanzad!

Las canicas repiquetearon unas contra otras en el interior de la caja hasta detenerse. Los dos candidatos tenían casi la misma cantidad de canicas, pero había un resultado claro: siete canicas negras, contra cinco blancas.

—¡Sí! —gritó Lex, triunfante.

Hubo un momento de silencio debido a la sorpresa. Entonces, Jack alzó la voz, con un tono quizás un tanto aliviado.

—Parece que Lex es el ganador.

—Todos los que hayáis votado por mí, ¡vámonos a celebrarlo en mi cuarto!

—Oye, Lex —intervino Ryan—. Ahora que eres líder, ¡vamos a comernos el arroz con leche!

El rostro de Jack perdió todo color. Lex frunció el ceño. Ninguno de los dos quería que el secretito saliese a la luz.

—¿Cómo que arroz con leche? —preguntó Salene.

Ryan siguió hablando, emocionado, ajeno a la mala cara de su amigo.

—¿No lo sabías? ¡Jack tiene un montón en su despensa!

—¿Ah, sí?, ¿desde cuándo? —quiso saber Dal con una mueca.

—¿De qué despensa está hablando, Jack? —indagó Amber mientras se ponía de pie.

Jack se encogió de hombros y se puso a mirar por todas partes, como si las paredes pudiesen ofrecerle una respuesta a aquella pregunta tan incómoda.

—Tiene un montón de comida que se guarda para él solo —dijo Ryan—. Carne en lata, arroz con leche, chocolate, ¡de todo!

—¡Chocolate! —Cloe tenía los ojos como platos.

Zandra también se había puesto en pie y miraba a Jack de forma acusadora.

—¡Pequeño cerdo egoísta! ¡Tenías toda esa comida y no nos dijiste nada!

Amber se giró hacia Lex.

—¿Tú sabías algo de esto?

—¡Claro que no! —bramó Lex—. ¿Por quién me tomas?

—Muy bien —continuó Amber—. Entonces, ¿qué piensas hacer al respecto?

—¡Ponerlo de patitas en la calle! —Zandra estaba convencida.

—¡Cierra el pico, Zandra! —saltó Lex—. ¡Eso lo decidiré yo!

—¡Pues deberíamos! —no dejaría que la silenciasen—. Estamos todos medio muertos del hambre cuando podríamos haber disfrutado de un plato en condiciones. ¡Yo digo que vayamos a por la comida ahora mismo!

Algunos empezaron a alejarse de la mesa, pero el grito de Lex los detuvo en el acto.

—¡Ey! ¡Nadie toca nada hasta que yo lo diga! ¡El líder soy yo, me acabáis de elegir!

—Sí —dijo Bray—, para solucionar este tipo de cosas.

—¡Zandra tiene razón, echémoslo! —intervino Ryan.

—¡Que se lo queden los Locos! —añadió Zandra con desprecio.

Jack había entrado en pánico debido al ambiente tan feo que había invadido la estancia.

—¡No, Lex! ¡No les dejes!

Todos los ojos estaban puestos sobre Lex, el nuevo líder. Era él quien debía tomar una decisión. Lo sopesó durante un instante, y luego anunció:

—Celebraremos un juicio para decidir qué hacemos con él.

Jack estaba en *shock*, nervioso y furioso a partes iguales. Se giró hacia Lex.

—¡No! ¡Como me llevéis a juicio, yo…!

Lex lo cortó en seco a media frase.

—¡Puedes pasar por un juicio justo o irte ahora mismo sin nada! —afirmó mirando al chico con ojos helados—. ¿Qué prefieres?

Los hombros de Jack se desplomaron, derrotado.

CIENTO CATORCE

Los Locos habían regresado al depósito de trenes embriagados por el éxito, casi flotando. La corriente de adrenalina creada por el combate siempre tardaba un tiempo en reducirse, y había una energía nerviosa en el ambiente, con muchas bromas y alardes de machito respecto a la batalla. Ayudados por alguna bebida que otra, habían empezado unas cuantas riñas juguetonas para terminar de liberar la emoción que les corría por la sangre. Pero, a medida que los últimos rayos del ocaso tornaban las torres de edificios al este en una ciudad dorada, el humor pasó a ser el de una satisfacción ebria. Habían hecho bien su trabajo. Los Locos estaban en la cima.

Nadie estaba más eufórico que Ebony. Sus tácticas estuvieron justificadas. Les había enseñado una lección a los Perros Salvajes, y necesitarían tiempo para lamerse las heridas y reagruparse. Sin embargo, no tenía ninguna duda de que aprenderían de su derrota. Una sorpresa sólo podía ser sorpresa una vez. Debería seguir un paso por delante para no caerse desde las alturas.

Zoot seguía desaparecido, y se hablaba y especulaba mucho en todo el campamento sobre qué podía haberle sucedido a su carismático líder. Consciente de ello, Ebony enviaba pequeñas partidas de búsqueda cada mañana, pero el resultado siempre era el mismo. No había señales de Zoot, nadie lo había visto.

Aunque no lo admitiría ante nadie, estaba convencida de que había muerto. Si lo hubiesen secuestrado, razonaba, a estas alturas ya les habrían exigido algún tipo de rescate a los Locos. O el propio Zoot le habría hecho llegar un mensaje.

Sentía un profundo lamento. Zoot había sido un gran líder, un amante incansable y un compañero entretenido y animado, aunque nunca pudieses dar su lealtad por sentado del todo. Pero esos sentimientos eran cosa del pasado. Eran historia, y la historia ya no existía. Ahora estaba sola. Le tocaba planear la vida después de Zoot. Y lo primero era encontrar un nuevo cuartel general. Algo que se ajustase más con el estatus de los Locos y de Ebony, su reina guerrera.

CIENTO QUINCE

Bray se pasó casi toda la noche despierto en la cama, sorprendido y consternado por el resultado de las elecciones. Que Lex hubiese conseguido la mayoría de votos sólo podía significar una cosa: había sobornado o amenazado a la gente para que lo votasen. Bray estaba enfadado consigo mismo. Debió haberlo visto venir cuando le sugirió celebrar las elecciones a Amber. Pero no fue así. No lo pensó bien del todo, y no podía demostrar nada. Ahora, todos deberían vivir las repercusiones de ese resultado. No era una perspectiva muy alegre.

Amber se encontraba preparando el desayuno en la cocina cuando el chico llegó para tomar agua caliente con la que hacerle la bebida matutina a la bebé.

—Hola. Siento lo de la votación —comenzó el chico.

Ella se encogió de hombros.

—¿Vas a venir al juicio de Jack?

Bray se puso incómodo.

—No creo. Trudy no se encuentra muy bien.

Entonces, el sonido del llanto del bebé resonó por el vasto espacio del Centro. Él también se encogió de hombros, sintiéndose culpable.

—Nos vendría bien que estuvieses tú —era una afirmación, no una súplica—. Necesitamos a alguien sensato, por si se nos va de las manos.

—¿Y ese soy yo? Alguien sensato.

Amber lo miró fijamente. Él sintió el intenso escrutinio de sus ojos.

—Entre otras cosas… Se está hablando de echar a Jack a la calle. No podemos permitirlo. Es demasiado valioso. Necesitamos gente que sepa de tecnología como él, para ayudarnos a construir un nuevo mundo.

—Fuiste tú quien insistió en hacer algo al respecto. Lex quería dejarlo pasar.

—Sí. Me pregunto por qué.

—Yo también.

Amber suspiró.

—Pero eso tampoco estaría bien. No podemos dejarlo pasar sin más… —lo volvió a mirar. Esta vez sí había una sutil súplica en su voz—. Es sólo que no quiero que se nos vaya de las manos.

El llanto de la bebé se había vuelto más ruidoso e insistente. Bray vertió agua en el biberón y volvió a colocar la tetina.

—Estoy seguro de que os las apañaréis.

La chica se le encaró. Esta vez, su tono era áspero. Desafiante.

—¡Dime una cosa, Bray! ¿Cuándo piensas decidir si eres uno de los nuestros o no?

Tras fulminarlo con la mirada, salió hecha una furia de la cafetería.

CIENTO DIECISÉIS

La jaula que alojaba el ascensor de servicio era una perfecta celda presidiaria. Jack se había pasado toda la noche ansioso e incómodo, con la única compañía de las ratas. Estaba cabreado y asustado a partes iguales. Cabreado con Lex, por no defenderlo, y asustado por la idea de que lo echasen a la calle para valerse por sí mismo. No creía en sus posibilidades de sobrevivir ahí fuera, en una ciudad que seguía recordándole a la película de zombis más horripilante jamás creada.

Estaba resentido porque la gente que había dejado entrar en su hogar se hubiese puesto en su contra. Deberían estar agradecidos de que él estuviese dispuesto a compartir el Centro con ellos. Podría haberles impedido el acceso a todos, como hizo con Lex, Ryan y Zandra. Tenía suficiente comida almacenada como para aguantar mucho tiempo, mientras buscaba a los adultos por radio para que viniesen en su ayuda. Era imposible que hubiesen muerto todos, como decía Dal. ¿No? Era incapaz de creerlo.

Alzó la vista al oír pasos acercándose. Era Lex, pavoneándose por la estancia. Jack se puso de pie de inmediato, encendido.

—¡Me prometiste que no me pasaría nada!

—Y todavía no te ha pasado nada —respondió Lex con indiferencia.

—¿Entonces qué hago aquí metido?

—Exacto, amigo mío. Ahí dentro estás a salvo. Al contrario que en la calle. Y es gracias a mí.

Jack soltó una risotada sarcástica.

—¡Vaya, gracias!

—¿Cómo quedaría yo si te librases sin más? No te preocupes, con un poquito de esfuerzo más, te sacaré de ahí.

—¡No! —Jack dio un puñetazo contra la malla de la jaula e inmediatamente deseó no haberlo hecho. Se lamió los nudillos y prosiguió, malhumorado—. Esta es mi casa, y mi comida. ¡Si no los detienes, les diré que robas agua!

Lex se acercó más a la celda y lo observó cuidadosamente.

—¿Me estás amenazando? Porque, si es así, podría echarte ahora mismito.

El chico lo miró con furia de vuelta. Su miedo al exterior superaba su miedo a Lex.

—Bueno, no tengo nada que perder, ¿no?

—¡Eso es chantaje!

—Sí. Ahora ya sabes lo que se siente.

El matón frunció el entrecejo. Puede que Jack fuese un pardillo, pero parecía estar lo suficientemente furioso como para derribarlo todo como un castillo de naipes.

CIENTO DIECISIETE

Había mucha expectación en el ambiente acerca del juicio. Patsy, Paul y Cloe debatían acaloradamente sobre el destino de Jack en la cafetería, mientras reñían por la comida del desayuno. Trudy estaba tumbada en su cama mientras Bray le daba el biberón a la niña.

—¡Escúchalos! —espetó Trudy, irritada— ¡Peleándose como animales por la comida! Ese es el futuro, ¿verdad? ¡El futuro que le espera a mi hija!

Bray trataba de mantener los aires calmados.

—No tiene por qué ser así.

—¿Ah, sí? —preguntó Trudy—. Y, entonces, ¿cómo va a ser? —eso no lo preguntó realmente, era más bien su frustración tornada agresión.

—La gente aprenderá a cuidar unos de otros. Tienen que aprender.

El chico lo creía con sinceridad. No podía seguir adelante a menos que pensase que las cosas mejorarían realmente. Ahora mismo, sabía que sus palabras sonaban vacías.

—¿Y quién cuidará de mí? ¿Quién va a querer a una madre soltera cuando hay tantas otras que van mostrando sus talentos?

Bray suspiró. Sabía hacia dónde iba dirigida la conversación. Otra vez.

—Trudy, ya te he dicho que Salene no me interesa.

—¡Pues a ella sí que le interesas! ¡Es incapaz de estar lejos de ti!

La irritación del joven también iba en aumento.

—Sólo quiere ayudar con la pequeña. Y es de gran ayuda. No podrías apañártelas sin ella.

Supo que había dicho las palabras equivocadas en cuanto terminaron de salir por su boca.

Trudy se incorporó hasta quedarse sentada.

—¡Ah! Ahora resulta que soy una madre pésima, ¿verdad?

—Trudy, no hagas esto, por favor —lo intentó él por última vez.

—Seguro que están todos pensando, "Mírala, la pobre idiota. No tiene ninguna posibilidad".

Bray se puso en pie, dispuesto a marcharse.

—¿Adónde vas?

—Voy al juicio.

—Dijiste que no irías.

—Pues he cambiado de opinión.

Trudy se dejó caer de golpe sobre su almohada.

—¡Tú mismo! Total, siempre haces lo que te da la gana.

El chico la miro, hecha un ovillo de espaldas a él. Pese a lo irritado que estaba, sentía lástima por ella.

—Podrías venir tú también. Pasas demasiado tiempo sola.

—¡Vete! ¡Seguro que Salene estará encantada! ¡Igual hasta te ha guardado un asiento a su lado!

La mueca de Bray indicaba que había escuchado suficiente. Dejó el biberón y se fue a grandes zancadas.

Trudy se recostó y lo llamó a voces, en un tono lastimero:

—¡Bray! ¡Lo siento!

Él no se giró. Trudy se acostó una vez más, a punto de romper a llorar. Sabía que lo estaba alejando de ella. Pero, por mucho que lo intentase, era incapaz de controlar sus emociones. Se sentía muy vulnerable, muy celosa. Salene lo tenía todo. Era atractiva, estaba disponible y no la ataba ningún bebé. Y estaba claro que adoraba a Bray.

Las lágrimas, que nunca se alejaban demasiado, volvieron a fluir. Se acurrucó hasta hacerse una bola, sintiéndose sola y desamparada. Deseaba que su madre y su padre estuvieran allí.

CIENTO DIECIOCHO

Habían colocado las sillas en dos filas que miraban hacia la estatua del fénix. Una mesa y otras dos sillas quedaban bajo el enorme pájaro en vuelo, que parecía añadir solemnidad y seriedad a la ocasión. Mientras esperaban a que Lex trajese a Jack desde la celda, se creó una discusión en torno al castigo.

Era Dal quien dirigía la conversación:

—Si echamos a alguien a la calle por esconder comida, ¿qué haremos si alguien hace algo realmente malo?

—¿Qué puede ser peor que esconder comida? —preguntó Ryan, totalmente en serio.

—Algo como hacerle mucho daño a otra persona.

—Pues que pase hambre —dijo el grandullón, entusiasmado—. ¡Lo dejamos una semana sin comer!

—Creo que deberíamos elaborar nuestras propias reglas —sugirió Amber—. Unas leyes, para que todos sepamos cómo comportarnos.

—¡No queremos leyes! ¡Queremos hacer lo que nos dé la gana!

—¿Y adónde nos llevaría eso, Zandra? —replicó Amber—. Precisamente donde estamos ahora.

Ryan se puso en pie, animado.

—¿Y qué tal unos azotes? ¡Antes lo hacían! Eso hace pensar a cualquiera. ¡Una paliza pública! —se puso a propinar puñetazos al aire con su enorme brazo—. ¡Uno, dos, tres, cuatro!

Lex entró con Jack justo a tiempo para ver la enérgica demostración de Ryan. Jack miró a Lex con preocupación. La idea de recibir una paliza de Ryan, con las ganas que parecía tener, no le resultaba nada atractiva.

—¡Ryan, siéntate! —vociferó Lex. Empujó a Jack hacia una de las sillas tras la mesa, se sentó a su lado y se dirigió al chico, con aires de importancia.

—Veamos, ya sabes de qué se te acusa. ¿Cómo te declaras?, ¿inocente o culpable?

—¡Inocente! —afirmó Jack con determinación.

Hubo una conmoción generalizada entre los demás, y gritos de "¡Venga ya!", "¿Qué?", "¡No nos vengas con esas!".

Lex dio un puñetazo sobre la mesa.

—¡Silencio!

Los demás se callaron.

—Ahora… —prosiguió Lex, que estaba disfrutando de su nuevo papel como líder elegido democráticamente— oiremos las pruebas que se tienen contra Jack, y veremos qué puede decir él a su favor. Luego, yo decidiré el veredicto.

—¿Lo decidirás tú? —preguntó Amber—. Creo que debería ser cosa de todos.

—El líder soy yo, así que yo decidiré.

Bray estaba recostado sobre una silla, con expresión escéptica.

—¿Por qué?, ¿no confías en que tomemos la decisión correcta?

Lex repitió sus palabras con asertividad:

—¡Yo soy el líder, yo decido!

Amber no pensaba dejarse amedrentar.

—Si hay que castigar a alguien, es algo demasiado importante como para que lo decida una sola persona. Que seas el líder no te da derecho a hacer lo que quieras con nosotros.

—Amber tiene razón —intervino Dal—. No hay juicio justo sin un jurado.

Jack se levantó de la silla, animado.

—¡Yo creo que debería decidir Lex!

Todos se lo quedaron mirando con curiosidad. De repente, se dio cuenta de que lo había dicho con demasiado ímpetu. Y se puso a balbucear:

—O sea… porque como es el líder y…

—¿En serio, Jack? —preguntó Amber, sospechando—. ¿Y por qué piensas eso?

Entonces se unió Bray, que compartía las sospechas de Amber.

—Sí. ¿Por qué te interesa que decida Lex, Jack?

El matón lo ayudó:

—¡Vale! ¿Queréis jurado? ¡Pues tendremos jurado!

—¿Quién será el juez? —Ryan seguía muy entusiasmado con todo aquello.

—Pues tú mismo —dijo Lex sin pensárselo dos veces, desinteresado. Total, el juicio no iba a ser más que una farsa. ¿Por qué no hacer que fuese entretenido?

Ryan se puso en pie de un salto.

—¡Entonces necesitaré mi casco especial!

Se detuvo al lado de Jack antes de marcharse y se agachó junto al chico.

—Anímate, Jack, seguro que los Locos te hacen un hueco.

Mientras el grandullón subía las escaleras a toda prisa, Lex continuó:

—Bueno, ¿quién quiere representar a la acusación?

—Lo haré yo —se ofreció Amber levantando la mano.

CIENTO DIECINUEVE

Caía una llovizna gris, provocando que la ciudad en ruinas pareciese todavía más surrealista, fantasmal y poco acogedora. En días como ese, pocas tribus se aventuraban a salir al exterior, así que era el día perfecto para la mudanza. No tenían demasiadas cosas que llevarse. Los Locos viajaban con poco equipaje.

La construcción del Hotel Horton Bailey se había dado por finalizada solamente unos meses antes de la aparición del virus. Era un estridente monumento a la vida de lujo. Símbolo de la supremacía de los humanos en el planeta. Vanidad ahora hecha ceniza a manos de una fuerza diminuta e invisible pero más poderosa.

Aquella mañana, a las órdenes de Ebony, los Locos habían ahuyentado a los pocos rezagados miembros que quedaban de una tribu que se había instalado allí. Ahora, se encontraba de camino a reclamar su botín y poner a los Locos sobre el mapa, viviendo en la dirección más prestigiosa de toda la ciudad.

Como todos los demás hoteles, habían saqueado el interior del edificio, y las plantas superiores estaban asoladas por pequeños incendios provocados. Pero las primeras plantas seguían manteniendo gran parte de su opulencia. Elevadas columnas de mármol, amplias camas de cuatro postes, sillas y sofás voluminosos, extensos jardines… y el premio más codiciado por Ebony: una enorme piscina de reluciente agua azul.

Durante su corta vida, Ebony había soñado siempre con vivir en un sitio así. Tan distinto a todos los lugares donde se había criado de niña. Al avanzar a zancadas por el espacioso recibidor de la entrada, flanqueada por guardaespaldas de elección propia, dibujó una sonrisa tan hermosa que iluminó todo su rostro. Su sueño se había hecho realidad.

CIENTO VEINTE

Bajo la bóveda de cristal del patio interior, el centro comercial parecía tan oscuro como lo estaba el exterior. La luz que se iba colando desde arriba era débil y gris. Pero ninguno de los integrantes del pequeño grupo más abajo se había dado cuenta. Todos los ojos estaban puestos sobre Amber, que proseguía con el discurso de la acusación:

—Si uno de nosotros es un egoísta y roba…

Jack se puso en pie de un salto.

—¡Protesto! ¡Yo no robé nada! ¡Esa comida era mía!

Era la tercera interrupción de Jack en menos de un minuto. Amber miró a Lex, recostado en su silla.

—¿Piensas hacer que se calle?

Lex miró al chico.

—¿Es que quieres volver a tu celda?

—¡No soy ningún ladrón!

—¡Como si lo fueras! —replicó Amber— Porque tenías comida que sabías que todos necesitábamos.

Se dio la vuelta para dirigirse a los demás:

—Si permitimos que esto siga adelante, ya podéis olvidaros de seguir con vida mucho tiempo, porque todos estarán muy ocupados cuidando de sí mismos.

Oculta a los demás, Trudy apareció arriba en el balcón con la pequeña en brazos. Miró hacia abajo y vio a Bray sentado cerca de Salene, para después marcharse en silencio, alterada.

Las palabras salían de Amber de forma natural:

—Tenemos que parar esto ya, o acabaremos igual que los Locos —se volvió para mirar a Jack, sintiendo lástima de verdad por él—. Lo siento, Jack. Debe haber un castigo. Si dejamos que una persona se vaya de rositas, todos creerán que ellos también pueden. Debe ser un castigo firme, pero no uno del que nos podamos arrepentir más adelante —se giró hacia los otros—. Recordemos que Jack es muy inteligente y que necesitamos a personas como él en la tribu.

Mientras se sentaba, los incipientes aplausos fueron ahogados por Ryan, de pie al comienzo de las escaleras, con los brazos abiertos de modo judicial sobre la barandilla. Llevaba un casco militar blanco con las iniciales "M.P." en la parte delantera.

—¡Está bien! ¡Todos a favor de ponerlo de patitas en la calle! —dijo mientras levantaba la mano.

—¡Aguanta! —intervino Lex, poniéndose de pie—. ¡Aún no lo hemos declarado culpable!

—¡Pero si está claro que lo es! —se quejó Ryan, frunciendo el ceño.

Amber se plantó junto a Lex.

—Primero tenemos que oír la declaración de Jack.

—Exacto —Lex se acercó a Jack, lo sacó de su silla de un tirón y lo colocó delante de los demás a la fuerza—. Venga, pues. ¿Niegas haber escondido la comida?

—No —respondió un malhumorado Jack, evitando las miradas de los demás.

—¡Ahí lo tienes! —cacareó Ryan.

—Entonces, ¿por qué lo hiciste? —continuó Lex.

Jack se estremeció. Nunca se le había dado bien mentir.

—Yo… quería que nos durase un poco más.

—¡Sí, claro! —saltó Zandra.

—¡Deja que hable! —la amonestó Lex—. ¿Qué más, Jack?

—Sabía que si os lo contaba, se nos acabaría en un par de días. Y pensé que, si las peleas cesaban, quizás podríamos hacer intercambios con otras tribus. Quería que tuviésemos algo con lo que comerciar.

La risa de Bray resonó por todo el Centro. Lex lo fulminó con la mirada.

—¿Esto te parece gracioso?

—Me parece un bonito cuento.

—¡Pues que sepas que hay gente ahí fuera dispuesta a comerciar! —afirmó Lex, obstinado— ¡Las tribus están haciendo las paces!

—¿Y tú cómo lo sabes? —Amber parecía escéptica.

—Mantengo los oídos bien abiertos.

—Yo no he oído nada de ninguna tregua.

Lex miró fijamente a Bray.

—Eso es porque has estado demasiado ocupado jugando a "papás y mamás", ¡pero es un hecho!

—Dime una cosa, Lex —siguió Amber—, ¿por qué estás tan empeñado en ayudar a Jack?

—Lo único que me interesa es la verdad. Y una cosa más: si declaramos culpable a Jack y lo castigamos, lo justo es que juzguemos también los delitos de todos los demás —paseó los ojos ante Ryan, Patsy y Paul, intencionadamente—. Gente que hace apuestas con las raciones, gente que sabía lo del alijo de comida y no dijo nada…

Bajo su gélida mirada, los tres se observaron, con aspecto culpable.

—Bueno —prosiguió Lex—. Todos los que creáis culpable a Jack, levantad la mano.

Amber, Bray, Dal y Zandra alzaron sus manos.

Zandra se percató de que Lex la estaba mirando muy mal.

—¿Y a mí por qué me miras? —dijo ella, desafiante.

—¿Inocente? —preguntó con mala cara.

Lex, Ryan, Patsy y Paul levantaron sus manos de inmediato.

—¿Salene?

—No estoy segura. Es difícil. Me abstengo.

Patsy le dio un codazo a Cloe en el brazo.

—¡Levanta la mano, Cloe!

Lex le regaló a la niña una mirada que no daba lugar a equivocaciones. Y ella levantó la mano.

—¡De acuerdo, cinco a cuatro! —declaró Lex, triunfante—. ¡Jack es inocente!

CIENTO VEINTIUNO

Lex se había venido arriba tras el triunfo en el juicio, y no perdió el tiempo para asentar su posición de líder. Escogió una tienda vacía que tenía vistas a todo el centro comercial y les dio indicaciones a Ryan, Jack y Dal para que le buscasen un escritorio y silla en condiciones de entre el resto de tiendas vacías. El primer escritorio que le trajeron le pareció demasiado pequeño. Tomándose el asunto por su mano, deambuló por el Centro hasta encontrar lo que andaba buscando en la tienda de antigüedades: un gran escritorio antiguo de caoba. El objeto más pesado de todo el edificio.

Se quedó mirando con tranquilidad desde la silla giratoria de cuero negro mientras los otros tres jóvenes cargaban el enorme escritorio hasta su nueva "oficina".

—¿No te bastaba uno de los pequeños? —se quejó Ryan.

—El jefe siempre tiene el escritorio más grande. No tiene más. Un poco más hacia aquí —instruyó.

Después de que situasen el escritorio tal cual se les había pedido, Lex puso los pies encima y se recostó.

—Esto está muy bien.

—Y he encontrado esto —Ryan le mostró un letrero de escritorio donde ponía "Director ejecutivo".

Lex se quedó mirando el letrero con rostro inexpresivo, para luego mirar a Ryan.

—Ah, ya —se apresuró el grandullón—. Dice, "Director ejecutivo".

—Muy bien —confirmó Lex.

Dal y Jack intercambiaron miradas. ¿Su líder no sabía leer?

Al percatarse de cómo lo estaban observando, Lex se puso en modo formal.

—¡Bueno! Lo primero, ¡los horarios de trabajo! Consigue papel y lápiz, Jack. ¡Vamos a poner un poco de orden en este sitio!

ooo

Amber sonrió mientras leía la nueva lista de turnos pegada a la pared de la cafetería. Estaba escrito con la letra bien clara de Jack, y era justo lo que esperaba. Lex era muy predecible, y estaba yendo justo por donde ella esperaba. Pero aún quedaban algunos pasos por llevar a cabo.

Las chicas estaban todas reunidas y horrorizadas. Salene fue la primera en romper el silencio.

—¡Mirad esto! ¿Quién se cree que es?

—Nuestro líder —respondió Amber.

—Bueno, pues yo no vote por él. Y no entiendo por qué lo votaste tú.

—Pensaba que sería un buen líder —mintió la chica—. Esperemos que no me equivocase.

—¡Lavar los platos! —exclamó Zandra—. ¿Cómo pretende que lave los platos sin guantes? ¡Me voy a hacer las uñas un asco!

—¿Qué vamos a hacer? —preguntó Salene mirando a Amber.

—Si no te gusta lo que pone, ve a decírselo —dijo esta, encogiéndose de hombros.

—¿Yo?

—Claro. ¿Por qué no?

—No se me dan bien ese tipo de cosas —se excusó Salene, intranquila—. ¿Por qué no se lo dices tú, Amber?

—Porque si me quejo yo, pensará que estoy tramando algo en su contra.

—¿Y seguro que no estás tramando nada? —Salene la interrogó con la mirada.

—Pues claro que no —contestó Amber jovialmente.

ooo

Lex estaba relajándose en su oficina, con los pies sobre el escritorio, cuando llegó la delegación. La lideraban Salene y Zandra, con Amber a la retaguardia junto a Patsy, Cloe y Paul, quienes llevaban cabezales de escoba sin mango.

El chico alzó la vista de la consola con la que estaba jugando.

—¿De qué va todo esto?

Salene habló con decisión:

—¿Por qué nos has dado todo el trabajo a las chicas, y nada a los chicos?

—¡Porque los chicos no podrían mojarse sus preciadas manitas! —afirmó Zandra con sarcasmo.

Lex ni se inmutó.

—Creo que, si volvéis a leer la lista de tareas, veréis que los hombres están entrenando con armas. Para protegeros si nos atacan.

—Pensaba que las tribus estaban a punto de darse besitos y hacer las paces —dijo una inocente Amber.

—Así es, pero un buen comandante no puede bajar la guardia.

Zandra resopló.

—¿Cómo esperas que un renacuajo como Jack me proteja?

Lex sonrió con benevolencia, manteniendo el control.

—De eso se trata, Zandra. Tiene que aprender —el líder bajó los pies del escritorio y dejó la consola a un lado—. ¿No lo entendéis? ¡Hemos vuelto a tiempos primitivos! Como la Edad de Piedra. Significa que los hombres protegen, y las mujeres cuidan del hogar.

—¡No veo que tú estés haciendo mucho por proteger mis manos! —exclamó Zandra. Alzó las manos para mostrar sus inmaculadas uñas de un rojo chillón—. ¿Cómo crees que se me quedarán después de pasarme el día lavando platos?

—Pues te las haces de nuevo.

—¿Crees que no tengo nada mejor que hacer que pasarme el día pintándome las uñas? —preguntó ella, indignada.

Lex dejó pasar aquella pregunta con una mirada cargada de ironía.

—¿Eso es todo? —saltó Amber—. ¿No hay forma de que los chicos se pongan a limpiar o a cocinar en ningún momento?

—Así es —respondió Lex, afable.

—Ya. Pues será mejor que nos pongamos a ello —dijo Amber antes de salir de allí.

Salene se la quedó mirando, sorprendida y decepcionada.

Lex dio una palmada con las manos.

—¡Ale, venga! ¡Volved al trabajo!

Patsy se quedó sujetando el cabezal de la escoba:

—¡No podemos! —se quejó—. ¡Alguien se ha llevado todos los palos!

—¿Quién haría algo así? —Zandra frunció el ceño.

—Una persona muy tonta —dijo Lex antes de dar un grito—. ¡Ryan!

Ryan asomó la cabeza por la puerta, donde se había quedado haciendo guardia. Lex le tomó el cabezal de la escoba a Patsy y se lo enseñó, inquisitoriamente.

—¿Sabes algo de esto, Ryan?

—Me pediste que buscara palos para el entrenamiento de armas.

—No te dije que pillases palos de escoba, Ryan.

—Tampoco me dijiste que no.

Lex suspiró. Comenzaba a darse cuenta de que la vida de un líder podía ser todo un suplicio.

CIENTO VEINTIDÓS

Por un curioso capricho del destino, en el terreno desolado que una vez fue una orgullosa ciudad, una tribu había pasado desapercibida, sin sufrir el acoso de las tribus más poderosas. Su núcleo lo conformaban un grupo de jóvenes artistas de circo, niños de familias circenses con una larga tradición que habían viajado por todo el país durante generaciones. Fuese por respeto a su pasado, por los recuerdos de una infancia feliz bajo la carpa, o porque a todas las tribus les apetecía desmelenarse y pasarlo bien de vez en cuando, la Tribu del Circo había tenido vía libre para florecer entre las ruinas y la decadencia.

El casino de la Tribu del Circo era la mayor atracción de la ciudad. Aprovechando la ubicación del casino original de la ciudad y con la ayuda de un enorme generador de diésel, habían conseguido mantener casi intacto su alto nivel de ostentación. El añadido de números de circo durante los cuales realizaban espectaculares y muy peligrosas hazañas, suspendidos bien arriba de los clientes en la elevada zona de recepción, aumentaba aún más su atractivo. La gente venía expresamente para ver a los artistas caer desde la cuerda, o el trapecio, hasta desplomarse sobre el implacable suelo de mármol más abajo.

Eran casos aislados, pero lo suficientemente frecuentes como para despertar el interés de la gente morbosa.

Como el dinero ya no tenía ningún valor, los clientes pagaban por sus fichas de juego para la ruleta o las mesas del *blackjack* con cosas que considerasen aceptables: comida, pilas y baterías, cualquier cosa útil. Los objetos más preciados del pasado, como las joyas que antiguamente adornaban los cuellos de señoras adineradas, los vestidos y demás atuendos, estaban por abajo en la lista.

Ebony se había dado un refrescante baño en la piscina del hotel durante un buen rato antes de ponerse bien arreglada para visitar el casino. Se vistió como una reina guerrera estilo "pop star". Pantalones de cuero negro bien ajustados y camiseta de tirantes, adornada con cadenas de oro real y bisutería de todos los colores. Su melena de trenzas africanas estaba entrelazada con hebras doradas. Le había dedicado mucho tiempo a su aspecto, pero no venía a jugar.

Cuando su séquito llegó a la recepción, exigió ver en privado al propietario, Sombrero de Copa. Les ofrecieron una visita guiada por el abarrotado casino hasta llegar a la cómoda oficina de Sombrero de Copa, en la parte trasera del edificio.

Él se levantó para recibirla. Era un joven alto y desgarbado que llevaba un abrigo rojo de director de circo y su representativo sombrero de copa negro y brillante.

—¡Ebony, cuánto tiempo sin vernos! —anunció con una sonrisa—. Me ha llegado lo de Zoot. Qué palo.

—¿Qué te ha llegado exactamente, Sombrero de Copa?

—Que está desaparecido, que lo dais por muerto.

—Más te vale que no se entere de que has dicho eso cuando vuelva.

Sombrero de Copa frunció el ceño.

—¿No está muerto?

—Cuando los asuntos de los Locos sean de tu incumbencia, Sombrero de Copa, te lo haré saber. Mientras tanto, Zoot me ha dejado instrucciones precisas.

Sombrero de Copa se sentó. No le gustaba cómo sonaba eso.

—¿Cuáles son?

—Apoderarnos del casino.

El chico volvió a levantarse de un salto.

—¡De eso nada! —gritó.

Ebony prosiguió, en calma.

—Os dejaremos que lo sigáis dirigiendo por nosotros. Pero, desde este momento, el Casino de la Tribu del Circo es nuestro.

—¡Debes haber perdido esa diminuta cabeza tuya, Ebony! Tanto tú como Zoot, ¡si es que sigue vivo!

La chica lo miró impasible, con los ojos de una depredadora.

—Tienes dos opciones, Sombrero de Copa: seguir dirigiendo el casino y mantener la salud, o arder con él cuando le prendamos fuego.

Sombrero de Copa dibujó una minúscula sonrisa.

—Se trata de una broma, ¿no es así? El casino no lo toca nadie. Es una regla.

—Las reglas cambian.

—Pero, las otras tribus…

Ella no le permitió terminar.

—¿Crees que alguna de las otras tribus se enfrentará a los Locos por un casino de mierda? ¿No te has enterado de lo que les hemos hecho a los Perros Salvajes?

Sí las había oído, descripciones muy gráficas de algunos de los supervivientes. Los Locos habían conseguido constituirse como la tribu más peligrosa de la ciudad y, seguramente, Ebony tenía razón. Siempre que el casino siguiese adelante como de costumbre, ¿a qué tribu le iba a importar que cambiase de manos? Se sentó una vez más, abatido.

—Te daremos una generosa comisión, naturalmente. Toda la comida, bebida y chicas que quieras —sonrió llena de ironía—. Perdona, en tu caso, chicos.

Tras indicar con un gesto a su séquito, uno de los jóvenes de aspecto bruto le pasó un trozo de papel. Ebony se lo tiró a Sombrero de Copa.

—Firma en la parte de abajo.

Éste se quedó mirando el papel. Parecía un contrato legal. Ebony estaba convirtiendo aquello en una farsa, pero no se reía. Le temblaban las manos cuando tomó el bolígrafo, tanto por miedo como por rabia. De las dos emociones, dominaba el miedo. Garabateó su firma en la parte inferior, derrotado.

Ebony le quitó el papel de un tirón, con gusto.

—Voy a pasarme por el ayuntamiento para que me lo aprueben —bromeó.

CIENTO VEINTITRÉS

Trudy llevaba nerviosa desde que había visto a Bray y Salene sentados bien cerca uno del otro durante el juicio. Pese a las afirmaciones de Bray de que la chica no le interesaba, parecía estar siempre gravitando hacia Salene cuando esta estaba presente. Trudy no podía reprochárselo. Salene se estaba convirtiendo en una escultural y atractiva jovencita. En comparación, tras la dura experiencia del parto, ella misma se sentía desgastada, desaliñada y deprimida. No había punto de comparación, y tenía miedo de perderlo de un momento a otro.

Salene estaba en el cuarto, tomando a la pequeña de la cuna al momento de entrar Trudy. Ésta se la quedó mirando con los ojos llenos de odio.

—¡Ah, ahí estás! —comentó Salene con ligereza—. Estaba llorando, así que he pensado…

—¡Déjala donde estaba! —era un tono homicida.

Salene dio un paso atrás debido a aquel tono y aquella mirada fija.

—¿Qué?

—¡Ya me has oído! —Trudy se apresuró hacia ella y le arrebató a la bebé.

—¡Trudy!

—¡Quítale las manos de encima!

Salene estaba confundida y alterada. Por un segundo, incluso se sintió asustada. Trudy tenía cara de loca.

—Estaba llorando, estaba sola... —trató de explicarse.

Trudy se aferró a la niña, con la voz vitriólica.

—¡Yo sé lo que quieres! ¡Quieres quedártela para ti!

—¡No!

—¡Y también a Bray! ¡Llevas detrás de él desde que llegamos aquí!

—¡No es verdad! —mintió Salene, aturullada. Trudy sí llevaba razón en eso, y se sentía culpable.

—Bueno, pues nunca será tuyo, ¡así que aléjate de él!

Atraído por la voz estridente de Trudy, Bray había subido las escaleras corriendo hasta llegar a la habitación. Las dos chicas estaban plantadas una frente a otra a su llegada.

—Trudy, ¿pero qué pasa?

—¡Tu zorra quiere robarnos a nuestra niña, eso pasa!

Salene sintió cómo se sonrojaba al oír la palabra.

—¡No soy su zorra!

—¡Trudy, basta! —gritó Bray, enfurecido.

Comenzaron a brotar lágrimas de los ojos de Salene.

—¿Cómo puedes hablarme así después de todo lo que he hecho por ti?

—¡Es que no quiero que hagas nada por mí! ¡Deja en paz a la niña y déjalo en paz a él también!

Aguantando los sollozos como podía, Salene salió del cuarto a toda prisa, rozándose con Bray al pasar ante el chico. Él la vio partir, indeciso sobre si debía seguirla o no. Al final, se giró de nuevo hacia Trudy, que se había quedado allí plantada, respirando con dificultad y muy indignada.

—¿Has perdido la cabeza por completo? ¡Necesitas toda la ayuda posible, y tú vas y la espantas!

Asustada por el tono elevado de la conversación, la bebé lloraba en brazos de su madre. Trudy se mantuvo allí, rígida. El mundo entero parecía estar colapsándose a su alrededor.

—¡Odio este lugar! —chilló—. ¡Lo odio, y ya no quiero seguir aquí!

Bray se la quedó mirando, oprimido, como si no pudiese hacer nada. Sentía una gran responsabilidad hacia Trudy, pero aquella carga parecía volverse más pesada cada día.

CIENTO VEINTICUATRO

A pesar del caos y el desorden de aquel nuevo mundo en que se habían visto obligados a vivir, la gente seguía habituada a reunirse a mediodía para comer. Era un ritual, un momento de calma entre la confusión de la vida diaria. En la cafetería del Centro, Ryan le ponía ojos golosos al plato de Lex, lleno hasta arriba de comida.

—¿Por qué tienes más que los demás?

Lex se llevó una cucharada llena de alubias a la boca.

—Los líderes tienen ración doble. Tengo que mantener mis fuerzas.

—Pero si no has hecho nada.

—He estado usando el cerebro, Ryan. Algo que tú nunca experimentarás —entonces, hizo una mueca—. Eh, ¿quién ha cocinado esto?

Zandra llegó aleteando desde la cocina.

—Yo. ¿Te gusta?

—A ti te toca lavar los platos, no cocinar —afirmó Lex, irritado.

—Las chicas me han ayudado, así que las estoy ayudando a ellas. El tuyo lo he preparado con mucho mimo.

—Pues se te ha quemado.

Aquello hirió a Zandra.

—Sólo un poquito. ¡Deja de quejarte tanto!

Ryan se la quedó mirando, con grandes ojos marrones de cachorrito.

—El mío no está quemado.

Lex se fijó en Bray, que se acercó por el balcón hasta llegar a la cafetería. Su expresión se nubló.

—¿Qué haces tú aquí? —preguntó con agresividad.

Desde la otra punta de la mesa, Amber alzó la vista, alertada por el tono de Lex.

Parecía que a Bray le suponía un esfuerzo contestarle siquiera.

—He venido a comer algo.

Lex dejó la cuchara en el plato.

—No recuerdo que hayas hecho tu turno de vigilancia.

—He tenido que quedarme con Trudy. No se encuentra bien.

—Si no trabajas para la tribu, no esperes que la tribu te alimente.

Bray se fijó en el montón de comida ante Lex.

—No parece que haya escasez.

El chico se lo quedó mirando de vuelta.

—Lo siento. Sin trabajo, no hay comida.

Tras un suspiro frustrado, Bray respondió:

—Como quieras. Voy a llevarle a Trudy su plato.

Lex asintió con la cabeza a Ryan, que se levantó y le cortó el paso a Bray para que no entrase en la cocina. Los dos jóvenes se quedaron mirándose. Eran más o menos del mismo tamaño. De haber una pelea, la cafetería quedaría hecha un desastre.

—Si quiere comer, que venga ella misma —dijo un obstinado Lex.

—No quiere venir, ya lo he intentado —Bray estaba perdiendo la paciencia.

—Qué pena —Lex notaba que la tensión iba en aumento. Notaba su propia sangre caliente, lista para la acción.

Bray se centró sólo en él:

—¿Es que no lo entiendes? ¡No está bien! ¡Si no come se pondrá peor!

Salene había salido de la cocina, donde estaba preparando la comida.

—¡Piensa en la pequeña, Lex!

—¡He dicho que no! —saltó Lex.

Bray se cruzó de brazos.

—No pienso irme de aquí sin su comida.

Todos los presentes observaban la confrontación nerviosos, conscientes de que el ultimátum de Bray había subido la tensión un par de niveles más.

Dal estaba cada vez más preocupado. Como siempre, la posibilidad de que hubiese violencia lo angustiaba.

—Vamos, Lex. ¡Ella también necesita comer!

—¡¿Cómo puedes ser tan cruel?! —gritó Salene.

Bray miró el plato de Ryan y habló con calma:

—Se te está enfriando la comida, Ryan.

El chico no se movió. Siguió cortándole el paso a Bray, muy serio.

Amber dejó tenedor y cuchillo sobre la mesa.

—Lex, si Bray está dispuesto a hacer guardia esta noche, quizás podamos darle la ración de Trudy —miró a Bray—. ¿Estarías dispuesto a hacer eso, Bray?

—¡Doble turno de guardia! —propuso Lex, bruscamente.

—Porque, si yo fuera tú, Bray —continuó Amber con gran énfasis—, permitiría que los demás siguiésemos comiendo tranquilos.

El joven hizo una mueca y resopló.

—Pues doble turno entonces.

El alivio era palpable en toda la estancia. En todos excepto en Lex, quien se sentía engañado. Era sólo cuestión de tiempo antes de que Bray y él tuviesen que solucionar sus diferencias de una vez por todas.

CIENTO VEINTICINCO

Amber estaba preocupada. Convencida de que la carga de tener que tomar decisiones pronto pesaría demasiado en Lex, se las había arreglado para que lo eligiesen como líder. Su idea era tratar de darle una lección sobre liderazgo, pero no quería que la situación se les fuese de las manos.

Incluso quienes no habían sido testigos de la confrontación en la cafetería a la hora de la comida, habían oído hablar del tema. Y notaban que aún había cierta tensión en el ambiente. Todos parecían tensos, en ascuas. Para el resto de chicas, el problema no se trataba sólo de un exceso de testosterona.

—¡Si cree que puede seguir haciéndome esto el resto de mi vida, la lleva clara! —se quejó Zandra mientras ayudaba a Amber y Salene a limpiar el desastre resultante tras la comida.

Salene miró a Amber.

—Esto no sería así si la líder fueses tú.

—Debemos darle tiempo para que aprenda —respondió ella.

—¿Cuánto tiempo? —preguntó Salene—. ¡Podríamos estar limpiando, cocinando y fregando hasta ser unas viejas!

—¡De eso nada! —exclamó Zandra con énfasis.

—Bueno, quizás haya una forma de conseguir que Lex aprenda más deprisa…

Salene y Zandra se quedaron mirando a Amber. Por el tono de su voz, se traía algo entre manos.

Amber sonrió enigmáticamente y prosiguió:

—Reunámonos después, cuando los chicos estén dormidos, y os diré lo que he pensado para nuestro Lex.

ooo

Por la tarde, Lex le pidió a Ryan que lo pusieses a prueba en el almacén del centro comercial. De jovencito, Lex se había enganchado a las películas de artes marciales y había estudiado kárate de manera irregular desde entonces. Pero, al sufrir déficit de atención, descubrió que le resultaba difícil ser constante con cualquier cosa durante mucho tiempo. Conocía la teoría del combate "a manos vacías", que es lo que significa el término japonés *karate*, pero llevaba mucho tiempo sin practicarlo. Sabía que era negligente por su parte, considerando lo peligrosa que se había vuelto la vida diaria.

Tras el altercado con Bray en la cafetería, Lex sintió la necesidad de darle un repaso a sus habilidades, y su colega de toda la vida era el oponente perfecto. Aunque su mejor amigo nunca había estudiado artes marciales, Lex no dudaba que Ryan podía derrotarlo en una pelea. Ryan era todo fuerza bruta. Lo cual lo convertía en el contrincante ideal para entrenar. No podías hacerle daño, por muy fuerte que le golpeases o pateases. Al menos eso parecía, y Ryan nunca se quejaba.

Esa noche, Lex se metió en la cama sintiéndose revitalizado, en forma y listo. Estaba preparado para enfrentarse a Bray llegado el momento. Como volviese a pasarse de la raya, lo echaría de allí. A él, a su zorra y a la mocosa.

CIENTO VEINTISÉIS

En el oscuro centro comercial, sentadas en un círculo a la luz de las velas, las chicas esperaban con ansia escuchar el plan de Amber.

—Esto lo hacemos por el bien de la tribu, ¿entendido? —comenzó.

Todas asintieron solemnemente.

Amber prosiguió:

—El problema es que tenemos un sistema que no funciona. Cuando eso sucede, a veces hay que darle un pequeño choque al sistema.

Patsy tenía los ojos como platos.

—¿Cómo una descarga eléctrica?

—Algo así, pero más fuerte —contestó con una sonrisa.

—¿Y qué haremos? —preguntó una expectante Zandra.

—Nada.

—¿Nada? —preguntó con el ceño fruncido.

—Absolutamente nada. Ni cocinar, ni limpiar, ni lavar los platos. No moveremos ni un dedo —miró aquellos rostros atentos y entusiasmados—. ¿Visteis lo mucho que les gustó a los chicos lo limpia que dejamos la cafetería? Pues les daremos una opción. Si quieren que siga estando así de limpia, ellos también deberán ayudar con las tareas. O pueden hacerlo solitos.

Las demás se miraron entre sí, nerviosas. Parecía un buen plan, pero daba miedo, tal y como señaló Zandra.

—Me encanta. Pero Lex se pondrá hecho una furia.

—¿Nos hará algo? —preguntó Cloe, preocupada.

—¿Qué puede hacernos? —las tranquilizó Amber—. Los demás chicos no le dejarán hacernos daño.

—Exacto —dijo Zandra—. Ryan nunca le dejaría pegarle a una chica, de eso estoy segura.

—¿Durante cuánto tiempo lo haremos?

—El tiempo que haga falta, Patsy.

—¡Me apunto! —exclamó Zandra extendiendo la mano.

Amber se la tomó, contenta.

—¿Alguien más?

Una por una, todas unieron sus manos en círculo, y se sonrieron mutuamente a la luz de las velas.

Y entonces lo escucharon. Un lamento grave y fantasmal que venía de las alcantarillas. Todas se miraron, alarmadas. Las sonrisas habían sido sustituidas por miradas de terror.

CIENTO VEINTISIETE

Aquel extraño sonido resonaba por todo el oscuro centro comercial, sacando a todo el mundo de sus habitaciones, alarmados y asustados. Las chicas salieron a toda prisa de su lugar de reunión y se concentraron arriba de la amplia escalera, hablando todas a la vez.

—¿Qué será?

—¡Son los Locos!

—¡Es el fantasma de Zoot!

—¡No seas boba, Cloe! —dijo Amber—. De eso nada.

—Entonces, ¿qué es? —preguntó Patsy, muerta de miedo.

El lamento parecía sonar cada vez más alto, retumbando por la oscuridad del Centro y perdiéndose por el patio interior.

Amber estaba muy seria.

—No lo sé, pero creo que estamos a punto de averiguarlo.

Ahora, los chicos se estaban uniendo a ellas. Jack se restregaba los ojos para quitarse el sueño, con aspecto confundido.

—¿Qué está pasando?

—¡Es el fantasma de Zoot! —exclamó Patsy, repitiendo lo dicho por Cloe.

—¡Eso son tonterías, Patsy! —saltó Amber—. ¡Los fantasmas no existen!

Dal había salido de su cuarto aferrado a un bate de críquet.

—Bueno, sea lo que sea, ¡esto sí que existe!

Trudy salió apresuradamente de su habitación y encontró a Bray, algo apartado. Se agarró a su brazo.

—¡Bray!

El chico se agachó un poco y le susurró con tranquilidad, fuera del alcance de los demás.

—No pasa nada, Trudy. No hay nada de qué preocuparse.

Ella se lo quedó mirando, estupefacta.

—¿Qué es?

Él se puso un dedo en los labios.

—No es nada. Vuelve a la cama.

Había algo tranquilizador en la voz de Bray, pese al lamento y la sensación de pánico que corría entre los demás, así que la chica regresó a su habitación, sin que los demás la viesen.

Ryan escuchaba el sonido atentamente, tratando de descifrarlo.

—Podría ser el viento. Fuera hace mucha corriente.

A Jack, eso no le terminaba de encajar.

—No, definitivamente es algo vivo.

Lex, descamisado y con un pesado bate con cadena, tomó el control.

—¡Bueno, pues no seguirá vivo durante mucho más tiempo! ¡Ryan, lleva a las chicas a la jaula!

Amber se quedó pasmada.

—¿Perdona?

—Allí estaréis más seguras.

—¡Estaremos atrapadas! —chilló Zandra—. Como entre, ¡estaremos allí atrapadas!

Lex blandió el bate en dirección a la cafetería.

—Pues meteos en la cafetería. Pillad lo que podáis usar como arma. Las tropas y yo nos vamos a investigar.

—¿Tropas? —preguntó Dal en voz baja, mirando a Jack. Éste tragó saliva.

—Creo que se refiere a nosotros.

—Os hemos entrenado para estas cosas —afirmó Ryan—, ¿o no?

Bray estaba a un lado, distante, observando la tensa situación con calma. Lex lo miró.

—¡Tú también, Bray!

—¿Cómo?

—¡Que te vienes con nosotros a investigar!

El chico negó con la cabeza.

—No. Yo me quedo con Trudy y la niña.

—¡Soy tu líder y te he dado una orden! —ladró Lex.

Cruzando los brazos, Bray se apoyó distraídamente contra un pilar.

—Y yo me niego.

Lex se puso tenso y agarró el bate con más fuerza aún.

—¡Lex! —lo instó Ryan. Este no era momento de confrontaciones.

El líder se quedó mirando al otro joven, desafiante.

—¡Ya hablaremos tú y yo después!

Entonces, Patsy intervino.

—¡Lex! ¡Señor!

—¡¿Qué?! —preguntó malhumorado.

—Paul quiere ir con vosotros.

—¡Ni hablar! ¡Está sordo, es un lastre! —se giró hacia los demás—. ¡Vámonos!

Muy serio, guio al pequeño grupo de combate escaleras abajo, hacia las alcantarillas, donde el sonido del lamento seguía subiendo y bajando de forma escalofriante.

CIENTO VEINTIOCHO

Con el bate bien agarrado por su puño y alumbrando con la linterna hacia delante, Lex abrió camino cuidadosamente por el túnel principal de las alcantarillas. Ryan lo seguía de cerca, con Jack y Dal a la retaguardia, nerviosos.

—Parece que está fuera —susurró Jack.

—¡Pues que se quede ahí! —respondió Dal.

Lex se detuvo y se giró para verlos bien, deslumbrándolos con la linterna.

—¿Y que atraiga a los Locos y los Perros Salvajes?

—Eso —dijo Ryan, animado—, ¡que se encarguen ellos!

Lex estaba exasperado.

—¿Y si se enteran de que estamos aquí escondidos? De momento, no tienen ni idea de dónde estamos. ¡Y quiero que siga siendo así!

—Igual se va por sí solo —se aventuró a decir Dal.

—O se queda por ahí fuera y espera a la primera persona que salga a por comida —Lex les hizo una señal con la mano para que avanzasen—. ¡Venga!

Dieron unos pasos más, logrando que el sonido se volviese más distintivo.

—Parece un animal —dijo Ryan.

—Nunca he oído un animal así —respondió Jack.

—Podrías ser un mutante o algo. Por el virus, ya sabéis.

—Gracias, Dal —comentó Jack, sarcástico—. ¡Me viene muy bien saberlo!

ooo

Las chicas estaban construyendo una barricada arriba de las escaleras, con mesas y sillas de la cafetería.

—No entiendo cómo Bray puede ser tan cobarde —mencionó Zandra.

—¡No creo que sea un cobarde! —intervino Salene—. Seguro que tiene sus razones.

—Qué sorpresa que tú lo defiendas.

—¿A qué viene eso?

—¡Lo sabes muy bien, Salene!

Patsy salió de la cafetería, acercando otra silla con esfuerzo.

—¿Dónde está Cloe? ¡Debería estar ayudando!

ooo

Bray y Trudy estaban sentados en la cama, en el cuarto de Trudy, riendo juntos cuando entró Amber. Ésta se quedó mirando al chico, confusa y mosqueada.

—¿Qué está pasando, Bray?

—¿A qué te refieres? —preguntó de forma casual.

—¿Por qué no te has ido con los demás?

—Estoy cuidando de Trudy y de la pequeña.

—No es sólo eso. Es que no estás ni preocupado. Hay una criatura extraña ahí abajo y a ti no podría importarte menos. Incluso os estáis riendo… —le regaló una mirada acusadora—. Tú sabes qué es ese ruido, ¿no? ¡Tú sabes lo que es!

Bray se encogió de hombros como respuesta.

Amber estaba encendida ante su comportamiento despreocupado e indiferente.

—¡Bray! —Salene entró a toda prisa, sin aliento—. ¡Amber! ¡Cloe ha desaparecido!

CIENTO VEINTINUEVE

Aunque tras la muerte de Zoot fuese ya irrelevante, Bray había mantenido su parte del trato con Cloe. La había ayudado a alojar a la vaquilla en un lugar recóndito del aparcamiento y había observado con divertimento cómo la niña trataba de escabullirse cada día sin que nadie se diese cuenta, con una botella de agua escondida bajo el abrigo. Sin saberlo Cloe, ni los demás, él había tomado la costumbre de seguirla, oculto, por si la niña necesitase protección.

Pese al peligro, Cloe había sacado a la ternera a pastar cada día en un gran espacio con mucha vegetación que antes fue el lugar favorito de los oficinistas de la ciudad para comer. Comenzaba a preocuparse porque la hierba hubiese desaparecido casi toda, y sabía que debería alejarse más del Centro para encontrar pastos frescos para su compañera. La idea la asustaba, pero Campanilla era su única amiga de verdad. Alguien a quien podía confiarle todos sus pensamientos y miedos. Alguien vivo y cálido, con quien perderse durante un breve momento cada día y olvidar los horrores de un mundo que no alcanzaba a comprender.

Ahora, su amiga corría el peligro de ser descubierta, y sabía lo que eso supondría. Bray le había contado lo que Lex y los demás le harían a Campanilla si algún día la encontraban.

Consiguió salir por las alcantarillas, adelantándose al grupo de Lex. Sin embargo, y pese a sus plegarias, la vaquita seguía quejándose y se resistía a dejarse arrastrar lejos de allí.

—¡Vamos, Campanilla! —la apresuró—. ¡Te están oyendo! ¡Ya vienen! ¡Campanilla, por favor, no pueden encontrarte!

ooo

Lex y los demás emergieron desde las alcantarillas hacia la oscuridad que rodeaba la ciudad. En el exterior, sin la distorsión provocada por los túneles de las cloacas, el sonido se les hizo mucho más obvio.

—Parece una vaca —dijo Ryan.

—Sí que parece —Dal parecía aliviado—, ¡suena como una vaca!

El llanto del animal era claro y cercano.

—¡Es una vaca! —exclamó Lex, emocionado—. ¿Sabes lo que significa, Ryan?

—¡Carne!

—¡Exacto! ¡Dispersaos! ¡Hamburguesas para desayunar!

Jack se mantuvo unos pasos atrás.

—¡Cuidado! Las vacas también pueden ser peligrosas.

—¡Ni la mitad de peligrosas que Ryan cuando quiere una hamburguesa! —sonrió Lex.

Alumbró con su linterna hacia el interior del aparcamiento desierto. El haz de luz iluminó a la vaquita y a la niña, arrinconadas en una esquina.

Cloe alzó la mano para protegerse los ojos de aquel repentino destello.

—¡No! —gritó—. ¡No os acerquéis! ¡Corre, Campanilla, corre!

La ternera permaneció quieta y sin moverse a medida que los jóvenes se acercaban. Cloe rodeó el cuello del animal con sus brazos, de forma protectora.

—¡Por favor, no le hagáis daño! ¡Es mi amiga!

Lex estiró el bate y acarició gentilmente la frente de la vaquita con él.

—Lo siento, pero esta hermosura es suficiente para durarnos un par de semanas.

—¡No! —el chillido de Cloe resonó por el espacio vacío y se esparció entre la noche—. ¡No podéis comérosla! ¡No podéis comeros a Campanilla!

Ryan se arrodilló junto al animal y le acarició el morro.

—Hola, Campanilla.

—¡Os dará leche! —gritó Cloe, desesperada—. ¡Os dará montones de leche!

—Sí —comentó Jack—, ¡no es mala idea!

—Al menos tendremos algo para acompañar los cereales —coincidió Dal.

Cloe siguió hablando, animada.

—Lo harás, ¿verdad que sí, Campanilla?

—Tendremos que sacarla a pastar —les recordó Jack.

—Hay un montón de hierba en el parque —respondió Dal—. Si nos levantamos temprano, no habrá tribus alrededor.

Lex tomó una decisión:

—¡Está bien, nos la quedamos!

Cloe se abalanzó hacia él y lo abrazó por la cintura desnuda.

—¡Ay, gracias! ¡Gracias!

—¡Quita! —saltó Lex bruscamente, apartándola.

CIENTO TREINTA

Tras descubrir la existencia de la vaquita, una ola de alivio recorrió todo el centro comercial. Sin embargo, Amber estaba furiosa. Se cabreó todavía más cuando descubrió que Bray y Trudy seguían igual que los había dejado, y vio sus expresiones divertidas.

—¡Aquí estás! ¿Supongo que esto te parecerá muy gracioso?

—No especialmente —respondió Bray.

—¡Dejando que cunda el pánico entre todos!, ¡que los niños que caguen de miedo! ¡Y tú lo sabías desde el principio! Sabías lo que era, ¡¿verdad?!

—Sí.

La calma del chico le estaba haciendo hervir la sangre. Prosiguió, enfurecida:

—Entonces, ¿por qué no has dicho nada? ¡¿A qué estás jugando, Bray?!

—Le prometí a Cloe que no le diría a nadie su secreto.

Amber dejó escapar una bocanada de aire.

—¡Menuda estupidez!

—No, Amber. Yo no rompo las promesas —dijo muy serio.

—¡Vaya, qué santurrón! ¡Don Perfecto! ¡En lo único que eres perfecto ser en ser un perfecto capullo!

La bebé comenzó a gimotear, alterada por el tono elevado de Amber. Trudy la tomó en brazos.

—¡Estás molestando a la niña!

Amber se la quedó mirando.

—Pues llévatela a otra parte. De hecho, ¿por qué no os vais todos? ¡Idos los tres!

—¿Qué? —preguntó Trudy, en *shock*.

—¡Sois unos egoístas los dos! ¡No hacéis nada para ayudar! ¡Siempre tomando y nunca dando nada a cambio! ¡Utilizáis a Salene como vuestra esclava!

Amber había metido el dedo en la llaga.

—¡Es ella la que se ha entrometido! —saltó Trudy—. ¡Va a por Bray!

—Trudy… —Bray trató de calmarla.

Amber volvió a dirigir su ataque hacia el chico.

—¡Te crees tan listo, tan inteligente! ¡Picando a Lex, tratando de humillarlo! Mira, ¡al menos él tuvo el valor de presentarse como líder!

—Yo no creo en los líderes.

—Vale, ¿y en qué crees exactamente, Bray?, ¿acaso crees en algo?, ¿en nada? ¡Cuando lo tengas claro, quizás puedas bajar de tu pedestal y contárnoslo al resto de inútiles y simples mortales! —notaba que se le acumulaban lágrimas de pura frustración, pero no le daría la satisfacción de verla llorar.

Bray se quedó muy serio.

—Si de verdad piensas eso, Amber, podemos irnos.

—¡Bray! —Trudy lo miró alarmada.

—Total, esto no funcionará si Lex sigue como líder —siguió.

—¿Crees que no lo sé? —preguntó Amber, con el rostro adusto.

El chico le retorno esa misma mirada, comprendiéndola.

—Me lo imaginaba.

CIENTO TREINTA Y UNO

Ebony ya se había desvelado cuando el amanecer comenzó a despertar con lentitud a la ciudad. Se estiró suntuosamente, desnuda, en la cama de matrimonio *King Size* del hotel, mientras sentía las frescas sábanas de algodón acariciándole la piel. Tras mudarse con los Locos al Hotel Horton Bailey, se había instalado en la suite nupcial, con su espacioso salón, enorme dormitorio y baño privado. Era una pena no tener a nadie con quien compartirlo.

El suministro eléctrico de última generación lo proporcionaba un descomunal generador cuya palpitación podía escucharse ligeramente varias plantas por debajo, en el sótano. Cómo se las apañarían una vez se agotase el combustible robado, ni lo sabía, ni le importaba tampoco en esos momentos. El futuro se arreglaría sólo. Podías hacer tus planes, pero al final sólo podías vivir el día a día, en el presente.

Después del altercado con Spike, dejaba siempre apostado un guardia en su puerta, cerrada a cal y canto, y dormía con un arma bajo la almohada. Seguía teniendo pesadillas. En alguna de ellas, Spike se le aparecía junto a su cama, empuñando un reluciente cuchillo en mano. Otras eran reliquias del pasado, malos recuerdos que era incapaz de borrar por mucho que lo intentase. En momentos así, se sentía completamente sola.

Todo había avanzado muy deprisa tras desaparecer Zoot. Había establecido su dominio sobre los Perros Salvajes, aunque no tenía ninguna duda de que buscarían vengarse. Y apoderarse del casino de la Tribu del Circo fue todo un golpe maestro. Los miembros más valientes y duros de todas las tribus de la ciudad frecuentaban el lugar. Era el lugar más popular, donde podían escucharse conversaciones ajenas o intercambiar información. Y el conocimiento, como ella bien sabía, era poder.

Cualquier régimen que hubiese ascendido, tal y cómo le había contado Zoot, al final terminaba por caer. Estaba segura de ello. Así que debía seguir avanzando, seguir un paso por delante. Al mismo tiempo, necesitaba guardarse las espaldas ante amenazas que llegasen de dentro de los mismos Locos. Recordaba haber oído una frase, quizás en el instituto. Era algo como, "Inquieta yace la cabeza que lleva la corona". Y tanto.

CIENTO TREINTA Y DOS

Lex se sentía bien. Había liderado a sus tropas con valentía para enfrentarse a la extraña criatura, no importaba que hubiese resultado ser una inofensiva vaquita. Se sentía más metido en el papel de líder ahora que había hecho algo que todos podían admirar y alabar.

Aun así, Zandra seguía rechazando sus insinuaciones.

—Me da igual que sólo fuese una vaca —dijo la chica—. A mí me pareciste muy valiente.

—¿Y qué vas a darme a cambio de protegerte? —preguntó él, expectante.

Ella le regaló un beso desde el balcón.

—¿Eso es todo?

—Descarado. Hay chicos que morirían por esto —dijo mientras se alejaba contoneándose.

Él estaba sentado en su despacho, con las botas sobre el escritorio. Ryan se sentaba frente a él, tomando notas.

—Necesitamos raciones extra para la ternera. Y una lista de turnos para sacarla a pastar cada día.

El grandullón parecía dubitativo.

—Eso podría ser peligroso, Lex.

—Bueno, a menos que tengas un montón de paja escondido bajo el colchón, Ryan, ¿qué otra cosa podemos hacer?

—¿Qué piensas hacer con Bray? Desobedeció una orden.

—Lo dejaré creer que se salió con la suya. Y, cuando baje la guardia, me las pagará.

—¿Cómo?

Lex ya lo tenía todo pensado. Bray era su principal molestia en el Centro. Era cabezota e inteligente. Lex era astuto, tenía calle, pero a menudo sentía que Bray iba siempre un paso por delante de él, y eso lo incomodaba. Mientras el chico siguiese allí, Lex nunca se sentiría completamente seguro.

—La clave del liderazgo, Ryan —comenzó con grandes aires—, es no ser nunca predecible. Tener a la gente en ascuas. Ah, y quiero que Jack, Dal y tú me arregléis la farmacia que hay cerca del balcón interior.

—¿Para qué?

—Para mí. Será mi ático privado.

—¿Y la boutique? —Lex y Ryan la habían compartido desde que llegasen allí.

—Estoy harto de ese sitio. ¡Te huelen los pies, y lo dejas hecho una pocilga! Voy a mudarme. Necesito privacidad. Y ponedle una cama de matrimonio, para cuando esté listo para elegir a mi Primera Dama.

Ryan frunció el ceño.

—¿Es que no vas a elegir a Zandra?

—¡Claro que es Zandra, imbécil! Pero no quiero apresurarme. La tengo en ascuas.

De repente, Ryan levantó la cabeza y olisqueó algo.

—¿Qué es ese olor? —se puso en pie y olió de nuevo, asombrado—. ¡Es pan!

En esos momentos apareció un apresurado y agitado Jack.

—¡Lex, las chicas se niegan a prepararnos el desayuno!

ooo

Después de que todos se recuperasen del susto provocado por aquellos ruidos fantasmales, las chicas iniciaron el plan que Amber había preparado para Lex. Lo del pan, sin embargo, fue idea de Salene. Había encontrado algo de levadura seca en la cocina, y la panadería del Centro tenía un paquete de harina envasada al vacío que no caducaría hasta dentro de mucho tiempo. En el instituto, la clase favorita de Salene era ciencias domésticas, y hacer pan era su especialidad.

—¿Conocéis a alguien que pueda resistirse al olor del pan recién horneado? —preguntó con picardía mientras las demás chicas la observaban amasar.

Para cuando Lex llegó hecho una furia por las escaleras en dirección a la cafetería, las chicas estaban todas sentadas en la mesa, disfrutando de rebanadas de delicioso pan calentito untado de mermelada.

—¿Qué está pasando? —bufó.

—Estamos probando el pan casero de Salene, Lex —contestó Amber de forma casual.

—¡Está delicioso! —exclamó Zandra.

Lex les regaló una mirada asesina.

—¿Y nuestro desayuno? Ya debería estar listo.

—Lo siento, Lex. Imposible —afirmó Salene con una dulce sonrisa.

—¿Cómo que imposible? ¿Por qué? ¡Está en la lista de tareas!

Amber fingió estar sorprendida.

—¿Qué lista? Chicas, ¿vosotras habéis visto alguna lista?

Todas negaron con la cabeza, con la boca llena.

Lex caminó con grandes pasos hasta la pared de la cafetería y señaló furioso al espacio vacío.

—¡Estaba aquí pegada! —le dio un frustrado bofetón a la pared—. ¡Escribe una nueva, Jack!

—¿Por qué molestarse? —comentó Salene—. No vamos a hacerlo.

—¡Ah, y tanto que sí! —replicó ferozmente.

Zandra lo fulminó con la mirada.

—¡No dejaremos que nos uses como esclavas domésticas!

—Cállate, Zan —saltó él—. ¡No sabrías ni escribir lo que estás diciendo!

—No aceptaremos una división sexista de las tareas —dijo Salene con determinación.

—¡De ahora en adelante, cuidaremos sólo de nosotras! —añadió Zandra.

—¡Zandra, me estás cabreando muchísimo!

Amber se levantó con agresividad y lo confrontó.

—¡Que no se te ocurra hacer nada, Lex!

—Has sido tú quien las ha convencido de esto, ¿verdad?

Amber parecía tan calmada como furiosa.

—No, Lex, tú las has obligado a llegar a esto —entonces, le sonrió a Salene—. ¡Un pan exquisito, Salene! Zandra, ¿no ibas a enseñarme otra forma de peinarme?

Amber, Salene y Zandra se levantaron, dispuestas a marcharse.

—Ya limpiamos después nuestros platos —informó Salene mientras abandonaban la cafetería.

Lex alzó la voz para llamarlas.

—¡No os saldréis con la vuestra!

Se quedó plantado en mitad de la cafetería, echando humo, impotente y frustrado.

—Qué bien huele ese pan —comentó un melancólico Ryan.

—De maravilla —coincidió Jack.

—¿Les habrá sobrado un poco? —Ryan vagó hacia la cocina, y Jack lo siguió.

Lex envió una silla al otro lado de la estancia de una patada, alcanzando por poco a un agitado Dal, que llegó a la cafetería a toda prisa.

—¡Lex!

—¡¿Qué?! —preguntó bruscamente.

—¡Hay una fuga!

—¿Dónde?

—¡Venid! —Dal agitó los brazos y se marchó corriendo.

Exasperado, Lex lo siguió escaleras abajo, seguido de Jack y de Ryan. En mitad del suelo se había formado un enorme charco.

—¡Ahí! —señaló Dal.

—Está todo el suelo mojado —se quejó Ryan.

—Debe ser por el agua, Ryan —comentó Lex con sarcasmo.

Una gota de agua cayó al charco desde una gran altura. Todos alzaron la vista.

—¿Está lloviendo?

—No lo creo —comentó Jack—. No, mirad. El cristal no tiene gotas.

Se quedaron allí de pie unos instantes, buscándole un sentido a la situación.

—Ha parado —informó Ryan—. Debe haber sido la lluvia.

De repente, Jack pareció muy preocupado.

—Si es una fuga… ¡El depósito de agua está justo ahí arriba!

—Sí, pero ha parado —dijo Lex—. Si el depósito tuviese una fuga, no dejaría de salir agua, ¿no?

—A menos que… —Jack no vio necesidad de terminar la frase.

Dal dejó escapar una bocanada y se llevó una mano a la cabeza.

—¡Oh, no! ¡No podemos estar sin agua! Lex, ¿qué vamos a hacer?

El líder se quedó mirando el charco fijamente. Le vino a la mente una expresión que solían utilizar los adultos en los viejos tiempos: “Las desgracias nunca vienen solas”. Conocía esa sensación.

CIENTO TREINTA Y TRES

En el cuarto de Amber, Zandra estaba peinando a la chica frente al espejo. Salene las observaba, sentada, todavía frenética tras el enfrentamiento con Lex. Al principio había tenido miedo de ejecutar el plan de Amber, pero, ahora que ya lo habían hecho, se sentía eufórica.

—Lo logramos —dijo, casi sin poder creérselo—. Lo hemos hecho y no ha podido pararnos.

—¿Cuánto tiempo tardará en funcionar? —preguntó Zandra.

—Hasta el viaje más largo comienza con un primer paso, Zandra —dijo Amber—. Ya hemos dado ese paso. Y, si nos mantenemos unidas…

—Ya está —comentó Zandra, orgullosa, alejándose un poco de Amber para observar su obra—. Tu nueva tú.

Amber ladeó la cabeza a izquierda y derecha, mirando su reflejo en el espejo.

—¡Increíble! Me gusta.

Zandra parecía melancólica, como si el pasado se le hubiese echado encima de repente.

—Quería ser peluquera. Tenía pensado estudiarlo y todo, después de acabar el instituto.

—Aún puedes serlo —comentó Salene con alegría, tratando de animarla, antes de que Zandra las llevase a todas a lugares que preferían no visitar.

—¿Cómo? No hay nadie que me pueda enseñar.

—Seguro que hay libros por ahí —dijo Amber—, o incluso algún DVD.

—No hay corriente para el ordenador —le recordó Salene.

—Bueno, seguro que a Jack y Dal se les acaba ocurriendo algo.

—Eres muy positiva, Amber —Zandra sonrió—. Me encanta eso de ti. Siempre piensas que las cosas mejorarán.

La chica se encogió de hombros.

—Estoy segura de que será así. Sólo hace falta tiempo. Dentro de nada, hasta los tipos como Lex se darán cuenta de que la violencia no funciona de por vida.

—Tú deberías haber sido la líder, no el estúpido de Lex —Salene miró a la otra chica—. Lo siento, Zandra.

—A mí no me mires, yo no soy suya.

—Ya. Aun así, tienes suerte de gustarle tanto a alguien.

Zandra se la quedó mirando con ojos pícaros.

—Yo diría que tú también la tienes.

—¿Con quién?

—¡Venga ya, Salene! —exclamó Zandra.

—¿Qué? —la chica se puso roja.

—¡Amber, díselo!

—¡Déjalo estar, Zandra! —sentenció Amber, malhumorada. Quería evitar el tema de Bray. Seguía muy confundida por sus propios sentimientos, y el cuelgue de Salene por el chico no ayudaba en nada.

Pero no había forma de parar a Zandra.

—¿Por qué? ¡Si lo sabe todo el mundo! ¡Vas detrás de Bray!

—¡De eso nada! —protesto Salene, alzando la voz.

—¡Vamos! —la provocó Zandra—. ¡No digas que no te mola!

—¡Pero no significa que vaya detrás de él! —dijo a la defensiva.

—¡Y tanto! ¡Te pasas todo el rato allí, cuidando de la niña!, ¡sacándola de paseo!

Salene contratacó con agresividad, sintiéndose arrinconada por las acusaciones de Zandra (las cuáles sabía, en el fondo, que eran ciertas).

—¡Sólo porque Trudy parece no preocuparse por ella, y yo…!

—¡Tú te preocupas porque es sobrina de Bray! —la quiso acallar Zandra.

—¡No!

—¡Ya está bien, las dos! —Amber alzó la voz sobre las de las chicas—. Debemos permanecer unidas, ¿recordáis? Contra Lex y los chicos. Tenemos una dura batalla entre manos. ¡No hay tiempo para pelear entre nosotras!

—A ver… —comenzó Zandra.

El tono de Amber era firme y definitivo:

—Zandra, si nos enfadamos entre nosotras, ¡se habrá acabado!

Salene y Zandra se quedaron calladas, sintiéndose tontas de repente. Amber tenía razón. Afuera, en la ciudad, había muchos enemigos peligrosos. Pero, dentro del centro comercial, su verdadero enemigo era Lex.

CIENTO TREINTA Y CUATRO

El enorme depósito de agua sobre el tejado que suministraba al centro comercial estaba vacío. Jack se había subido a la escalerilla y había comprobado el nivel con un palo. Lo había sacado completamente seco. Los demás chicos recibieron la mala noticia desde abajo.

—¡El agua es precisamente lo único imprescindible! —exclamó Dal, sombrío.

Jack descendió por la escalera y miró a Lex.

—¿Ahora qué hacemos, jefe?

—El desayuno —informó Lex—. Dal sabe cocinar.

—¡No sé cocinar! —protestó el chico.

—¡Pues aprendes! —Lex se marchó a grandes zancadas, irritado. Su día, que tan bien había comenzado, iba de mal en peor.

Jack lo siguió a toda prisa.

—Me da que tendremos que usar tu reserva privada de agua —comentó.

—¡Piérdete! ¡Eso es para emergencias!

El chico se quedó sorprendido.

—A ver, ¿y esto qué te parece? ¡Sin agua nos moriremos!

—Ya se me ocurrirá algo —respondió Lex, refunfuñón. Lo cierto era que no tenía ni idea. Hambriento y todavía indignado por el incidente del pan, le estaba comenzando a doler la cabeza, y la situación del agua era la gota que colmaba el vaso.

ooo

Dal puso un plato sobre la mesa de la cafetería, delante de Lex. Éste se lo quedó mirando y arrugó la cara.

—¿Esto qué es?

—Alubias sobre galletas saladas —explicó Dal, a la defensiva.

Lex levantó una galletita ennegrecida y se la arrojó a la cara.

—¡Se te han quemado!

Dal se encogió de hombros.

—He intentado tostarlas.

Lex tiró el plato de un manotazo. Se rompió contra el suelo, salpicando de alubias la pared entera.

—¿Por qué no podemos comer pan como el de Salene?

—¡No he aprendido! —se justificó Dal, cabreado—. ¡No soy una chica!

—¡Pues empieza a aprender! —ordenó Lex—. Tienes cerebro para ello, ¿o no?

—Pensaba que no haríamos trabajo de chicas —respondió Dal.

—Es verdad, Lex —coincidió Ryan.

Lex frunció el ceño durante un instante y, entonces, una mirada de determinación se apoderó de él.

—¡Toda la razón! ¡Voy a poner orden!

CIENTO TREINTA Y CINCO

Amber estaba recostada en la cama, leyendo *El príncipe* de Machiavelo. Era relajante perderse en otro tiempo y otro lugar, en los pensamientos de otra persona. Vivir en el presente, con los problemas del día a día, resultaba agotador.

La visión de este filósofo del Renacimiento sobre el liderazgo era fascinante, aunque no estaba de acuerdo en que la maldad era necesaria para gobernar. Seguramente Lex sí que estaría de acuerdo, pensó para sí misma con una sonrisa. Aunque tenía sus dudas sobre si el chico sabía leer.

Una frase en particular le llamó la atención. Hablaba de tomar el control sobre el futuro de uno, en vez de esperar a ver qué traía la suerte. No podía ser más relevante para su mundo actual. Y, si Bray llevaba razón en eso de que ella era una líder nata, debía liderar. Era hora de dar por terminada la batalla con Lex por el control del Centro.

Llamaron a la puerta. Ella alzó la vista, algo molesta por que la hubiesen interrumpido. Era Trudy, sonriendo algo nerviosa.

—¿Puedo pasar un momento?

Amber dejó el libro a un lado.

—Claro, pasa.

Trudy echó un vistazo a su alrededor.

—Qué bonito, Amber. Es importante tener un espacio propio, ¿verdad?

—¿Te pasa algo, Trudy? —dudaba que la chica viniese a hablar sólo de decoración.

Trudy se sentó sobre la cama, con una expresión llena de dolor en el rostro.

—Es Bray.

Amber gruñó para sus adentros. No podía ser de otro modo.

—¿Sí?

—Se ha puesto de mal humor, no me habla.

—Parece que Bray siempre tiene mal humor.

Tras decir esto, se dio cuenta de que quizás debía guardarse su rencor para ella. Trudy tenía su intuición femenina bien afinada, y Amber no quería complicarlo aún más y que estuviese celosa de ella, además de estarlo ya de Salene.

La voz de Trudy parecía llena de pánico.

—Creo que planea marcharse. Después de lo que dijiste esta mañana. ¿Tú no quieres que nos vayamos, no? Yo no quiero irme, Amber. Me da miedo el exterior. Incluso estando con Bray. Y, ahora, con la niña y todo…

—¿Le has puesto nombre ya?

—No —reconoció la chica, avergonzada.

—¿No crees que deberías?, ¿y que deberías también comenzar a responsabilizarte de ella? Es tu hija, Trudy.

—Lo sé.

—Así, Salene tendría menos oportunidades para estar en medio.

La vergüenza en el rostro de Trudy se transformó en rabia en un instante.

—¡Ja! ¡Esa!

—Ella sólo intenta ayudar, Trudy. Lo hizo genial cuando estuviste enferma. No puede evitar que le guste Bray.

—¡Pues más le vale quitarle las manos de encima!

—No me estás escuchando, Trudy —continuó Amber, paciente, pero sintiéndose irritada por dentro. Había algo en el comportamiento de cría lastimera de Trudy que le hacía querer darle un buen bofetón.

—Digo que no puede evitar sentirse así, pero no creo que esté realmente tratando de separaros. Eso lo estás haciendo tú sola.

Trudy parecía acongojada. Comenzó a dar golpecitos con los dedos sobre la colcha.

—Si… si empiezo a ser una buena madre, y dejo de meterme con Salene…

De repente, Amber sintió pena por ella. Su vida debía haber sido un auténtico infierno durante los últimos meses.

—No quiero que os vayáis, Trudy —dijo con sinceridad—. Creo que Bray y tú podríais ayudarnos mucho. Pero eso depende de ti y de Bray.

—¿Podrías hablar con él, Amber? Sé que él te respeta mucho.

La chica tenía sentimientos encontrados al respecto. Sin embargo, había decidido liderar, ¿no era así?

—Lo intentaré. Pero Bray hace siempre lo que le da la gana, y si ha tomado su decisión…

Se incorporó para sentarse en la cama, volviéndose más práctica.

—Bueno, ¿y lo del nombre, qué?

En esos momentos, Salene entró allí de forma apresurada.

—¡Amber!

Hubo un silencio incómodo cuando vio a Trudy sentada junto a la otra chica, en la cama.

—¿Qué pasa, Salene?

—¡Ryan no quiere darnos agua!

Amber se levantó de un salto. Lex había dado su paso. Había llegado el momento de contratacar.

CIENTO TREINTA Y SEIS

Lex estaba en su oficina, jugando al solitario, cuando apareció Amber, seguida de Salene, Zandra y Patsy. Ryan iba tras ellas, con aspecto avergonzado.

El líder alzó la vista.

—Hola, Amber. Te estaba esperando.

La chica se plantó frente al escritorio, con los brazos cruzados.

—¿De qué va todo eso del agua, Lex?

—Le pedí a Ryan que os lo explicase.

—Lo he hecho —afirmó un incómodo Ryan.

Lex siguió dejando cartas sobre la mesa, de una forma irritantemente casual.

—No queda agua. Nada de nada. Podéis subir a comprobarlo vosotras mismas si no me creéis.

—Había una fuga en el depósito de agua —volvió a explicar Ryan—. Está vacío.

—¿Vais en serio? —preguntó Zandra, alarmada.

—Sí, pero tú tranquila, Zan —siguió Lex—. Soy el líder, y he ideado un plan.

—¿Y cuál es? —la expresión de Amber dejaba ver que no le gustaría la respuesta.

Lex paró de jugar y dejó la baraja de cartas. Se recostó con amplitud sobre la silla de cuero negro.

—Jack dice que hay un riachuelo no muy lejos de aquí. Viene directo de las montañas. Debería llevar agua potable. Las chicas y tú podéis ir a recoger agua de allí, y enviaré a Ryan y los chicos a protegeros.

—¡Ni pensarlo, Lex! —anunció Amber, muy seria.

—¿Qué problema hay? —preguntó Lex con una sonrisa—. Las mujeres siempre han ido a por agua, en África y demás.

—¡Dijimos que nada de divisiones sexistas del trabajo! —le recordó Salene.

—Exacto —coincidió Amber.

—¡Sed razonables! Vosotras no podríais protegernos a nosotros, ¿o sí?

—Iremos todos juntos, cargaremos todos con el agua —determinó Amber, decidida.

—Ni hablar —contratacó Lex—. No pienso poner a mis hombres en riesgo. Necesitan estar libres para luchar.

—Pues iremos solas —el rostro de la chica era firme.

Lex se levantó y rodeó el escritorio, acercándose a Zandra.

—¿Salir sola, Zandra?, ¿estando los Locos y los Perros Salvajes sueltos por ahí?, ¿arriesgarse a que la atrapen? —el chico le acarició la mejilla con el reverso de la palma—. Sería un premio magnifico, ¿no creéis? Les encantaría quedársela.

La chica del cabello multicolor retrocedió, muy asustada ante la idea.

—Pues iré yo sola si hace falta.

—¡Yo te acompañaré, Amber! —exclamó Salene con resolución.

—¡Y yo! —la secundó Patsy.

Lex se estaba empezando a mosquear. Estas chicas eran más cabezotas de lo que se esperaba.

—De todas formas no os dejaría salir solas. Os atraparían y nos venderíais a todos los demás.

—Vale, pues cuando vayan los chicos, iremos con vosotros y traeremos nuestra propia agua —dijo Amber, queriendo zanjar el asunto.

—¡Esto es culpa tuya! —Lex la miraba fijamente—. ¡Tú las convenciste para que se comporten así!

—No. Es una rebelión en grupo, Lex —contestó Amber, calmada ante la furia del chico.

Se dio la vuelta y lideró a las demás chicas hacia el exterior del cuarto. Lex gritó tras ellas.

—¡Ya veremos quién puede pasar más tiempo sin beber agua! —se sentó de nuevo en la silla, cabreado, pero sintiendo que tenía la sartén tomada por el mango.

Ryan parecía muy desdichado. Lex adivinó lo que estaba pensando.

—No se morirán de sed, Ryan. Se rendirán antes de llegar a eso.

—Pero ¿cómo conseguiremos agua nosotros?

—Usaremos mi reserva privada.

—Pero Dal no sabe nada de eso, Lex. Si se lo contamos, él se lo dirá a Amber. Son colegas.

Ryan tenía razón por una vez.

—Estoy seguro de que podrás convencerlo para que mantenga el pico cerrado, Ryan.

El grandullón persistió, como un perro mordiendo un hueso.

—¿Y si llegan a enterarse? Te llevarían a juicio, como hicieron con Jack.

—Yo soy el líder. No pueden llevarme a juicio.

—¿Por qué no?

Las preguntas comenzaban ya a irritar a Lex.

—Pues porque no se lo permitiré, Ryan.

—Pero son las reglas, Lex. Las creamos nosotros, para robos y demás.

—Que no se van a enterar. A menos que alguien se lo diga… —miró a Ryan inquisitivamente—. ¿No estarás pensando en contárselo, verdad? —el chico apartó la mirada— ¡Ryan!

—¿Y si ellas no ceden? —preguntó, empecinado. Miró a su viejo amigo con ojos serios—. No dejaré que se mueran de sed, Lex.

Ryan salió del despacho, dejando a Lex con aire pensativo. Todo aquello le resultaba molesto. Para ser el líder, su cabeza parecía más llena de preguntas que de respuestas.

CIENTO TREINTA Y SIETE

Ebony observaba a los Locos jugando en la piscina desde su ventana. La ciudad se había quedado muy tranquila después de la derrota de los Perros Salvajes y de la adquisición del casino, y los jóvenes estaban disfrutando de ese tiempo para pasar el rato y hacer el tonto.

Contemplaba los cuerpos desnudos, de chicos y de chicas, tumbados en las hamacas, salpicándose con agua, que en ocasiones llegaba incluso a los arbustos que rodeaban la resplandeciente piscina. Sentía envidia. Como líder, le estaba permitido pasar tiempo de ocio, pero no podía unirse a ellos. Una líder debía mantener las distancias, quedarse al margen. Ser "una más del grupo" significaba perder su aura especial. Y, sin ella, era sólo cuestión de tiempo perder también el poder y el control.

Suspiró, echando de menos el contacto físico con Zoot. Desearía poder tener a alguno de esos jóvenes desnudos en la suite nupcial con ella para compensarlo. Había varios ahí fuera a los que se habría llevado a la cama muy contenta. Pero eso quedaba totalmente fuera de discusión. En un grupo tan estrecho como el que conformaban los Locos, ninguno lo mantendría en secreto. Y escoger a uno sobre los demás crearía rivalidades y celos que no necesitaba en su tribu. Esas eran emociones destructivas.

Por supuesto, de elegir, podría tener a cualquiera de ellos. A uno distinto cada noche. En ocasiones, como ahora, observar aquellos jóvenes cuerpos, desnudos y contorneados, le hacía querer ceder a sus impulsos. Pero no quería tener esa clase de reputación. Pese a la falta de modelos a seguir decentes durante su infancia, siempre había tenido un instinto en cuanto a su propia moralidad. En el fondo, había algo en ella que la hacía desear ser respetada.

Pensó en el otro chico. El hermano. Y en cómo ella había dejado de respetarlo. Durante un instante, sintió que las lágrimas se le acumulaban en los ojos. Comenzó a dar cabezazos para dejar de pensar. Estar demasiado metido en sus pensamientos era una debilidad. Un líder nato utilizaba su instinto. El instinto de un depredador. Quizás, un día, llegaría el momento en que disfrutaría realmente las ventajas del liderazgo. No obstante, por ahora seguía siendo la misma historia de siempre. Matar o morir.

CIENTO TREINTA Y OCHO

Amber había puesto en marcha su plan de acción. Dejó que las demás comenzasen mientras ella visitaba a Bray, pues le había prometido a Trudy que lo haría. Se acercó al cuarto del chico llena de dudas. Aquella mañana, le había quitado una tirita de cuajo a Bray. Había dejado que su rabia justificada y sus profundos sentimientos hacia él se entremezclasen, y había perdido los papeles.

Ahora, le daba vergüenza encontrarse con él. ¿Hasta qué punto conocía los verdaderos sentimientos de la chica?, ¿se le notaba?, ¿le importaba a él? A veces, incluso en los momentos de enfrentamiento, sentía que había sucedido algo entre ellos de lo que nunca habían hablado. Si tenía razón, aquello la asustaba. Estaba decidida a volver a ser la líder, y los líderes tenían el deber de actuar de manera responsable. Alejar a Bray de Trudy no entraba en sus planes, fuese capaz de hacerlo o no.

El chico estaba escribiendo en un cuaderno cuando ella golpeó el marco de la puerta. Alzó la mirada, sorprendido.

—¿Amber? —dijo mientras dejaba el bolígrafo y cerraba la libreta.

—Lo siento, ¿te interrumpo?

—No, para nada. Entra —la hizo avanzar con un gesto hacia una silla vacía—. Siéntate.

Ella se sentó, algo sorprendida por aquel amistoso recibimiento.

—¿Qué escribías? —preguntó para luego corregirse rápidamente—. Perdona, no es asunto mío.

Él sonrió.

—No pasa nada. Es sólo un diario. Mis pensamientos. Quién sabe, un día quizás la gente quiera saber lo que pasó aquí, cómo vivimos.

—Entonces, ¿crees en el futuro?, ¿crees que sobreviviremos?

El chico asintió.

—Sí. Pero no necesariamente con líderes. Los líderes nunca nos llevaron a ningún sitio bueno. Mira en el lío en que nos metieron.

—Fuiste tú el que me animó a presentarme como líder.

—Porque tú tampoco crees realmente en ellos, Amber.

Ella frunció el ceño, confusa.

—¿No crees que deberíamos cuidar unos de otros? —preguntó—. Y no cuidar cada uno de sí mismo.

—Es un sueño bonito —dijo ella con una sonrisa.

—Quizás por ahora. Pero, si no sueñas, Amber, ¿hacia dónde…? —sonrió con gentileza y miró en los más profundo de sus pupilas, mientras ella le sujetaba la mirada—. Sé que tienes un sueño.

Notó un aleteo en la boca del estómago, y una sirena resonando en su garganta. Apartó la mirada.

—Cuando Lex se rinda —dijo poniéndose en modo formal—, ¿me ves preparada?

—Si es que se rinde.

—Ya te digo que se rendirá. Conozco a los tíos como él.

—Apuesto a que sí —sonrió de forma enigmática—. ¿Y conoces a los tíos como yo?

Sintió que le faltaba el aliento ante la mirada inquisitiva del chico. ¿Acaso lo sabía? Ella le devolvió la sonrisa.

—Aún no. Pero estoy trabajando en ello.

CIENTO TREINTA Y NUEVE

En la cocina, Zandra observaba a Salene pasando un rodillo sobre la masa con mucha destreza. El plan de Amber la tenía muy emocionada. Quería formar parte de él, y estaba decepcionada de no poder poner su granito de arena. A veces, desearía haber prestado más atención en clase, en vez de pasarse todo el día pensando en moda, famosos y chicos. Pero estaba en su naturaleza, se decía a sí misma como justificación. No podía evitarlo.

—Ojalá supiese preparar masa —dijo con algo de envidia.

—¿No te lo enseñaron en clase?

—Sí, o sea, lo intentaba. Pero siempre acababa con el pelo lleno de harina, y tal.

Ryan entró allí, atraído por toda esa actividad relacionada con su tema favorito: la comida.

—¿Qué estáis preparando?

—Es un regalito especial —dijo Zandra, haciéndose la interesante.

—¿Qué es? —Ryan era incapaz de esconder su interés.

—Pastel de carne —anunció Zandra.

—¿Pastel?

—Jack tenía carne enlatada en su alijo secreto.

Los ojos de Ryan se abrieron de par en par por la sorpresa.

—¿En serio? ¡Pastel de carne!

Salene se lo quedó mirando con una sonrisa.

—Con salsa *gravy* de verdad.

—¿Salsa? —Ryan estaba salivando de sólo pensarlo. No recordaba la última vez que había disfrutado de una comida casera de verdad. Y el pastel de carne con salsa *gravy* era uno de sus platos favoritos.

—Quiero decir —siguió Salene—, que llevaría salsa si tuviésemos suficiente agua.

—Es una especie de celebración —siguió explicando Zandra.

—¿Por qué?

—Trudy va a ponerle un nombre a la niña —dijo Zandra. Estaba muy emocionada por el acontecimiento. Todo lo que tuviese que ver con bebés le resultaba un sueño.

—Por fin —comentó Salene, sin preocuparse por ocultar la amargura en su tono.

—¿Cómo le va a poner? —a Ryan los bebés no le hacían ni fu ni fa, pero estaba contento de que al final le pusieran un nombre. Todo el mundo se merecía tener uno.

—Es secreto —afirmó Zandra en voz baja.

—Qué nombre tan raro —respondió Ryan.

—¡No, tonto, que es un secreto! —Zandra vio la expresión afligida en los ojos de Ryan y sintió lástima de inmediato—. A veces me dan ganas de darte un beso, Ryan.

El chico se la quedó mirando, y luego bajo la vista al suelo.

—Y, entonces, ¿por qué no lo haces? —preguntó con vergüenza.

Ella se lo quedó mirando y vio el bochorno en el rostro de aquel joven amable.

—Muy bien, te lo daré.

Se levantó y le plantó un beso húmedo a Ryan en la mejilla. Volvió a sentarse, dejando al chico todo rojo y sin palabras.

Momentos después, recuperó el habla:

—Te quiero… —vio que Zandra se lo quedaba mirando extrañada y no termino la frase—. Te quiero decir que amo la tarta de carne. No he comido una desde… Si consigo un poco de agua para la salsa, ¿me daréis un trozo?

Salene y Zandra intercambiaron una sonrisa llena de secretismo.

ooo

Una vez más, Lex estaba en su despacho, jugando a las cartas él solo. Levantó la mirada de repente, alertado por una especie de sexto sentido. El Centro parecía estar inusualmente tranquilo y vacío. Ahora que lo pensaba, no había visto ni oído a nadie desde hacía un buen rato. En ese momento, un repique de risas resonó desde la cafetería, y un murmullo de voces lo siguió. Se levantó para investigar, con un mal presentimiento.

Subió los escalones de dos en dos y llegó a la cafetería a tiempo de ver a Salene colocando un pastel de aspecto delicioso en mitad de la mesa. Todos estaban sentados a su alrededor, expectantes, incluidos Ryan, Dal y Jack.

Lex echaba chispas por los ojos.

—¿Qué es todo esto?

—¡Ah, hola, Lex! —exclamó Zandra, animada—. ¡Estamos celebrando un banquete!

Ansiosa por dejar patente su entusiasmo, Patsy añadió, emocionada:

—¡Trudy va a ponerle un nombre a la niña!

—Pensé que habíais decidido no darnos de comer a los hombres —comentó Lex, con recelo.

—Bueno —explicó Amber—, Ryan nos ha conseguido agua para la salsa.

—Y queríamos enseñarles a Jack y a Dal lo que podrían comer de forma regular —continuó Salene, muy contenta de cómo le había salido el pastel.

—Siempre que acepten compartir las tareas de la forma correcta —siguió Zandra, disfrutando de la situación y de la incomodidad de Lex.

—¡Se acabó la lista sexi! —exclamó Patsy altaneramente.

—Sexista, Patsy —la corrigió Bray con una sonrisa.

Todos alrededor de la mesa disfrutaron de aquella pequeña equivocación. Sin embargo, el rostro de Lex permanecía duro.

—Ryan, Dal, Jack, ¡quiero veros a los tres, ahora mismo!

—Se me enfriará el pastel, Lex —se quejó Ryan.

—Y la salsa —añadió Jack con valentía—. El *gravy* frío no vale nada.

Dal era consciente de la expresión combativa de su líder. Parecía poder explotar en cualquier momento. Trató de evitar aquella explosión.

—Tan sólo estamos probando, Lex. No hemos decidido nada.

—¿Por qué no te unes a nosotros, Lex? —preguntó Amber cordialmente.

—¡En tus sueños! —rugió Lex.

—¡Salene, huele que alimenta! —exclamó Zandra, hundiendo el dedo en la llaga de Lex—. ¡Venga, córtala ya!

Lex se dio media vuelta y salió de la cafetería hecho una furia. Los demás se quedaron escuchando sus botas pisoteando los escalones.

Las ganas de Ryan le hicieron romper el silencio:

—¿Queréis que la corte yo?

—Un momento —dijo Zandra, que se giró hacia Trudy.

—¿Y bien, Trudy? —la animó Amber.

Todos los ojos quedaron fijos sobre la chica, sentada junto a Bray.

—Ah, sí… —Trudy comenzó a hablar vacilante, mirando de reojo a Bray—. He decidido llamarla Brady.

—¿Brady? —preguntó Ryan frunciendo el ceño.

Presidiendo la mesa, Amber pudo ver que Bray se quedaba mirando a Trudy. No parecía muy contento.

—¡Ah, claro! ¡Ya lo pillo! —intervino Dal—. ¡Es una combinación de Bray y de Trudy!

—Pues mola bastante —afirmó Jack.

—¡Daos prisa y cortad el pastel! —exclamó Ryan—. ¡Me muero de hambre!

Las miradas de Amber y Bray se encontraron brevemente desde puntas opuestas de la mesa. El chico apartó la suya, con la expresión de sentirse atrapado bien marcada en el rostro.

CIENTO CUARENTA

Era la mañana posterior al banquete y el nombramiento de la hija de Trudy. La noche anterior, por primera vez en mucho tiempo, había existido una sensación de unión en el centro comercial. A excepción de Lex.

Se había quedado tirado en la cama, taciturno, despierto durante horas, reproduciendo en su cabeza lo sucedido con Amber una y otra vez. Sabía que estaba detrás de la rebelión que amenazaba con derrocarlo. Y, en esos momentos, la chica parecía estar ganando.

Escuchó a Ryan despertándose sobre su colchón, en el suelo.

—¡Ryan! ¡Largo de aquí! —ladró Lex.

—¿Eh? —preguntó Ryan, todavía medio dormido.

—¡Búscate tu propio cuarto!

El otro chico se incorporó, confundido, apartándose el sueño de los ojos.

—¿Pensaba que eras tú el que se quería mudar?, ¿a tu ático?

—¡Pues no, me quedo aquí!

—¿Y yo qué hago?

—Eso es problema tuyo —respondió un gruñón Lex.

Ryan se levantó y se acercó a la cama de Lex.

—¿Sigues enfadado por lo del pastel?

—Sí, ¡por lo del pastel y por lo de las tareas! —exclamó lleno de rencor—. ¡Y por que haya un traidor dentro de mi propio equipo!

El grandullón trató de sonreír para quitarle hierro al asunto.

—Lex, si sólo fue para tener un poco de salsa.

—¡Creo que la lista deja muy claro quién tiene que preparar la salsa aquí!

—¡No tenían agua!

—¡La tendrían si se hubiesen molestado en ir a por ella! —saltó Lex.

—Pero eso no es justo, ¿no? —Ryan se sentía culpable por haber traicionado a su amigo, pero pensaba que Lex se estaba pasando de la raya. Deseaba poder hacerlo entrar en razón—. Todos necesitamos agua.

—¿Justo? ¿Dónde te crees que vives, Ryan?, ¿en los mundos de Yupi? ¡Ahí fuera hay un puñado de chalados que nos destrozarán a todos a menos que tengamos un líder fuerte!

Entonces entró Zandra, alegre y animada. Se acercó a la cama de Lex y le dio una patadita.

—¿No es hora ya de levantarse?

—¡Piérdete!

—No tenemos agua, estamos todos sucios, ¡y nuestro maravilloso líder sigue tirado en la cama! ¡Venga, Ryan! Creo que estoy oliendo pan para desayunar.

Zandra se dio la vuelta y se marchó contoneándose. Ryan miró a Lex y se puso a olisquear.

—¡Sí que es pan! —exclamó antes de salir del cuarto entusiasmado.

Lex le dio un puñetazo a la pared sobre su cabeza, furioso. Pensaba que, tras convertirse en líder, sería todo coser y cantar. La gente obedecería sus órdenes y, como el hombre más poderoso de la tribu, por fin podría llevarse a Zandra a la cama. Pero su más viejo amigo, su leal perro Ryan, lo había traicionado cuando lo necesitaba. Y lo más frustrante era que la violencia, lo único que se le daba bien, parecía no ser la solución.

CIENTO CUARENTA Y UNO

Había ocurrido una muerte en el territorio de los Locos. Era algo inevitable, suponía Ebony. Pon a docenas de adolescentes juntos, armados hasta los dientes, siempre preparados para la violencia y, tarde o temprano, tenía que pasar. Ahora, como líder, tenía que ocuparse de ello.

Si había sido una muerte accidental, no pasaría nada. Le ofrecerían a la víctima una despedida decente, quemarían el cuerpo en una pira y se reunirían para mostrar su luto juntos. Pese al mundo tan violento en el que ahora vivían, llorar a los muertos seguía pareciéndole lo correcto a todo el mundo. No obstante, los hechos eran indiscutibles: había sido un asesinato.

Spike se había tomado las molestias de arrestar al culpable y traerlo ante Ebony. Normalmente, como uno de los tenientes los Locos, estaba en disposición de ocuparse él mismo. Pero ella sabía que, para Spike, era una forma de ponerla a prueba, de desafiar su capacidad para liderar a la tribu.

—Estaba celoso. Dijo que lo mataría si se acercaba a su chica, y así fue —informó Spike—. Lo apuñaló por la espalda. Ni siquiera fue una pelea justa —no dejaba de mirar fijamente a Ebony—. ¿Qué piensas hacer con él?

Ebony se quedó mirando a los demás jóvenes allí reunidos, que habían ayudado a Spike a traer al asesino a su oficina del hotel. Todos la miraban con expectación. Ya no había reglas. Podía hacer lo que le diese la gana con el culpable, pero lo que escogiese dejaría marca en su liderazgo.

Seguramente, ella misma había matado a alguien. No estaba segura, pero alguno de los enemigos a quienes había dejado heridos en las muchas peleas callejeras en las que habían participado los Locos podía haber muerto más adelante por las lesiones que ella le había infligido. Era bastante probable. Ya no había médicos, ni hospitales con salas de urgencias. Si estabas herido, debías confiar en las medicinas que hubiese podido saquear tu tribu, en tu propia voluntad para recuperarte y en la más grande de las suertes. Puede que ella fuese una asesina, pero ¿era capaz de matar a sangre fría? Porque era justo eso lo que su tribu esperaría de ella. Ojo por ojo. Era lo que muchos de los adultos hicieron en su momento. Por ahorcamiento, inyección letal, silla eléctrica o cámara de gas. Métodos distintos, mismo resultado. Un asesinato judicial. ¿Tenía estómago para soportarlo?

CIENTO CUARENTA Y DOS

Tras el cara a cara con Amber por la recolección de agua en un riachuelo cercano, Lex se negó a enviar a los chicos a por ella, sabiendo que la cabezota de Amber mantendría su promesa de seguirlos y recoger agua para las demás al mismo tiempo.

Lex, Ryan y Jack podían sobrevivir felizmente usando la reserva de agua que había conseguido en secreto gracias a las raciones de todos. Sin embargo, la situación se estaba volviendo desesperada para los demás. Y estaba el problema de Dal, que no sabía lo del alijo secreto. ¿Cuánto tardaría en sospechar?

En esos momentos, Dal se encontraba en el tejado, adonde lo había enviado Lex para reparar la fuga del depósito de agua. Echó un vistazo al cielo despejado. Llevaba días sin llover. Por supuesto, todos habían oído hablar del calentamiento global antes de que el mundo de los adultos colapsase. Existía la previsión de que una larga sequía azotaría la ciudad. De ser así, sabía que estarían metidos en un buen lío. Había quienes creían que todo eso era culpa de los humanos. Sin embargo, de nada les serviría señalar con el dedo ahora mismo.

ooo

Jack estaba maldiciendo y toqueteando la tubería de plástico que conectaba el depósito de agua con el grifo, cuando Dal regresó con aspecto serio tras trabajar en el interior del tanque.

—¿Has podido arreglarlo?

—Sí —asintió Dal.

—¿Por qué estás tan sucio?

—No creo que el depósito de agua entre en la lista de tareas, Jack.

—No, supongo que no —prosiguió, dubitativo— Oye, ¿tú vas a empezar a hacer… ya sabes, cosas de chicas?, ¿las ayudarás?

Dal también parecía avergonzado.

—Pues, no lo sé… quizás un poquito, de vez en cuando. No demasiado.

—Siempre que haya pastel en el horno, ¿eh? —dijo Jack con una sonrisa.

—O una rebanada del pan de Salene —de repente, parecía preocupado—. Lex nos va a matar, eso sí.

—Sí, pero ¿crees que las chicas se saldrán con la suya?

Dal sonrió.

—Él no conoce a Amber.

Alzaron la vista al ver llegar a Ryan, muy formal.

—Lex me envía para ver cómo va lo del agua.

—Yo ya he arreglado el tanque —Dal miró a Jack—. ¿Qué tal las tuberías?

Jack parecía frustrado.

—No he podido acabar.

—¿Cómo?

—Se me ha acabado el cable —dijo encogiéndose de hombros mientras sujetaba un cable muy corto—. Sólo queda esto.

A Ryan se le iluminó el rostro.

—¡Yo te traeré más cable! —dijo antes de salir pitando.

—¡Genial! —dijo Dal—. Ahora sólo hace falta que llueva.

Jack parecía pensativo. Dal tenía razón: estaban muy necesitados de lluvia. De lo contrario, Dal comenzaría a atar cabos sueltos y descubriría lo del alijo de agua. Y, entonces, las cosas se pondrían muy feas.

CIENTO CUARENTA Y TRES

Trudy se acercó al cuarto de Salene, sujetando a la pequeña en brazos. Salene estaba guardando unos cuantos juguetes de bebé en una gran bolsa de plástico.

—¿Aún no has terminado? —la apresuró Trudy.

—Ya está casi —respondió Salene, asqueada.

Trudy fingió una expresiva sonrisa.

—Qué bien ha dormido esta noche, ¿a que sí, pequeña? Te gusta dormir al ladito de mami.

Salene se quedó callada. Recogió la bolsa, le dio la vuelta a la cama y se la tiró a Trudy.

—Toma.

La sonrisa de plástico permanecía.

—Gracias, Salene. Siempre has sido tan… dulce.

Tras darse la vuelta, se encontró con Amber a su salida.

—¡Hola, Amber! Estoy recogiendo los juguetes de Brady. Le gusta tenerlos siempre cerca, ¿verdad, monita? —con una última mirada triunfal a Salene, Trudy desapareció.

Amber hizo como que no se percataba de la mirada triste de la pelirroja.

—¿Salene, has visto a los niños?

La chica le dio un puñetazo a uno de los cojines, cabreada, y se desplomó sobre el sofá.

Amber suspiró para sí misma. “Otra vez no”. Se sentó junto a ella, reticente.

—¿Qué te pasa?

—¡Esa perra!

—¿Qué ha hecho esta vez?

—¡Le encanta pasar por encima de todos!

—Ya, bueno… —Amber no quería entrar en eso.

No obstante, Salene estaba decidida a desahogarse.

—¡Y la pequeña no le importa en absoluto!

—¡Salene, ella es su madre!

—La semana pasada no era su madre, ¿o sí? ¡Sólo lo es cuando a ella le apetece!

Amber estaba cada vez más irritada. Había cosas más importantes a tratar que emociones adolescentes.

—¡Salene, dale un respiro! Lo ha pasado mal.

—¡Pues como todos!

—Escucha, tú vas a seguir viendo a Brady. Necesitará toda la ayuda posible.

—¿Y Bray? —preguntó con voz mustia.

Amber se puso en pie con rapidez.

—Salene, dales una oportunidad.

—¿Por qué debería? —dijo como lanzando un desafío, quedando como una niña caprichosa a ojos de Amber.

—Bray estará con quien quiera estar. Pero dale tiempo. Deja que las cosas se solucionen solas —se quedó mirando a Salene en una súplica—. No la líes, por favor. Ya tenemos suficientes problemas.

Estaba ya casi fuera del cuarto cuando recordó el motivo por el que había ido a ver a Salene. Una idea, para darle a Salene algo que hacer más que quedarse sentada pensando en Bray.

—El piano. ¿Por qué no intentas enseñarles alguna canción a los niños? —propuso con una sonrisa alentadora—. Seguro que les encantaría.

No hubo respuesta. Dejó a Salene malhumorada en el sofá. Una vez sola, Salene agarró uno de los cojines y se aferró a él, con aire decidido.

CIENTO CUARENTA Y CUATRO

Había llevado a cabo un juicio justo frente a toda la tribu. Había hecho llamar a testigos, había escuchado sus testimonios y había ofrecido un veredicto al finalizar. El veredicto era responsabilidad de ella y de nadie más. No hubo jurado. Los Locos no eran una democracia.

Al declararlo culpable, su cerebro iba a mil por hora. La primera parte de su deber como líder estaba hecha. Establecer que no se tolerarían los asesinatos en su tribu. ¿Sería capaz ahora de llevar a cabo la segunda parte?

El joven culpable se encontraba entre dos guardias de los Locos, con la cabeza gacha. Sentía lástima por él. Era uno de los chicos que corrían desnudos por la piscina, uno de los que habría invitado con gusto a su cama. No obstante, mostrar cualquier tipo de misericordia sería percibido como una señal de debilidad, ante la que Spike y sus seguidores saltarían ávidamente. Condenar al asesino a una larga sentencia en prisión no era una opción. Era poco práctico tenerlo vigilado las veinticuatro horas del día. Y sabía que los Locos no estarían de acuerdo con compartir su comida con el condenado, que no realizaría ninguna función útil para la tribu.

Estaba sentada en un estrado, en el salón de baile del hotel, con la tribu sentada en las filas de asientos frente a ella. Hacía mucho que alguien había dejado los candelabros hechos añicos, que habían saqueado o destrozado los muebles, pero la estancia conservaba todavía su espaciosa elegancia. A una parte de ella, la formalidad de los procedimientos le parecía ridícula. Particularmente con el credo de "Poder y Caos" de los Locos. Pero una líder debía tener aspecto de líder, actuar como líder, incluso en el disparatado mundo en el que vivían día a día. Estaba segura de que a Zoot todo aquello le parecería muy gracioso.

—¡Te condeno a muerte! —anunció con una poderosa voz que resonó por la cavernosa habitación.

En aquel instante, la imagen de Zoot divirtiéndose le dio la respuesta. Él se lo habría tomado como un juego.

CIENTO CUARENTA Y CINCO

—¿Haciendo todo el trabajo sucio, Dal? —preguntó Amber. Dal, Jack y ella estaban haciendo cola en la cocina, a la espera de que Zandra les diese su comida.

Dal sonrió a través de la mugre que cubría su cara.

—Como siempre.

—¿Qué tal las vistas ahí arriba?

—Un cielo azul, sin humo. ¿Te acuerdas de eso?

—Eso son malas noticias para nosotros —comentó Jack, sombrío—. Cero lluvia.

Zandra les sirvió sopa en sus respectivos boles.

—No es nada especial, por desgracia. Es de lata. Salene no tenía agua para hacer sopa de verdad.

Justo cuando se sentaban en la mesa comunal para comer, Lex apareció por las escaleras con aspecto serio.

—Había dicho que nada de comida hasta conseguir agua.

—¡Nos morimos de hambre! —protestó Jack.

—¡Se siente!

—Relájate, Lex.

Lex agarró a Dal por la camiseta y lo puso de pie de un tirón.

—¿Cómo que "relájate"?

—¡Tenemos que esperar a que llueva, Lex! —intervino Amber.

—¿Eso es todo lo que podéis hacer? —devolvió a Dal a su asiento de un empujón.

Molesto por que lo maltratasen así, Dal replicó:

—¡Y tú nos prometiste leche! ¿Es todo lo que puedes hacer?

—¿Te ofreces voluntario para cuidar de la vaca? —preguntó Lex mirándolo fijamente.

—Me parece bien.

—Lex, le pediste a Dal que solucionase lo del agua —comentó Amber de forma razonable—. No puede hacer dos cosas a la vez.

—¿Y qué prisa hay, si no está lloviendo? ¡A cuidar de la vaca!

Bray apareció por allí y se acercó a Zandra.

—¿Puedo llevarle el suyo a Trudy? Está descansando.

—Por supuesto —dijo Zandra—. ¿Cómo está la pequeña Brady?

—Justo estábamos hablando de conseguir un poco de leche para la niñita bonita —dijo Lex mirándolo con desdén.

Bray se giró hacia él, devolviéndole la mirada.

—¿Y cómo piensas hacer eso, Lex?

—Ahora tenemos una vaca, ¿no?

—El problema, Lex, es que no hay toro.

—Los toros no dan leche —contestó Lex, arrogante.

Bray deambuló hacia el chico con una sonrisa divertida rondando sus labios.

—Pero sin toro, no habrá leche. ¿Lo pillas? Fin de la historia.

Lex se quedó sopesando esa nueva información durante un instante y, entonces, tuvo una idea.

—¿Es un hecho? Bueno, pues entonces parece que tendremos filetes para cenar, después de todo.

Dal se puso en pie, protestando de inmediato.

—¡¿No pensarás matarla?!

Una vez más, el matón lo envió a su silla con un empujón.

—Ryan, ¿a ti te apetece una hamburguesa cuarto de libra, a que sí?

—¿De la vaquita? —Ryan parecía perplejo.

—¡La grasa nos vendría bien para las lámparas de aceite! —exclamó Jack, entusiasmado.

—¡Menudo cavernícola! —le espetó Dal, sorprendido.

Cloe había estado tomándose su sopa ella sola, en silencio. Por lo general, no escuchaba las conversaciones que se daban en torno a la mesa, pues prefería vivir en su propio mundo. Ahora, sin embargo, fue repentinamente consciente de lo que estaban hablando. Alzó la vista, alarmada.

—¡No podéis matar a Campanilla!

—¡Lex, la estás alterando! —exclamó Amber con dureza.

Zandra lo fulminó con la mirada.

—¡No puedes matar a una vaquilla inocente, Lex!

El chico se cruzó de brazos, confiado. Esta vez, era él quien sostenía todas las cartas en su mano.

—¿Y qué queréis hacer? ¿Quedárnosla de mascota?, ¿dejar que se coma toda nuestra comida?

—La dejaremos ir —sugirió Bray.

—¿Qué pasa si vuelve? —preguntó Ryan.

—¿Y si los Locos la siguen hasta aquí? —añadió Jack.

—¿Piensas darle tu ración de comida, Ryan? —quiso saber Lex.

—¡Yo le daré la mía! —saltó Cloe.

Amber no estaba satisfecha. Preocupada por la lucha por el liderazgo, no había reparado en el tema de la ternera en absoluto. Pero, ahora que había salido el tema, el problema era evidente.

—Cloe, no podemos permitirnos darle de comer —explicó con delicadeza—. Si no nos da nada a cambio, no podemos mantenerla. Mira, Bob nos advierte de los peligros. Él siempre ladra si escucha un ruido extraño. Pero, Campanilla…

—No le daremos de comer —decidió Lex, determinado—. La vaca muere.

Cloe se levantó de un salto y se abalanzó sobre Lex.

—¡No puedes matar a Campanilla! ¡No puedes hacerlo!

Lex se deshizo de la niña con dureza.

—¡Quita de encima!

Bray intervino, abrazando a Cloe de forma protectora.

—¡Oye, Lex, métete con alguien de tu tamaño!

El líder no aceptó el desafío, pero les regaló a todos una mirada fulminante.

—¡Sois todos unos flojos! ¡Sois de mente débil! ¡Quien quiera disfrutar de una comida decente, que me siga!

Se fue echando humos escaleras abajo, acompañado de Ryan. Con una mirada pesarosa, Jack se apresuró a seguirlos.

Cloe se liberó del abrazo de Bray.

—¡Sois igual de malos que él!

—Lo sentimos, Cloe —dijo Amber.

Cloe los miró muy mal a los dos, con lágrimas en los ojos.

—¡Os odio!, ¡os odio a todos!

La niña salió de allí corriendo y llorando. Bray la observó marcharse, sintiéndose impotente y culpable.

—Debí haber mantenido la boca cerrada.

Amber lo miró, comprensiva. Odiaba admitirlo, pero Lex tenía razón por una vez. Sin embargo, temía pensar cómo le afectaría a Cloe que matasen a la vaquita.

Para la pequeña, Campanilla era su mascota. Y Amber estaba segura de que Cloe debía haberle confiado todos sus pensamientos y miedos al animal. Era una chiquilla introvertida en el mejor de los casos, parecía vivir constantemente en los límites de la cordura. ¿Le haría esto cruzar al otro lado? No sabía si sería capaz de soportar eso.

CIENTO CUARENTA Y SEIS

Bray estaba sentado en la cama, perdido en sus pensamientos. Sabía que Amber estaba tan preocupada por la reacción de Cloe como él, pero su preocupación era distinta. Se sentía profundamente culpable. Le había prometido a Cloe mantener el secreto y así lo había hecho, hasta que la propia vaquita se había delatado a sí misma. Sabía lo mucho que significaba el animal para la pequeña. Ahora, él sería el responsable de la muerte de la mascota de Cloe. Quizás, la única amiga de la niña en todo el mundo. Todo porque Lex le había servido un chiste fácil en bandeja.

Amber y él habían hablado de estar atentos a la niña, apoyarla tanto como pudiesen. Pero sentía que debía hacer más, debía reparar el daño. Por Cloe y por él mismo.

Al escuchar que alguien llamaba a la puerta, levantó la vista, irritado por verse molestado.

Era Trudy, sujetando a la bebé. La chica sonrió vacilante, adoptando un tono animado.

—Hola. He estado arreglando un poco el cuarto.

Al ver que no respondía, Trudy siguió usando su semblante alegre.

—He puesto la cunita de Brady al lado de mi cama, para que me pueda ver. A los bebés les gusta ver a sus mamás, ¿verdad?

—Sí, sí —asintió, distraído.

Trudy hizo una mueca, algo ansiosa. Estar alrededor de Bray significaba ir con pies de plomo.

—¿Qué te pasa?

Bray suspiró. No quería darle explicaciones a Trudy, pero debía decir algo para tenerla contenta.

—Estaba pensando en Cloe.

La chica trató de parecer comprensiva, aliviada de que su mal humor no tuviese nada que ver con ella.

—Sí, qué pena. Pero supongo que no se podía hacer nada. Quiero decir, ¿no podía quedarse, no? —entonces viró la conversación hacia el motivo real de su visita—. Total, que la habitación se ha quedado genial. Ahora hay un montón de espacio. Hay sitio para tus cosas.

—¿Mis cosas? —preguntó él con asombro.

La joven sintió que se estaba poniendo roja.

—Bueno, he pensado que, ahora que estoy cuidando de la niña como toca… Y a ti se te da tan bien, y, me sentiría más segura. No me fío de ese Lex.

—Él no te tocaría —dijo Bray despectivamente.

—¿Por qué? —eso le había picado—. ¿No soy lo suficientemente atractiva? —siguió hablando, incapaz de detenerse—. Supongo que si hablásemos de Salene…

—¡Trudy! —Bray se puso en pie y se dispuso a salir del cuarto.

—¿Adónde vas, Bray?, ¿qué hay de lo de mi habitación?

El chico se paró y la miró con mucho cansancio.

—He decepcionado a Cloe. Se lo tengo que compensar.

—Ya lo superará.

El tono egoísta de la chica lo volvía loco.

—¡Trudy! ¡Era su mascota!

Bray salió del cuarto antes de darle tiempo a responder. Ahora mismo, tenía cosas más importantes que hacer.

CIENTO CUARENTA Y SIETE

Lex lideró el camino hacia el aparcamiento, donde estaba amarrada la vaquita. Cuando los vio, se puso a mugir, como si estuviese contenta de tener compañía. Estaba acostumbrada a recibir visitas frecuentes de Cloe, a que le llevasen agua y la sacasen a pastar al parque cercano. Ya no temía a los humanos. Los humanos eran buenos.

Lex se detuvo junto a ella, se giró hacia Ryan y le pasó una navaja automática.

—Ahí tienes, Ryan.

El chico se lo quedó mirando, incómodo.

—Pero, pensaba… ¿Quieres que la mate yo?

—Sí. Comeremos unos buenos filetes.

Ryan tomó la navaja y extendió el filo, vacilante. Se quedó mirando a Lex.

—¿Cómo lo hago? ¿Le doy una puñalada?

—Rájale el cuello, Ryan. Ahí hay una gran vena. Se desangrará.

—Debimos traer un cubo para recoger la sangre —comentó Jack—, con la sangre se pueden hacer morcillas.

—Bueno, no vamos a volver ahora por eso —dijo Lex con menosprecio—. ¡Vamos, Ryan! No tenemos todo el día.

Arrodillándose junto a la ternera, Ryan rodeó su cuello con un brazo y le levantó la cabeza. El animal era cálido y suave. Notaba el pulso regular de sus latidos a través de los dedos.

—¡Date prisa, Ryan! —lo instó Lex.

Cuando Ryan le colocó el cuchillo cerca de la garganta, el animal se lo quedó mirando con grandes ojos marrones. El chico suspiró profundamente y, entonces, apartó la navaja y le soltó la cabeza.

—¡¿Qué pasa?!

—No puedo hacerlo, Lex.

—¡No me lo puedo creer! —exclamó éste.

Ryan se puso en pie y le pasó el cuchillo avergonzado, encogiéndose de hombros. A su vez, Lex le pasó el cuchillo a Jack.

—¡Toma!

Jack se quedó mirando la navaja, horrorizado.

—¡Yo no puedo!, ¡nunca he matado nada!

—Pero comértelo sí, ¿eh? —saltó Lex—. ¡Sois patéticos, los dos!

—Mira los ojitos que te pone, Lex —explicó Ryan, tratando de justificarse.

Lex puso mala cara y se acercó a la vaquita. Los otros dos se quedaron observando atentamente.

—¿Qué estáis mirando? —les gruñó—. ¡Esto no es una corrida de toros! ¡Venga, largo de aquí!

Ryan y Jack salieron del *parking*. Lex resopló y se arrodilló junto a la ternera, con la navaja bien apretada en su mano.

CIENTO CUARENTA Y OCHO

Las reglas eran sencillas. Saldría con ventaja, pero no podía salir del hotel. Había guardias en todas las salidas con órdenes de evitar que escapase por todos los medios posibles. Podía esconderse en cualquier parte de aquel edificio de varias plantas. Luego, esperaría a que la manada de Locos le diesen caza. Si lo encontraban, le darían una paliza de muerte. Un juego del escondite fatídico.

Era mucho mejor que una ejecución judicial a sangre fría. Pelear en distintos entornos era algo habitual en sus vidas, así que los Locos tendrían oportunidad de mejorar sus habilidades de cacería. ¿Qué mejor forma de practicar que con una presa viva?

También le quitaba el peso de encima. No tendría que ser ella quien asestase el golpe fatal. Todos los miembros de la tribu tomarían parte en llevar a cabo la sentencia. Y así es como debía ser, pensó. Spike no podría oponerse a ofrecerles a los demás un poco de diversión.

Tomó un momento de pausa antes de anunciar el inicio del juego. ¿Los Locos serían capaces de perseguir a uno de los suyos hasta la muerte? El chico había sido un miembro popular y leal en la tribu, demostrando su valía y bravura en muchas peleas callejeras. Era una pena perder sus habilidades, pero no le había dejado otra alternativa. Permitir los asesinatos dentro de la tribu también resultaría mortal. Incluso en el mundo sin reglas de Zoot, debía haber unas cuantas si querían sobrevivir.

Para que la persecución durase un poco más, el joven huyó desde las plantas inferiores del hotel, que estaban más o menos intactas, hacia las plantas superiores, muy dañadas por varios incendios provocados. La manada que lo perseguía, como lobos sedientos de sangre, debía ir con mucho cuidado, avanzando con cautela por entre los escombros y las paredes, suelos y techos derruidos.

Al llegar a la última planta, el chico salió corriendo al tejado y, sin pensárselo, se lanzó al cielo, con los brazos estirados y un grito desafiante.

Ebony oyó cómo aquel grito valiente se transformaba en uno desesperado. Y, entonces, el desagradable y húmedo sonido del cuerpo al golpear contra el suelo, en la entrada del hotel. Era una buena forma de irse. Un acto de resistencia. Una muerte de la que todos podían estar orgullosos, digna de un Loco.

CIENTO CUARENTA Y NUEVE

Zandra se quedó sorprendida cuando vio a Lex volver al interior del Centro tambaleándose mientras se sujetaba un costado y se retorcía de dolor. Fue corriendo hacia él, entre gritos.

—¡Lex, ¿qué te ha pasado?!

El chico se apoyó contra la pared, con la ropa toda sucia, el rostro demacrado y ambas manos sobre las costillas.

—¡Me han asaltado los Locos! —alcanzó a decir.

Zandra soltó un chillido y lo rodeó con sus brazos. Le valía la pena recibir una paliza sólo por eso, pensó. Dudaba que la chica le diese un abrazo si le decía la verdad: que no había tenido pelotas para cargarse a la ternera.

Fue justo como había dicho Ryan. Aquellos grandes ojos marrones te miraban con mucha intensidad. Había tratado de cerrar sus propios ojos, pero no fue capaz de cortarle el cuello al animal. Al final, decidió lanzar al aire su moneda de la suerte.

—Cara, vives. Cruz, mueres, Campanilla —dijo. Lanzó la moneda, que cayó en "cruz" —. Bueno, al mejor de tres.

Después de que la moneda cayese dos veces seguidas en "cruz", había desatado a la vaquita y la había sacado del aparcamiento hacia el parque que había enfrente.

Se sorprendió a sí mismo. Siempre se consideró un asesino despiadado. Pero, tratándose de animales, había resultado ser igual de compasivo que Ryan. No era algo de lo que quisiera presumir, pues tenía una reputación que mantener.

ooo

En la cafetería, Cloe y los demás estaban escuchando la historia de Lex.

—Es lo único que he podido hacer para salvarme —dijo Lex, mientras Zandra le lavaba cuidadosamente el rostro magullado con un paño húmedo.

—¿Qué le ha pasado a Campanilla? —preguntó Cloe, nerviosa.

Un brillo malvado se apoderó de los ojos de Lex.

—Bueno, cuando la he visto por última vez, la perseguían como veinte Locos. Seguramente la habrán sacrificado ante algún dios. Le habrán rajado la garganta y se la habrán comido viva.

Cloe dejó escapar un atronador grito y salió de la cafetería entre chillidos. Salene corrió tras ella.

Amber lo fulminó con la mirada.

—¡Muy gracioso, Lex!

El chico le respondió con una sonrisa. Cabreada, Amber dio un paso hacia él.

—¡Le acaba de dar una paliza a una horda de Locos! —dijo Zandra, protegiéndolo.

Amber se detuvo.

—¿Ah, sí? ¿Quieres saber lo que pienso yo? Pienso que se ha peleado con la ternera, y que ésta le ha ganado fácilmente.

Lex se puso en pie, herido.

—¡Ya he tenido suficiente! ¡Me da igual que no me creáis!

Ryan llegó a la cafetería mientras Lex pasaba de largo ante él y bajaba por las escaleras.

—Oye, Lex, ¿y la carne? —preguntó a gritos, expectante.

—Lo siento, Ryan —intervino Amber—, ¡está fuera de carta!

El chico frunció el ceño. No tenía forma de esconder su decepción.

—¿Qué ha pasado?

—Los Locos lo han atacado y se han llevado a la ternera —explicó Zandra.

—¡Ja! —se mofó Amber.

—La tienes tomada con él, ¿eh? —dijo Zandra en tono acusador.

—El que me preocupa no es él, Zandra, ¡somos nosotros! ¡Está haciendo un gran trabajo cargándose todo lo que hemos montado!

—¿Y supongo que tú lo harías mejor? —contratacó la otra chica, acalorada. Entonces, con un tono más suave, prosiguió—. Bueno, supongo que sí. Pero Lex nunca dimitirá como líder, eso ni hablar.

ooo

Salene bajó volando por las escaleras mientras llamaba a Cloe.

—¡Cloe, era sólo una broma! ¡No pasa nada!

Preocupada por lo que haría aquella niña tan alterada, se la imaginó apresurándose hacia las alcantarillas y saliendo a las peligrosas calles en busca de su mascota. En la parte baja de las escaleras, casi se choca con Trudy, que paseaba a Brady en su cochecito.

—¡Oye! ¡Cuidado! —exclamó Trudy, furiosa.

—¡Perdona! —se excusó Salene sin aliento—. Seguía a Cloe. No te he visto.

—¡Pues poned atención a vuestros jueguecitos de críos! ¡Podías haberle hecho daño a mi hija!

—¡No es ningún juego! ¡Está alterada!

—¡Siempre está alterada! —saltó Trudy.

—Mira, perdona, no pretendía… —comenzó Salene, pero estaba ansiosa por alcanzar a Cloe—. Olvidémoslo, ¿vale?

Los ojos de Trudy se estrecharon, suspicaces.

—¿Nos estás siguiendo?

—¿Cómo? —preguntó la chica, sorprendida.

—¡Estás en todas partes!, ¡siempre apareces allá adonde esté!

—¡Esto es increíble! —Salene negó con la cabeza.

—¡Aléjate de nosotros! —la advirtió Trudy.

—¿"Vosotros"? —la interrogó Salene.

—Te crees que tienes a Bray comiendo de tu mano, ¿eh? ¡Pues no lo está, Salene! ¡Así que olvídalo! ¡Él es de mi familia, ahora estamos juntos!

—Eso ya lo veremos —respondió Salene, testaruda.

Trudy le había lanzado un desafío que no pensaba esquivar. Por fin se habían quitado las caretas.

Notando la resistencia de la chica, Trudy le puso la cara delante, amenazante.

—Como te acerques a Bray, a Brady o a mí, ¡te sacaré los ojos a zarpazos!

Salene se enderezó para ganar altura y enfrentarse a la amenaza, y contestó con voz sosegada:

—Creo que Bray puede tomar sus propias decisiones, ¿no?

Tras esto, salió corriendo detrás de Cloe, dejando a Trudy metiéndole puñales imaginarios por la espalda.

CIENTO CINCUENTA

A lo largo de la historia, los líderes habían descubierto que el liderazgo traía consigo sus propias recompensas y sus propios problemas. Era algo que, para Lex, se estaba volviendo muy evidente. Y, en esos momentos, parecía haber pocas recompensas y demasiados problemas. Así que, cuando Amber llegó a su oficina, esperaba que le lanzase otro más sobre la mesa. Se preparó para volver al combate.

Amber sentía que la situación estaba llegando a su fin. Había ganado la batalla de las tareas diarias. Sin embargo, la pelea crucial era la del agua. Había amenazado firmemente a Lex con llevarse a las chicas al riachuelo a recolectar agua para ellas. Pero, en realidad, aquel era un plan altamente peligroso, uno que sólo pensaba ejecutar como último recurso.

Lex tenía las botas sobre el escritorio, como de costumbre. En vez de quedarse de pie, como solía hacer cuando confrontaba a Lex, la chica tomó asiento, se acomodó y le sonrió. Eso lo incomodó todavía más.

—¿Qué quieres? —gruño.

—No es fácil conseguir que la gente te siga, ¿verdad? —dijo de forma casual.

—¡Gracias a tu pequeña rebelión! —dijo con el ceño fruncido.

—No es mi rebelión, Lex —su tono era suave, poco beligerante.

—¿Ah, no?

—Es lo que pasa cuando obligas a la gente a hacer cosas que consideran injustas.

El chico quitó los pies del escritorio y se sentó bien, fulminándola con la mirada.

—Ayuda que haya una cabecilla como tú, ¿no te parece?

—Simplemente sucedió, Lex. Las chicas lo han pasado ya muy mal. No necesitan un líder. Y no quieren ser cocineras, sirvientas ni limpiadoras más de lo que lo quieres tú.

—A cada uno se le da bien una cosa —continuó, cabezota.

Amber aprovechó esa frase. Le había dado el pie justo.

—¡Exacto! Eso lo sé. Como tú.

—¿Como yo, qué? —preguntó, confuso.

—Tú eres un luchador, Lex. Eres duro y valiente, eso lo sabemos todos. Eres la mejor persona para defender el Centro, para protegernos. En eso es en lo que deberías concentrarte.

Había una pizca de autocompasión en la respuesta del chico.

—Lo haría, si los demás me dejaseis hacer mi trabajo tranquilo y me hicieseis caso.

Amber se inclinó hacia delante, adoptando una pose empática.

—¿Por qué no me dejas todo este follón a mí? Yo me encargaré del día a día, de las tareas. Puedo quitarte ese peso de encima.

—Haces que parezca muy sencillo.

Entonces, supo que lo tenía en sus manos.

—Deja que lo intente… ¿Qué tienes que perder?

Lex apartó la mirada y se giró hacia la pared, pensativo. Luego, miró a la chica de nuevo.

—¿Algo más?

—Comida, agua y demás. A Bray se le daría bien eso.

—¡Ni hablar! ¡Nos dejaría morir de hambre!

—Estoy intentando liberarte de tus obligaciones para que hagas lo que mejor se te da. Jefe de seguridad.

Dejó que aquel título ocupase el silencio durante un instante. Por su expresión, estaba claro que a Lex le gustaba cómo sonaba.

CIENTO CINCUENTA Y UNO

Tras la lucrativa adquisición del casino de la Tribu del Circo y el exitoso juicio por asesinato del Loco, Ebony estaba de subidón, y comenzaba a sentirse más segura de su papel como líder de la tribu. Era evidente por la forma que tenía de pavonearse por todo el hotel. Se paseaba con aires majestuosos, y estaba claro que los Locos la aceptaban y admiraban. Su diminuto tamaño era engañoso, pues todos sabían lo feroz y poderosa que podía ser. Ella se deleitaba con toda esa adulación, pero, en el fondo, sabía que nunca debía dejar que se le subiera a la cabeza. Nunca debía cruzar esa delgada línea entre liderazgo y arrogancia.

La gente necesitaba líderes, deseaba tener líderes. Era más fácil que otra persona te guiase, te dijese qué hacer. Y la mayoría de los Locos querían tener una vida fácil. Siempre que tuviesen vía libre para aterrorizar a otras tribus, para tomar esclavos y suministros, comer y beber lo que les diese la gana de sus almacenes (cada vez más llenos), hacer el tonto en el hotel y hacer el amor cuando quisieran y con quien ellos deseasen… estarían felices. Para los chicos jóvenes en particular, eso era el paraíso.

Sin embargo, Ebony era muy estricta si veía cualquier atisbo de sexismo en la tribu. Ella era una chica y, por lo que a ella respectaba, todas las chicas eran iguales y tan buenas como cualquier chico. Zoot no había permitido que las chicas de los Locos estuviesen oprimidas, que los chicos se aprovechasen de ellas, y Ebony había mantenido ese régimen bien firme.

El móvil del asesinato había sido el afecto de una chica. Una riña entre borrachos de madrugada que había tenido un trágico resultado. La chica era una espectadora inocente, atrapada en esa lucha de dominación masculina. Tras el juicio y la muerte del asesino, algunos de los Locos habían intentado pagarla con ella. Pero, como líder, Ebony la había defendido. Prohibió que se la tratase mal. Una buena líder no se posicionaba de parte de ningún sexo. Todos eran iguales.

No era así como la habían criado. Todo lo contrario. De pequeña, tuvo que luchar por su lugar en el mundo. Y esa lucha la había endurecido. Quizás demasiado, pensó con cierto remordimiento. Si alguna vez tuvo un lado más dulce, amable y femenino en su interior, no lo recordaba. Excepto por una vez. Una vez de la que se arrepentía profundamente. Pero ¿de qué valía arrepentirse?, ¿de qué servía tener un lado amable y femenino en este nuevo mundo?

CIENTO CINCUENTA Y DOS

Salene había seguido el consejo de Amber y estaba tratando de tomarse todo el asunto de Bray con más calma, enseñando a Patsy y Paul a tocar el piano. Ya habían dado una clase que no les fue demasiado bien, porque la chica no podía dejar de pensar en Bray, y los niños se habían ido de allí indignados. Pero se había dado una buena reprimenda a sí misma. Estaba decidida a ponerse las pilas y volver a intentarlo.

Se encontraba tocando las teclas centrales del piano, con Patsy en las teclas más bajas.

—Tú imita mis movimientos, Patsy —le indicó.

—¡No puedo! —se quejó la niña.

—No pasa nada. Inténtalo de nuevo.

Patsy golpeteó las teclas.

—¡No sé hacerlo! —dio un golpe firme sobre las teclas en silencio, frustrada.

—¡Para! —chilló Salene—. ¡Que lo vas a romper!

—¡No hace ningún ruido!

Paul señaló la tapa del piano. Salene la levanto y, de inmediato, pudieron comprobar cuál era el problema.

ooo

Ryan les estaba enseñando trucos de cartas a Jack y Dal bajo la estatua del fénix, en el patio interior, cuando Salene llegó sujetando un puñado de cables en la mano. Se los tiró al grupo de modo acusador.

—¿Os habéis divertido?

—¿Qué? —preguntó Dal, alzando la vista.

—¡Habéis destrozado el piano! —exclamó zarandeando los cables.

—¿De dónde los has sacado? —preguntó Jack, preocupado.

—¡De vuestro aparatito de ahí arriba!

A Dal se le cayó el alma a los pies.

—¡Salene, no!

—¿Qué le has hecho? —Jack compartía la consternación de su amigo.

La rabia y frustración de Salene estaban a rebosar. Había intentado por todos los medios hacer las cosas bien.

—¡Sois unos cerdos sin cultura!

Dal se giró hacia Ryan.

—¿Por qué no nos dijiste de dónde habías sacado los cables?

—No me lo preguntasteis —contestó éste encogiéndose de hombros.

—Pero, Ryan, ¿el piano? —Jack no se lo podía creer.

—Sí, ¿a que fue buena idea? —preguntó Ryan con una sonrisa.

—¡Os lo habéis cargado! —dijo Patsy, que había seguido a Salene hasta allí junto a su hermano.

—Aún podéis tocar medio piano —respondió Ryan razonablemente.

—¡Volved a colocarlos! —exigió Salene.

Jack se levantó.

—¡Los volveremos a colocar, pero en la tubería del agua!

—¡De eso nada!

El chico le arrebató los cables a Salene y salió disparado. Durante un instante, ella se quedó quieta y desamparada, y entonces se fue directa a Ryan y comenzó a darle golpes en la cabeza.

—¡Menudo zoquete! —le gritó.

Ryan se la quitó de encima fácilmente y se puso en pie.

—¡Oye, venga, necesitamos agua!

Entonces llegó Zandra, atraída por todo el vocerío.

—Tiene razón, Salene. El agua es mucho más importante.

—¿Y ellos, qué? —señaló con un gesto a Patsy y Paul—. ¡Su educación!

—A mí nunca me sirvió de nada —intervino Ryan.

—¡Tú es que eres tonto de remate! —volvió a cargar la chica contra él.

Zandra trató de intervenir:

—¡Cálmate, Sal! ¡Sé que estás molesta por lo de la bebé, pero no la pagues con Ryan!

Salene estaba llorando y golpeando a Ryan en el pecho, sin efecto alguno, cuando apareció Bray con una enorme caja de cartón. Dejó la caja en el suelo y agarró a Salene por los brazos.

—Oye, tranquilízate —dijo con calma.

La chica se relajó. Se sintió avergonzada en presencia de Bray, sabiendo que él era el motivo real de su desdicha.

—¿Qué hay en la caja? —preguntó Patsy.

Bray abrió la parte superior, buscó en el interior y sacó una gallina viva.

Patsy miró en el interior de la caja y su rostro se iluminó.

—¡Gallinas!

—Son para Cloe, para compensarle por lo de la ternera —dijo con una sonrisa, antes de pasarle la gallina a un feliz Paul.

En esos momentos llegaron Lex y Amber, tras oír la conmoción desde el despacho del chico.

—¡Bray ha traído gallinas! —anunció Patsy entusiasmada.

—¿De dónde las has sacado? —preguntó Lex tratando de parecer poco impresionado.

—De por ahí —dijo Bray de forma casual.

—Bueno, pues vamos a cargárnoslas antes de que nadie se encariñe demasiado —comentó Lex, quitándole la gallina a Paul.

—¡Ni hablar! —gritó Patsy.

—¿Pueden darnos huevos, no? —propuso Amber.

—¿Y para eso no nos hace falta un gallo?

—No, sólo darles de comer —respondió Bray—. Y de eso puedo encargarme yo.

Patsy se agachó y sacó un huevo de la caja.

—¡Tortilla! —a Ryan se le iluminó la cara.

Amber se giró hacia Lex.

—Creo que hemos encontrado nuestro hombre de las provisiones.

Lex se encogió de hombros y se quedó mirando las otras dos gallinas dentro de la caja. En secreto, debía admitir que era un hallazgo excelente en una ciudad muerta de hambre.

Amber pilló a Bray por el brazo y lo llevó a un lado.

—Muy buena idea, lo de las gallinas.

—Me sentía mal por Cloe.

—Gracias. Seguro que la animan. Escucha, Bray... He estado hablando con Lex. Ya ha tenido suficiente como líder. Así que le he ofrecido un trato. Él puede ocuparse de la defensa. Yo me ocuparé de las tareas del día a día, y tú te ocupas de las provisiones.

Bray cruzó los brazos delante del pecho.

—¿Tú no te rindes, eh?

—¿De qué serviría rendirse? —contestó ella, animada.

—¿Acaso tengo opción?

—La verdad es que no—dijo con una sonrisa.

Bray apartó la mirada, como si examinase las paredes en busca de una respuesta.

—¿Eso es un "sí"?

—Lo intentaré —confirmó tras soltar un suspiro.

—Genial —Amber se giró hacia los demás, sintiéndose feliz por primera vez en mucho tiempo—. Lex, ¿tienes algo que nos quieras decir a todos?

Lex volvió a dejar la gallina en la caja y saltó sobre el plinto en forma de círculo que rodeaba la estatua.

—¡Escuchadme todos! —dijo con aires de importancia—. Como líder, he hecho un par de nombramientos rutinarios. A partir de ahora, Amber se ocupará de las tareas, de todos los temas del día a día. Y Bray se ocupará de la comida y del agua. Si tenéis cualquier problema relacionado con eso, habladlo primero con ellos, ¿entendido? A mí no me molestéis. Yo soy Jefe de seguridad.

Amber sonrió para sí misma y le echó una mirada furtiva a Bray. El chico estaba impasible. Se preguntó si alguna vez llegaría a saber qué le pasaba realmente por la cabeza. Seguramente no.

De repente, Ryan miró hacia arriba tras oír un ruido.

—¡Escuchad!

Todos alzaron la vista y escucharon el mismo sonido inconfundible.

—¡Está lloviendo! —exclamó Ryan.

CIENTO CINCUENTA Y TRES

Un rayo en forma de tridente iluminó el centro comercial con una luz extremadamente blanca. El rugido de un trueno lo siguió pocos segundos después. La lluvia caía desde nubes oscuras que cubrían el techo de cristal, volviendo el Centro más plomizo de lo habitual. Sin embargo, en el interior, todos estaban emocionados.

Se habían reunido todos en torno a Jack y Dal, trabajando frenéticamente con tenazas y asegurando las tuberías con los cables del piano que habían podido rescatar. Seguía filtrándose agua por la junta, pero Dal tomó un vaso y lo sujetó bajo un grifo pegado a la tubería.

—¡Pruébalo! —instó a Jack.

—¡Vamos allá! —el chico giró el grifo. Un chorro de agua embarrada llenó el vaso. Los demás rompieron en vítores y aplausos. Cuando Jack levantó el vaso con orgullo, el humor cambió.

—¡Uf, qué asco! —exclamó Salene con una mueca.

—¡Si está mugrienta! —gritó Zandra.

—Puede servirnos —los trató de tranquilizar Bray.

—¿Estás de coña, verdad? —preguntó Lex con desdén.

—¿Hemos conseguido agua, no? —dijo Jack, desafiante.

—Si se le puede llamar así —comentó Salene.

—No perdáis los nervios —intervino Dal—. Lo arreglaremos.

—¡Bueno, os dejo que bebáis vosotros primero! —dijo Zandra altivamente.

Patsy estaba mirando a todos los allí reunidos. Faltaba alguien.

—¿Dónde está Cloe?

Todos se miraron entre sí.

—A ver si adivino —Jack miró a los cielos—. ¿Se ha vuelto a escapar?

—Oh, no —gruñó Amber—. Otra vez no.

—No la he visto desde lo ocurrido con la ternera —dijo Salene—. Estaba muy alterada. Fui tras ella, pero le perdí el rastro.

Otro rayo iluminó el Centro. Los miembros de la tribu volvieron a mirarse entre sí. De repente, la atmosfera se había vuelto muy seria. ¿Se habría quedado Cloe atrapada fuera, en la tormenta?

CIENTO CINCUENTA Y CUATRO

Como Jefe de seguridad, Lex había dividido al grupo en equipos, y había enviado a cada uno a rastrear el centro comercial de arriba abajo en busca de Cloe. La tormenta seguía rabiando afuera a medida que los distintos equipos de búsqueda fueron volviendo, insatisfechos.

—¿No hay señales de ella? —preguntó Amber. En sus rostros podía ver que era una pregunta redundante.

—No está en el Centro —Zandra negó con la cabeza.

—Tampoco en el *parking* —añadió Ryan con gravedad.

Amber estaba preocupada y exasperada a partes iguales.

—¡No puede seguir haciendo esto!

—Tienes razón —coincidió Lex—. Así, nos pone a todos en peligro. Una de las otras tribus podría seguirla hasta aquí.

Trudy alegró la cara al ver volver a Bray de buscar en las alcantarillas.

—¡Ay, mira quién ha vuelto! —le murmuró a Brady, acurrucada en sus brazos—. ¡Es tu tío Bray!

Ignorándola, el chico se acercó a Lex con determinación.

—Tenemos que salir fuera a buscarla.

—De eso nada —respondió con firmeza.

—No puedes dejar a Cloe ahí fuera toda la noche sólo por vengarte de mí —protestó Bray—. ¡Es patético!

—El patético eres tú si crees que ese es el motivo —respondió Lex, cabezota—. Hay una tormenta ahí fuera. En media hora será completamente de noche. ¿Acaso tienes rayos X, Superman?

—Es una niña pequeña, Lex —intervino Zandra—. ¡Está ahí fuera ella sola!

Lex miró a Bray cuando lanzó su indirecta:

—No hace falta ser grande para ser imbécil.

—Lex tiene razón —lo apoyó Amber—. Es inútil salir ahora.

—Gracias, Amber. Al menos alguien se da cuenta de que no soy Jefe de seguridad porque sí. Si no vuelve, la buscaremos a primera hora de la mañana. Esta noche la pasa ella sola.

—¿Qué les voy a decir a Patsy y a Paul? —preguntó Salene—. Están muy preocupados por ella.

Trudy, plantada junto a Bray, comenzó a hablarle a su pequeña, en brazos.

—Tú nunca harías algo tan estúpido, ¿verdad, Brady? No, nosotros te cuidaremos.

Salene le lanzó una mirada.

—¿Qué intentas decir, Trudy?

Bray intervino para evitar lo que estaba por llegar.

—Diles que la encontraremos, Salene.

El chico estaba entre dos aguas, debatiéndose si desafiar las órdenes de Lex y salir a buscar a Cloe. Pero eso supondría un desafío directo al sistema que Amber acababa de conseguir instaurar. Sería maleducado. Además, debía reconocer que Lex y Amber tenían razón. Encontrarla en aquella noche tormentosa sería casi imposible. Pero odiaba pensar que la pequeña estuviese por ahí fuera ella sola, en medio de la oscuridad y de la tormenta. El único consuelo era que, al menos, ni los Locos ni ninguna de las otras tribus saldrían por ahí esa noche. Seguía sintiéndose profundamente culpable por el papel que había desempeñado en todo ello. Dudaba poder pegar ojo esa noche.

CIENTO CINCUENTA Y CINCO

En el tramo de bosque que se metía hasta la ciudad, a un par de kilómetros del Centro, Cloe trataba de refugiarse bajo un enorme roble mientras la tormenta rugía sobre ella. Un viento salvaje estaba lanzando la lluvia en todas direcciones, y ya estaba calada hasta los huesos.

Después de que Lex regresase al Centro contando que los Locos habían ido a por Campanilla, la niña se apresuró a salir al exterior por las alcantarillas para tratar de rescatar a su mascota. Al salir a la calle, esperaba encontrarla llena de Locos. Sin embargo, para su sorpresa y alivio, la encontró vacía.

Si los Locos habían capturado ya a la vaquita, no tenía ni idea de adónde se la habrían llevado, así que deambuló por las calles desiertas, llamando al animal por su nombre, con un lamento.

Se había alejado ya mucho, estaba en una zona que no conocía. Pero estaba decidida a encontrar a Campanilla. No conocía bien la ciudad, y se quedó asombrada al encontrar pequeños grupos de árboles que llevaban hacia una zona boscosa más amplia en los límites de la ciudad. Si Campanilla había escapado, seguro que había corrido hacia allí.

Los árboles y el sotobosque se volvieron más gruesos a medida que se introducía más y más, con cuidado. Si la ternera se había adentrado allí, sería bastante difícil poder verla. Pese al peligro de que alguien la escuchase, debía gritar su nombre.

—¡Campanilla! —la voz se perdía entre el denso follaje—. ¡Campanilla!

¿Acababa de escuchar algo? La volvió a llamar tan alto como podía:

—¡Campanilla! ¡Estoy aquí!

¡Sí! El sonido era real. Le estaban respondiendo. ¡Debía ser Campanilla! Comenzó a correr en dirección al ruido, gritando su nombre, sin percatarse de los rasguños y punzadas de las zarzas y ortigas en su camino.

Estaba ya en lo más profundo del bosque cuando cayó la noche. El destello de un rayo anunciaba la tormenta que se acercaba desde el mar. Casi al momento, el aluvión de lluvia comenzó, como si alguien hubiese abierto un grifo gigantesco desde los cielos. Cuando el repiqueteo del primer trueno retumbó por entre los árboles, se abrazó al grueso tronco de uno de ellos para protegerse.

Temblando en la oscuridad, observó los destellos de los rayos transformar las agitadas ramas en tremulosos fantasmas. Los truenos se oían ahora más cerca, más altos. Un vívido rayo en forma de tridente golpeó la copa del árbol sobre su cabeza. Junto al tremendo repique del trueno, escuchó otro violento chasquido. El árbol bajo el que se estaba cobijando comenzó a vibrar y se partió en dos. El grito de la niña se entremezcló con la tormenta, al tiempo que las enormes ramas se venían abajo a su alrededor y el árbol afectado se prendía fuego. Mientras el árbol en llamas iluminaba el bosque, trató de escapar. Pero era inútil, estaba atrapada.

CIENTO CINCUENTA Y SEIS

Trudy había llevado a Brady a la habitación de los gemelos para darles las buenas noches. Salene seguía durmiendo con Patsy y Paul, así que, cuando se disponía a salir, le hizo un comentario al bebé, asegurándose de que la otra chica pudiese oírlo.

—Tenemos que irnos, que va a venir alguien a vernos. Pues claro. Tu tío Bray.

Se marchó, no sin antes regalarle a Salene una maliciosa mirada de triunfo.

Bray ponía empeño en acostar a la niña todas las noches. Lo había tomado como costumbre mientras Trudy no se encontraba bien, y seguía haciéndolo porque, en cierto modo, le ayudaba a sentirse más cerca de su hermano, Martin.

Trudy estaba de pie junto a él, mientras el chico situaba a la pequeña en la cuna. Tocó los dedos de la niña con dulzura.

—¡Ay, qué tierno! —exclamó Trudy.

Ella se inclinó para repetir el gesto, pero la bebé comenzó a llorar en cuanto sintió el contacto. Trudy retrocedió e hizo una mueca.

—¡Ya empieza otra vez!

—Está cansada, necesita dormir.

—Si casi nunca duerme —informó ella—. No duerme si no estás tú. Cuando estás, se pone muy contenta. Te quiere mucho, Bray, se nota.

Mientras el chico sonreía y se disponía a marcharse, el tono amable de Trudy se volvió irritado.

—¡Se despertará otra vez en cuanto te vayas! ¡Y yo no podré pegar ojo! ¡Como siempre!

—Así son los bebés —trató de explicar él con calma—. No podemos hacer otra cosa.

Trudy se sentó en la cama, pensativa.

—A ver… tal vez, si tú te quedases…

—No, no me parece buena idea —respondió Bray, tratando de no sonar borde.

De repente, la chica estaba al borde de las lágrimas.

—Lo hago lo mejor que puedo, ¡tú lo sabes! ¡Lo estoy intentando!

Bray se arrodilló junto a ella y le tocó el brazo.

—Sé que lo intentas, Trudy.

Era cierto. Sabía que lo estaba dando todo, aunque la maternidad no parecía ser algo natural en ella. Al contrario que le pasaba a Salene.

Trudy prosiguió mientras se le quebraba la voz.

—¡Es muy difícil estar sola!, ¡criarla sin un padre!

—Tú también estás cansada, deberías echarte —dijo él, compasivo.

—¡No me deja descansar! —se quejó Trudy, a punto de romper a llorar—. ¡Empezará otra vez en cuanto te vayas!

Bray se quedó mirando los ojos llorosos, la expresión desesperada. Y suspiró.

—Vale, me quedaré.

Trudy le regaló una sonrisa, agradecida. Milagrosamente, las lágrimas habían desaparecido.

—Gracias.

Luego, se introdujo felizmente bajo la colcha, dejando espacio para el chico en la cama. Bray tomó un libro y se acomodó en el sillón que había junto a la cuna. Trudy parecía decepcionada. Él alzo la vista y se fijó en su expresión.

—Que duermas bien —le deseó.

Trudy forzó una sonrisa y cambió de postura, menos contenta que hace un momento. Pero era un comienzo. Le llevaba mucha ventaja a Salene.

CIENTO CINCUENTA Y SIETE

Bray apenas había podido dormir, pensando en Cloe. La tormenta se detuvo a medianoche, lo cual fue una bendición, pero la niña seguía ahí fuera, en alguna parte. Esperaba que estuviese a salvo.

Cuando las primeras luces del día comenzaron a filtrarse en el Centro, se levantó del sillón con rigidez y se estiró. Trudy se movió en la cama.

—¿Bray?

—Shhh, vuelve a dormir. Voy a salir a buscar a Cloe.

Trudy se incorporó, se arregló el pelo y se ajustó el camisón.

—Pero si apenas es de día. ¿Tienes que salir tan pronto?

El chico escondió la irritación que le provocaba ese nivel de egoísmo.

—Lleva fuera toda la noche, Trudy. Quiero encontrarla lo antes posible. Luego nos vemos.

Al salir al balcón interior de la primera planta, vio que Salene también salía de su cuarto. Estaba avergonzado, se daba cuenta de lo que debía estar pensando, pero no tenía tiempo para explicaciones.

—Hola, Salene.

La decepción en el rostro de la chica era evidente. En su voz, también.

—Buenas.

—Voy a salir a buscar a Cloe.

—Yo también quería ir.

Entonces, Trudy salió apresuradamente de su habitación, sujetando un libro.

—¡Bray, te has olvidado tu libro!

Se detuvo y miró a Salene, y una sonrisa triunfal se apoderó de su rostro.

—¡Buenos días, Salene!

Salene pasó de largo sin mediar palabra y bajó corriendo las escaleras. Abajo, Lex y los demás comenzaban a reunirse.

ooo

—Vale —comenzó Lex—. Todos los voluntarios para la operación "Niña estúpida", ¡que levanten la mano!

Bray y Ryan alzaron sus manos. Las chicas miraron a Dal y Jack, tirados en las escaleras con ojos adormilados.

—Dal y yo no podemos ir.

—Estamos a punto de terminar el sistema de purificación de agua —explicó Dal.

—Llevamos toda la noche despiertos —añadió Jack entre bostezos.

—Con tres será suficiente —afirmó Bray, ansioso por salir ya.

—¡Yo también voy! —dijo Salene.

Trudy había bajado por las escaleras para echar un ojo.

—¡No digas tonterías! —saltó.

—¿Tontería, por qué? Las chicas valen tanto como los chicos.

—¡Eso es, Salene! —la apoyó Zandra.

—Patsy y Paul te necesitan aquí, Salene —le pidió Amber—. No queremos que también se preocupen por ti.

—¿Qué hay de Bob? —sugirió Jack—. Podría rastrearla.

—A ese déjalo —lo desechó Lex—. Es un simple chucho, no un perro rastreador. ¡Se pondrá a perseguir a un conejo y nos joderá a todos!

—Yo cuidaré de los niños, Salene —se ofreció Zandra—. Cloe se alegrará mucho de verte.

Amber vio las dagas voladoras que Trudy le acababa de enviar a Zandra. Notando cierta tensión, insistió:

—¿Y qué pasa si no encontráis a Cloe? Eres como una madre para los gemelos, Salene. No puedes dejarlos aquí hechos un manojo de nervios.

—Como queráis, me quedaré —se conformó, reticente—. Tienes razón, soy la mejor madre que hay aquí —añadió, mirando de reojo e Trudy.

Ésta centró su mirada asesina en Salene, pero permaneció en silencio.

—¡Pues venga! —exclamó Bray, impaciente—. ¡Salgamos ya, antes de que los Locos se pongan en marcha!

—Muy bien —aprobó Lex, mirando a su némesis—. Pero recuerda que yo soy el jefe de seguridad aquí.

Lex lideró el camino hacia las alcantarillas, con Bray y Ryan siguiéndolo de cerca.

Amber se los quedó mirando, con recelo.

—Esperemos que no se maten entre ellos.

ooo

Al salir por la entrada de las alcantarillas, Brady se dispuso a correr en dirección al bosque.

—¡Ey! —lo llamó Lex—. ¿Adónde vas?

Bray se detuvo.

—Al bosque.

—¿Y quién te lo ha ordenado?

—Cloe estará buscando a la vaca, lo dijiste tú mismo. Las vacas buscan el pasto, no el asfalto.

—Pero la capturaron los Locos —Lex miró a Ryan—. ¿A que sí?

—Eso dijiste —dijo Ryan encogiéndose de hombros.

—Pues sí. Yo los vi —Lex se volvió de nuevo hacia Bray—. Es decir, corrígeme si me equivoco, tú conoces a los Locos mucho mejor que yo. Árboles verdes, césped inmaculado… no parece el típico sitio donde pasan el rato.

Bray se lo quedó mirando, resignado.

—Vamos a la ciudad —siguió Lex—. Asfalto y deterioro. Ahí se la llevaron. Ahí es donde la estará buscando la niña. A menos, claro, que tengas alguna queja al respecto.

Lex sacó pecho, encarándolo. Bray suspiró y cambió de dirección. Adelantó a Lex y comenzó a adentrarse en la ciudad. Éste lo vio alejarse, con malevolencia.

CIENTO CINCUENTA Y OCHO

Cloe había pasado una noche larga y horrorosa, atrapada entre las ramas caídas del roble. Cuando el árbol se prendió fuego a causa del rayo, pensó que moriría quemada. Por suerte, el azote de la lluvia y los fuertes vientos extinguieron el incendio antes de que la cosa fuese a mayores.

Sin embargo, no podía mover las pesadas ramas que habían atrapado su cuerpo y sus piernas. Se quedó tumbada durante un largo rato, sollozando ligeramente, húmeda, mojada y asustada, sin saber si estaría gravemente herida o no. No sentía las piernas, pero podía deberse al frío y la humedad.

Finalmente, se sumió en un sueño irregular, lleno de pesadillas con imágenes de criaturas tenebrosas, de Campanilla siendo sacrificada por los Locos. Se sintió aliviada al despertarse y ver las primeras luces del día acariciando las copas de los árboles, confirmando que la tormenta había pasado.

Pensó en todos los demás, en el centro comercial. ¿Estarían preocupados por su desaparición?, ¿vendrían a buscarla? Sabía que, las otras veces que había desaparecido, Amber se había enfadado mucho. Quizás, esta vez también se habrían puesto furiosos y no se molestarían en buscarla. "Que le sirva de lección", se los imaginó diciendo. Igual le servía. No podía depender de los demás. Debía cuidar de sí misma.

Tenía una gran rama tirada encima, dejándola atrapada en un hueco en el suelo. Ese mismo hueco le había salvado la vida, evitando que muriese al ser aplastada por la rama. La niña empujó y empujó con todas sus fuerzas contra la gruesa rama. Ni se movía. Se recostó, sin aliento. No tenía forma de mover la rama. Debía encontrar otro modo de salir.

Se quedó mirando su mano, llena de barro. El suelo bajo sus pies estaba empapado por la tormenta. El fango era suave. De repente, vio la forma de escapar. Le era difícil mover bien los brazos, tumbada boca arriba y atrapada por las ramas como estaba. Tardaría mucho tiempo, pero podía ir escarbando en la tierra hasta salir, como un animal del bosque. Sin embargo, seguía sin notar las piernas. Esperaba que, cuando por fin pudiese salir, las piernas no le fallasen.

CIENTO CINCUENTA Y NUEVE

En el centro comercial, el día seguía como de costumbre, mientras esperaba que la partida de búsqueda de Lex regresase. Para que dejasen de pensar en Cloe, Salene estaba jugando a un juego de mesa con Patsy y Paul, sobre la alfombra. La chica agarró una diminuta figurita.

—¡Vale, yo seré el capitán Dan!

Patsy resopló y miró a Paul de reojo.

—¿Qué pasa? —preguntó Salene.

—Esa es la pieza de Cloe —reveló con tristeza.

—Ah, vale. Pues entonces me quedo con la azul.

En esos momentos llegó Zandra, quisquillosa, con su pintauñas. Era evidente que se las estaba pintando y se había quedado a mitad. Se dejó caer sobre el sofá, indignada.

—¿No os importa que haga esto aquí, verdad? Me aburro mucho estando yo sola, y Amber no ayuda. Le digo, "¿Has visto dónde ha pasado la noche Bray?", ¡y la tía va y casi me arranca la cabeza!

—¿Dónde ha dormido? —Patsy era todo oídos.

—Patsy, te toca tirar —dijo Salene, metiéndole prisa.

—Parece que la Madre Superiora por fin ha conseguido clavarle sus zarpas —chismorreó Zandra, sin darse cuenta de la incomodidad de la otra chica—. O sea, nunca había dormido allí con ella, ¿no?

Salene seguía tratando de ignorarla.

—Patsy, eran cinco. Has movido seis.

Pero Zandra seguía hablando, inconsciente.

—Supongo que era normal que pasase tarde o temprano. No hace más que usar a la niña para llamar su atención. Seguro que ya ha conseguido mucho más que su atención.

Sin poder soportarlo más, Salene se puso de pie torpemente.

—¿Adónde vas? —preguntó Zandra, sorprendida por lo repentino de todo.

—¡Juega tú por mí! —exclamó Salene, saliendo a toda prisa.

—¡Pero, Salene! —la llamó la chica—. ¡Mis uñas! —luego, miró a Patsy—. ¿Y a esta qué le pasa?

—¿Bray se ha acostado con Trudy? —Patsy estaba entusiasmada, con los ojos como platos.

—¡Ay, yo y mi bocaza! —gruñó Zandra al percatarse por fin, cerrando los ojos.

ooo

Amber se preocupó al ver a Salene pasando delante de ella a toda prisa en el rellano del balcón, claramente alterada.

—Oye, Salene, ¿qué prisa tienes? ¿Es por Cloe?, ¿han vuelto?

Salene se giró momentáneamente.

—No, no pasa nada.

—Parece que sí pasa.

—Déjame tranquila, Amber —saltó Salene.

Aquello tomó desprevenida a la otra chica.

—Ey, vamos. Estamos juntas en esto. Puedes hablar conmigo.

—De esto, no —le aseguró la chica.

—Prueba.

Claramente, Salene estaba irritada por la insistencia de Amber.

—No me apetece.

—Ah, ya entiendo —dijo Amber—. Es por Trudy y la niña.

—¡Enhorabuena! —confirmó Salene, con sarcasmo—. ¡Puedes añadir "vidente" a tu larga lista de habilidades!

—¡Oye, no la pagues conmigo! La niña es de Trudy, Salene. Eso siempre lo supiste.

Salene seguía empecinada.

—No. Puede que la pariese ella, que le pusiese ese estúpido nombre. ¡Pero fui yo quien la alimentaba, quien se levantaba con ella en mitad de la noche! ¡Ella no la quería hasta que la vio como un modo de meterse a Bray en la cama!

—Ah, y a ti nunca te vino bien la niña para eso mismo, ¿verdad?

—¡Tú no te metas en esto, Amber! No eres tan importante en la vida de todo el mundo como tú te crees. ¡A algunos nos gusta hacer cosas sin tener que pedirte permiso primero!

Salene se dio media vuelta y salió a toda prisa, dejando a Amber herida y molesta. La chica suspiró profundamente. Ella también estaba irritada por la noticia sobre Bray y Trudy. Pero, en su caso, debía callárselo, no ir anunciándolo por todo el Centro.

CIENTO SESENTA

El grupo de búsqueda no había obtenido resultados en las ruinas de la ciudad. Tuvieron que ocultarse en diversas ocasiones para evitar a las pandillas que pasaban por allí, haciendo que Bray se frustrase cada vez más por estar perdiendo el tiempo. El chico iba por delante de los otros dos al volver hacia las alcantarillas, echando humos por la búsqueda infructífera.

—¡Deberíamos haber ido al bosque!

—No está allí —respondió Lex, arrogante.

—Podría estarlo, Lex.

—¿A ti quién te ha preguntado, Ryan? También podría estar metida en una de las ollas a presión de los Locos.

Amber y Salene los estaban esperando cuando accedieron de nuevo al Centro, por la entrada de las alcantarillas.

—No la habéis encontrado, pues —Amber estaba triste—. ¿Dónde habéis buscado?

—En la ciudad —contestó Bray con hosquedad.

Trudy se apresuró a bajar las escaleras, sujetando a la bebé.

—¡Mira, Brady, el tío Bray ha vuelto! Los niños te están buscando, Salene —comentó, mordaz.

Salene volvió a subir las escaleras, malhumorada. Trudy se acercó a Bray con intención de pasarle a la pequeña.

—Ahora no, Trudy —dijo, irritado por el numerito que estaba haciendo delante de todos—. Estoy cansado.

Trudy ignoró su desaire con una desmesurada sonrisa.

—Yo también. Nos vemos después, entonces. Yo me vuelvo a la cama, estoy agotada.

La chica subió las escaleras una vez más, con una deliberada sonrisa.

—Anda, mira —le dijo Lex a Bray con una sonrisa.

Dejando a un lado sus incómodos sentimientos, Amber continuó:

—¿Qué vamos a hacer con lo de Cloe?

—Deberíamos buscar en el bosque.

—Que no, tío.

Bray se giró hacia Lex.

—No hace falta que vengas.

—Soy jefe de seguridad, ¿recuerdas? No irá nadie.

—No podemos dejarla ahí fuera ella sola, Lex —insistió Amber.

—Y no podemos estar nosotros saliendo por ahí —respondió él—. ¿Y si alguien nos ve y nos sigue? Es demasiado arriesgado. Mejor que la atrapen sólo a ella, que a todos. Y, si la terminan capturando, recemos para que no se vaya de la lengua.

—Pues más razón aún para encontrarla —instó Bray.

—Igual no quiere que la encuentren. No le gusta pasar demasiado rato por aquí, ¿no? —dando el tema por zanjado, Lex dio media vuelta y se alejó de allí.

ooo

Zandra encontró a Salene escondida en el comedor de otra tienda de muebles, una habitación grande y oscura en la que nadie entraba nunca. Lo raro era que seguía teniendo una gran mesa de madera preparada para una cena formal. Salene estaba sentada al final de la mesa, fuera de vista de la entrada.

—Pensé que te encontraría aquí. Es un buen sitio donde esconderse, ¿verdad?

—Eso pensaba —comentó Salene, intencionadamente.

Pero la otra chica no pilló la indirecta.

—Y lo es. A nadie se le ocurriría buscar aquí.

—Excepto a ti.

Zandra seguía sin percatarse del tono de Salene.

—Bueno, soy una chica, ¿no? Estamos en sintonía, tú y yo.

—Mira, Zandra… —comenzó Salene.

—Tranquila, no me tienes que dar explicaciones —se sentó junto a Salene—. ¡Esa Trudy es una bruja! No te preocupes, Salene. Estoy segura de que a Bray le gustas tú.

—No lo creo, Zandra.

—¡Que sí! —insistió—. Puedo ver las señales. Vosotros dos tenéis química entre manos.

—Y ellos dos tienen a una niña entre manos —respondió Salene, de mala gana.

—Es una responsabilidad. Con ella es sólo eso. Un deber, un engorro. Contigo se lo pasa bien.

—Y con ella pasa la noche —Salene parecía a punto de llorar.

—A ver, es un chico, ¿no? No pueden evitarlo.

Entonces, notó la expresión llorosa de Salene.

—Tú no te rindas, tía —la animó—. Sigue regalándole esas miradas ardientes, que vendrá a buscarte. Escucha a tu tía Zandra.

—Yo no le doy miradas ardientes.

—¿No?

—¡No! —insistió Salene.

—Pues deberías. Te enseñaré.

—No, gracias, Zandra. Bray no es como Lex.

—Cariño, son todos iguales. Y las chicas tenemos que mantenernos unidas, ¿no crees?

Salene se puso en pie.

—¿Adónde vas?

—Quiero estar sola.

Zandra observó a la chica marcharse. Luego, se encogió de hombros. Desde luego, Salene no tenía ni idea de hombres.

CIENTO SESENTA Y UNO

Utilizaría la búsqueda de Zoot como pretexto. Ella tenía muy claro que había muerto, pero no lo había admitido ante los demás Locos. Con su preocupación por el desafío que suponía Spike para su liderazgo, y la amenaza del contrataque de los Perros Salvajes, no había tenido apenas tiempo para pensar en los sucesos que llevaron a la desaparición del chico y sacar conclusiones lógicas. La única conclusión posible.

En privado, interrogó al joven Loco que le trajo la nota a Zoot. La nota que había iniciado toda aquella serie de acontecimientos. Se había explayado con su descripción. El mensajero era alto, con el cabello largo y castaño. Podía encajar con muchos de los jóvenes que quedaban por la ciudad. Hoy en día, cortarse el pelo no era una prioridad.

Utilizaba un monopatín, según le había contado el Loco, y la ropa que llevaba le recordó a la de los habitantes de los bosques que solían vivir en las colinas de los alrededores, hasta que el virus los aniquiló a todos. Cuero de ante y un poncho. El poncho fue la última pieza del puzle. Era su prenda favorita.

Ahora, todo encajaba. Zoot era inteligente, astuto y precavido. Nunca bajaba la guardia, ni siquiera ante ella. Nadie podría haberlo pillado desprevenido. Pero se había esfumado. Sabía que sólo había una persona a la que podía haberle confiado su vida. ¿Había confiado mal, por desgracia? ¿Había depositado esa confianza en su hermano? Tenía que averiguarlo.

Ella misma lideró la partida de búsqueda, saliendo del hotel bien temprano. Por lógica, pensó que, cuando el virus asoló la ciudad y la dejó en ruinas, el único lugar al que el chico iría sería, precisamente, su lugar favorito. El lugar en el que se sentía como en casa. El bosque que rodeaba la ciudad era el lugar ideal donde buscar a Bray.

CIENTO SESENTA Y DOS

Por suerte, el sol llevaba brillando con fuerza toda la mañana y Cloe ya se sentía más o menos seca. Pero la mañana se había transformado en la tarde antes de poder cavar un hoyo bajo la enorme rama que fuese lo suficientemente grande para intentar liberarse. Era una situación complicada. Sin comida, ni agua, y con pocas horas dormidas, aquel embrollo la había dejado agotada. Lo peor era que seguía sin sentir las piernas.

Usando sus hombros y brazos, por fin pudo liberarse a rastras de la rama, y se quedó tumbada un largo rato, aliviada pero cerca de las lágrimas. No podía caminar. Sus piernas no se movían por mucho que lo intentase. Se dio un pellizco en el muslo y no sintió nada. Tumbada sobre el cálido suelo, por fin dejó escapar su llanto.

Debió haber llorado hasta quedarse adormilada, y había estado durmiendo durante horas porque, al despertarse, el sol arrojaba largas sombras entre los árboles. Se incorporó. Había voces en la distancia, en el bosque. Su primer instinto fue pedir ayuda. Pero, de repente, recordó que el mundo había cambiado, que estaba lleno de gente muy mala. Ahora, eso resultaba peligroso. Se volvió a tumbar y permaneció en silencio.

Después de un rato, las voces parecieron apagarse. Así que se incorporó de nuevo y, entonces, sintió una sensación extraña. Era como si alguien estuviese vertiendo agua caliente sobre sus piernas, hasta los dedos de los pies. Apretó las uñas contra el muslo, que dio un saltito. ¡Podía sentirlas!

Agarrada a la rama caída para sujetarse bien, se levantó lentamente. Tenía las piernas débiles, pero soportaban su peso. Volvía a estar en pie. Con mucho cuidado, tiró la pierna derecha hacia delante y, luego, la izquierda. ¡Podía caminar! Sonrió para sí misma. Por fin podría regresar a la seguridad del Centro. Pero ¿en qué dirección debía ir? Miró a su alrededor, por entre los gruesos troncos de los árboles. La felicidad combinada de haber podido escapar y de poder caminar de nuevo se evaporó tan rápido como había venido. Estaba perdida. Y las voces del bosque habían vuelto.

CIENTO SESENTA Y TRES

En el centro comercial, la atmósfera era lúgubre. Cloe seguía desaparecida y el día estaba llegando a su fin. Bray se había planteado desafiar a Lex y salir al bosque para buscarla, pero tenía sentido lo que decía el otro chico sobre el peligro que eso suponía para el resto de la tribu.

Su opinión no importaba, Lex estaba a cargo de la seguridad del Centro, y no podían elegir qué orden obedecer. Si querían comenzar a reconstruir sus vidas, debían tener reglas y gente que las estableciese. Gente como Lex incluida.

Estaban reunidos en el Centro para la cena. Sin embargo, casi ninguno conservaba el apetito.

Patsy empujó su plato lejos de ella, decaída.

—¡Yo no quiero comer!, ¡quiero que vuelva Cloe!

Lex lo alcanzó desde el otro lado de la mesa.

—Ya me lo como yo.

Amber lo detuvo con una mirada.

—Intenta comer algo, Patsy —trató de convencerla—. ¿Qué dirá Cloe cuando vuelva y vea que has caído enferma?

De repente, todos se quedaron escuchando expectantes el sonido de unos pasos que se acercaban. ¿Sería Cloe? Eran Jack y

Dal, corriendo escaleras arriba, emocionados, con dos botellas de agua grandes.

—¡Tachán! ¡Arreglado! —exclamó Jack, agitando la botella en el aire con orgullo—. ¡Agua limpia! ¡Pillad vuestros vasos!

Amber se quedó mirando el líquido en el interior de las botellas: era cristalino.

—¿De verdad que es lo mismo?

—¡Sí! —Dal estaba igual de entusiasmado.

—¿Cómo lo habéis hecho? —quiso saber Zandra, asombrada.

—Filtro de arena y gravilla —explicó Dal.

—Pues yo no veo ni arena, ni gravilla —indicó Ryan, con el ceño fruncido.

Jack hizo una mueca.

—No hay arena dentro, hemos filtrado el agua a través de ella.

Pero Zandra no estaba convencida:

—Seguro que aún tiene bacterias. Las bacterias no se ven.

—¡Que no tiene! Está purificada —insistió Jack.

—¿Quién lo dice? —exclamó Lex, escéptico—. La habéis llevado al laboratorio, ¿eh? ¿Está testada?

—Esto se ha hecho durante años, Lex.

—¡Siglos! —añadió Dal.

—Escuchad, ¿por qué no la probamos? —propuso Amber.

—Tú primera —respondió Lex.

Amber sostuvo su vaso frente a Jack. El chico se lo llenó y ella sujetó el vaso como si fuese a brindar.

—Por Jack y por Dal, ¡nuestros magos tecnológicos!

Mientras bebía, Lex se llevó las manos a la garganta, fingiendo asfixiarse.

—¡Lex! —lo regañó Zandra.

—¡Está genial! —dijo Amber con una sonrisa.

—¡Ponedme un poco! —pidió Ryan.

Jack le llenó el vaso a Ryan y el chico tomó un vacilante sorbo. Su rostro se iluminó, sorprendido.

—¡Sabe como agua de verdad!

—¡Es que es agua de verdad, imbécil! —aclaró Dal.

—¡Oye, tranquilo! —le replicó herido, fulminándolo con la mirada.

Amber estaba emocionada.

—¡Eso es increíble! ¡Desde las nubes, pasando por el tejado hasta llegar aquí!

—¡Es un milagro! —coincidió Zandra.

—¡Puede que lo sea! —exclamó Patsy. Le pilló la botella a Dal, sirvió un poco de agua en un bol y se lo pasó al perro, que estaba sentado pacientemente cerca de allí.

—Ey, ¿a qué estás jugando? —saltó Lex.

—Es para Bob.

—No —la corrigió—, es para humanos.

Patsy hizo pucheros, ofendida. Pero Bray intervino:

—Yo estoy a cargo de la comida y el agua aquí. Adelante, Patsy.

Lex miró al chico con dureza, pero no dijo nada.

Entonces, Jack miró alrededor de la mesa. Dal y él se habían pasado todo el día recluidos, trabajando en el purificador de agua.

—¿Dónde está Cloe?, ¿aún no ha vuelto?

La atmósfera feliz que había creado la noticia del agua volvió de inmediato a transformarse en una lúgubre.

CIENTO SESENTA Y CUATRO

Cloe no sabía en qué dirección estaba el centro comercial, pero supuso que, si seguía caminando, alcanzaría algún punto que reconociese y podría encontrar su camino de vuelta desde allí. Caminaba con mucha cautela por entre los árboles. Sus piernas volvían a cobrar más y más vida con cada paso, pero las extrañas voces estaban ya muy cerca, y no tenía ni idea de si sus intenciones serían buenas o malas.

El sol se estaba poniendo, arrojando sus últimos destellos sobre el bosque. Haces de luz brillaban entre el follaje, tornando las hojas de un intenso dorado que convertía el entorno en un palacio. Era una imagen hermosa. Pero no tenía tiempo de quedarse a admirarla, estaba demasiado preocupada por los desconocidos, que se llamaban entre sí. Parecían chicos. Tipos duros. Y daba la sensación de que la estaban rodeando.

De repente, se escuchó un grito.

—¡Mirad! ¡Por ahí!

Cloe se dio la vuelta y pudo atisbar a un joven ataviado con armadura de cuerpo entero, peinado alocado y marcas tribales acercándose hacia ella. La niña se puso a correr por el sotobosque mientras los aullidos de los jóvenes resonaban tras de ella.

—¡A por ella! ¡Que no escape!

Aterrorizada, Cloe atravesó a toda prisa helechos y arbustos de espino, corriendo por su vida. Por suerte, el sotobosque era denso y los chicos que la perseguían sólo podían verla de vez en cuando, mientras avanzaba entre las luces y sombras de la arboleda.

Sin aliento, siguió adelante con torpeza, gritando de miedo. Al pasar apresuradamente por una pendiente escarpada, se tropezó con un tronco y perdió el equilibrio, cayendo por la ladera directamente a una densa zona de arbustos y zarzas que le rasgaron la ropa y la piel. El aliento parecía haber abandonado su cuerpo. Se quedó allí tirada y esperó su final.

CIENTO SESENTA Y CINCO

Salene se había retirado a una oscura esquina de la tienda de muebles. Seguía repitiendo la escena de aquella mañana una y otra vez en su cabeza, desanimada. Bray saliendo del cuarto de Trudy, y la malvada mirada de victoria de su rival.

Se había quedado en *shock*, estupefacta. Eso no lo había visto venir. Estaba segura de que había algo entre Bray y ella. Sin embargo, el chico había tomado su decisión, y la elegida no era ella.

A partir de ahora, vivir en el centro comercial sería una tortura. Verlos juntos cada día. Saber que el chico compartía cama con la otra. Pero ¿qué alternativa le quedaba?, ¿adónde iría? Entonces, escuchó pasos acercarse y se acurrucó en el sillón, queriendo pasar desapercibida.

—¡Hola, nena!

Lex estaba haciendo su ronda de cada noche por el Centro. Al parecer, se estaba tomando su nuevo puesto muy en serio.

—No has venido a cenar.

—Muy observador.

El chico se apoyó en el respaldo de la silla, sobrevolándola.

—Siento lo tuyo, de verdad. Zandra me contó que Bray te había estado mareando. Está muy feo hacerle eso a una chica con tanta clase como tú.

Ella se giró para poder mirarlo.

—¿Qué mierda quieres, Lex?

—No me gusta que traten mal a la gente buena. Después de todo lo que tú has hecho por Trudy…

—¿Ahora te has vuelto consejero sentimental? —preguntó la chica con sarcasmo.

—Mira. Yo soy un tipo duro, sí. Pero es que el mundo de ahí fuera es duro. Y quiero sobrevivir. No significa que no tenga sentimientos.

Lex se inclinó, le colocó una mano en el hombro y comenzó a acariciárselo con gentileza.

Salene se puso rígida y se lo quedó mirando.

—¿Qué te crees que estás haciendo?

Entonces comenzó a masajearle los dos hombros con firmeza, con una habilidad sorprendente.

—Es la mejor forma de relajarse, un masaje. ¿Te gusta?

Salene cambió de postura bajo sus manos, incómoda.

—Relájate, deja que Lexy cuide de ti.

A su pesar, la chica comenzó a disfrutar de la sensación y a dejarse llevar.

—Recuerda que tengo muy buen derechazo —le advirtió.

Él le retiró los tirantes de la ropa y puso las manos sobre los hombros desnudos.

—¡Lex!

—Confía en mí, Sal —su voz era relajante, sus manos fuertes pero delicadas—. Tienes la piel muy suave.

Ella suspiró profundamente, sintiendo que los músculos del cuello y hombros comenzaban a calentarse y relajarse.

—Salene, Patsy quiere… —Zandra se detuvo de inmediato. Había entrado repentinamente por la otra puerta y se topó de frente con aquella escena tan íntima—. ¡Pero qué coñ…!

La chica se puso en pie de un salto, avergonzada.

—¡No es lo que parece, Zandra! ¡Lex sólo estaba…!

—Tengo muy claro lo que "sólo" hacía, muchas gracias —saltó con agresividad.

Salene salió corriendo de la habitación, dejando a Zandra fulminando a Lex con la mirada, en la oscuridad.

Lex extendió los brazos en un gesto de inocencia.

—¡Me habías dicho que estaba decaída, Zan! Yo simplemente…

—¡Ni te molestes, Lex!

—¡Zan! —le suplicó—. ¡Era sólo un masaje en el cuello! Zan, oye, ¡tú eres mi chica!

—¿Sí? ¡Pues entonces aléjate de Salene! ¡Que no pueda tener a Bray no significa que pueda tenerte a ti, Lex! ¡Ni hablar!

—Entonces, ¿quién me tendrá a mí, tú? —ronroneó Lex.

Como respuesta, Zandra dio media vuelta y salió escopetada. El chico suspiró, frustrado. Las mujeres del nuevo mundo parecían aún más duras que las del viejo.

CIENTO SESENTA Y SEIS

Salene estaba tumbada en la cama, de cara a la pared, con el edredón subido hasta las orejas. Se había acostado temprano, dejando que Amber llevase a los gemelos a la cama.

Mientras los arropaba, Paul signó algo. Amber había estado aprendiendo su lenguaje.

—No te preocupes por Cloe, Paul. Descansa un poco.

Patsy notó que la chica miraba a Salene con preocupación.

—Salene está muy triste, ¿verdad?

Amber asintió.

—También echa de menos a Cloe.

—Yo creo que es por Bray y Trudy.

—¡Shhh! —dijo Amber llevándose un dedo a los labios — Todos echamos de menos a Cloe, Paul. Pero estará bien.

Patsy no se convencía fácilmente.

—¿Quién la va a cuidar si está perdida en el bosque?

Amber se quedó pensando durante un instante.

—¿Os acordáis de Hansel y Gretel?

La niña asintió.

—Vivieron mucho tiempo en el bosque, y los animalitos los tapaban con hojas y demás.

—Eso es de *Los niños del bosque* —la corrigió Patsy con el ceño fruncido.

—Bueno, como sea. El caso es que Cloe es tan lista como ellos, mínimo. Y no tiene ninguna bruja malvada de la que preocuparse.

Paul volvió a signar.

—Los Locos no se adentrarían en el bosque, Paul —dijo Amber para tranquilizarlo—. Y mañana a primera hora saldremos a buscarla otra vez, ¿vale?

—Bob ya la habría encontrado —afirmó Patsy, malhumorada.

—Eso no lo sabemos.

—¡Lex es horrible! —exclamó la niña.

Amber sonrió.

—Bueno, eso sí que lo sabemos. Dulces sueños…

Se levantó y se acercó a Salene.

—Buenas noches, Salene.

No obtuvo respuesta. Amber suspiró y salió del cuarto.

ooo

Trudy se sentía más calmada, lo tenía todo más controlado. En las últimas veinticuatro horas había conseguido deshacerse de Salene simplemente haciendo que Bray pasase la noche en su cuarto. Por fin sentía que estaba consiguiendo avanzar. Esa noche se esforzó especialmente con su maquillaje y, mientras Zandra no estaba, tomó prestado un poco de su perfume especial, que se colocó detrás de las orejas y en la base del cuello.

Como de costumbre, Bray había acudido para acostar a Brady. La niña estaba dormida en los brazos de Trudy.

—Ya ha caído —le informó a Bray.

Le pasó a la pequeña dormida, sintiendo el calor por la cercanía de sus cuerpos cuando el chico le tomó a la bebé de entre sus brazos. Ella se quedó observando con una sonrisa mientras él colocaba a la niña en la cuna.

—Es encantadora, ¿verdad?

—Todos los bebés son encantadores —respondió él.

—No sólo ella. Estoy muy contenta de que hayas decidido estar con nosotras, Bray.

Él se percató del tono y se puso alerta.

—Ella es mi familia.

—Somos familia. Casi. Brady, tú y yo.

Bray se puso recto, dispuesto a marcharse.

—Lo he pasado muy mal —Trudy cambió el tono—. La muerte de Zoot, mi enfermedad…

Una nube de tristeza momentánea atravesó el rostro del chico.

—Eso ya ha pasado.

—¡He pasado mucho miedo! —siguió ella—. Ella es muy pequeña, ¡pero necesita muchos cuidados!

—Lo sé —dijo él tiernamente, sentándose junto a ella en la cama—. Sé que ha sido duro.

Ella lo miró fijamente a los ojos, con deseo.

—Pero todo estará bien a partir de ahora, ¿verdad? No sé qué haría sin ti, Bray.

—Te las apañarías —dijo él encogiéndose de hombros.

—Yo creo que no —la chica le agarró ambas manos.

—Trudy, no —respondió él, apartándose.

—¡No pasa nada, yo lo deseo! —exclamó con intensidad.

Bray trató de retirarse con suavidad.

—No, has tenido un día muy largo. Estás cansada.

—¡No! ¡Te deseo! ¡Quiero que estemos juntos! —le imploró.

Él la mantuvo apartada mientras la chica trataba de rodearlo con sus brazos.

—No —dijo con seguridad.

—¿Por qué? —el tono comenzaba a ser lastimero—. ¡Tú también quieres!

La chica alzó las manos y comenzó a tocarle el cabello, desesperada.

—¡Trudy! —la paró, agarrándole las manos firmemente.

—¡Sabes que yo nunca quise a Zoot!

Bray se liberó de la chica y se levantó abruptamente.

—¡No es momento para esto!

—¿Qué te pasa? —su voz denotaba ahora confusión.

—¡Cloe está sola ahí fuera, Trudy! —saltó—. ¿No estás ni un poquito preocupada por ella?

Alterada por el tono elevado de la conversación, la niña rompió a llorar. Bray se la quedó mirando durante un instante y, entonces, salió del cuarto.

Trudy se hundió de nuevo contra el cabezal de la cama, asqueada. La pequeña empezó a lloriquear.

—¡Cállate ya, Brady! —chilló.

CIENTO SESENTA Y SIETE

Había pasado otra noche en el bosque, tumbada y enterrada bajo el matorral sobre el que había caído. Su caída la había dejado tan metida en la maraña de arbustos y zarzas que, milagrosamente, los dos jóvenes que la perseguían no habían conseguido verla tirada bajo aquella profunda sombra. Habían estado escudriñando la zona, perplejos, mientras ella intentaba permanecer en silencio, dolorida. Parecía haberse hecho daño en el tobillo al caerse.

Por fin, habían dado la búsqueda por perdida, pero acamparon cerca de allí, encendiendo una pequeña fogata para dormir junto a su calor. Cloe tenía frío y le dolía todo el cuerpo. Deseaba poder acurrucarse junto a una hoguera, como sus dos perseguidores. Estaba lo bastante cerca como para oírlos hablar. Y se quedó escuchando mientras hablaban de lo que conseguirían por ella si la vendían como esclava una vez la hubiesen encontrado.

—Nos darían diez créditos por ella en el casino.

—¡Para después perderlo en las mesas!, ¡están amañadas! Total, Ebony nos mataría si se entera.

Charlaron sobre la integridad de la Tribu del Circo y de los peligros de ir en contra de Ebony hasta quedarse dormidos. Ella se mantuvo despierta casi toda la noche, escuchando sus ronquidos, que se entremezclaban con los sonidos de las criaturas nocturnas que habían salido a buscar comida.

Por la noche, las sombras creadas por el atardecer la habían salvado. Pero, cuando llegase la mañana, sabía que podrían avistarla fácilmente en su escondite. Debía marcharse de allí a primera hora, antes de que se despertasen. Sin embargo, el tobillo le molestaba y se le había hinchado. No sería capaz de correr.

CIENTO SESENTA Y OCHO

Jack estaba admirando el filtro de agua, un enorme contenedor de vidrio lleno de capas de arena y gravilla que filtraban las bacterias dañinas del agua de lluvia recolectada por el depósito. Era un método muy sencillo pero muy eficaz. Casi milagroso.

Había leído sobre ese proceso en un libro de ciencia que había encontrado en la librería saqueada, pero fue Dal quien encontró todas las piezas que necesitaban para construir el sistema, y su experiencia práctica lo hizo funcionar.

Jack acarició el costado del contenedor, orgulloso.

—¡Es increíble! Soy un genio —anunció para sí mismo—. ¡Soy un genio!

Dal pudo oír la última frase mientras entraba en el cuarto.

—¿De qué estás hablando?

—Agua de lluvia pura, recolectada, filtrada y lista para beber. Sólo con mirarla me siento un poco…

—¿Humilde? —terminó un sarcástico Dal.

—Sí, justo —dijo Jack, en serio—. Esa es la palabra.

Dal levantó unas cuantas botellas de plástico vacías que Jack había reunido, a la espera de ser rellenadas.

—Oye, ¿qué piensas hacer con eso?

—Quieren ir al río a recoger agua.

—Pero si tenemos agua del tejado aquí —dijo Jack mientras daba golpecitos al contenedor.

—Siento comunicártelo, Jack, pero necesitamos mucha más agua de la que podemos conseguir con eso. A menos que encuentres una forma de que llueva tres veces al día. ¡No debería costarle demasiado a un genio como tú!

Jack detuvo a Dal, que estaba a punto de salir.

—Dal, espera. No lo decía en ese sentido. Obviamente, tú también cumpliste tu parte.

—Gracias por darte cuenta.

—Yo estaba en el asiento del conductor, sí, pero tú has sido el mejor asistente que podría haber pedido.

Dal hizo una reverencia a modo de burla.

—¡Siempre es un placer servirle, Don Jack!

ooo

Zandra seguía furiosa y preocupada por haber encontrado a Lex con Salene la noche anterior. Puede que estuviese reservándose hasta sentirse segura de la relación que tenía con Lex, pero no quería que el chico saliese a buscarse otra cosa por el Centro antes de que estuviese lista.

Claramente, Salene seguía dolida por lo de Bray. Parecía haberse rendido. Y, de ser así, sintiéndose deprimida y abandonada, sería una presa fácil para un depredador como Lex. Desde luego, parecía estar disfrutando del masaje de anoche. Zandra decidió guiarla por la dirección correcta mientras lavaban los platos tras el desayuno.

—¿Piensas que Bray es diferente porque siempre se hace el superhéroe? Todos los hombres son iguales. Y él, una rata que juega a dos bandas.

—No —protestó Salene—. ¡Él es distinto! Tiene principios.

—¿Qué principios?, ¿darte falsas esperanzas? No es mejor que los demás.

—Déjalo estar, Zandra.

—Demuéstrame que me equivoco —persistió la chica.

Salene dejó el paño y se giró hacia la chica.

—Primero de todo, no está jugando a dos bandas. Tenía que elegir y escogió a Trudy. Punto final.

—Puede parecer así, Sal, pero si de verdad sientes todo eso por él, no nos apresuremos…

—¿Qué quieres decir? —preguntó con el ceño fruncido.

—Pues que le dejes las cosas claras, Salene. Si tiene tantos principios como dices, debería sentirse culpable por cómo te ha tratado. ¡Háblalo con él! ¡No te rindas sin pelear!

—Me acabas de decir que no vale la pena.

Zandra sonrió.

—Es verdad. Pero al menos es guapo. Sólo te estoy diciendo que, si de verdad le deseas, Salene, ¡haz algo al respecto!

ooo

Amber estaba en el patio interior con los gemelos, observando a Bray y Ryan prepararse para ir al río a por agua. Paul estaba signando algo rápidamente, agitado, algo que Amber no entendía.

—¿Qué está diciendo? —le preguntó a Patsy.

—Dice que no pueden dejar de buscar a Cloe.

—Lo sé —se agachó para mirar a Paul—. Escucha, encontrar a Cloe es más importante que ir a por agua. Estoy de acuerdo, Paul. Pero no nos hemos rendido. Cuando tengamos suficientes suministros, podremos volver a salir y buscar a Cloe, ¿vale?

Paul asintió, no muy convencido. La chica sonrió.

—Ahora, idos a jugar con Bob. Necesita hacer ejercicio.

Lex se quedó mirando a los gemelos, que se alejaron de allí con el perro.

—Pobre crío.

—¿Paul? —le preguntó Amber.

—¿No te da vergüenza darle falsas esperanzas? Nunca volveremos a ver a Cloe, y lo sabes. Apuesto a que ya ha salido de este sector, puede que incluso de la ciudad. Eso, si no la han capturado.

—¿Cómo puedes estar tan seguro?

—Hemos buscado en todas partes. En todos los sitios adonde solía escaparse. Se ha ido.

—Mira, Lex —comenzó Amber, firme—. Tú limítate a tu trabajo, la seguridad. Déjame los desaparecidos a mí.

—Lo que pasa es que no quieres afrontarlo. Ella nunca quiso ser parte de nosotros, desde el principio.

—Me pregunto por qué —dijo, fulminándolo con la mirada.

Bray se acercó, cargando banastas llenas de botellas de agua.

—Nos vamos.

Amber le regaló una sonrisa alentadora.

—Buena suerte. Tened cuidado.

Salene bajó las escaleras a toda prisa, vestida para salir al exterior.

—¡Bray! ¡Voy con vosotros!

—¡Un momento, Salene! —pidió Amber.

—¿Qué? ¡Todas esas botellas serán muy pesadas!

—Seguro que se las apañan.

—¡No me lo puedo creer! —exclamó Salene, furiosa—. ¡No necesito una aprobación por escrito cada vez que quiera hacer algo!

Amber trató de tranquilizarla.

—Vamos a hablarlo.

—No hay nada que hablar —respondió Salene, obstinada—. Me ofrezco voluntaria para recoger agua.

—¿Bray? —le preguntó Amber.

—Bueno… —se encogió de hombros—, son otro par de manos.

—Gracias —dijo Salene.

Tras mirar de forma desafiante a Amber, la chica se marchó decidida hacia las alcantarillas. Bray y Ryan la siguieron.

Lex los observó marcharse, y una sonrisa se dibujó sobre su rostro.

—Todo esto acabará en lágrimas.

Amber se lo quedó mirando, infeliz. Seguramente tenía razón.

CIENTO SESENTA Y NUEVE

Con la primera luz del amanecer, Cloe había reptado cuidadosamente hasta salir del matojo. No fue fácil. Se le había enganchado la ropa en las zarzas y había tenido que desenredarse con esmero de cada una antes de poder liberarse torpemente. Como sospechaba, el tobillo hinchado no conseguía soportar su peso, así que se alejó a rastras, sosteniendo el aliento, sabiendo que los dos jóvenes podrían despertarse en cualquier momento.

Estaba a unos treinta metros, en el sotobosque, cuando apoyó la rodilla sobre una rama seca que se rompió. El chasquido fue tan fuerte que resonó en el silencioso aire matutino. Los dos Locos se incorporaron, mirando a su alrededor. Las voces llegaban hasta ella en la tranquilidad del bosque.

—¿Has oído eso?

—¡Debe ser ella!

Mirando temerosa entre los arbustos, Cloe vio que los dos adolescentes se levantaban y comenzaban a rebuscar entre los árboles con los ojos. Ella no se atrevió a moverse, por miedo a hacer ruido de nuevo. Eso sí, si se quedaba donde estaba, seguro que terminarían encontrándola. Había terminado. Cerró los ojos y rezó.

Mientras rezaba, pudo escuchar a los jóvenes buscando cerca de allí. Se estaban acercando. Mantuvo los ojos bien cerrados. Y, entonces, escuchó un pisotón justo detrás de la oreja. Alzó la mirada y reaccionó con sorpresa. De pie junto a ella había una chica de aspecto muy extraño. Era una adolescente, pero nunca había visto a alguien como ella.

Era una chica alta, del Asia oriental, con largo cabello negro recogido en la cabeza y dos trenzas decoradas colgando. Llevaba un kimono multicolor atado con una amplia faja y, en vez de marcas tribales, llevaba cuentas multicolor pegadas a la frente en forma de abanico. No obstante, eran las gafas lo que le otorgaban un aspecto muy extraño. Eran una gafas de sol con montura de carey negra y gruesos cristales tintados, como las que solía llevar la directora del colegio de Cloe. Le otorgaban a la chica un aspecto sabio, etéreo, a medio camino entre un monje budista y una geisha.

La chica se llevó un dedo a los labios y se agachó junto a Cloe. Al tiempo que uno de los jóvenes se acercaba más, ella estiró la mano con tranquilidad, agarró un palo y lo lanzó sin esfuerzo bien lejos, por entre los árboles. Los dos Locos alzaron la vista, y uno señaló.

—¡Por allí!

Cuando salieron corriendo en dirección al sonido, Cloe dejó escapar un suspiro de alivio. La joven se la quedó mirando y sonrió.

—¿Quién eres? —preguntó Cloe, aún asombrada por el comportamiento tan tranquilo de su salvadora.

—Me llamo Tai San —respondió ella—. No hagas más preguntas, por favor. Aún no ha pasado el peligro.

CIENTO SETENTA

Zandra estaba sentada con Lex en la cafetería. Él le había contado que Salene había salido con Bray a recoger agua, y la chica parecía haberse alegro de oírlo, de un modo pícaro. En secreto, estaba encantada de que Salene hubiese seguido su consejo tan rápido. Aunque por regla general había decidido no hacer de camarera para Lex, le había preparado un café para celebrarlo.

El chico se la quedó mirando con admiración, mientras ella recogía a la bebé del carrito y la mecía gentilmente en sus brazos.

—Lo llevamos en la sangre. O eso dicen.

La chica frunció el ceño.

—¿Quién lo dice?, ¿los mayores?

—Eso decían. Desde que naces, tienes disposición a liderar o a seguir. Quiero decir, mira a Ryan llevando todas esas botellas de agua para Bray como si fuera una mula de carga. Y lo triste es que lo disfruta.

—¿Y?

—Pues que un día —prosiguió—, un día que llegará muy pronto, por lo que parece, tú querrás tener tu propio bebé.

Y sólo digo que deberías empezar a buscarlo... —sonrió lascivamente— en mis pantalones.

Antes de que Zandra pudiese responder, Trudy se acercó lentamente hasta la cafetería.

—¿Alguno de vosotros ha visto a Bray? —preguntó.

Lex se recostó, notando una oportunidad para divertirse.

—No, hace rato que no. Ha salido con Salene, querían ir al bosque no sé a qué.

Trudy se quedó momentáneamente en *shock*. Entonces el rostro se le volvió negro de furia.

—¡¿Cómo?!

Lex sonrió mientras la chica se marchaba de allí muy alterada.

Zandra le lanzó dardos imaginarios.

—¿Qué? —pregunto él, inocentemente.

ooo

Amber estaba doblando ropa de cama en su cuarto. En el pasado, como tantas otras chicas de su edad, siempre había sido un poco desordenada y no mantenía su habitación limpia. Sin embargo, tenerlo todo limpio y ordenado se había vuelto parte de su nueva vida. La disciplina era necesaria para sobrevivir.

Vio a Trudy acercarse a toda prisa hacia su cuarto y, por su expresión, sabía lo que se avecinaba.

—¿Es verdad? —espetó en cuanto hubo entrado en el cuarto.

—¿Si es verdad, qué? —respondió Amber de modo casual.

—¡Que Bray ha salido con Salene!

Se la quedó mirando con tranquilidad.

—Trudy, han ido a por agua.

—¡Claro! —saltó, desconfiada. Le echó una mirada fulminante a Amber—. ¡Tú estás metida en el ajo! ¿Lo habéis planeado juntas, verdad? ¡Salene y tú!

—¿Pero qué dices? —Amber se sentía insultada.

—¡No lo niegues! —Trudy tenía el rostro rojo, lleno de furia—. ¡Estáis todos contra mí! ¡No me queríais aquí cuando llegué, y seguís sin aceptarme!

—¡Qué locuras dices! —dijo Amber, impaciente.

—¡Bray era mío antes de que llegásemos a este basurero! ¡Pero no podías dejarnos en paz!, ¡no, señor! ¡Tenías que separarnos!

Ahora, era Amber la que estaba furiosa.

—¿Yo? ¡Yo soy la única que ha intentado evitar que se fuera con él!

—Ah, ¿entonces admites que va detrás de él?

—No es muy difícil darse cuenta. ¡Tendrías que ser Ryan para no verlo! ¿Y por qué me lo reprochas a mí? ¡Yo me ocupo de tareas administrativas, no de asesoramiento matrimonial!

—¡Tú estás de su lado! ¡Siempre lo has estado!

Amber echó una almohada sobre la cama.

—Mira, puedes creer lo que te dé la gana, Trudy. ¡Pero a mí déjame tranquila!

A Trudy se le llenaron los ojos de lágrimas. Enfadada y dolida al mismo tiempo, se dio media vuelta y salió a toda prisa. Amber pudo escuchar que los sollozos comenzaron en cuanto la otra chica salió al balcón. Se sentó en su cama y suspiró. Era muy complicado mantenerlo todo limpio y ordenado en este mundo.

CIENTO SETENTA Y UNO

Después de que los Locos fuesen corriendo en dirección al lugar donde Tai San había tirado el palo, la chica se había llevado a Cloe en brazos. Ahora, estaban recogidas en un enclave aislado cerca de un arroyo, donde Tai San le vendó el tobillo a Cloe con destreza. Pese a su calvario, la niña comenzaba a sentirse mucho mejor. Tai San le había dado agua, nueces y bayas, que devoró con voracidad. Llevaba dos días sin comer.

—¡Listo! —le dijo Tai San—. Prueba a ver.

Cloe se puso en pie, probando el aguante de su tobillo.

—Ya me lo noto mejor. ¿Qué le has puesto?

—Hierbas silvestres, árnica y consuelda.

La niña miró a su alrededor.

—¿Ahora, por dónde?

—Esperaba que me lo dijeses tú —sonrió Tai San—. ¿Qué haces aquí en el bosque tú sola, Cloe?

—Es una larga historia. Tenía una vaquita como mascota, Campanilla. Los demás querían comérsela, pero yo me escapé y la seguí hasta aquí. No pude encontrarla —parecía triste— No pude despedirme de ella… ¿Y tú?, ¿por qué estás aquí?

—Mi historia no es importante, excepto por el hecho de que me ha traído hasta ti.

—Gracias por salvarme.

—Estaba escrito —respondió la chica con un aire de misterio—. Igual que está escrito que debo seguirte.

—¿Seguirme? —preguntó, confusa—. Si estoy perdida.

Tai San sonrió.

—A menudo, cuando la gente dice haberse perdido, realmente no están escuchando atentamente —dijo enigmáticamente.

—¿Escuchando qué? —quiso saber Cloe, frunciendo el ceño. Su rescatadora hablaba de una forma muy rara.

—A su corazón —respondió Tai San—. Si tuvieses que escoger un camino, ¿cuál elegirías?

Cloe se puso a mirar los árboles que las rodeaban. Todos tenían el mismo aspecto, y no tenía ni idea de por dónde había venido.

—No los mires. Escucha —instruyó Tai San—. Recuerdas el camino. Simplemente has olvidado que lo recuerdas.

Todo eso le sonaba muy extraño a Cloe, pero la chica parecía estar segura de lo que decía. Así que cerró los ojos y escuchó. Podía oír los pájaros piando y la brisa moviendo las hojas. Todo parecía estar en paz, allí de pie en el bosque bañado por el sol. Mientras escuchaba, le vino algo de repente. Y señaló.

Tai San sonrió una vez más.

CIENTO SETENTA Y DOS

Habían alcanzado el riachuelo sin complicaciones. El arroyo viajaba desde el bosque hasta el corazón de la ciudad, donde se veía contaminado por la porquería y los escombros acumulados tras muchas semanas de saqueos y pillaje. Pero, en aquella zona, el agua tenía aspecto puro y cristalino.

Manteniendo los ojos abiertos en caso de que apareciese alguna pandilla por allí, llenaron rápidamente los contenedores de agua que habían traído consigo. Ryan estaba más abajo, echando un ojo a un camino que venía de un puente de madera que cruzaba el riachuelo.

Bray se levantó y miró a Salene.

—Ya está. No podemos cargar con más. Gracias, Salene. Ha sido buena idea que vinieras.

—No hay de qué —sintió las mejillas enrojecerse.

Había estado muy callada de camino al arroyo, pero debía decir algo antes de que se pusiesen en marcha, con Ryan pegado a ellos.

Bray se la quedó mirando de manera inquisitiva.

—¿Todo bien?

—No he venido aquí para ayudar —comenzó—. Al menos, no era el único motivo.

—¿Ah, no?

—Necesitaba hablar contigo de una cosa. Pero supongo que no puedo ser como Zandra.

—¿Zandra? —la miró todavía más confuso.

—No podría enfadarme contigo aunque lo intentase.

—Está bien saberlo —dijo él, incómodo.

De repente, Salene lo soltó todo, incapaz de seguir conteniéndose.

—Bray, ¿por qué estás haciendo esto? ¡Pensaba que había algo especial entre nosotros! ¿Por qué quieres hacerme daño? —exclamó.

Él la miró algo irritado.

—Bueno, si no es mucho pedir, ¿de qué estás hablando exactamente?

—¡De Trudy y de ti, ¿qué si no?! ¡No me mientas! ¡Eso es lo que más me duele! ¡No mientas al respecto! Podrías haberme dicho que no con más tacto.

El rostro de Bray estaba impasible, serio.

—Vamos a empezar otra vez. Si necesitas saberlo, no estoy con Trudy. Ella me pone de los nervios. Pero eso no es asunto tuyo…

—¡Pues peor me lo pones! —le espetó la chica.

—¿Cómo?

—¡Acostándote con ella sin que te importe siquiera!

Antes de poder responder, Salene se dio media vuelta, agarró las botellas de agua y se marchó. En esos momentos, Ryan llegó apresuradamente.

—Bray, hay una pandilla viniendo por el camino. Podrían ser Locos.

—Vale, vámonos —coincidió Bray. Tras pillar sus botellas, se fue tras Salene, muy serio.

CIENTO SETENTA Y TRES

Amber estaba enfrascada en sus pensamientos. En menuda situación nueva y extraña se estaba viendo envuelta. Trataba de no pensar en su vida antes del virus. Seguía siendo muy doloroso recordar a sus padres, a sus familiares y amigos a los que había amado y con los que había compartido muchos momentos felices. Quizás llegaría un momento en que pudiese permitírselo, ofrecerles a los difuntos el respeto que esos recuerdos merecían. Pero ese momento aún no había llegado.

Debía vivir en el presente, en el ahora, y planificar el futuro. Si quería que hubiese un futuro, no podía dejar que sucediese sin más. Debía tomar las riendas de su vida y, por lo que parecía, también las de los demás. Sin embargo, lo complicado era precisamente eso.

Cuando Dal y ella emprendieron camino desde el vecindario en el que habían crecido y al que tanto cariño le tenían, su intención era escapar hacia el campo, abandonar la ciudad. Allí, habían planeado vivir de la tierra, nutriéndose del alimento y del agua que hubiese en su camino hasta que encontrasen un lugar, quizás muy lejos, donde pudiesen echar raíces y comenzar una nueva vida. Una vida bastante distinta a la del mundo sofisticado y tecnológicamente avanzado en el que se habían criado.

Era evidente que la vida en las ciudades sería difícil y peligrosa durante un largo tiempo. Gracias a las clases de historia, sabía que las sociedades primitivas se iban civilizando gradualmente y aprendían a vivir juntas (si no en completa paz y armonía, al menos sí con la tolerancia necesaria para que el día a día fuese posible). No obstante, nunca antes hubo una época como esta, en la que una sociedad civilizada hubiese colapsado y vuelto a tiempos primitivos y salvajes. Excepto en tiempos de guerra. Y era justo así como estaban en esos momentos: en guerra.

No se había propuesto ser una líder. En el instituto, se contentaba con ser una más, una popular integrante de un animado grupo de amigos. Pero las circunstancias habían cambiado. Sin ni siquiera saber que las poseía, sus cualidades de liderazgo habían salido a la superficie en aquellos malos tiempos en que se encontraban todos. Y los demás la habían aceptado instintivamente.

Ella no quería, pero sabía que alguien necesitaba tomar ese puesto en el centro comercial. Sus vidas debían tener cierta estructura. Los pequeños necesitaban continuar con su educación. Habían comenzado a construir una nueva vida, daba igual cómo fuese. Quedaban muchas cosas por hacer, y alguien tenía que tomar la iniciativa.

Pese a que le había insistido, Bray seguía negándose a posicionarse como líder. Quizás estaba en su derecho. Puede que se conociese a sí mismo mejor de lo que parecía. Era inteligente y consciente. Seguramente, tenía sus razones. Fuesen las que fuesen, la habían dejado a ella con un dilema.

Lex era un matón por naturaleza. Pero los matones no eran líderes, al menos en su opinión. Los líderes guiaban a la gente por caminos por los que en el fondo querían pasar. Caminos que, de otro modo, no atravesarían por ser demasiado tímidos u ociosos. Los matones obligaban a la gente a avanzar por pasajes estrechos y lúgubres, adonde sólo los propios matones querían ir. Amber había competido contra Lex y lo había derrotado con astucia e ingenio.

Sin embargo, por muy satisfecha que estuviese de ello, eso la había separado del resto. Ahora, la gente acudía a contarle sus problemas a ella y, a menudo, le echaban la culpa si no conseguía resolverlos. La vida de todos ellos estaba patas arriba y, al parecer, esperaban que su líder fuese capaz de volver a ponerla del derecho. Nunca se había sentido tan sola en toda su joven vida. Anhelaba tener un hombro sobre el que apoyarse. Uno en particular al que no pensaba ni se atrevía a acercarse.

CIENTO SETENTA Y CUATRO

Jack había estado dándole vueltas al problema de la seguridad desde que encontrase el centro comercial, desierto y saqueado, y decidiese convertirlo en su hogar. Las rejas de la entrada principal no eran problema. Hacía poco que habían abierto el Centro cuando apareció el virus, y estaban hechas de material actual que podría casi aguantar el embiste de un tanque. Lo que le preocupaban eran las alcantarillas.

Era vital tener una vía de evacuación segura y protegida en caso de que sucediese algo inesperado. Las cloacas ofrecían justo eso. No obstante, aunque fuese fácil escapar por ellas, también debía ser complicado acceder al interior del edificio por allí, como había comentado Amber. Se había quedado despierto hasta bien entrada la noche pensando en varias soluciones (y desechándolas todas). Al final, había encontrado la que estaba buscando. Lo consideró otro de sus momentos de genialidad.

Había ido acompañado de Dal a ver a Lex en su despacho de jefe de seguridad, y comenzó a describir su idea.

—Aguanta —interrumpió Lex antes de que Jack pudiese decir dos frases—. ¿No habías dicho que todas las pilas y baterías estaban agotadas?

—Casi todas —admitió Jack—. Guardé un par por si había una emergencia de verdad.

Lex lo miró un poco mosqueado porque le hubiese ocultado esto, pero le hizo un gesto para que continuase.

—Venga, ¿y esta gran idea?

—Vale —siguió un emocionado Jack—, supongamos que eres un Loco armado hasta los dientes, avanzando por las alcantarillas para intentar colarte aquí. Está todo oscuro, en silencio…

—¡Ve al grano, cerebrito! —le gruñó—. ¡No estoy de humor para cuentos!

Aquello lo pilló algo desprevenido, pero recuperó la compostura y prosiguió con la historia.

—Como digo, está oscuro y en silencio, pero no tienes miedo porque eres un Loco.

—Y estás armado hasta los dientes —reiteró Dal para ayudarle.

Jack le echó una mirada avasalladora.

—Gracias, Dal. ¿De quién había sido esta idea?

—Perdona.

Lex se cruzó de brazos, impaciente.

—Cuando las dos señoritas hayáis terminado de jugar a las peleas domésticas, ¡¿podríamos seguir?!

—Ya no sé por dónde iba —se quejó Jack.

—No tienes miedo porque eres un Loco —saltó Lex.

—Eso. Pero, claro, se te está acelerando un poco el corazón, y las manos te empiezan a sudar…

—¡Que vayas al grano! —le ladró.

Jack siguió, aturullado:

—Bueno, pues, cuando quieres darte cuenta…

Pulsó una tecla de su portátil. El terrorífico aullido de una manada de lobos llenó la estancia.

—¡…estás rodeado de lobos! —gritó Jack por encima de aquel estruendo.

Dejó que los aullidos siguiesen sonando un poco más. Después, lo apagó y miró a Lex con una sonrisa engreída.

El otro chico se puso en pie, el rostro impasible.

—Avísame cuando esté en funcionamiento.

Abatido, Jack se quedó mirando cómo Lex salía a zancadas de la oficina.

—¿Ese tío no es capaz darle un cumplido a nadie, o qué? —preguntó, malhumorado.

—A los auténticos visionarios nunca se les da el reconocimiento que merecen en su propia época, Jack.

El chico miró a Dal hecho un cascarrabias, pero su amigo intentó animarlo.

—Venga, Jack. Es una gran idea. Vayamos a prepararlo todo.

CIENTO SETENTA Y CINCO

Trudy estaba sentada en la cama, sin moverse. Había estado mirando a la nada durante más de una hora, esperando que Bray regresase. Desde que Lex le había contado que el chico había salido con Salene, su mente se había convertido en un tumulto de rabia, celos y paranoia.

Esa cerda había ido por la espalda y le había quitado su oportunidad de dar un paso con Bray. Tendría que apañárselas con Brady ella sola en aquel horrible, peligroso y loco mundo. Nadie la ayudaría. Sabía que los había alejado a todos, todos la odiaban. Sin embargo, no conseguía llorar. Se sentía vacía.

Se preparó al escuchar pasos acercándose a su habitación. Bray entró, con aspecto cansado e infeliz. Le tiró una botella de agua llena sobre la cama y se sentó, agotado.

—¿Qué es eso? —dijo ella, impasible.

Bray se percató del tono y gruñó para sus adentros.

—Agua, ¿tú qué crees?

La chica se giró para mirarlo de frente, con los ojos llenos de furia.

—¡¿Y qué debo creer, que sólo has ido a recoger agua con tu amiguita?!

Él suspiró, se llevó la mano a la frente y cerró los ojos.

—No —dijo. No porque negase nada, sino porque no quería volver a pasar por todo eso.

Pero Trudy estaba decidida a dar su opinión.

—¡Pues espero que estés satisfecho! ¡Todos se ríen de mí! ¡Aquí tirada con la niña mientras tú te vas de fiesta! ¿Cómo crees que me hace sentir eso? Dime, ¿te ha gustado como lo hace? —gritó, llena de ira—. ¿Te ha valido la pena?

Bray se levantó, listo para marcharse.

—¿Adónde vas? —pregunto en un repentino tono ansioso.

—No pienso perder tiempo dándote explicaciones —dijo con la voz plana y fría—. Total, no lo entenderías.

De repente, la voz de la chica era un ruego diminuto y patético.

—¡Bray, no te vayas!

Él trató de apaciguarla, pero tan sólo quería irse de allí.

—Trudy, sólo quiero estar tranquilo cinco minutos. Luego hablamos.

Cuando se dispuso a irse, Paul se acercó a toda prisa, farfullando la misma palabra una y otra vez.

Trudy función el ceño, irritada.

—¿Qué está diciendo?

Bray se quedó mirando al niño.

—¿Cloe?

CIENTO SETENTA Y SEIS

Amber bajó las escaleras corriendo justo a tiempo de ver a Cloe entrando a la planta baja del Centro desde la zona de las alcantarillas. La niña tenía aspecto cansado y la ropa raída y embarrada, pero llevaba una sonrisa de oreja a oreja.

—¡Cloe! —exclamó Amber, feliz—. ¡Has vuelto! ¡Estábamos muy preocupados!

Mientras la abrazaba, los demás comenzaron a aparecer desde otras partes del Centro.

—¿Qué te pasó? —preguntó Salene.

—¿Estás bien? —quiso saber Jack al ver cómo tenía la ropa.

Amber se percató del vendaje.

—¿Qué te ha pasado en el pie?

—Me persiguieron los Locos. Me caí y me lo rompí.

Tai San apareció desde el pilar tras el que había estado esperando a ver cómo recibían a Cloe.

—No está roto —explicó con calma —, sólo es un esguince. Estará bien.

Todos se quedaron mirando en silencio aquella aparición ante ellos. Estaban acostumbrados a ver gente de aspecto raro y maravilloso desde la llegada del virus, pero lo de la recién llegada era algo único.

Cloe sonrió.

—Ella me rescató. Si no fuese por ella, ahora sería una prisionera de los Locos.

—Gracias —le dijo Amber con una sonrisa.

Entonces llegó Lex, observando con sospecha a aquella desconocida.

—¿Qué está pasando aquí?, ¿esta quién es?

Tai San le echó a Lex un vistazo tranquilo y comedido.

—Es la que nos ha traído a Cloe de vuelta —explicó Amber muy contenta.

Lex, por el contrario, no parecía alegrarse por la noticia.

—¿Y cómo ha entrado aquí? Jack, ¿no ibas a poner una alarma?

Jack se quedó callado. El otro chico viró su atención hacia Cloe.

—¿Es que intentas que nos maten a todos, o qué?

—Debéis estar las dos muertas de hambre —comentó Amber, tomando el control despreocupadamente—. Bienvenida al Centro.

—Tai San, estos son todos —anunció Cloe—. Chicos, esta es Tai San.

Tai San se quedó mirando a aquel grupo sonriente. El único que no sonreía era Lex.

ooo

Se habían reunido todos en la cafetería, ansiosos por escuchar la historia de Cloe y por saber más de la extraña recién llegada, Tai San. Al tiempo que Amber les servía un bol con sopa a cada una, los demás dispararon sus preguntas a Cloe.

—¿De verdad que eran Locos? —preguntó Dal—. El bosque no es su hábitat natural.

—Bueno, quienes fuesen, eran gente mala —respondió Cloe—. Los oí decir que me iban a vender como esclava.

—¿Cómo es que no te vieron, si estabas tan cerca? —preguntó Jack.

—Era de noche. Pude esconderme en unos arbustos. Pero, si hubiese sabido el secreto, podría haber vuelto a casa en cualquier momento.

—¿Qué secreto? —Salene estaba intrigada.

—Escuchar. Tai San me enseñó a hacerlo —explicó Cloe, orgullosa de su secreto y de su nueva amiga.

—Pero ¿por qué te escapaste, cariño? —preguntó Amber amablemente—. ¿Estabas enfadada por lo de Campanilla?

Antes de que Cloe pudiese responder, Lex interrumpió abruptamente:

—Ya, bueno, eso es agua pasada. Olvidadlo.

—La escuché ahí afuera, en el bosque —contestó Cloe—. Pero luego se escapó.

Amber parecía asombrada.

—¿La escuchaste?

—¡Sí! Era Campanilla. Estaba en el bosque, pero salió corriendo y no pude encontrarla.

Amber se quedó mirando con mala cara a Lex, de pie algo alejado.

—Lex, ¿no dijiste que los Locos se habían llevado a Campanilla?

El chico cambió de postura, inquieto.

—Exacto. Supongo que la soltarían de nuevo.

—Ah, seguro que fue eso —aquello le hizo gracia a Amber—. Debieron volverse todos vegetarianos de repente —dijo con sarcasmo.

Lex cambió de tema rápidamente:

—¿Soy el único que se ha dado cuenta? ¡Esto es toda una infracción de nuestra seguridad! Una desconocida se mete en el Centro y nadie dice nada. Nadie lo cuestiona. ¡Bueno, pues yo sí tengo un par de preguntas para ti, Tai San, o como sea que te llames! —anunció con agresividad—. ¿Quién eres, de dónde vienes y qué quieres?

—Eso son tres preguntas —indicó Ryan, con el ceño fruncido.

—¡Tú calla! —saltó.

—Si has terminado ya, Lex —comentó Amber con calma pero firmeza—, Tai San es nuestra invitada. ¿Piensas tratarla con modales?

Lex le regaló una mirada hosca.

—Como tú quieras, Amber. Siempre es lo que tú quieres. Yo me piro a hacer que este sitio sea seguro. ¡Jack, Dal, venid conmigo!

Se fue echando humos por las escaleras, seguido de Ryan, Jack y Dal.

—No quería causar tantos problemas —dijo Cloe para disculparse.

Amber sonrió y le acarició el brazo.

—No lo has hecho, no seas boba. Estamos encantados de que hayas vuelto sana y salva.

Patsy se levantó de un salto, emocionada:

—¡Deberíamos hacer una fiesta!, ¡para celebrar que ha vuelto Cloe!

Tai San los miró a todos y sonrió para sí misma.

CIENTO SETENTA Y SIETE

Sujetándoles la linterna para alumbrar la zona en la que trabajaban, Lex observaba a Jack y Dal preparar el sistema de cables trampa en las alcantarillas. Sonrió. Parecían saber lo que estaban haciendo. Desde que tenía memoria, los cerebritos siempre le habían parecido unos frikis, y su propósito era hacerles la vida un infierno, en clase o en la calle. Ahora, comenzaba a admitir que tenían su utilidad. No se arrepentía de los años de *bullying* a los que había sometido a esos sabelotodo. Pero, en aquel nuevo mundo, los frikis comenzaban a ganarse su respeto a regañadientes. Aunque nunca se lo haría saber, claro.

—¿Y, el cable trampa, cómo activa el portátil? —preguntó.

—Eso es cosa de Dal —respondió Jack, con la punta de un cable apretada entre los dientes.

—¿Desde cuándo? —quiso saber este—. No me digas. Desde que te diste cuenta de que no sabías cómo hacerlo.

—Yo soy el hombre de las ideas. Tú eres el ingeniero jefe.

—¿Ahora tenéis título oficial y todo? —se burló Lex.

Jack se lo quedó mirando.

—¿Acaso hay algún problema, don "Jefe de seguridad"?

Entonces alzaron la vista al aparecer Amber tras ellos.

—¿Cómo va todo?

—Aún es pronto para saberlo —respondió Dal.

—Seguro que saldrá bien —dijo ella—. ¿Podéis venir alguno conmigo un momentito?

—¿Por qué?, ¿qué pasa? —preguntó Lex.

—Hemos pensado que sería buena idea hacerle una fiesta a Cloe, para celebrar que ha vuelto a casa. Lo ha pasado muy mal, ha sido muy valiente.

—¡Ha sido muy estúpida! —replicó Lex.

—El caso, ¿podría uno de los magos de la tecnología poner algo de música, por favor?

Jack se puso en pie de un salto.

—¡Claro! Dal, quédate tú terminando esto.

Su amigo hizo una mueca.

—¿Una fiesta? —dijo Lex, pero no era una pregunta.

—Mira, no empieces, Lex —contestó Amber sin querer llevarlo más lejos.

Lex no se quedaría callado:

—Y con música, además. ¿No crees que es justo lo que podría haber planeado esa tipa? ¡Podría ser una señal para el resto de su tribu! ¡Podríamos estar rodeados antes de darnos cuenta!

—Pues más nos vale que terminéis esa alarma —comentó ella con una sonrisa.

El chico se puso en pie para confrontarla.

—¡No la conoces de nada! ¡Hizo que Cloe la guiase directa hasta nosotros!

—¡Ha rescatado a Cloe, Lex!

—¡Podría haber formado parte de su plan!

—Tienes razón, Lex. Debemos tener cuidado —reconoció Amber—. Pero estoy bastante segura de una cosa: no es de los Locos ni de los Perros Salvajes. Quiero decir, podríamos estar en una situación mucho peor que vernos rodeados por una tribu de hippies colocados.

Amber se dio media vuelta y se marchó, seguida de Jack.

—Yo no lo veo —se dijo un enfurruñado Lex a sí mismo. Como jefe de seguridad, tenía la potestad de impedirlo. Le habían dado esa autoridad. Pero ¿una fiesta? Era una forma genial de desmelenarse con Zandra. ¿Y quién sabe qué más?

CIENTO SETENTA Y OCHO

Salene se había quedado sorprendida y abrumada tras su conversación con Bray en el arroyo. No sabía qué conseguiría confrontando a Bray por lo de Trudy, pero había seguido el consejo de Zandra y le había dicho las cosas claras. Al menos, ahora Bray sabía lo que sentía por él, eso era todo lo que podía hacer.

Lo que no esperaba era que el chico admitiese no sentir nada por Trudy. Le costaba creerlo. Bray siempre le había parecido el hombre perfecto. Honesto, con principios, amable y sincero. El hombre que siempre había esperado encontrar. Uno al que amar y que la amase también a ella. Sin embargo, había admitido abiertamente estar acostándose con una chica que le daba igual. Una chica que incluso parecía despreciar. Aquello le parecía increíble.

Zandra le había dicho que todos los chicos eran iguales. No quería creerlo, pero ¿qué sabía ella? Nunca había tenido un novio de verdad. Los chicos siempre le habían dado un poco de miedo. Y Zandra parecía tener mucho mundo. Nunca se lo había preguntado, pero, por la obsesión de la chica con su apariencia, asumía que Zandra debía tener mucha más experiencia que ella. Aun así, le costaba creerse lo de Bray.

Sentía lástima por Trudy. La pobre chica lo había pasado muy mal en su joven vida. Verse involucrada con Zoot, lo suficiente como para tener un bebé con él. No podía ni imaginárselo. Era evidente que estaba loca por el hermano, por Bray. Pero él la estaba utilizando. Eso no podía revelárselo a Trudy, ni hablar. La otra chica pensaría que estaba actuando por celos e intentando separarlos.

No obstante, seguía sintiéndose culpable, y debía arreglar las cosas.

ooo

Trudy estaba sola en su habitación, tirada en la cama sintiéndose miserable, cuando apareció Salene.

—¿Trudy? —saludó indecisa.

La chica se incorporó en la cama con furia.

—¡Vete! ¡Déjame en paz!

Salene la vio tan cabreada que, por un momento, pensó que se abalanzaría sobre ella y le pegaría.

—¡Escúchame! ¡Es verdad que fui con Bray a por el agua! —confesó—. Bueno, quería hablar con él… Pensé… No sé ni lo que pensaba.

—¡Pensabas que me lo podías quitar! —escupió Trudy con amargura.

“Pobre chica”, pensó Salene, “si no está contigo realmente”.

—Sí, puede que sí. Pero, mira, me equivocaba. Sólo quería decir que lo siento. Y que ya no volveré a intentar meterme entre vosotros dos, ¿vale? Lo prometo.

Trudy se quedó en silencio. Volvió a acostarse, de espaldas a Salene.

—Te lo prometo —repitió.

Seguía sin haber respuesta. Salene se preparó para marcharse. Había hecho lo que quería, tranquilizar a Trudy respecto a ella.

Como mujer, sentía el deseo de decirle la verdad a la otra chica. Lo que le había dicho Bray. Evitarle más dolor. Pero eso era imposible. Un día, Trudy lo descubriría por sí misma, y ese día sería horrible. Sentía pena por ella.

CIENTO SETENTA Y NUEVE

Jack se encontraba revisando unos CD de la tienda de música para preparar la fiesta cuando Dal se le acercó. A lo lejos, Tai San estaba sentada tranquilamente bajo la estatua del fénix, charlando con los demás, como si fuese el centro de atención.

—Hay algo que no me gusta en esa chica —afirmó Jack, negando con la cabeza—. Siempre que la ves, te está mirando fijamente. Da cague.

—Más bien diría que es muy espiritual, Jack —respondió Dal.

El chico lo miró de reojo.

—¿Tú crees en todas esas cosas?

—¿Qué cosas?

—En espíritus y… —se encogió de hombros—, no sé…

—Hay muchas cosas que desconocemos —dijo Dal.

—Sí, como quién creó el virus.

—Y qué nos pasará a todos —añadió Dal.

Asintió y volvió a mirar a Tai San, que seguía hablando. Desde luego, era una tía muy rara.

—Jack, ¿te acuerdas de lo que dijiste sobre ser el jefe y yo el asistente? —preguntó Dal.

—Hombre, no lo decía en serio, Dal.

—No, pero yo sí. Creo que deberías ser tú el jefe. Responsabilizarte de todo.

—¿En serio? ¡Ah, vale! —dijo rápidamente, satisfecho.

—Bien —sonrió Dal—. Lo primero que puedes hacer es decirle a Lex que no sabemos si la alarma funciona.

Jack puso mala cara.

ooo

—Son tiempos de una gran soledad —le decía Tai San a los demás—. Todos sentimos la necesidad de pertenecer. Por eso es bueno formar parte de una tribu.

—No pensarías eso si conocieses a los Locos —intervino Zandra, cínica.

—Pero todo esto quedará atrás con el tiempo. Incluso los Locos deben crecer y volverse más sabios.

Ryan resopló.

—Eso si el virus no termina antes con ellos.

—¿Y tú qué, Tai San? —preguntó Amber—. ¿Perteneces a alguna tribu?

—Más o menos —respondió la chica—. Pero mi camino es distinto. Elegí seguir a mi corazón allá donde me llevase. No puedo detenerme hasta encontrar lo que estoy buscando.

—¿Y qué buscas? —Amber sentía curiosidad.

—La verdad.

Lex estaba de pie detrás de Amber. Se inclinó hacia delante y le susurró al oído:

—Creo que voy a vomitar.

—¿Vosotros cómo os llamáis? —preguntó Tai San mirándolos a todos.

—¿Qué cómo nos llamamos? —dijo Zandra, confusa.

—Vuestra tribu.

—No tenemos un nombre —contestó Cloe.

—Lo cierto es que nos juntamos por casualidad —explicó Amber.

Tai San se la quedó mirando y habló con sinceridad:

—Las casualidades no existen en este mundo.

—¡Ya sé cómo podemos llamarnos! —anunció Lex—. ¡Las Ratas!

Hubo murmullos de desacuerdo entre el grupo. A nadie le gustaba ese nombre.

—¿Por qué no? —siguió Lex—. ¡Vivimos como ellas! Las ratas de las alcantarillas, escondidas, rebuscando para encontrar comida.

—¡Ya sé! —intervino Patsy—. ¿Qué tal los Delfines?

Su sugerencia recibió varios quejidos.

—¡No!, ¡yo ni siquiera sé nadar! —dijo Ryan.

—¡Venga, seamos las Ratas! —instó Lex, entusiasmado de repente con su propia idea—. ¡Yo puedo ser el Rey Rata! ¡Con un grito de guerra que llenará de miedo los corazones de nuestros enemigos!

Dio un paso adelante, se puso las manos alrededor de la boca y dejó escapar un aullido de lobo que resonó por todo el centro comercial. Los demás sonrieron, divertidos, mientras repetía el grito aún más alto. Sus sonrisas se transformaron en miedo cuando el aullido fue imitado por el sonido de la alarma desde las alcantarillas.

CIENTO OCHENTA

La búsqueda en el bosque había sido infructífera. Había hecho que los Locos rastreasen la zona minuciosamente. Si Bray hubiese estado viviendo allí, habrían encontrado algún rastro suyo, al menos. No había nada en aquella zona boscosa salvo árboles y animales.

Sin embargo, los rumores llevaban días circulando. Hablaban de avistamientos, de que se había visto a una misteriosa figura deambulando por la ciudad. Una figura que parecía valiente y confiada mientras avanzaba con su monopatín por las calles desiertas. Cuando los rumores por fin le llegaron a ella, interrogó a la gente en busca de una descripción. Encajaba. Era el mismo joven. El que le había enviado la misteriosa nota a Zoot. La nota que había provocado su desaparición. Podrían ser la misma persona.

Así que Bray estaba vivo y vivía en la ciudad. De sólo pensarlo, se le aceleraba el corazón. Tuvo que mantener la compostura y ordenar sus pensamientos cuando le llegó la noticia. Zoot estaba muerto, ahora lo tenía claro. No se le ocurría ningún motivo por el que hubiese podido matar a su hermano pequeño, el hermano al que ella sabía que el chico adoraba. Pero debía averiguar la respuesta.

La ciudad era enorme. Pese a la imponente reputación de los Locos, seguía siendo un lugar peligroso al que salir en busca de pistas, de respuestas al misterio. Aun así, saldría a buscarlas. Buscaría en cada sector, en cada edificio, en cada callejón, en cada alcantarilla. No dejaría de buscar hasta encontrarlo y escuchar la verdad de boca del propio Bray. Sin importar lo que costase.

Los Locos se habían quedado sin su carismático líder, se lo habían arrebatado. Un líder que habría conquistado toda la ciudad, ella estaba segura. A veces, pensaba que incluso el mundo. Si Bray había sido el responsable, los sentimientos de la chica no importaban: tendría que pagarlo.

CIENTO OCHENTA Y UNO

Las chicas esperaron ansiosas en el Centro mientras los chicos iban a investigar qué había hecho saltar la alarma. Con el sonido de los lobos aullando en sus oídos, Lex guio a los demás hacia las alcantarillas, cada uno de ellos con un arma en la mano.

—Venga —dijo Bray—, voy justo detrás de ti.

Alumbrando con la linterna el túnel que tenía ante él, Lex gritó:

—¡Tú, el que estás ahí! ¡No te tenemos miedo! ¡Sal y enfréntate a nosotros!

No hubo más sonido que el de la manada de lobos saliendo del portátil.

—¡Jack! ¡¿Puedes parar esa cosa?! —le ordenó Lex.

Con la luz de su linterna, Jack encontró el ordenador y pulsó una tecla. El sonido de los aullidos se detuvo abruptamente. En las oscuras cloacas, el repentino silencio era impactante. El sonido del goteo del agua les llegó a los oídos. Y luego, otro sonido. El de un perro ladrando.

—¿Bob? —lo llamó Bray—, ¿eres tú?

Obtuvo un ladrido como respuesta.

—¡Sí que es Bob! —gritó Dal.

Bray los guio por el túnel y encontraron al perro en la otra punta, enganchado en el cable trampa. Bray se puso a reír, como hicieron los demás. Sonriendo, el chico se arrodilló para liberar al animal.

—Nos has engañado a todos —dijo.

—Al menos sabemos que la alarma funciona —confirmó Jack, doblemente aliviado.

ooo

Momentos después, de vuelta en el Centro, Amber le dio palmaditas a Bob, que ladraba emocionado por ser el centro de atención.

—¿Qué hacías asustándonos así, Bob?

Patsy sonrió y le acarició la cabeza.

—¡Pensábamos que eras los Locos!

Tai San observó a todos los allí reunidos, que sonreían con alivio.

—¿Lo veis? —dijo.

—¿Qué? —preguntó Amber.

—El espíritu feliz de la tribu guarda esperanzas para el futuro.

—¿Y ahora de qué habla? —dijo Lex con una mueca.

Amber le hizo callar.

—Sigue, Tai San.

Mirando a los demás jóvenes, la chica continuó.

—Nos hemos unido con un propósito. Somos una tribu, pero todavía nos falta algo. Una identidad. Una identidad que nos enorgullezca de lo que somos.

—¿Cómo que "somos"? —preguntó Lex con agresividad—. Nadie te ha invitado a unirte.

Tai San combatió esa belicosidad con serenidad.

—Pero aquí estoy. Quizás por eso mismo he llegado hasta aquí. Para restaurar vuestro orgullo y vuestra fe en los demás otorgándoos un nombre.

Lex puso los ojos en blanco y resopló.

Sin inmutarse ante su cinismo, Tai San se puso en pie y habló con calma pero con gran autoridad:

—Por favor, formemos un círculo. Agarraos todos de las manos.

Los demás se quedaron mirando, algo incómodos y con expresión escéptica. Cada uno esperando a que actuase el otro. Fue Cloe quien actuó la primera y le dio al mano a Tai San. Luego Paul, agarrando la mano de Cloe.

Amber se encogió de hombros.

—No veo por qué no —dijo levantándose y tomando la mano de Tai San.

Manteniéndose algo apartado, Lex bufó.

—¿Todo esto por un nombre?

Tai San se lo quedó mirando fijamente:

—Es más que un nombre. Es el futuro.

Bray se puso en pie y se unió al círculo, que iba en aumento. Impulsivamente, Salene se dio prisa por pillarle la mano. Le sonrió, avergonzada.

Lex se quedó estupefacto al ver a Ryan pillando la mano de Zandra.

—¿Ryan? ¿Tú también?

—Lex —dijo Amber—, píllale la mano a alguien.

Los demás ya estaban todos en círculo. Lex suspiró.

—Me uniré con una condición: que nos llamemos las Ratas del Centro. Los "Mall Rats". ¿Alguna objeción?

—Pues, la verdad —dijo Jack, animado—, ¡las ratas son criaturas muy inteligentes! Con unidades familiares muy desarrolladas.

—Sí, lo he leído —coincidió Dal.

—Podría ser peor —dijo Amber con cierto aire de finalidad.

Lex negó con la cabeza.

—¡No me creo estar haciendo esto!

Se hizo sitio entre los demás para entrar en el círculo y agarró la mano de Zandra.

Tai San sonrió, satisfecha.

—Cerremos todos los ojos y concentrémonos un momento.

—¡Esperad! —llamó una voz.

Era Trudy, mirándolos desde el balcón. La vieron bajar por las escaleras y meterse nerviosa entre Bray y Salene. Zandra sonrió para sí misma.

Amber se quedó mirando a todos los miembros del círculo. Estaban de pie bajo la estatua del fénix, el símbolo de la vida que renacía desde las cenizas. Aunque había pasado poco tiempo desde que sus vidas se entremezclasen, sentía que tenían algo singular entre manos. Algo que expandir. Pero también muchos problemas por delante.

Fuera del centro comercial seguía habiendo un mundo loco y peligroso. Y no tenía pinta de que eso fuese a cambiar pronto. Deberían encontrar un modo de sobrevivir a los Locos y a los Perros Salvajes si querían sobrevivir.

Y en el interior del Centro también había problemas. Lex siempre sería impredecible, con la posibilidad de arranques violentos. No era la clase de persona que esperaría a Zandra eternamente. No era de los que tienen paciencia. Podría haber problemas cuando por fin diese el paso. Jack y Dal tenían talentos que podían terminar salvándolos a todos, si los dos chicos no terminaban peleados. Los niños y la bebé eran el futuro, debían enseñarles buenos valores en mundo que parecía haberlos perdido todos. ¿Y Bray? El pobre Bray estaba dividido entre Trudy y Salene. La chica sonrió con tristeza. Él era un alma libre, con sus propios valores. Con el tiempo, tomaría su decisión. Y habría corazones rotos. El de Amber, seguro.

Y la recién llegada, Tai San, quién podía predecir qué esperanzas y problemas aportaría su extraña filosofía.

Amber se giró hacia la chica y sonrió.

—Ya está, Tai San. Estamos todos.

Tai San miró fijamente a cada uno de ellos y entonces comenzó:

—Desde este día, todos los que ahora entrelazamos nuestras manos estaremos unidos como hermanos y hermanas, para apoyarnos, protegernos y cuidar unos de otros como tribu. ¡Los Mall Rats!

—¡Los Mall Rats! —repitieron todos con solemnidad.

Se quedaron mirándose los unos a los otros, algo avergonzados. Pero todos lo sintieron. En ese momento, hubo una fugaz sensación de orgullo y optimismo. No importaba qué les deparase el futuro, qué pruebas y peligros tuviesen que enfrentar. Se habían unido los unos a los otros, y avanzarían juntos hacia el futuro. Los Mall Rats habían nacido.

TAMBIÉN DISPONIBLES

La Tribu: Un nuevo mundo

de

A.J. Penn

La historia oficial continúa en esta novela, situada inmediatamente después de la conclusión de la quinta temporada de La Tribu.

Forzados a huir de la ciudad en su tierra natal, y abandonar así el sueño de construir un mundo mejor a partir de las cenizas del antiguo, los Mall Rats se embarcan en un arriesgado viaje hacia lo desconocido, lleno de descubrimientos.

A la deriva, pocos podrían haber presagiado los peligros que hay al acecho. ¿Cuál es el secreto que rodea al *Jzhao Li*? ¿Descubrirán los misterios del Colectivo? ¿Y podrán también superar los muchos desafíos y obstáculos que encontrarán, al luchar contra la fuerza de la Madre Naturaleza, contra adversarios inesperados y, en ocasiones, hasta con ellos mismos? Y, sobre todo, ¿pueden construir un nuevo mundo a su manera, manteniendo el sueño vivo?